令嬢とスキャンダル

キャンディス・キャンプ

細郷妙子　訳

MIRA

MIRA文庫

Scandalous

by Candace Camp

Published by Harlequin K.K., Tokyo, 2002

令嬢とスキャンダル

■主要登場人物

プリシラ・ハミルトン……………小説家。
ジョン・ウルフ………………記憶喪失の青年。
フローリアン・ハミルトン………プリシラの父親。
アン・チャルコーム……………プリシラの友人。
アレック…………………………プリシラの友人。
ビアンカ…………………………先代のランリー公爵夫人。
ベンジャミン・オリバー…………ビアンカの愛人。
デイモン・エイルズワース………ランリー公爵。
イーブシャム……………………デイモンのいとこ。
セバスチャン・ラザフォード……デイモンの友人。

1

目の前に、裸身の男が立っている。

プリシラ・ハミルトンが居間で本を読んでいると、玄関の扉をがんがん叩《たた》く音が聞こえてきた。こんな夜分に誰かしら？　お客さまが訪ねてくる時間じゃないし。かすかな不安をおぼえて、プリシラはぱっと立ちあがった。あの叩き方は尋常ではない。テーブルからすばやくろうそくを取って、玄関へ急いだ。扉を開けると、その男が立っていた。一糸まとわぬ全身がうっすらと汗で光り、無数のひっかき傷から血がにじんでいる。胸を激しく上下させながら、男はあえいでいた。

プリシラとしてはめったにないことだが、口もきけずにただ男を見つめていた。

ハミルトン家の住まいであるエバーミア・コテージの小さな玄関口がふさがれてしまいそうなほど、並はずれて大きな男だった。生まれてこの方、こんなにもむきだしの肉体を見たことがない。隅から隅まで日焼けしていて、筋肉が盛りあがっている。

男もプリシラをじっと見返した。疲れきってめまいでもするのか、ふらふらしている。

「助けてください」そうつぶやいたかと思うと、プリシラの足元に倒れてしまった。

プリシラはきゃっ、と小さく叫んで手をさしのべたけれど重すぎて支えきれるはずもなく、汗に濡《ぬ》れた男の体は手のひらを滑って床にくずれおちた。

書斎の扉が開いて、プリシラの父フローリアン・ハミルトンが顔をのぞかせた。考えこんでいるときは決まって頭をかきむしる癖があるので、白髪まじりの髪は棘《とげ》が突き出たように四方八方に逆立っている。フローリアンはけげんな面もちで尋ねた。

「プリシラ？　あの音はなんだったのかね？　誰か来たのかい？」

聞き慣れた父の声で、プリシラは我に返った。「だいじょうぶよ、お父さま。心配なさらないで」いつものきびきびした声音が、ほんのわずかにうわずった。

プリシラは玄関口に向き直り、さてこの難題をどうしたものかと思案した。なにしろ、男のがっしりした胸と両腕は家の内部の床に横向きに伸びていて、胴体の残りと長い脚は外の階段にはみ出しているのだから。自分一人の力ではとうてい動かせるものではない。

この男の人は何者？　人の家の玄関口で、いきなり気を失うなんて、いったいどういうわけなの？　誰かのおふざけではないかしら？　フィリップかギッドのやりそうなことだわ。けれども、いくらいたずら好きの弟たちだって、真っ裸の男性を姉のところにさし向けるとは思えない。それに、誰が好き好んで何も身につけずに外をうろうろしたりするだろう？　なんといっても、春まだ浅く肌寒い季節ですもの。いいえ、冗談のはずはないわ。

プリシラは男の顔をしげしげと眺めた。あごが角張っていて頬骨は高く、彫りの深い顔だちだ。唇は肉づきがよく、鼻筋が通っている。端麗ではあるけれど美男というには鋭すぎるし、意識を失っているのに迫力がある容貌《ようぼう》だった。目をつむっているので、濃いまつげが頬に影を落としている。どことなく傷つきやすさもほの見えていて、プリシラは妙に胸を揺さぶられた。かがんで、男の顔にろうそくを近づける。

皮膚は滑らかで浅黒く、乳白色のプリシラの肌はもとより、まわりの誰の顔よりも日焼けしている。あごと額に細い擦り傷ができていた。豊かな濃い茶色の髪にろうそくの明かりを当てると、磨きこんだマホガニーのように赤々と輝いた。髪の一房が頬にかかっているのを、プリシラは無意識になでつけてしまった。男はうめいて、仰向けになった。

プリシラの視線は黒っぽい胸毛が生えた筋肉質の胸板に移り、平らな腹部を経て、Vの字をかたどっている体毛の先へと伸びて……。

「ややっ、これはなんたること！」

すぐ後ろから父の声がして、プリシラはどきりとした。上体を起こして振り向いた。

「お父さま！　びっくりするじゃありませんか」

フローリアンは娘にはかまわず、目を丸くして床に寝ている男を見つめた。「この男はいったい何者かね？」

「わたしもお父さまと同じ質問をしたいくらいよ。扉を開けたら、この人がいたんですもの」

「しからばなぜ床にひっくり返っているのかね?」

「気を失ったんですわ」

フローリアンは眉間《みけん》にしわをよせた。「ほう、気を失うようなたちには見えんがな。で、どうしてこんな格好でおるのかね?」

「お父さま……」

「あ、勘弁――それも、おまえには答えようがなかったな」フローリアンは首をかしげて考えこんでいる。「どうやらこの御仁、えらい目に遭ったようだ」

プリシラも奇妙な闖入《ちんにゅう》者に視線をもどした。「いばらの茂みでも突っきったのかしら」目を近づけてみると、前には薄暗くて見えなかった黒っぽいあざに気がついた。「あら、あちこちにあざもできてるわ」

「いかにも」フローリアンは鼻眼鏡に手をかけてかがみこみ、男の胸のあざをつぶさに観察した。それから娘のほうに転じた目には、例によって科学者らしい好奇心がむきだしになっている。「おまえの言うとおり薮《やぶ》を駆けぬけた模様だが、なんらかの争いに巻きこまれたのだろうか? はてさて、不思議なことがあるものよ。何ゆえにこういう状態になって、ここにやってきたのか。おまえの考えを聞かせてくれ」

「考えといっても……まるで小説みたい」

「だろう?」フローリアンの頭に何かひらめいたようだった。「まさかフィリップが――いや、そんなことはあるまい」

プリシラは笑いを抑えられなかった。父でさえ、弟の仕業ではないかと疑っている。

「いくらフィリップでも、こんないたずらはしませんよ」

「ああーっ!」階段のてっぺんから悲鳴のような声が聞こえてきた。父娘《おやこ》は同時に振り向く。そこには、がりがりにやせた背の高い中年の婦人が立っていた。彼女は袖《そで》が長くて詰め襟の白い綿のナイトガウンに茶色のショールをまとい、頭髪が蛇だというギリシャ神話の怪物メドゥーサもどきの髪の束を白い古シーツを裂いた何枚もの布切れで縛っている。いまだに時代遅れの白い室内帽《モブキャップ》をかぶって寝るのだが、言うことを聞かない縮れ毛の束がはみ出し、かんじんの帽子は紐《ひも》だけあごの下に結んだまま、横にずりおちていた。「その人……死んでるんですか?」婦人は目をむいて、こわごわと階段の下をのぞいている。

「いいえ、ミス・P、呼吸をしてますわ。気を失っているだけです」

彼女は息を吸いこみ、とびきり大げさな身ぶりで胸に手を持っていった。もしもこの男の人が死んでいたらどんなしぐさがあり得るのだろうか、とプリシラがいぶかるほど芝居がかった所作だった。ミス・ペニーベイカーは、髪の束をぱたぱたさせながら階段を下りてきた。就寝時のミス・ペニーベイカーのいでたちを目にしたことのないフローリアンは、口をあんぐり開けて見つめているばかりだった。元家庭教師の流儀に慣れきっているプリシラにとっては、別に珍しくもなんともない。

ミス・ペニーベイカーは父娘のそばに来て、床に倒れている男を初めてよく見た。「おや、まあ！」彼女の顔は紅に染まった。「なんと、まあ！」ミス・ペニーベイカーは目を閉じて、顔をそむけた。「この人は……この人は……」

「ええ、わかってますわ」プリシラは、にべもなく答えた。「でも、取り乱したりしないでね。それよりも、この男の人をどうしたらいいか考えるのが先です」

「ですけど、いけません……」ミス・ペニーベイカーは目をぱっと開けて、プリシラを見すえた。「乙女が見るものではありません。あなたはわたくしと一緒にいらっしゃい。ここはお父さまにお任せして」

「お父さま一人に？」プリシラは落ちついて、きき返した。わかりきっていることをわざわざ指摘するまでもない。家庭内の問題を父が解決したためしは無きに等しかった。フローリアン・ハミルトンの卓越した知力のほとんどは学問研究に費やされる。いくつもの分野の権威であるフローリアンのもとには、世界中の科学者から意見を求める書簡が届くのだ。したがって日常のささいな事柄には、プリシラの父親はめったに興味を示さない。家事の切り盛りを任せようものなら、生活は破綻《はたん》していただろう。「だいいち、この男の人は重すぎて、お父さまだけでは持ちあがらないわ」

プリシラが四つのときからこの家に住みこんでいるミス・ペニーベイカーも、主人がどんな人物かは知りつくしている。実際近ごろでは、フローリアンが一日に少なくとも二回は食事のために書斎や実験室から出てくるよう気を配っているのは、ミス・ペニーベイカーなのだ。すぐ行方不明になるフローリアンのパイプや眼鏡を見つけるのも、プリシラの元家庭教師の役目だった。だからプリシラに言われるまでもなく、明日の朝になってもこの不意の訪問者が床に倒れたままになっているだろうことは、ミス・ペニーベイカーにもわかっていた。そのときフローリアンが何をしているかといえば、この男を持ちあげて動かすための機械の設計図を書斎で描《か》いているに違いない。

「それはそう、無理でしょうとも。といって、このままではしたないことだし……」何を思いついたのか、ミス・ペニーベイカーは口をつぐみ、得意げな笑顔になって自分の肩からショールをさっと取った。ショールを持った手をまっすぐ伸ばし、体を横にして床の男ににじりよる。目をつむりかげんにして、男のひざのあたりにふわりとショールをかぶせた。「ほうら」ミス・ペニーベイカーは一人で大きくうなずく。「これでもまだはしたないけれど、まあましでしょう」

プリシラは笑いをかみ殺した。「おかげさまで。じゃあ、お父さまはそっちの腕を。わたしがこっちを持って、中へひっぱればどうかしら？　ペニーは足を受けもってくださらない？」

え、このわたくしにも男にさわれというの？　ミス・ペニーベイカーは不服そうな顔をした。「でも、プリシラ、この人を家の中に入れるべきだと思うの？」

「もう半分は入っているんですもの。残りをひっぱりこめばいいだけでしょう」

「だって……そんなことして、危なくないこと？」ミス・ペニーベイカーは、意識を失っている男を不審の目で見おろした。「なんだかこの人、ごろつきみたいに見えるけれど。夜中眠っているあいだに、わたくしたちみんな殺されちゃうんじゃないかしら」

「それもそうだ」フローリアンがミス・ペニーベイカーに同調した。「どういう素性の男か、我々は何一つ知らんわけだから——けんかでもしてたんじゃないかと想像するぐらいで」

「けんかですって！」ミス・ペニーベイカーはおびえた声をあげた。

「ああ。見てごらん、体中傷だらけだろう」

ミス・ペニーベイカーは男の体にこわごわ目を近づけ、鼻にしわをよせた。「それだけじゃなくて、この人、濡れてますよ」

「汗だと思うわ。ただ、この脚を見ると、川か何かを渡ってきたとも考えられるけれど」

プリシラの言葉に、ほかの二人も男のふくらはぎから足先に視線を向けた。濡れて泥まみれのふくらはぎには、黒っぽい毛が張りついている。ミス・ペニーベイカーは、つと顔をそむけた。フローリアンは目をこらして男の脚を見つめている。

「うん、プリシラ、おまえの言うとおりだ。観察が細かい。水深がひざのすぐ下だということは、浅い川のようだ。スラウ川かもしれん」フローリアンはかがんで、男の爪先から濡れた葉っぱをつまみあげた。「日日草か。牧草地も通りぬけてきたとすると」しばし考えてから、言葉を継いだ。「推測するところ、東側の森の方角から来たのかな」

「でもわたくしたちは、この人が何者か、どういうわけでここに来たのか、まだわかっていませんわ」勇気を出して主人に異論をとなえるときの癖で、ミス・ペニーベイカーは落ちつきなく手をひらひらさせた。「いい人には見えないじゃありませんか」

プリシラは男の顔に目を当てた。「そうねえ、いい人ではないかもしれないけれど……悪い人でもなさそうだわ。ただ、なんと言ったらいいかしら。強い人のような気がするわ。それは悪くないことでしょう」

「ですけど、けんかなんかしてたんですよ！」

「襲われたのだとしたら？　やられたら、やり返すのは当然よ。なんにも着ないで、人にけんかをしかける殿方なんていないでしょう？」

フローリアンは娘に答えた。「うむ。気がふれたのでない限りはな」

ミス・ペニーベイカーは音をたてて息を吸った。「まあ、まさか！　病院から抜け出してきたんじゃないでしょうね？」

フローリアンはにやにやした。「頭のおかしないとこに、エイルズワースの屋敷の屋根裏に閉じこめられていたとかな？　いかにも連中のやりそうなことじゃないか」

ミス・ペニーベイカーは目を丸くした。「だんなさまは本当にそうお思いなんですか？　ダーウッド・アビーの物語に出てくる、あのヘンリエッタ・フェアフィールド嬢がそんな目に遭わされたんですよ。コンフリー卿《きょう》の発狂した伯父が、幽閉された塔から抜け出してきて——」

「違うのよ」プリシラがさえぎった。「そのたぐいの本を、お父さまはからかってらっしゃるのよ。さあ、お父さま、冗談はよして。この男の人は追いはぎにやられたと考えるほうが自然じゃありません？　衣類は取られたけれどなんとか逃れて、森やリドリー・ボトムズあたりの浅瀬を抜けてここまでたどりついたんじゃないかしら。この家の明かりが目に入り、助けを求めたのよ。もしも悪いことを企《たくら》んでいるなら、玄関の扉を叩いたりしないでしょう。家のまわりをこそこそ探って、開いている窓から忍びこもうとするのが普通だと思うわ」

ミス・ペニーベイカーはそわそわあたりを見まわした。「窓の錠を下ろさなくては」

「この男は確かに扉をどんどん叩いておったよ。書斎にいたわしも気がついたくらいだから。泥棒というよりは、助けを求めてきたように聞こえたよ」

すかさずプリシラは言った。「もしもこの人を誰かが追ってきているなら、なおさらうちに入れてあげなくてはならないわ。こんなところに立ってあれこれしゃべっているよりもね。そうでしょう、お父さま？」

「それはそうだ」フローリアンは外の闇《やみ》に目をやった。「よろしい。では、取りかかろうではないか」

プリシラはかがんで、男の左腕のわきの下に近いところをつかんだ。汗でぬらぬらした肌が熱い。なぜか、みぞおちのあたりに奇妙な感覚をおぼえた。これまでプリシラは、男性の体にじかに触れた経験は一度もない。弟たちの手を握ったことはあるが、見ず知らずのたくましい男にさわるのとは大違いだ。

男のもう一方の腕を父が持ち、ミス・ペニーベイカーもいやいやながら足を受けもった。だが、三人で力を合わせても、床から男の胴体を完全に持ちあげることができない。いったん男を下に下ろすと、頭が床にぶつかってどすんと音をたてた。

やむなくミス・ペニーベイカーが男の頭を支え、ほかの二人は腕をつかんで引きずった。胴体だけはなんとか家の中に入れたところで、プリシラが両足を持って横にまわった。それでようやく玄関の扉を閉めて、かんぬきをかけることができた。

三人とも息を切らして立ち、見知らぬ男を見おろした。男は目を覚まさない。

「さて、これからどうしたものか」フローリアンが首をかしげる。

プリシラは提案した。「お皿洗いの人が使っていたお台所の奥の小部屋に、簡易ベッドがあったでしょう。あそこに寝かせたらどうかしら？」

父親はうなずいた。「それはいい考えだ。しかし、あそこまで運ぶのに何かもっと楽な方法があるはずだが。適当な梃子《てこ》の装置があれば、簡単に動かせるんだがな。この男はどのくらい目方があると思う？」

彼は遠くを見つめるような目つきで、考え事に気を取られている。プリシラは急いで言った。「お父さま、今そういう計算はなさらなくてもいいと思うの。わたし、毛布を取ってきます。この人を毛布にのせてひっぱれば、いちばん簡単でしょう？」

フローリアンはにっこりして娘を見た。「なるほど、そのとおりだ。そういう実用的な才能を、おまえは誰から受け継いだんだろうね」

「大昔のご先祖さまからでしょう」プリシラはいたずらっぽい目つきで笑って、杉の長持にしまってある毛布を取りに行った。

もどってきたプリシラの指示にしたがって、どうにか男の体を毛布にのせることに成功した。重さがあっても、磨きこんだ木の床は滑りがよく、わりあい容易に毛布ごと男を運ぶことができた。そうはいっても、廊下と台所を通りぬけて奥の小部屋にたどりついたときは、三人とも肩で息をしていた。プリシラは体を起こして痛む背中に手を当て、男からベッド、そして父へと目を移した。この人をベッドにのせられるかしら？

「今のところは、このまま床に寝かせておいたらどうだろう？

自分でベッドに上がれるんじゃないかな」父もプリシラと同じ考えを口にした。そのうち目が覚めたら、

プリシラは心配そうに眉をよせた。「この人……ちょっと熱っぽくないかしら？」

「ああ、熱があるのかもしれない。具合が悪いのかな？」

ミス・ペニーベイカーも推測に加わった。「高熱でのぼせた状態で歩きまわっていたんでしょうか。それならば、この人が、そのう……服を着ていないのも説明がつくのでは？」

「ええ、そうかもしれない……熱で頭がおかしくなり、体を冷やそうとして服を脱ぐこともあり得なくはないわ」

「脳膜炎にかかると、何をやり出すかわかりませんよ。ベッドから飛び出して、そのまま真っ暗な外に走り出たとか」

ミス・ペニーベイカーの意見を聞いて、フローリアンは言った。「もしもそんな病気にかかっているならば、医者に来てもらわなくてはならない。ハイタワー先生を呼びに行こうか」

プリシラは即座に反対した。「いいえ、お父さま。今外へ出たら、どんな危険が待っているかもしれません。それに、ミス・ペニーベイカーとわたしだけでここに残っているのも心細いわ。この人を取りもどしに、誰かが侵入してきたらどうします？」

「うむ……それもそうだが」

「フィリップやギッドが熱を出したことは何度もあったけれど、ミス・ペニーベイカーとわたしとで看病して治したものですわ。この人も、なんとかなると思うの。でも、悪化したら、お父さまが先生を連れてきてくださいね」

「わかった。じゃ、わしは戸締まりがきちんとしているかどうか調べてこよう」

プリシラは男のかたわらにひざをついて、額に手を当ててみた。燃えるように熱い。ミス・ペニーベイカーが台所からランプを持ってきた。その明かりでよく見ると、男の顔は赤かった。男が落ちつきなく身動きして頭を横に向けたとき、後頭部の髪に何かねばねばしたものが付着しているのに気がついた。

「血が出てる！」プリシラは男の後頭部を指でたどってみた。血のかたまりの真ん中にこぶができている。「これがいけなかったんだわ！　卑劣にも誰かが後ろから殴ったのよ——それも、よほど強く。ペニー、お水と布切れを持ってきてくださらない？　傷口をきれいにしなければならないわ」

「やれやれ、なんということなんでしょう」ミス・ペニーベイカーが首を振るたびに、無数の髪の束がゆさゆさ揺れた。「わたくしは気に入りませんよ」

「もちろん、わたしもよ。この人は誰かに虐待されたのよ。ほら、見てごらんなさい！」

プリシラは男の腕を持ちあげて、かつての家庭教師に示した。「手首のまわりに赤いあざがついているでしょう？　縄が強くこすれた跡だと思うの。両方の手首と足首にもついてるのよ。縛られていたに違いないわ」

ミス・ペニーベイカーは恐れをなしている。「プリシラ！　どうしてそんなことがわかるの！」

プリシラは苦笑した。「ギッドが海賊ごっこをしていて屋根から縄をつたって下りてきたとき、手首にこんな跡がついていたでしょう。忘れた？」

「ああ、あのとき。思い出しましたよ」ミス・ペニーベイカーは不安げに見知らぬ男に視線を向けた。「でもプリシラ、縄で手足を縛られるなんて、物語の中でしか起こらないことでしょう？」

「だけど、ときには現実にも起こることが、この人を見ればわかるじゃありませんか」

「それはそうだけど……わたくしたちの知ってる人たちがこんな目に遭うことはまずないでしょう。なんだか気になるわ。やっぱりこの人は悪漢ですよ」

「悪漢だとしても、今は高熱を出して気絶してるのよ。仮にわたしたちを襲おうとしても、わたしたちだって負けてはいないわ」プリシラの大きな灰色の目は、いたずらっぽく笑っている。

それを見て、ミス・ペニーベイカーはぷりぷりした。「よござんす。どうせわたくしは古くさい女ですよ。好きなようになさい。でも、あとで――」

プリシラはくすくす笑った。「ペニーったら、そんなに怒らないで。勇敢なヒーローが気を失って優しい恋人に介抱されるという物語はいっぱいあるじゃありませんか。そういうロマンティックなお話がお好きだったんじゃなかった？」

「でも、こんな……真っ裸の人のどこがロマンティックなんです？　物語のヒーローはみんな紳士ですよ。それにひきかえ、この人は粗野すぎます」

「そのうちわかるでしょう、この人が悪漢か、それとも雄々しいヒーローかは。いずれにしても、今は元気になれるようにできるだけのことをしてあげなければ。そうでしょう？　お薬も一緒に持ってきてくださる？」

ミス・ペニーベイカーは不満顔ながらも、台所へ行って傷口を洗うための水や布、それに薬も運んできた。プリシラは布を水に浸して、見知らぬ男の後頭部を丁寧にぬぐった。男は眉をしかめてうめいたが、目は覚まさなかった。

プリシラが小さな布に薬を数滴落としてそっと傷口に当てると、男は目をかっと見ひらいた。「ちくしょう！」男の手がプリシラの手首を握る。

びくっとして、プリシラは男の目を見た。明るい緑色の瞳だった。陽光を受けて輝く新緑そっくりの透きとおったまなざしに、プリシラは魂を射ぬかれたような感覚をおぼえた。身動きできず、言葉も失って、その場にただじっとしていた。

男はかみつくような口調で言った。「きみはいったい誰なんだ？」

「手を離しなさい！」

悲鳴に似た声が聞こえるまで、プリシラはミス・ペニーベイカーがいたことを忘れていた。かつての家庭教師は男の向こう側に立ち、水を入れた鉢を脅すようにかかげて、こわばった全身をわなななかせていた。それにつれて、髪を縛った無数の白い布切れもぶるぶるふるえている。

男の視線はミス・ペニーベイカーに向かった。不思議ないでたちの婦人を妖怪《ようかい》だとでも思ったのか、口をあんぐり開けてつぶやいた。「なんてこった！　化け物屋敷に来たらしい！」

男はプリシラの手首をはなし、がばっと起きあがった。ミス・ペニーベイカーが金切り声をあげて、水をまき散らす。プリシラはぱっと立って、「だめです！」と叫びながら、男を止めようとした。

たちまち顔から血の気が引いて、男はぐらりとよろけた。目の玉をぐるぐるさせたあげくに、くずおれた。

今度はプリシラの動きがすばしこく、もたれかかってきた男を両腕で抱きとめようとした。一瞬、男の匂《にお》いと体温に包まれ、ざらざらした胸毛に頰をこすられる。けれども、ぐったりした男の重みにもちこたえきれず、二人とも床に倒れこんだ。

「まあ、大変！　プリシラ！　だいじょうぶ？」ミス・ペニーベイカーは武器のつもりの水の鉢をわきに置き、二人のそばに駆けよった。

「だいじょうぶよ」男の下敷きになったプリシラは、もがいてはい出ようとする。「この人をどかすのを手伝って」

　プリシラは男と床のあいだにはさまって、押しつぶされそうだった。岩のような重みもさることながら、密着した男の体の感触になんとも言いようのない狼狽《ろうばい》をおぼえる。全身が奇妙にうずき、腰のあたりはにわかに熱く火照り出した。生まれて初めて味わう感覚で、力が抜けていくようでもあり、そのくせ不思議にわくわくもする。

　ミス・ペニーベイカーが腕と肩をつかんでひっぱり、同時に下からプリシラが男を押しあげた。やがてようやく二人は男の体を転がして、毛布にもどすことができた。プリシラは起きあがって、呼吸を静めようとする。

「プリシラ、本当にだいじょうぶ?」ガウンの襟元をかき合わせながら、ミス・ペニーベイカーは心配そうにきいた。

「本当にだいじょうぶ」プリシラは髪をかきあげ、先ほどミス・ペニーベイカーが持ってきた包帯を取りあげた。「わたしが包帯を巻いているあいだ、この人の頭を押さえてくださらない?」

　半ばおずおずと、ミス・ペニーベイカーは言われたとおりにした。プリシラは包帯を男の頭に巻きつけ、しっかり縛った。あんなことがあっても手元がふるえていないのにひそかに満足しつつ、男の手首と足首の傷も同様に洗って手当てをした。傷口に薬をつけると、男はぴくりとはしても目は開けなかった。

「これでよし、と」プリシラは立ってスカートのしわを伸ばし、自分の患者を見おろした。

「考えつく限りのことはやったわ。あとは、上にかけるための毛布をもう一枚持ってきましょう」

血で薄赤く染まった水の鉢を持って台所に移動するプリシラのあとから、ミス・ペニーベイカーもついてくる。

「熱がもっと高くなるといけないから、寝ずの番をしなければならないと思うの」プリシラはミス・ペニーベイカーに話しかけた。

「ええ。夜中に目を覚まして、わたくしたちを殺そうとするかもしれないし」

ミス・ペニーベイカーの大げさな言い方に、プリシラは微笑した。「殺されないためには寝室の錠を下ろしておけばいいけど、この人の看病が必要になるかもしれないでしょう。今夜は、わたしがそばについていることにするわ」

「あなた一人ではいけません！　何が起きるか、この人がどんなことをするか、わからないでしょう！　ついさっき、あんなことをしたばかりじゃありませんか」

「でもさっきは、わたしを襲ったわけではなくて、おびえたのはこの人のほうだったのよ」

「あなたの手首を握ったじゃない」

「あれは、薬がしみて痛かったからよ。熱に浮かされて頭がはっきりしていなくても、痛みのもとを止めようとするのは自然でしょう」

ミス・ペニーベイカーは肩をそびやかして言い張った。「いいえ、やっぱりだめよ。危険すぎるわ。わたくしも一緒についていきます」

「そんな心配はご無用よ。何か身を守るものを手元に置いておけばいいでしょう。そうね、麺棒《めんぼう》がいいわ。この人が目を覚ましてわたしの首を絞めようとしたら、麺棒で頭をぶん殴ってやるから」

「プリシラ、冗談を言ってる場合じゃありません！」

「冗談なんかじゃなくて、本気よ。麺棒を手ばなさないって、約束するわ。ナイフよりはいいと思うの。だって、あなたもご存じのとおり、殴るほうはかなりいけると思うけれど、人を刺した経験はないんですもの」

「プリシラ……」ミス・ペニーベイカーは両手をもみ合わせて言った。「せめてわたくしも一緒に番をさせてちょうだい」

「だけど、明日の昼間はお願いするから、夜のあいだに少し眠ってもらわないとだめなのよ」

「プリシラ！」ミス・ペニーベイカーは絶句した。

「そんなに心配なさらないで。夜中にわたしを襲おうとしなければ、昼間の明るいときにそんなことをするとは思えないでしょう。それに、明日はお食事を作りにミセス・スミッソンも来るし、お父さまもいるじゃない」

「それなら明日の日中はお父さまにお願いして、今夜はわたしが一緒に起きています」

プリシラは呆《あき》れたように目をまわしてみせた。「お父さまは看病なんかできる方じゃないわ。たとえそばにいても、五分もしたら何かの定理とか実験について考え出して、病人が死んでしまっても気がつかないでしょう」

フローリアン・ハミルトンとのつき合いが長いミス・ペニーベイカーは、プリシラの言い分の正しさを認めないわけにはいかなかった。とはいっても、あきらめて寝室に引きとるまで、さらに数分はいたずらに粘った。自分の患者が床でぐっすり眠っているのを確認してから、プリシラはミス・ペニーベイカーとともに二階に上がって、長持から毛布を二枚取り出した。蓋《ふた》を閉めていると、玄関の扉を叩く音が聞こえてきた。

急いで階段を駆けおりたが、今度は父のほうが先に玄関に出た。彼が扉を開けると、プリシラが見たこともないような、芳しくない風体の男が二人突っ立っている。片方はやせこけて背が高く、目鼻だちが鋭くて、長めの髪はくしゃくしゃだった。ずるそうな細い目を光らせて、父の肩ごしに厚かましく家の中をじろじろのぞきこんでいる。もう一方のずんぐりした男は、胸も腕も筋肉隆々としていて、何度も鼻の骨を折られたのか、鼻がひしゃげていた。顔はまるっきり無表情だった。

プリシラは急いで毛布を階段の陰に隠して、父の背後に近づいた。二人の男は見るからに悪党面をしている。それればかりではなく、近くによって気がついたのだが、二人のうちの一方か、あるいは両方ともアルコールの臭《にお》いをぷんぷんさせていた。世事にうといお人よしのお父さまが、こんな連中の言うことを信じなければいいけど、とプリシラは気をもんだ。それに、さっき考えついたあの麺棒を手に持っていればよかった。

「おまえたち」フローリアン・ハミルトンは傲然《ごうぜん》として叱《しか》った。「今何時だと心得ておる。夜分のこういう時刻に人を訪問するのは、いささか無礼だと思わんのか?」

プリシラは心底ほっとした。お父さまもわたしと同じように、この二人がすぐさま嫌いになったんだわ。ふだんの父は誰に対しても分けへだてなく平等なのに、いざその気になれば、先祖代々つちかわれた貴族的な態度や口調がおのずと表れてくる。

フローリアンの応対の仕方は効果てきめんだった。背の低い男は間が悪そうにそっぽを向いた。のっぽのほうはあわてて帽子を取り、フローリアンにぺこりと頭を下げた。

「だんな、すみません。大変なことが起きたもんで」

「へーえ」フローリアンは冷たくあしらう。

「ほんとなんすよ、だんな。男を追っかけてるんで……そいつはとんだ野郎――いや、頭がいかれてまして。ひょっとして、その男がここに来やしなかったかと思ったわけで」

「狂人が? わしの家に? あり得ない」

「あたしらは、つまりそのう……そいつをうちに連れて帰ろうとしてたんで。そしたらそいつは、このメイプスの頭を殴ってずらかっちまって」むっとした相棒をにらみつけて黙らせ、のっぽはしゃべりつづけた。「だんな、そいつをつかまえなくちゃなんねえんですよ。こすいやつだから、何しでかすかわからねえんで」

「なるほど」フローリアンは、メイプスと呼ばれた小男に言った。「おまえが油断してたというわけか」

「おれのせいじゃねえ」小男は相棒に食ってかかった。「おめえだってやられたかもしれねえんだ」

「ふん、見ろ。おれはやられてやしねえ。それに、おれはジンを一本あけてもいいねえよ」

これには背の低いほうの男も口答えができないようで、むっつりと黙りこんで横を向いてしまった。フローリアンは、珍しい昆虫でも観察するような目つきで二人の男を代わる代わる凝視した。気づまりな沈黙が続き、男たちはもじもじし出した。

「あいにくだが」フローリアンはおもむろに口を開いた。「おまえたちの役には立てないようだ。よそへ行って捜すんだな」

のっぽのほうが首領格らしく、なおも食いさがった。「だんなのとこには、今晩誰も来なかったというんですかい？」

「聞いてなかったのか、わしの話を？　それとも、何か？　わしの言葉を疑うのか？」フローリアンは蔑《さげす》みをこめて締めくくった。「逃げた狂人というのは、おまえたちのほうじゃないのかな？　それとも、ジンを飲みすぎただけのことかもしれん。さあ、もうそういうばかげた話はいいかげんにしてくれ——娘がおびえているじゃないか」

プリシラは精いっぱいおどおどした表情を作って、父の後ろから少し顔をのぞかせた。のっぽはまだぐずぐずしていたが、フローリアンはさっさと扉を閉めて、古風な金属のかんぬきをきっちりかけてしまった。

父はプリシラのほうを向いて、得意そうに微笑した。「どうだい、わしの芝居の出来映えは？」

「最高よ、お父さま」プリシラはにっこりほほえみ返す。「一瞬、先代の公爵かと錯覚したくらい」

「実は、父のいとこの真似《まね》だったんだが、ランリーでもよかろう」

「お父さまが、あの男の人をかくまうことにしてくださってよかったわ」

「ああいう手合いに引き渡す気はない。我が家の客が悪漢か否かはわからんが、さっきの連中がごろつきであるのは一目瞭然《りょうぜん》だ。それにしても、真相はなんなのだろう」

「あの人の意識がもどれば、わかるでしょう。さっき一時的に目が覚めて立とうとしたんですけど、すぐまた倒れてしまったの」

「それをくり返しているようにも見える」

「その理由——少なくとも理由の一つがわかったんです。頭にすごく大きなこぶができていて、髪に血がついていました」

「ということはつまり……頭を殴られた」

「それからもう一つ、手と足を縛られていたようなの。手首とくるぶしに縄の跡がついているのを見つけたんです」

フローリアンは眉をつりあげた。「捕らわれの身だったのか。ふーむ、話はますます面白くなってきたぞ。今来た連中は何者だろうな。最初の男の仲間なのか。それとも、あの男は、ならず者にだまされた罪のない男なのか。あるいは、さっきの二人が言っていたのが本当で、彼らは頭がおかしくなった病人を連れもどしに来たのか」

「あの人たちは信用ならないとわたしは思うわ。病人のお世話ができるようには見えなかったし」

「しかし、気が狂った屈強な男を連れもどすには、力も必要かもしれない。目が覚めたとき、何か言っていたのかい？」

「罵《ののし》ってました――ひどく。水を入れた鉢でぶつとペニーに脅されたら、布切れで縛ったあの変なちりちりの頭を見て、お化け屋敷に来たと叫んだの。それから急に立ちあがったかと思うと、また気絶してしまったわ」

フローリアンはくっくっと笑い、難問に取り組んでいるときの癖で、両手の指を髪に突っこんだ。「見ず知らずの人間を泊めるのは気が進まないが、こんな夜中に外に追い出すわけにもいくまい。それに、起きあがるたびに気絶するんじゃ、恐ろしがる必要もないだろう」

「ええ、たぶんないと思います」プリシラは毛布を取りに階段のそばへ行った。「とにかく、今夜は寝ずに看病してあげるつもり」

「寝ずに看病とは、どういうわけかね？」

「頭の怪我《けが》だけじゃなくて、お父さまがおっしゃってたように熱が高いみたいなんです。少なくともあと数時間は様子を見て、もっと悪くなるようだったら、お医者さまに来ていただきましょう」

「それならば、わしも一緒に起きているとしよう。おまえに危害を加えられるとまずいから」

「今おっしゃったばかりじゃない――立つこともできないほど弱ってるなら心配ないだろうって。そんな人がわたしに危害を加えるはずがないでしょう。それに、武器を手ばなさないとペニーに約束したの」

「武器とは、いかなる種類の武器じゃ？」

「わたしが考えたのは麺棒よ」

「こっちのほうが適切だと思うが」フローリアンは、上着の大きなポケットから銃身の長いピストルを取り出した。

プリシラは声をあげた。「お祖父《じい》さまの決闘用のピストルね。それ、どうなさるおつもりなの？」

「玄関に出るには、万一のために武装しておいたほうがいいだろうと思っただけさ」

「で、お祖父さまのピストルに弾をこめたってわけね？」

「いやいや、弾はこめていないよ。ピストルをしまってあるケースはわかっているが、弾薬はどこにあるのか見当もつかん。なにしろ九十年も使ってないんだからな。弾薬があっても、発砲できるものかどうか怪しいもんだ。しかし、脅しにはなるだろう」

「はったりだと見破られさえしなければ」

「それなら向きを変えて、この台尻《だいじり》で頭をぶん殴ればいいさ。あの男なら、なんとかなるだろうて」

「お父さまったら！」プリシラはこらえきれずに吹き出した。手を伸ばして父からピストルを受けとり、底の深いスカートのポケットにしまった。「わかりました。もしあの人が起きたら、これでもって脅かしてやるわ」

「それでも、わしがおまえのそばについていたほうがよかろうな」フローリアンの視線は無意識に書斎に飛んでいる。そこにはきっと、分厚い化学の学術書が紐とかれたままになっているに違いない。

プリシラはほほえみながらも、きっぱりと言った。「いいえ、そんな心配はご無用よ。わたし一人でだいじょうぶ。このピストルもあるし、お父さまだって近くにいらっしゃるわけだから、何かあったら大きな声を出します」

「うん、そうしてくれ。すぐ駆けつけるよ」

プリシラは父の頬に口づけして、書斎に向かう後ろ姿を愛情のこもったまなざしで見送った。それから台所へ行って、扉を開けた。

中に入ったとたんに後ろからいきなり腕が巻きついてきて男の体に引きよせられ、プリシラは身動きできなくなった。同時に口をふさがれ、出かかった悲鳴も消されてしまった。

2

プリシラは必死に身をよじって振りほどこうとしたが、男の力にはかなわなかった。父から渡されてスカートのポケットの底にしまったままのピストルには、手を触れることもできない。見ず知らずの人間を見くびって、疑おうともしなかった自分がうかつだった。悔しかった。

男は耳元でやつぎばやに詰問した。「いったいきみは誰なんだ？　ぼくは、どうしてここにいるんだ？　ぼくの衣服はどこにある？」

プリシラはじれったそうに、言葉にならない声をもらした。人の口をふさいでおいて、答えろといっても無理じゃない。

「大きな声を出さなければ、手を離してやろう。だが、一度でも叫んだら、鶏みたいに首の骨をへし折ってやる」間を置いて、男は念を押した。「わかったか？　いいな？」

プリシラはうなずく。男はプリシラの口からゆっくり手を離した。そして今度は、その手をプリシラののどに巻きつける。男の熱い手が敏感な肌にじかに触れたとたんに、プリシラはぞくっとしておののいた。男の筋肉質の体が上から下までぴったり密着している。相手が裸であることを、いやでも意識せずにはいられなかった。

「返事をしろ」男はうながした。温かい息が頰をかすめる。

「わたしは、ええと……」プリシラは咳払《せきばら》いして、はっきりと言い直した。「わたしはプリシラ・ハミルトン。ここはエバーミア・コテージというわたしの父の家です。どうしてここにあなたがいらっしゃるかについては、わたしのほうこそうかがいたいわ」

「ハミルトン？　知らないな」男はぼんやりした声でつぶやく。心もち男の力がゆるんだのを、プリシラは感じとった。

「わたしもあなたを知りません。わかっているのは、三十分ほど前にあなたがうちの玄関口で倒れたということだけです」

「それはどういうことなんだ？」プリシラに問いかけているというよりも、独り言のように聞こえた。

男はプリシラののどから手を離し、それを自分の顔に持っていった。体がふらついて壁によりかかり、プリシラの腰にまわした腕からも力が抜けた。

今だ、とプリシラは思った。男のはだしの足を靴をはいた足で思いきり踏みつけ、全力で男の腕を突きのけた。不意をつかれたのと足の痛みとで、男は思わず腕を離してうめいた。ふたたび手を伸ばしてつかまえようとしたが、時すでに遅く、プリシラが時代がかった決闘用のピストルをかまえていた。

男は唖然《あぜん》としてピストルに目をすえた。「狡猾《こうかつ》な女だ！　きみもやつらの一味だな？」

「やつらの一味って、誰のことなの？」プリシラは切り返し、ピストルで身ぶりをしてみせた。「壁にもどりなさい。今度はわたしが質問します」

男は壁にもたれた。プリシラに指示されたからというよりは、よりかからずにはいられないふうだった。顔色は青く、汗が額ににじんでいる。目をつぶった男の表情からすると、まためまいに襲われているのではないか。それにしても、何一つ身につけていない男と向かい合っているのは、なんとも居心地の悪いものだ。男自身は意地にでもなっているのか、裸でいることを気にとめている様子はない。プリシラは目のやり場に困った。

まっすぐ見つめては、あまりにも品が悪いと思う。といって、真ん前に男がいるので、ほかに視線を向けるところがない。鎖骨が突き出た筋肉質の広い胸が、いやでも目に入ってくる。プリシラが男性の裸体を見たのはもちろん初めてだが、もしも知り合いの紳士のそんな姿を目にする機会があったとしても、誰一人この男のような人はいないのではないか。ひょろひょろと骨ばった弟たちの体つきとはまるで違うし、始終馬に乗っているアレックですら体格はやせ型だ。

それにひきかえこの男は、プリシラより三十センチは背が高く、やせぎすではまったくなかった。御影石《みかげいし》から彫り出したようながっしりした体には、贅肉《ぜいにく》がどこにもついていない。男性の肉体がこれほど好奇心をそそるものだとは、これまで夢にも思ったことがなかった。知らず知らず視線が下へ下がっていき、プリシラは赤くなってぱっと目をそらした。ついまじまじと見つめてしまったところを、目をつぶっている男に気づかれなくてよかった。

プリシラははりつめた声で言った。「話をするあいだ、座ったほうがいいわ。さもないと、あなたはまた倒れてしまうでしょう」

男は目を開けて、プリシラを見た。「ぼくは気を失ったんだね？」

「ええ……二回」

「なんてこった！　こんなに汗をかいて、いったいぼくはどうなったんだろう？　まわりがぐるぐるまわり出した」男は顔をぬぐい、プリシラが悪いというように非難のまなこを向けた。

「頭の大きなこぶが原因でしょう。それと、熱が高いせいもあると思います。さあ、台所の奥の小部屋にもどって。簡易ベッドがありますから」プリシラは、男につかまったときに取りおとした毛布をさして言った。「その毛布はあなたのために持ってきたのよ」

男は床の毛布に目を向けて腰をかがめ、一枚拾いあげて体を包んだ。それから一歩一歩踏みしめるようにゆっくり台所を通りぬけて、小部屋に入った。やっとベッドに腰を下ろし、うめき声をこらえて、両手で頭をかかえた。そのありさまを見て、プリシラは胸が痛んだ。

「お気の毒に」プリシラは言った。「どうにかしてあげたいけれど、頭の怪我《けが》に痛みどめはよくないから」

男は顔を上げ、けげんな目つきをした。「わからないな。どうしてきみは毛布を持ってきてくれたり、頭に包帯をしてくれたりするんだ？」

「当然でしょう？　怪我をしてらっしゃるし……毛布が必要だったんですもの。誰だって同じことをするはずです」

「しかし、きみは……やつらの一味だろう？」

「やつらって、誰のこと？　わたしは誰の一味でもないわ」

「名前は知らないが、ぼくを縛った二人の男のこと。酔っぱらいと、その相棒だ」

「背の高い人でしょう？　やせて、傷跡のある」

「そうそう、そいつだ。きみとどういう関係なんだ？」

「なんの関係もありません。その人と、お酒をたっぷり飲んだらしい背の低い人が、さっきあなたを捜しに来たわ」

狐《きつね》につままれたような表情のまま、男はプリシラを見つめた。「やつらにぼくを引き渡さなかったんだね？」

「ええ。今晩ここに来た人間はいないって、父が二人に言ってやりました。あの人たちのことを紛れもない悪党面だと感じたみたい。わたしも同じ意見です」

「そうか、きみはやつらの一味じゃないというわけか」男は少しほっとした顔を見せた。

「やれやれ、よかった。それならなぜきみは、ぼくにピストルをつきつけているんだ？」

「お忘れなの？　台所に入ってきたわたしを襲ったのは、あなたなのよ。ピストルで対抗しないわけにはいかないじゃありませんか」

「それはそうだ」男はまた額の汗をふいた。「謝るよ……大変失礼なことをして」大きくぶるっとふるえて、毛布をしっかり体に巻きつける。「どうも気分がおかしい」

「熱のせいよ。どのくらいの時間、縛られていたの？　それに、ずうっとそういう格好でいらしたの？」プリシラの頬が染まった。

男は下を向いて、自分の姿に目をやった。「そうらしい。いつこうなったのかは思い出せないが、目が覚めたら手と足を縛られて何も着ていなかった。やつらは交代で見張りをしていた。だけど、そのあいだにどのくらい時間がたったのかも覚えていない。やたらに長く感じたけれど、二日二晩だったように思う――もちろん意識を回復してからだが。その前はどれくらいそこにいたのか、まったく見当がつかない」

またしてもふるえがきて、男はきいた。

「ここは寒いところなのかな？　ひどく寒く感じるが」

「毛布をもう一枚持ってきましょう」プリシラは立って、台所に行った。あんなにも弱っているあの人に危害を加える余力が残っているとは思えない。それに、恐怖心もほとんどなくなっていた。それでもプリシラは念のため、男に背を向けないように注意した。もどってきて毛布をほうり投げるときも、腕をつかまれるのを懸念して、男に近づかなかった。けれども、もはやそういうことをしようという気もないようで、男は二枚の毛布にくるまってもなおふるえていた。それなのに顔は真っ赤で、汗をびっしょりかいている。「ちょっと横に――横になっても、いいかな?」

男は横向きに寝て、目をつむってしまった。

「あ、待って……」プリシラはベッドに近づいて腰をかがめ、男の顔をのぞきこんだ。

「まだうかがいたいことがあるの。いったい何があったのか、聞かせてください。あなたは、なぜあの男たちに追われているの?」

「それは――ぼくにもわからない。おお、寒い」歯をがちがちいわせて、男は体を丸くした。

プリシラはためらったあげくに弾のつまっていないピストルをポケットにしまい、小走りに台所を出た。二、三分後に三枚の毛布を手にもどってきて、小部屋のドアを開け、用心深く中をのぞきこんでから入った。

招かれざる客はベッドに寝てはいたものの、くるまっていた毛布をすべてはぎ、腕を広げて仰向けになっていた。プリシラはおずおずと近づいた。男の全身が赤らみ、ひどく汗をかいている。悪寒に代わって、今度は体が燃えるように熱いのだろう。それでも毛布はかけていなければならない。

いけないことをしているような気分になりながらも、プリシラはさらに近よった。後ろめたいことなど何もないじゃないの。自分にそう言い聞かせはしたものの、なぜそんな気分になるのか実はわかっていた。つい視線を、男の平らな腹部の先の体毛と……そこに鎮座しているものに走らせてしまうからだった。今夜激しいノックの音を聞いて玄関の扉を開けたその瞬間から、まともに見るのを避けてきたのが男性のその部分だった。だが、ともすれば目がそこに吸いよせられては、はっとして引き離すことをくり返していた。

これはもう好奇心以外の何物でもなかった。言うまでもないが、生まれてこの方そのものを目にしたことは一度もない。結婚でもしていなければ、良家の子女はみんなそうなのではないか。それに、結婚していてもそういう機会があるのかどうかは、正直言って見当もつかなかった。お嬢さまというものは、と小さいときから言い聞かされたように、そもそもそんなたぐいのことは知っているべきではないのだし、興味を持つなどもってのほかなのだった。けれども、自分は貴婦人魂を持ち合わせていないのだろうと、少し前にプリシラは結論をくだしていた。それというのも、上品な女性たちが愛好する事柄のほとんどが退屈だとしか思えなかったからだ。ましてプリシラが好きでひそかにしている仕事は、家計のやりくりに欠かせない収入をもたらしているにもかかわらず、上品な女性にふさわしい活動であるとは見なされていなかった。

実はプリシラは書くことが大好きだった。女らしい日記や紀行文とか、若い娘たちが感傷にふけって書き散らす詩などではなく、血湧《わ》き肉躍る冒険小説を執筆していた。異国を舞台に雄々しいヒーローがさまざまな危険を乗りこえて大活躍する。そんな物語ほどプリシラの情熱をかきたてるものはない。ブロンテ姉妹の怪奇小説やサー・ウォルター・スコットの英雄物語を読みふけって育った少女時代に、夢でしか見ることができない未知の土地や勇敢な人々への憧《あこが》れを植えつけられた。

幼いときから平穏な暮らししか知らないプリシラだが、想像の世界では奔放にはばたいてきた。そのうちに本を読んでわくわくするだけでは物足りなくなり、自分の頭に浮かんでくる物語を書きつけるようになった。そして、心の中で自由自在に異国の地へ旅をし、理想の男性を創《つく》り出していく。プリシラの知っている男たちはたいていは現状に満足していて、狐を追いかけたり、ときたまロンドンに遊びに出かけたりして年を重ねるのが常だった。けれども、プリシラがペンと紙で紡ぎ出す世界の男たちは、勇ましくて気高い冒険者ばかりだ。中には非道な人間もいるけれど、一人残らず命がけで大いなるものを追い求める男たちだ。

今目の前に横たわっている病人も、ひょっとしたらそういう男たちの一人かもしれない。少なくとも見かけはそうだった。背が高くて顔だちが凛々《りり》しく、強そうで謎《なぞ》めいていて、危険のただ中にいる。物語のヒーローにぴったり当てはまるではないか。怪しげな男どもに追われて貴婦人の住まいの扉を叩《たた》く——言うまでもなく、英雄的なヒーローだったら普通はきちんと服を着ていて悪漢を撃退してしまうのだろうけれど。でも当然ながら、現実は小説のようにはいかない。御しがたいのが人の世というもの。裸ではあっても見ず知らずのこの人は、わたしの物語に登場する並はずれた男たちにいちばん近いような気がする。好奇心をそそられるのも不思議ではないわ。プリシラはそう自分に言い聞かせた。

もっとも、プリシラの小説に出てくる育ちのよいヒロインならば、一糸まとわぬ男性を観察しようなどとは思いもつかないに違いない。たとえ現実の世界ではあり得ないような苦境におちいったときでも、物語のヒロインたちは世間の期待にそむくようなお行儀の悪いことはしない。しかし、作者とヒロインとは違う。プリシラ自身は、男性の体の構造を徹底的に知りたかった。

わたしがしげしげと見ているところを、たまたま目を覚ましたこの人に気づかれたらどうしよう。どんなにきまりが悪いことか。だがそんな懸念も好奇心には勝てなかった。男の体を見おろしては、つと目をそらしたり、また視線をもどしたりと、赤面しつつも凝視しつづけていた。

男の人の体のつくりはこうなっているのか。女のそれとはまるで違っていて、奇妙というかなんというか……そのくせ、ひきつけられずにはいられない。見つめているうちに、自分の腰の奥深くに何やらうごめく感覚をおぼえ、あろうことか男に手を伸ばして触れたい衝動にかられた。もとより、実行するはずはない。プリシラとて、そこまでたしなみを忘れてはいないし、それほど大胆にもなれなかった。

　ベッドの男が身動きをした。プリシラはどきんとする。運んできた毛布のうちの一枚をあわてて男の体にかけた。この人は病気で、わたしの助けを必要としていることを忘れてはだめじゃない。男の額に手を当ててみると、燃えるように熱い。

　プリシラは台所に行って、汲《く》みたての水を入れた鉢ときれいな手ぬぐいを取ってきた。手ぬぐいを水に浸してしぼり、病人の額にのせる。それからまた台所に引き返して、フィリップが熱を出したときに友達のアンからもらった強壮剤の瓶を捜した。たしかあれはかなり効いたような覚えがある。あちこち捜しまわったあげくにやっと、戸棚の奥にあるのを見つけた。コップにスプーン一杯の強壮剤を入れ、少量の水をまぜたものを持って小部屋にもどった。

　病人は苦しそうに絶えず身動きしている。せっかくかけた毛布がすでに腰のあたりまでずりおちていた。高熱によるうわごとか、何やらわけのわからぬことをぶつぶつつぶやいている。プリシラはベッドのわきの床にひざをついて、話しかけた。「ミスター……」せめて名前ぐらいは知っていたら。名を呼ぶこともできない人を看病するのもおさまりが悪いものだった。「あの、ちょっと起きあがれませんか？　のんでいただきたいものがあるの」

男が目を覚まさないので、軽く肩をつついてみる。肩の皮膚も火のように熱い。

「もし？　起きてください」

病人はまぶたをぴくぴくさせて目を開け、顔を向けた。まなざしはぼんやりしていて、焦点が合っていない。「なんだって？」かさかさになった唇をなめて、きいた。「すごく暑いけど、ここはどこなんだろう？」

「ここはエバーミア・コテージです。前にも言いましたけど、覚えていらっしゃらない？」

男はかすかに首を振り、また唇をなめた。「のどが渇いた」

「そうでしょう。お水を飲まなくては。でも、その前にこれをのんで。少しは気分がよくなるでしょう。起きあがれますか？」

病人はうなずき、どうにかひじをついて頭を持ちあげた。プリシラは一方の手で男の頭を支えながら、コップを口元にあてがった。男はごくりとのみかけはしたものの、顔をしかめて声を荒らげた。

「これはなんなんだ！　ぼくを殺そうというのか？」

「いいえ、これは熱に効くお薬よ。ひどい味なのはわかってるけど、もっとのまなくてはいけません」

「そんなもののむもんか!」男はけんか腰で言い返した。

プリシラは口を引き結んで、男をぐっとにらみつけた。長年にわたって、だてにやんちゃな弟たち二人の母親代わりを務めてきたわけではない。「いいえ、のむのよ。さあ、口を開けて」

「ぼくは水が飲みたいんだ」男は強情に言い張った。まるで小さな子どものような顔つきをしているので、プリシラはもう少しで笑いそうになった。

「もちろんお水もあげるわ――お薬をのみさえすれば」

病人は無言でプリシラを見すえている。プリシラも一歩も譲らぬ決意で男を見返した。ついに男はしぶしぶ譲歩した。「わかった」

強壮剤入りの水をのみ干してベッドにぐったり仰向けになり、口元をゆがめて言った。

「毒薬みたいな味がする。誰に頼まれてこんなことをするんですか? お父さん?」

「誰にも頼まれてなんかいません。自分の意思であなたを助けようとしているだけ。でも、あなたが今みたいな態度をとるなら、考え直さなくてはね」

男はかすかにほほえんだ。プリシラは台所に行って、水を入れたコップを持ってきた。

病人は目をつぶっている。コップを小さな鏡台に置いてベッドのわきにもどると、男はおびただしい汗をかいて、またしても毛布を横にのけている。プリシラは毛布をかけ直し、部屋の隅にあったスツールを運んできて、ベッドのかたわらに腰を下ろした。それから、水に浸した手ぬぐいをしぼっては男の顔の汗をくり返しふいた。

顔を冷水でふいたためか病人はいくらか落ちついたようだったが、それでも頭を揺すったり、ときどきうわごとを口にしたりしている。毛布は何度もうっとうしそうにはねのけられた。熱はさらに高くなっているようだった。

プリシラは弟たちが高熱を出したときによく胸をスポンジでふいてやったことを思い出したけれど、見知らぬ大人の男にそんなことをするのもどうかとためらっていた。ほどなく、こんなに高い熱を冷ますためには迷っている場合ではないと思い直す。手ぬぐいを水に浸してしぼり、胸や首筋を冷やした。さらに胸から腹部へと行ったり来たりさせ、手ぬぐいが温まると冷たい水でしぼって同じ動作をくり返した。

薄地の手ぬぐいをとおして、たくましい筋肉のつき具合や固いあばら骨と鎖骨の感触が手のひらに伝わってくる。プリシラの下腹がふるえ、息づかいが速くなった。男ののどが脈を打っているのを見ると、そこにさわりたくなった。ためらいがちに手を伸ばして、のどに指を当ててみた。そのあたりもひどく熱かったが、強靭《きょうじん》な体つきとは対照的に、そこだけは柔らかく傷つきやすそうに思われた。しっかりと脈打っているのを指で感じると、プリシラ自身の脈拍も速度を増してくる。

プリシラは手をひっこめ、唾《つば》をのみこんだ。今夜みたいに不思議な感覚を経験するのは初めてだ。この人の胸を手ぬぐいでふくときのなんとも言えないうずきはなんだろう？

腹部にざわめく火照りも、今までに感じたことのないものだった。異様でありながら、快かった。

冷水に浸した手ぬぐいをゆっくりと男の胸から腹へと滑らせる。平らな乳首を指がかすめるとき、心なしか前よりも硬くとがっているような気がした。病人はうめいてプリシラのほうを向き、毛布を再度蹴《け》とばした。プリシラは毛布を引きあげようとして、さっきちらと見た部分に視線を吸いよせられた。中途で手を止めたまま、つい見入ってしまう。形が違う。

先ほどよりも大きく長くなって、上向きに持ちあがっている。目をぱちぱちさせながら、プリシラは手をひっこめた。たった今見たもので頭がいっぱいなので、病人の上半身を冷やす動作は機械的になった。胸から腹へと手ぬぐいを移動させると、例のものが動いた。手を止めて、目を丸くする。それから試しに、手ぬぐいで胃のあたりをなでてみた。するとその部分はまたぴくっと動いて、さらにふくらんだ。

プリシラは視線を男の顔にもどした。男は目をつむったままで眠っているようだが、口がいくらか開いて表情がゆるんだように見える。息づかいは荒かった。プリシラは両脚のつけねがずきずきし出したのに気がついて、息がつまりそうになった。自分の体に起きている変化に仰天し、脚をしっかり閉じ合わせた。

病人は乾いた唇をなめている。それを見たプリシラは、なぜそんなことをするのか我ながらけげんに思いながら、鏡台のコップにつけて濡《ぬ》らした人さし指を男の唇に持っていった。男は唇をプリシラの指に押しつけた。熱っぽい息が手を焦がす。おなかの中で蝶々《ちょうちょう》がせめぎ合っているように、みぞおちがひくひくした。

もう一度コップの水で指を濡らし、上下の唇をなぞってみる。今度は男の舌が出てきて、指についた水をすくいとった。ベルベットのような感触に、プリシラの腰のあたりが熱くなった。

男はまぶたを上げて、プリシラを見た。目はとろんとしていて見分けがついた様子もなく、前のように問いかけもしなかった。

唇を突き出すようにして、男はつぶやいた。「いい気持だ」片方の手が伸びてきて、プリシラの頬にさわる。「いくら?」

「えっ、なんですって?」プリシラはけげんな顔できき返した。火のように熱くてかすかにざらついた男の手が気になるあまり、考える力もなくなってしまったようだ。

「一晩いくらかい、きみは?」男の手が頬からのどに下りてきて、胸のふくらみを覆った。

「マ……マダム・チャンは目利きだから」

男のそれらしいしぐさから何を言っているのか悟ったプリシラは、顔を赤くした。この人はわたしを春をひさぐ女だと思っているのだ! お金で買える女だと!

「失礼!」プリシラは男の手を押しのけて、立ちあがろうとした。だが男は、プリシラの手首をつかんで離さない。

「いや、行かないでくれ」男はもう一方の手をプリシラのうなじに当てて、引きよせようとする。「わからない？　きみがぼくの好みなんだよ」

「いえ、待って！　勘違いです。あなたは――熱に浮かされているのよ」手で胸を押し返すと、愛撫《あいぶ》とでも思ったのか、男はほほえんでさらにプリシラを引きよせた。ほんの十センチくらいのところに男の顔があった。

気がついたときには、熱い唇が重なっていた。こういう口づけは生まれて初めてだった。実のところ、今まで口づけされたことは三回しかない。そのいずれもが、唇をかする程度の軽いものだった。こんなにも熱っぽくて激しく、むさぼらんばかりの口づけは経験したことがない。男は飢《かつ》えた人のようにプリシラの口をこじあけ、舌をさしこんできた。驚きの声をもらして、プリシラは身を硬くする。それでも男はやめるどころか、いっそう熱烈に求めてきた。両方の腕をプリシラの背中にまわし、自分の胸に抱きよせる。プリシラはただぼうっとしていた。全身から力が抜けて、体を引きはがすこともできなかった。むしろ逆に指の先を男の肌に食いこませて、おずおずとではあるものの、唇をこすり合わせてさえいた。

のどの奥からうなり声をもらして男は口を離し、プリシラの頬から耳元へとキスを移した。「髪を下ろしてくれないか」あえぎあえぎ、ささやく。「きみの髪を肌でじかに感じたい」

男の手がプリシラの結いあげた髪をまさぐり、ピンをはねとばした。ふさふさした髪が滝のように流れおちた。二人の顔を取り巻く髪を指ですきながら、男はプリシラの耳たぶを上下の唇ではさみ、軽くもてあそんだ。それだけでも全身が火照っているのに、耳たぶに歯が当たるのを感じたプリシラは、息が止まるかと思うほどの心地よい戦慄《せんりつ》にうちふるえた。

「いけない、待って――」唇をふさがれて、弱々しい声はかき消されてしまう。あとはただひたすら、甘美な口づけの魔力に身も心も奪われるばかりだった。

ふたたび男はプリシラの胸のふくらみを探りあてた。服の上からすっぽり手をかぶせて、優しく握りしめる。焼けつくような快感がずきっと陰部に走り、さすがにプリシラは我に返った。こんなふうに触れられたことはどこの誰にもただの一度もないのに、見も知らぬ他人に平気で許しているとは。そのうえ、ふしだらな女のように自ら応《こた》えているのは、いったいどういうこと!

恥ずかしさがこみあげてきて、プリシラはぐいと体を引き離した。不意をつかれた男は呆然《ぼうぜん》として、両手を空《むな》しくさしのべたままプリシラを見あげている。

「ねえ、きみ、どうしたの? 逃げないでくれよ」男は哀れっぽい声を出して、顔の汗をふいた。「金はあるんだよ。たしかこのへんに……ええい!」まぶたが下りてきて、言葉がだんだん不明瞭《ふめいりよう》になった。「待ってくれ。ぼくは――マダム・チャンはどこにいる？マダムにきけばわかるんだが……」

二言三言わけのわからないことをつぶやくと、男は黙ってしまった。プリシラは用心深く距離を置いて立っていた。肩を覆う乱れた髪に手をやる。そうしただけで髪をすいていた男の指の感触や耳元にささやかれた甘い言葉がよみがえり、体の奥がとろけそうになった。そして、あの口づけ！　キスがああいうものだとは夢にも思わなかった。経験はおろか、人から聞いたこともない。しかも、あれほど濃密でうっとりするような口づけをしたのが名も知らぬ人だなんて、現実とは思えなかった。愛し合っている男女でなければ、あんなことはしないのではないだろうか？

前のように髪をきちんとまとめるにはピンが足りない。やむなくプリシラは、ふるえの残る手で三つ編みにした髪をくるくると巻き、髪に絡まっていた二本のピンでどうにか留めた。自分がいけなかったのだと認めざるを得なかった。抱きよせて有無を言わせずキスしたのは男のほうだとはいえ、なにしろ高熱に浮かされた病人なのだ。夢うつつで別の女と勘違いしても仕方がない。それにひきかえわたしは、この人が赤の他人であることを十分にわきまえていながら熱烈に応えてしまった。いつからこんなみだらなたちになってしまったのだろうか。

さらに悪いことには、身の置きどころがないほど恥じるべきなのに、なんというすばらしい感覚だったかと、いつしか思っているのだ。口づけがどんな味だったか、抱擁しているときにどういう匂《にお》いがしたか、まざまざと思い出しては体がふるえる。わたしの書いている物語のヒロインも、こんなふうでなければならなかったのでは？ 今までの描き方は、なんだかおとなしすぎたような気がする。

プリシラは台所へ行って、顔に冷たい水をかけた。火照った肌に心地よい。首筋も水で冷やしていると、そのあたりに触れた男の熱い手の感触が思いうかんだ。だめじゃないの。つい目を閉じている自分に気がついて、叱《しか》りつける。背筋を伸ばして目を開け、濡らした顔をふいた。

しっかりしなさい、プリシラ。隣の部屋で寝ている男の人は病気なのよ。ばかげた考えにふけっていないで、看病しなくては。あの人とはまったくの他人同士じゃない。さっきあったことは熱病の産物で、それ以外の何物でもないのに。あちらもわたしについては何も知らないわけだし、誰かと間違えただけ。その誰かというのも、お金を払うだの、マダムなんとかだの、どうやらいかがわしい女のことらしい。

隣の小部屋の入り口にもどって、中をのぞいてみた。男は今度は、毛布を肩までひっぱりあげて丸まっている。ふるえているのが一目でわかった。また悪寒に襲われているに違いない。

プリシラは急いでベッドのそばへ行き、さらに二枚の毛布で病人をくるんだ。男は何も言わずに、歯をがちがちいわせている。目をつぶり、ときどき小さくうめいた。こうなってはどんなに屈強な大男でも形なしだ。なんとかしてあげたいと思っても、大して役に立てないのが歯がゆかった。

ほどなく病人はふたたび大汗をかいて毛布をはぎ、しきりに寝返りをうっては、うわごとを口走りはじめた。病人がベッドから落ちたり裸になったりしないように、プリシラは懸命に立ち働いた。だが少なくとも、くり返し起きあがろうとする男の肩に両手を当ててベッドに押しもどしても、もはや娼婦《しょうふ》だと勘違いされてはいないようだった。

プリシラはもう一度、強壮剤を調合した。これをのませるのが、また一苦労だった。しまいには、病人が振り払ったものだから、石の床に砕けたコップや薬の後始末をする羽目になった。そうしているうちにも、男はベッドからはい出てよろよろと室内を歩きまわる。なんとかプリシラがなだめて寝かしつけたあとに、悪寒がきた病人はベッドにしがみつくように小さく丸まって寝た。

このような状態が続く病人の世話を必死でしているうちに、プリシラは椅子に座ったまま いつの間にか寝入ってしまったらしい。東の空が白みはじめたとき、はっとして目を覚ました。ただちに病人を見ると、両腕を伸ばした体勢でじっと横たわっている。

一瞬、死んでしまったのかと思った。けれども、規則正しく上下する胸に気がついて、熟睡しているのだとわかった。プリシラはぱっと立ってそばへ行き、病人の額に手を当ててみた。顔に赤みが残っていてまだ平熱ではないようだが、夜中ほど熱くはない。熱が下がったのだ。

プリシラは安堵《あんど》のため息を大きくついて、床にうずくまった。急にひざから力が抜けて、立っていられなかった。ベッドのへりに額を押しつけ、我ながら驚いたことに、涙を流していた。長時間の緊張のせいか、体のふしぶしが痛んだ。

不意に後頭部の髪がなでられた。プリシラはびっくりして、顔を上げた。透きとおった緑色の目とプリシラの目がぴたりと合った。

「だいじょうぶ？」病人は優しく尋ねて、もう一度、髪をなでた。前夜の奮闘のあいだにピンがはずれ、ほどけかかった三つ編みが肩にたれていた。だが、まとめるのはあきらめてそのままにしておいたのだ。男性の前にこんなしどけない姿をさらすべきでないのはわかっている。けれども見知らぬ男は、まるで上等な彫刻や陶器でも扱うように、プリシラの髪にそっと指を滑らせていた。

「ええ、だいじょうぶ」プリシラは笑おうと努める。泣いたりする自分がおかしかった。頬をつたう涙を手で払った。「ごめんなさい。わたし——ほっとしたものだから。一晩中あなたは高熱で苦しんでいたの。やっと熱が下がったのがわかって、つい……」

「そう」男はほほえんだ。プリシラの髪を指ですきながら、じっと眺めている。「きみは美しい人だ」

プリシラはぽっと赤くなった。「ありがとう」

男はけげんそうに眉をよせ、間を置いて尋ねた。「きみはぼくの知り合いですか？」

「いいえ」

改まった男の口調で、プリシラはたしなみをおろそかにしていたことを思い出した。ベッドから離れて立ちあがり、髪をなでつける。

「ゆうべうちの玄関の扉を叩いたことを、お忘れですか？」

見知らぬ客はますます眉をくもらせ、首を横に振った。「いや、ぼくは――どうもはっきりしない」ゆっくり上半身を起こすにつれて毛布がずりおち、胸があらわになった。自分の胸を見おろした男は狐につままれたような表情をする。「ぼくの――服はどこにあるんだろう？」

プリシラはいっそう顔を赤らめた。「知りません。そういう姿でうちにいらしたんですもの」

「裸で？」男は驚いて念を押した。「冗談でしょう？」

「いいえ、本当よ。なぜそうなのか、わたしにはわからないの。あなたがどこのどなたかも知りません」

「どこの誰なのか？」男は困ったようにくり返した。

プリシラはうなずく。「そこからまずうかがわなくては。お名前はなんとおっしゃるの？」

依然としてうつろな面もちで、男はプリシラを見た。「それが――どうもよく思い出せなくて」驚愕《きょうがく》の色が目をよぎった。「わからない。ぼくは、自分が何者かわからない！」

3

プリシラは目を見ひらいた。「ご自分が誰だかわからない?」

「自分の名前もわからないんだ」病人は室内を見まわした。そうすることによって何かわからないかと思っているようなしぐさだった。それから頭に手をやる。「うう……頭が痛い。気分も悪いし、めまいがする」

「あなたの頭には大きなこぶができていて、血も出ていたわ。誰かにひどく殴られたのではないかしら。ゆうべは熱が高かったし、まだ平熱にもどっていないの。ついこの一、二時間で危機を乗りこえたばかりなのよ」

「それで頭がおかしくなったんだろうか?」病人はがっかりして言った。

「おかしくなったとまでは思わないわ。記憶を失っただけでしょう」相手の胸中を思って、プリシラ自身も気落ちしていた。それでも努めて明るい声を出した。自分に何が起きたのか。なんという名前か。それさえも忘れてしまうなどということがあり得るのだろうか?

「高熱や頭の傷が原因かもしれません。もっとおやすみになったほうがいいわ。ぐっすり眠れば、目が覚めたときには、何もかも思い出すのではないかしら。具合が悪いときは、頭がぼんやりするものでしょう」

「しかし、これほどぼんやりはしないと思うが」頭をひねりながらも、病人は目を閉じた。そして間もなく、ふたたび眠りに落ちていった。

一時的に記憶を失っただけだといいが。そう願いつつ、プリシラは病人の寝顔を見守っていた。子どものころに熱を出して寝ていたときのことを思い出す。寝室の壁と天井の境目に小さな妖精《ようせい》たちが現れて家を建てているといったような、奇怪な幻想が次々に浮かんできた。夢ともうつつともつかぬ不思議な感じだったから、熱で意識が混濁して自分の名前を忘れても、異常なことではないのかもしれない。熱が下がって気分がよくなれば、ひとりでに記憶を取りもどすのではないか。

楽観的な気分でプリシラは台所に入り、簡単な朝食を作って食べた。病人にも何か用意するべきかとも思ったが、とにかく眠らせておいたほうがいいと考え直した。数分後に、ミス・ペニーベイカーが心配そうな面もちで二階から下りてきた。例のごとく髪を頭のてっぺんにきちんと結いあげ、地味な茶色のドレスでいつものとおり一分の乱れもなく身なりをととのえている。けれども、内心は落ちつきを失っているのが一目瞭然《りょうぜん》だった。

「あなた、だいじょうぶ? ゆうべは最悪だったの。一晩中あなたのことを考えて、ほとんど眠れませんでしたよ。あなたの身に何か起きていないかと、心配で心配で。で、どう

「だったの？」ミス・ペニーベイカーは大きく目を見ひらき、胸元で両手を握りしめて、かたずをのんだ。

　プリシラはこともなげに答えた。「悪寒と高熱で一晩中うわごとを言ってました。でも、明け方になってやっと熱が下がり、今は安らかに眠っているわ」人さし指を口に当てて静かにするよう合図をして、かつての家庭教師を小部屋の入り口に連れていき、子どものように眠っている病人を見せた。

　黒っぽいまつげが頬に影を作っている寝顔を日の光のもとで眺めると、名も知らぬこの男の人はなんという端整な容貌《ようぼう》をしているのだろうと、あらためて思うのだった。ギリシャ神話の美青年アドニスの完璧《かんぺき》さとは異なるかもしれないが、あごの無精ひげも含めて、彫りの深い顔だちは精悍《せいかん》な美しさを備えている。

　かたわらでミス・ペニーベイカーが身ぶるいした。「よく朝までずうっとこの人と二人きりでいられたものね。怖くなかったの？」

　プリシラは驚いた。こんなに魅力的な青年に、なぜ恐怖しか感じることができないのだろう。無理に調子を合わせず、正直に答えた。「いえ……むしろやりがいを感じたの。ちょっと怖くなったときもあったけれど、一晩中この人の熱と闘って、ついに勝ったという気分」

「へえ、おかしなことを言うのね。ともかくあなたは階上《うえ》へ行って、おやすみなさい。わたくしが見ていますから」覚悟を決めた顔つきで、ミス・ペニーベイカーは台所の椅子を小部屋の戸口の外側にすえた。

これでは看護人というよりも牢番《ろうばん》みたいだわ。面白がりながらも、プリシラは何も言わなかった。ミス・ペニーベイカーはわたしのためにライオンの群れに立ち向かう決意なのだ。

ひそかにほほえみつつ、プリシラは二階へ上がった。寝室に入って初めて、自分がいかに疲れきっているかを実感した。服を脱ぎ、倒れこむようにベッドに横になる。寝間着に着替えるのもおっくうで、下着をつけたまま寝た。ミス・ペニーベイカーが知ったら、卒倒するだろう。そして、あっという間に寝入ってしまった。

目が覚めると真昼になっていた。日光がさんさんとさしこんでいて、プリシラは目をぱちくりさせた。一瞬ののちに、昨夜の出来事を思い出した。急いでベッドを下りて、手早く身支度をした。眠っているあいだに病人がどうなったのか、早く確かめたい。

階下《した》へ下りてみると、ミス・ペニーベイカーも病人も先ほどの位置から一歩も動いていなかった。ただ台所には、炊事や掃除をするために娘と一緒に毎日通ってくるミセス・スミッソンが来ていた。こんろではいくつもの深鍋《ふかなべ》がことこと煮立っていて、おいしそうな匂《にお》いがただよっている。

プリシラは胸いっぱいに息を吸った。「うーん、いい匂い……ミセス・スミッソン、腕にょりをかけた感じね」

白髪まじりの小柄な婦人は、振り向いてにっこりした。「ああ、プリシラお嬢さま、やっとおいでになった。わたしは、いったいどうなってるのかと思ってましたよ。そっちには男衆が寝てるし、こっちにはああやってがんばっておられるしで」ミセス・スミッソンは、ふんと鼻を鳴らした。「まるでこのわたしが村中に触れてまわるんじゃないかと疑ってるみたいに、なーんにも教えてくださらないんですからね。わたしは金棒引きなんかじゃありませんよ。お嬢さまはよくご存じでしょうに」

「ええ、もちろん」プリシラは家政婦をなだめにかかった。プリシラが赤ん坊のときから手伝いに来ているミセス・スミッソンは、家庭教師だったミス・ペニーベイカーを目の敵にしている。あとからやってきたくせに偉そうな顔をして――というのが、ミセス・スミッソンの言い分らしい。元家庭教師を横目でにらみながら、家政婦は口癖のように言う。「ミセス・スミッソンが決して人の噂《うわさ》なんかしない方だということは、わたしはよくわかってい愛情こそが大切なんで、読み書きができたからってなんてことはありません、と。「ミセス・スミッソンが決して人の噂《うわさ》なんかしない方だということは、わたしはよくわかっているわ。でもね、ミス・ペニーベイカーもわたしも、あなたに教えてあげられるほどいろいろ知っているわけじゃないのよ」

そこでプリシラは、昨夜遅く見知らぬ青年が突然やってきて、そのあと二人の悪漢が追ってきたいきさつをかいつまんで説明した。ミセス・スミッソンは途中で「ええっ」とか

「まあ」とか驚きの声をあげながら、熱心に耳を傾けていた。それから二人でミス・ペニーベイカーが座っている場所に行って、病人の様子をうかがった。青年は目を閉じたままだった。

「あれま、なかなかいい男じゃないですか」ミセス・スミッソンはプリシラに耳打ちした。ミス・ペニーベイカーがじろりと家政婦に一瞥《いちべつ》をくれる。あわててプリシラは話題を変えた。「どこから、どんな用事でここにいらしたのかしらね」

「目が覚めたら、話してくれるんじゃありませんか」家政婦が言った。

プリシラはただ肩をすくめた。二人の婦人には、この青年が記憶を失っているらしいことをまだ話していない。十分に眠って頭がはっきりしたら、何もかも思い出すのではないかと期待しているからだ。

「ペニー、この人、まだ一度も目が覚めていないの？」

「二度覚めましたけれど、ただわたくしを見ていただけでしたよ。一度はお水を欲しいと言うので、あげました」

「ほかに何か言ってなかった？」

「あなたのことをきいてました。もう一人の女の人はどこに行ったのかって。で、わたくしは言ってやりました。一晩中寝ないで献身的に看病してもらったんだから、少しくらい休ませてあげなくてはいけないでしょうと」

かつての家庭教師の忠義だてに、プリシラは思わず微笑を誘われた。ミス・ペニーベイカーのことだから、わたしを大げさに天使扱いしたに違いない。

三人の女の視線に感づいたように、病人は目を開けた。一人一人に疑わしげな目を向けたあげくに、しゃがれ声で尋ねた。「あなたたちは誰？」

プリシラは一人で部屋に入って、ベッドのわきまで歩いていった。「わたしはプリシラ・ハミルトン。ゆうべも同じことを言ったけれど、覚えていらっしゃらない？　ここはわたしどもの家、エバーミア・コテージです」

青年はうなずき、ゆっくりと上体を起こした。毛布がずりおちて裸身があらわになっても、気にとめていないふうだった。「ああ、思い出した」彼の視線は二人の婦人に向かった。「あの人たちは？」

「ミス・ペニーベイカーとミセス・スミッソンです。ミス・ペニーベイカーは、あなたの看病のお手伝いをしてくれたのよ。ミセス・スミッソンは、わたしたちにお料理を作ってくれる人です」

青年の口元がほころんだ。「この匂いからすると、よい料理人だね」

得意そうにミセス・スミッソンはにっこりした。「そろそろおいしいスープをあがりたいころなんじゃないかと思ってたとこなんですよ」

青年は人なつっこい微笑を家政婦に返した。「どうやらそうらしいよ。腹がぺこぺこだ」

ミセス・スミッソンは、いそいそとスープをよそいに行った。プリシラは青年の額に手を当ててみる。ほとんど熱が下がったようだ。

「だいぶ気分がよくなったみたいね？」

「ええ。でもすっかり力が抜けてしまったようだ」青年は姿勢を変えて、壁によりかかった。プリシラを見て、それから警戒するように戸口を見た。そこには依然としてミス・ペニーベイカーがきちんと両手をひざに置いて椅子に座り、じっと青年を見つめている。プリシラは笑いをこらえた。

青年は居心地悪そうに身動きし、プリシラに尋ねた。「どうしてあの人はあそこに座ってるんだろう？　水を持ってきてくれたときも、できるだけ遠くに立ったままだった。ぼくは伝染病にでもかかっているのだろうか？」

我慢できなくてプリシラは笑ってしまった。「どうかしら。でも、理由はそういうことじゃないんです。ミス・ペニーベイカーが離れて座っているのは、あなたがごろつきではないかと疑ってるからなの」

「ごろつき？　ぼくが？　とんでもない」

「そうじゃないと言いきれます？」

プリシラに念を押されて、青年の表情はかげった。「ええと……あ、そうか。ごろつきか、ごろつきでないかもわからないわけだ。変な気分だなあ。それでもやっぱり、ごろつきじゃないような気がするけれど」

「ということは、まだ何も思い出せないの？」

青年は首を横に振った。手探りしているような目つきをしたあげくに、ため息をついてもう一度、首を振った。「何も。何一つ思い出せない」

「なんの話をしてるのですか？」ミス・ペニーベイカーが立って、二、三歩進み出た。

「何を思い出せないというのでしょう？」

「ああ、ミス・ペニーベイカー、ぼくは何一つ思い出せないんです。どこの出身か、どこに住んでいるのか、名前はなんというのかも、いくら考えても思い出せない」

プリシラの元家庭教師は口をあんぐり開けた。「自分の名前もわからないんですって？　そんなことって、あるのかしら？」

プリシラは肩をすくめるしかなかった。「よくわからないけど、あるんでしょうね。ほら、セレスト伯母さまのお舅《しゅうと》さんがご自分のことも家族のことも全部忘れてしまったじゃない」

「でも、あの方は八十四歳だったんですよ」ミス・ペニーベイカーはベッドの青年に疑いの目を向けた。「あなたはそんなお年じゃありませんでしょう」

「あなたの言うとおりだ。しかし、変な話だとお思いでしょうが、本当のことだから仕方がない」青年がにっと笑いかけると、ミス・ペニーベイカーの頰は薔薇《ばら》色に染まった。この人には女性をひきつけずにはおかない魅力がある、とプリシラは思った。ロマンティックな気質のミス・ペニーベイカーのことだから、いくらもしないうちにファンになってしまうのではないか。

ミセス・スミッソンがせかせかした足どりでスープを運んできて、トレイを病人のひざに置いた。おいしそうにスープを平らげる青年を、家政婦は笑顔で見守っている。ミス・ペニーベイカーの顔もほころんでいた。空になったスープ皿をのせたトレイをミセス・スミッソンが下げるのをしおに、プリシラはミス・ペニーベイカーに、昼食の時間はとうに過ぎているので食事するようにうながした。ミス・ペニーベイカーに口をはさまれることなく、記憶を失った青年と二人だけで話をしたかったからだ。ミス・ペニーベイカーはしぶしぶ家政婦のあとから出ていった。

プリシラは、昨夜座っていたベッドのかたわらの椅子に腰を下ろした。青年はうつぶせになった。しばらくのあいだ、二人は互いに相手を観察していた。プリシラが先に口を開く。「あなたが覚えていることは何もないの?」

「ええ、何も。この二、三日のことも、ぼんやりとしか思い出せない」青年はため息をついて、顔をなでた。「覚えているのは、小屋みたいなところで目を覚ましたところからだ。その小屋には窓がなくて、なぜそうなったのかはわからないけど、裸だった。しかも、手足を縛られて。屈辱的だった」

「それは、どこ？　どんな小屋だったの？」

「わからない。内部しか見ていないし、外へ出たのは夜になってから逃げ出したときだけだから。どこかの林の中にある、ペンキも塗られていない木の掘っ建て小屋だった」

「どうやって逃げ出したの？」

「どうにか縄を切ったんだ。縄を小屋にあったぎざぎざの木切れに時間をかけてこすりつけて、やっと切り離せた。手首も切ったけれど両手が自由になったから、足を縛った縄をほどくことができたんだ。それから、見張りがやってくるのを待ち伏せした」

「見張り？」

「そう。決まった時間に小屋をのぞきに来て、ぼくが縄をといていないか調べていた。二人の男が交代で見張りをしていたようだった。隙《すき》をついて頭を殴ってやったのは、背の低いほうの男だ」

「本当に？」プリシラは感じ入った。自分が創作する物語の剛胆なヒーローたちならやりそうなたぐいの大胆不敵の脱出だが、まさか現実にそういうことをする人間がいるとは。

「本当だとも。作り話をするわけがないじゃないか」

「そう、でも……そんな奇妙な話があるのかと思って」

「妙は妙だが。その男たちが何者か、どうしてぼくをつかまえたのかも、かいもく見当がつかないよ。別に何をするわけでもなくて、定期的に顔を出して確かめるだけだった。それも、頭があんまりよくないようで、綿密に調べるわけでもなかった」

「そこに連れていかれたときのことは、何か覚えていないの？」

青年は首を横に振る。「いや、まったく」

「謎《なぞ》だらけなのね」プリシラは眉間《みけん》にしわをよせて、考えこんだ。「あなたを殺すのが目的だったら、すぐさまそうしてしまっていたでしょうに。あなたの持ち物は奪ったあとなのよ。なぜ手足を縛って閉じこめたり定期的に見に来たりしたのかしら？　それに、なぜ着ている服まで取ったのか」間を置いて、プリシラの表情が明るくなった。「もしかしてあなたは、制服のようなものを着てらしたんじゃない？　身元が確認しやすい服装だとか」

「なるほど、それも考えられる。しかし、縛られて閉じこめられていたんじゃ、ぼくが例えば軍人だったとしても、誰が確認してくれる？」

「でも、逃げ出せば、わかってしまうわ」

「ぼくが逃げ出すものと予想していた？」

「それは考えられないわね。万が一を思って、服を脱がせただけかもしれない」

「だとしても、なぜぼくを監禁したのだろう？　金めあてだったんだろうか？」

「身の代金を取ろうとしたのではないかしら？」

青年は黙ってうなずく。

「あるいは、あなたは何かの用件で決められた日時にある場所に行かなければならなかった。それを妨害するために、誰かがお金を払ってあなたを監禁させた。一週間くらいは小屋に閉じこめておこうと企《たくら》んだ――というのはどうかしら？」

「しかし、なんの目的で？」青年は懐疑的だった。

「そう。例えば、裁判であなたが証言をするところだったとしたら？　捕らわれている人の無実を証明できる何かをあなたが知っていたとして、その人が釈放されるのを望まない誰かが画策したことも考えられるわ。逆に、ある人が有罪になるような重大な証拠をあなたが握っていて、それを証言させまいとしたのか」

青年は眉をつりあげた。「きみの想像力たるや、大したものだ」

「だって、何か特別の理由があるはずでしょう。あなたの身の上に起きたことは、日常茶飯事とは言えないわ」

「だけど、二、三日ぼくを監禁しておいたって、そういう連中の目的を達することはできないだろう。自由の身になったら、証言をすればいいんだから。ぼくが足どめを食っているあいだ、監獄にいる期間が少し長くなったり、逮捕されるのがいく日か遅れることはあるかもしれないが。それよりも、絶対に証言をさせないようにするなら、ぼくを殺すしかないじゃないか」

「その人間は臆病《おくびょう》で、あなたを殺すことまではしたくなかったとも考えられるわ。それとも、監禁すれば、あなたはおびえて証言しなくなるだろうと踏んだかもしれないじゃない。どちらにしても、頭の切れる人がすることではないわ。要するに、悪漢だというだけ」

「そのとおりだと思うよ」

「こうも考えられるわ。つまり、あなたを監禁しておいて国外に逃げるとか、証拠隠滅をはかるとか」

「ぼくも一味で、仲間割れしたこともあり得るわけだ」青年は感情をまじえずに言った。

この人、わたしを脅かそうとしているのかしら？　確かに内心、少したじろいだ。言葉そのものよりは、たんたんとした口調や無表情な顔つきのせいだった。でも、そんなことはおくびにも出すまい。うちの一家はともすれば混乱した状況におちいりがちだが、どんなときでも泰然自若としているのがわたしの特技だったはず。

プリシラは平然と青年に答えた。「それは疑わしいと思うわ。仲間割れだとしたら、相手ももっと凶暴になるんじゃないかしら？　もしもあなたが裏切ったり、向こうのものを盗んだりしたのだったら、相手の連中がただあなたを縛って眺めているだけなんておかしいでしょう？」

青年の口元を苦笑いがよぎった。「まいった。きみの言うとおりだよ」

「これからわたしたちがするべきなのは、あなたがどこのどなたで、この土地に何をしに来たのかを突きとめることでしょう？」

「わたしたちが？」

「だって、あなたはこの家に助けを求めていらしたんですもの。着るものもなく体調もよくないあなたを、ここから追い出すわけにはいかないわ。おまけに、二人のならず者に追いかけられているというのに。さっき言ったように、あなたの身元を突きとめられれば、あの二人がなぜ追いかけてきたのかもわかるんじゃないかしら」

「でしたら、お嬢さん、どうやったらぼくの身元を突きとめられるのか、何か方法があるのかな？　ぼく自身に記憶がなく、手がかりもないのに」

「あなたはお疲れでしょう。睡眠が必要だわ。このことはわたしに任せて。ちょっと調べてみますから」

青ざめた顔色からしても疲れているのは確かだったが、青年はすばやい動作でプリシラの手首をぎゅっとつかんだ。「ちょっと調べるとは、どういうことかな？　悪いやつが二人、そのへんをうろついているというのに、一人で外に出てはいけないよ」

プリシラは精いっぱい貴婦人ぶった尊大な様子で両方の眉をつりあげて、青年に握られている手首をじろりと見おろした。だがそんな態度を歯牙《しが》にもかけずに、相手はプリシラの手首をつかんだままにらみつけてくる。

「その手を離したほうがよろしいですよ。たった今」

「きみが表に飛び出してばかなことをやらかすのをやめない限り、離すわけにはいかない」

「表に飛び出してばかなことをやらかすですって？　そういうことは、わたし、めったにいたしませんの」実は、必ずしもそうとは言えなかった。もしプリシラが世間のしきたりどおり常におとなしく振る舞っているとしたら、ハミルトン家の一員とは言えないだろう。とはいえ、やることなすことどじな娘だと、この男性に決めつけられたくはない。「慎重に計画を練ってから、調べるつもりよ」

「いや、調べるのはよしたほうがいい。危害を加えられる恐れがある。ぼくを見ればわかるでしょう。きみの二倍も大きいんだよ」

「大きさは必ずしも重要とは言えないわ。大きいよりも賢いほうがいいときもあります」

男は目をむいた。皮肉っぽい返事に怒り出すものとプリシラは覚悟した。が、男は笑い出して、プリシラの手首をはなした。「ああ言えばこう言う。きみにかなう男も中にはいるんだろうね？」

プリシラは即座に切り返した。「お言葉ですけど、わたしの能力を尊重しない殿方はこちらからお断りよ」

「そうだろうとも。でも、図体《ずうたい》ばかりでかくてうすのろだと見くだされたぼくではあるが、これだけは忠告しておきたい。いくらきみが賢くても、二人のごろつきがそのへんをうろついている事実に変わりはないんだ。こそこそかぎまわったりしたら、やつらはすぐ気がついて、きみがぼくのことを知っているに違いないとにらむだろう。賢くても、げんこつを防ぐことはできないからね」

「〝こそこそかぎまわる〟とはずいぶんお品のよろしい言い方だけど、わたしはあの人たちに気づかれるような見えすいたことはしないわ。村の知り合いを二、三訪ねて、さりげなく噂話を聞くだけです。このへんで知らない人を見かければ、必ず話題になるの。わたしのほうから尋ねなくても、ひとりでに耳に入ってくるわ。エルバートン村では、あなたのように大きいアメリカ人は――いえ、大きくなくても――噂にならないはずがないもの」

「アメリカ人？」青年はきき返した。「ぼくがアメリカ人だと、どうしてわかる？」

「しゃべり方でわかります。イギリス人ではないのは明らかよ。どの地方であれ、そういうアクセントのイギリス人には会ったことがないもの。わたしとはだいぶ違うのを、お気づきにならなかった？」

「そういえば、気がついてはいた。しかし、心にとめていなかった。自分が何者で、今どこにいるのかもわからない。その事実に比べれば、ささいなことのように思えたんだろうな」

「あら、今どこにいるかは、わかっているじゃないの。ここはイギリスのドーセット州、エルバートン村よ。でも、あなたはここの生まれではないし、入植者だとも思えない。以前に父のお友達のアメリカ人にお会いしたことがあるけど、その方も同じように抑揚の少ない口調でいらしたわ」

「アメリカ人か」青年はつぶやき、考えたあげくに首を振った。「そう言われても、記憶をかきたてるものは何も感じないなあ。ボストン、ニューヨーク、フィラデルフィア……どれも、故郷だという気がしない」

プリシラは勢いづいた。「故郷ではないにしろ、わたしの推理ははずれてはいないんじゃないかしら。今あげた都市に、あなたはきっとなじみがあるのでしょう。名前がひとりでに出てくるくらいだもの。やはり、あなたはアメリカ生まれに違いないわ」

「だとしたら、なぜここにいるんだろう？ この……なんと言ったかな？ エルバートン村？」

「そう。わたしの考えでは、あなたはただここを通りかかっただけじゃないかと思うの。例えば、コーンワルの港からいらしたか、あるいはそちらへ向かうところか。この村の誰かの家にアメリカからお客さまがいらっしゃる予定だったら、その話はわたしの耳に三度くらいは入っているはずだもの。たぶんここは単に例の男たちがあなたを待ち伏せするための場所だったんだわ。もしあなたがこの二、三日のあいだに村にいらしたとしたら、必ず誰かに見られて話題にされているはずよ。だから、牧師館を訪ねて奥さまと三分もお話しすれば、あなたの噂についで何もかもわかるでしょう」

青年は眉をひそめた。「それにしても、きみが一人きりで歩きまわるのは気にかかるなあ」

「わたしに襲われる理由があるかしら?」

「ぼくがこの家に来たと疑っているからこそ、連中はゆうべ探りに来たんでしょう。ぼくが逃げ出したところからいちばん近い家が、ここかもしれない。でなかったら、ぼくの通った跡をつけてきたことも考えられる。ここまで逃げてくるのにいくつも薮《やぶ》をくぐりぬけたり、よろめきよろめき小川を渡ったりしたから、跡をたどるのは簡単だ」

「それはそうね。あの二人はこの家を怪しいとにらんで、まだ見張っているかもしれない。だとしたら、危険なのはここにいるあなたで、わたしじゃないでしょう。ここに侵入してあなたをつかまえる機会を狙《ねら》っていても、牧師館に行くわたしを襲ったりはしないと思うわ」

「ぼくのことは心配しないでいい。それよりゆうべきみが振りまわしていたピストルを貸してくれないか。あれがあれば、やつらをやっつけてやれる」

「それは無理です。だって、弾が入ってないんですもの。あれはわたしの曾祖父《そうそふ》のもので、思い出のために父がしまっておいたの。弾薬もないし、あったとしても果たして撃てるかどうかもわからない代物よ」

「だったら、ゆうべの威嚇は単なるはったりだったんだ」青年の口元に笑みがただよう。

プリシラは肩をすくめた。「あなたに危害を加えられるとは思っていなかったから」

「とはいっても、ぼくは素性もわからない男で、頭もおかしくなっていたんだよ。きみのはったりを見破っていたら、どうするつもりだった？」

高熱に浮かされていたときに青年がしたことを思い出して、プリシラはつい赤面した。その頬に視線をとめた青年も顔を赤らめた。この人は、わたしにキスしたことを覚えているのかしら？

プリシラはつと目をそらした。ぎごちない沈黙が続いた末に、青年は口を開いた。「ぼくはその――まさかゆうべきみに無作法なことをしてないだろうね？　何があったか、記憶が定かじゃないんだ。夢うつつだったから――」

「何もありません」プリシラは急いで否定し、そのとおり信じてくれればいいと願った。「熱でうわごとを言ってらしたけど、なんのことか、わたしにはほとんど理解できなかったわ」

「それだけ？」疑っている声音だった。

「もちろん。ほかにどんなことがあり得るというの？」プリシラはさりげなくほほえんでみせた。夢だったと思わせておくのがいちばんいい。

青年は大儀そうに顔をなでた。「だったらよかった。自信がなかったものだから。夢にしてはあまりにも真に迫っていたんで……」

「熱が高いときにはよくあることでしょう。さあ、またおやすみになったほうがいいわ。お疲れになったはずよ」

「眠れるかもしれない。ちょっと話したくらいでへとへとになるのは情けないが」

「少ししたらきっと元気になるわよ」

「ぼくが元気になるまで、出かけるのを待つわけにはいかないかな？　そばについていれば、何かの助けになると思うから」

プリシラは意味ありげに青年を見た。「前と同じような羽目になるんじゃないでしょうね？」

「失礼な。きみは口の悪い人だ。いや、同じ羽目になんかならないよ。前は気持の準備ができていなかったからへまをしたけれど、今度は違う。ぼくはけんかは強いんだ」

筋肉隆々の体格からすると、青年の言うとおりなのだろう。「いずれにしても、わたしはけんかに巻きこまれたくないの。それに、あの二人が追っているのはあなたですから、一緒にいればわたしまで襲われてしまうわ。一人のほうがはるかに目立たないでしょう」

「ああ言えばこう言うで、きみにはかなわない」

「でしょう？」プリシラは会心の笑みを浮かべた。この人と舌戦を交わすのが、なんだか楽しくてたまらない。弟たちが家を出てから、機知に富んだ言葉のやりとりをする相手がいなくなってしまった。父はいくら頭脳が優れていても、自分だけの思考世界に閉じこもっていて気のきいた会話をする余裕はない。ミス・ペニーベイカーはすぐ傷ついてしまうから、そんな遊びはできない。

部屋を出ようとすると、父の声が聞こえてきた。「ミセス・スミッソン、このくらいの丈と幅のある壷《つぼ》はないかね？　口が広くなくちゃならんのだよ」

「探せばあるかもしれません、だんなさま。でも、まずはおかけになってお昼をあがってくださいな。もう三十分も前から支度ができているんですよ」

「へえ、そんな時間かね」フローリアンは台所の戸口に姿を見せた。懐中時計を見つめて、いつの間に時間がたったんだろうという顔をしている。「そういえば、少々腹が減ってきたな。ミセス・スミッソン、実験室に持っていけるように、食事をトレイにのせてもらえないだろうか？」

始終こういうやりとりを交わしているのか、ミセス・スミッソンは腕組みをしてしっかり首を横に振った。「いいえ、だんなさま。そんなことをしたらどうなるか、わたしはちゃんとわかってるんです。あとで行ってみると、トレイの食べ物はまだ半分も残ってる。なんのことはない、だんなさまはわけのわからない実験とやらにかまけて、食事のことなんか忘れちゃってるんですよ。もしもお好きなようにってお任せしたら、だんなさまは一週間もしないうちに餓死してしまいますよ。嘘《うそ》でも冗談でもありません」

「うんうん、そのとおりだ」フローリアンは愉快そうにうなずきながら向きを変え、わきの小部屋にいる娘に気がついた。「プリシラ！　そこにおったのか。どこにいるのかと、ずっと考えてたんだ。そこで何をしてるのかね？」

けげんな面もちでフローリアンは小部屋に入ってきた。例のごとく髪があっちこっち逆立っていて、シャツの胸のあたりに黄色っぽいしみがいくつもついている。指も黄色く染まっていて、黒やオレンジ色のあざができていた。ボタンをはずして前がはだけたチョッキから汚れたシャツがのぞき、半ばほどけかかった幅広のネクタイは一方の肩にだらりとひっかかっていた。

プリシラはベッドのほうをちらと見た。青年は好奇心をむきだしにして、プリシラの父に目を向けている。

「ああ、ゆうべの御仁か！」昨夜遅く玄関口で倒れた男のことをやっと思い出して、フローリアンは歓声をあげた。「すっかり忘れておった。気分はよくおなりかな？」

「はい。少なくとも意識はもどりました」

「娘に任せておけばだいじょうぶだと思っていたよ。プリシラは、こういうことは得意でな。何をすべきか心得ておる」

「それは、ぼくにもよくわかりました」青年は皮肉っぽい視線をプリシラに投げた。

「フローリアン・ハミルトンだ」プリシラの父は進み出て、ベッドの男の手を握った。

青年はひじをついて身を起こし、握手を返した。「お世話になっています。ぼくもきちんと名乗ってご挨拶《あいさつ》がしたいところですが」

フローリアンはけげんな表情できき返した。「ほう、それはまたどういうわけで？　名前は秘密かね？」

プリシラはくすくす笑った。「お父さま、違うの。この方はご自分の名前がわからないのよ。名前だけじゃなくて、何一つ思い出せないんですって」

「ひょっとして記憶喪失症？」病人を見つめるフローリアンの顔には、歓喜に近い表情が浮かんだ。「きみ、それは本当かね？」

ベッドの青年がうなずくと、フローリアンはにっこりした。

「すばらしい。書物で読んだことはあるが、記憶を失った本物の患者に出会ったのは初めてじゃ」ベッドのそばまで椅子を引きよせ、どっかと腰を下ろして尋ねる。「で、きみは本当に何も記憶していないのかね？」

フローリアンのあまりの意気ごみに、青年は気おされた様子で黙っている。わきからプリシラが口を添えた。「父は科学者なので、ありとあらゆる珍しい現象に関心があるの」

「そうそう、そのとおり。今のところわしが専念しておるのは化学反応だが、人間の脳ほど変わらぬ興味をそそられるものはない。さあて、聞かせてもらおうか。記憶がないといっても、何か覚えてないのかね？」フローリアンはあちこちのポケットをぽんぽん叩《たた》いたあげくに、やっと折りたたんだ紙とペンをひっぱり出した。

「この二、三日より以前のことは何も覚えていないそうよ」プリシラは父のそばへ行って、腕に手をかけた。「お父さま、お願いだから紙とペンをしまって。この方はとても疲れていらっしゃるのよ。まずは十分な睡眠をとらせてあげなくては。ゆうべは大変な夜だったんですもの。あとでゆっくり好きなだけ質問なさればいいじゃありませんか」

フローリアンはいかにも残念そうな顔をした。それでもしぶしぶ立ちあがった。「よしよし、おまえがそう言うなら。しかし、プリシラ、記憶喪失の原因はなんだろうね？　高熱のせいかね？」

「待ってください！」青年が突然声を出したので、父娘《おやこ》はベッドのほうを振り向いた。

「あなたにぜひお話ししたいことがあるんです」

「ほう？　きみの今の状態のことかね？」フローリアンの視線は早くも椅子に飛び、手がポケットのメモ用紙をまさぐる。

「いいえ」フローリアンがしょげたのを見て、青年は笑いをかみ殺した。「話というのは、お嬢さんのことです」

「プリシラのこととは？　しかし、娘の話なら本人にするのがいちばんいいだろう。そう思わんか？」

「いや、お嬢さんにはもう話したんです。だけど、耳を貸してくださらないものですから」

「なるほど、その問題か。きみもそのうちわかるだろうよ。プリシラという娘は自分の考えがしっかりしていて、変えさせようたってまず無理だろう」

青年は呆《あき》れ顔になったが、それでも気を取り直して話を続けた。「お言葉ですが、お嬢さんを危険な目に遭わせるわけにはいかないでしょう」

「危険な目！」フローリアンは娘に視線を移して尋ねた。「プリシラ、いったいなんの話だ？　危険とはどういうことなんだね？」

「危険なことなんか何もないのよ、お父さま」プリシラは父親を言いくるめようとした。ベッドの男は憤然とする。「二人の男に頭を殴られて持ち物を奪われ、何日も監禁された。それでもあなたは、危険なことは何もないというのか？」

フローリアンは目を丸くした。「それはみんなきみのことか？」

「そうです。これがぼくの記憶のすべてです。二人の悪漢につかまっていたところから、やっと逃げ出してきたんです。ミス・ハミルトンの話では、その連中がゆうべぼくを捜しに来たそうですね」

「ああ、やつらがそうだったのか。それにしても、連中にきみのことを何も話さなくてよかったな、プリシラ？」

「本当に。では、お父さま、わたしたちはまいりましょう。しばらくこの方を寝かせてあげなくては」

「ちょっと待ってくれ」フローリアンはさえぎって、ベッドの青年に話しかけた。「きみはまだわしの質問に答えておらん。どうしてプリシラが危険な目に遭うというんだね？」

「お嬢さんは表に飛び出していって、いろいろきいてまわろうとしてるんです。そんなことをしたら危険ですよ」

「きいてまわるとは？」フローリアンは娘のほうに向き直った。「プリシラ、おまえはゆうべの男どもを捜し出して、尋問でもするつもりなのか？　だとすれば、確かに無鉄砲すぎる」

「それは、お父さまのおっしゃるとおりよ。でも、わたしはそんなことをするつもりはないの。ええと、ミスター……ああ、じれったい、呼びかけもできないなんて。この方がご自分の本名を思い出すまで、何か仮のお名前で呼ぶことにしましょうよ」

「ミスター・スミスとか？」

「それじゃあんまり平凡すぎるわ。ウルフはどうかしら？」

フローリアンは首をかしげて、しばし考えた。「うん、よかろう。ウルフなら、ありふれてもいないし、かといってそれほど珍しい姓でもない。名前のほうはどうするかね？」

「忘れたりしないように、簡単なのがいいと思うけど」

「ジョージは？」

プリシラは首を横に振った。「ジョージっていう名前は、どうも好きになれないの」

「それなら、ジョンは？」

「いいわ。ジョン・ウルフにしましょう」

「うむ、悪くないぞ」

ハミルトン父娘に勝手に命名された青年は、むっとして口をはさんだ。「ぼくの名前なんてどうでもいいから、話を元にもどしませんか？　つまり、きみが危ないことをしようとしていることだよ」

「さっきも言いましたけれど、ミスター・ウルフに心配していただく必要など何もないのよ。わたしはただ村に出かけて、ミセス・ホワイティングをお訪ねするだけ。一時間もしないうちに、ミスター・ウルフを見かけたり会う予定だったりする人がいないかわかるでしょう」

「そのとおりじゃ」フローリアンも娘に同調した。「牧師の奥方なら、この村の出来事はなんでも知っておるからな。ならばプリシラ、いっそ牧師にミスター・ウルフのことを話してしまったらどうかね？　彼は教養のある男だ。そうそう、医者のハイタワーにも相談すれば、記憶喪失症についてわしよりは知識があるだろう」

「さあ、それはどうでしょうか」プリシラは賛成しない。「ミスター・ウルフのことを知っている人が少なければ少ないほど、安全ではないかと思うの。ミセス・ホワイティングには、この方のことは何も言わないつもりだったんです。だって、話をしたが最後、午後のうちに村中に知れ渡ってしまいますもの。牧師さまに話しても結果は同じだわ」

ジョン・ウルフと名づけられた男はじりじりした声をあげる。「ミス・ハミルトン、まるでぼくがここにいないみたいな話し方をしないで。危険な目に遭いそうなのはぼくではなくて、きみなんだ。きみがこの家から出ていくところをあの二人の悪漢が見たら、あとをつけて襲う恐れがある」

プリシラは動じない。「なんのために？　さっきも言いましたが、この家にあなたがいるとあの二人がにらんだら、わたしを襲うよりもまずここに押し入るでしょう。お父さま、扉は全部錠を下ろしておいてくださいね。今日はもう実験室にもいらっしゃらないほうがいいわ」

フローリアンは唖然《あぜん》としている。「まさか、おまえ、本気じゃあるまいね。実験室に行くなとは。真っ昼間に自分の家の裏庭で襲われるわけがないだろうて」

「いやいや、あの二人なら、うまくいきそうだと踏んだら、時も場所も相手も選ばずですよ。それに、ミス・ハミルトン、やつらの目的がぼくなら、なおさらきみを襲うだろうな。ここに押し入るよりも、一人でとことこ田舎道を歩いているきみをつかまえるほうが簡単だから。そうなれば、ぼくも降参しないわけにはいかないのを、連中だって見込んでくるだろう」

それはそうだわ。プリシラは口には出さずに思った。わたしの物語のヒーローもそうするだろう。

「だけど、あの二人は、あなたがここにいるのではないかと疑っているだけでしょう」

「きみをつかまえれば、わかることだからね」

「でも、その前にわたしは気がつくわ。二人の人相は覚えていますもの。まっすぐ巡査のところに行って、あの人たちのことを話してやるわ」

ジョン・ウルフは眉をつりあげた。「まっすぐも何も、死人はどこにも行けないよ」

プリシラは思わずぞっとした。けれどもぐっとこらえて、理屈で攻める。「それは極端すぎるんじゃないかしら？　だって、あなたを監禁していたときにも殺そうと思えば殺せたのに、そうはしなかったでしょう。なのに、わたしにわざわざ手をかけたりするかしら？」

ウルフも負けてはいない。「しかし、手をかけないという保証もない」

プリシラは眉をひそめた。「あなたって、実に癇《かん》にさわる方ね」

「ぼくの言ってることが正しいから、きみはそういう言い方をするんだ」

「ウルフくんの言うとおりかもしれん」午後をつぶす覚悟だというあきらめ顔で、フローリアンが娘に提案した。「わしがおまえを牧師館まで送っていくとしよう。やりかけの仕事を片づけてくるから、待っていてくれ」

「いえ、お父さま、そんな必要はないわ。ミスター・ウルフは熱っぽいので、神経過敏になっておられるだけ。襲われるとしたら、彼とこの家が危ないのよ。だったら、こうしましょう。牧師館にはペニーに一緒に行ってもらうわ。まさか女二人をつかまえようとはしないでしょう。今朝、ミセス・スミッソンたちは何ごともなくこの家に来られたんだし、午後も無事に帰れるに決まってるわ」

「そうか、そうか。うん、おまえならきっと名案を思いつくだろうと思ってたよ」

「あのミス・ペニーベイカーがきみを守れるかなあ？」ジョン・ウルフの声音は、いかにも疑わしげだった。

三人の視線はいっせいにミス・ペニーベイカーのほうを向く。プリシラの元家庭教師は台所のテーブルの端に腰をかけて、行儀よくスープをすすっている最中だった。焦茶色の地味な服を着た姿は小さなみそさざいそっくりだった。白髪まじりのさえない茶色の髪をぎゅっとひっつめている。プリシラより少なくとも七、八センチは背が低く、やせ細っていて、強い風でも吹いたら飛ばされてしまいそうだった。

プリシラはじれったそうに言った。「別に力で守ってもらおうとなんか思ってません。一人よりも数がいたほうが安全だと言ってるだけ」

「二人ならやつらは手が出せないとでも？」

「出せないんじゃなくて、出そうとしないだろうと言ってるのよ。ミス・ペニーベイカーとわたしは絶対にだいじょうぶよ。父を心配させるようなことはおっしゃらないで」

「きみみたいにいらいらさせられる女の人は初めてだ」青年は悔しそうに口を引き結んだ。

プリシラはにこっとする。「この二、三日の出来事しか思い出せないあなたがそんなことを言っても、あまり効きめはないわ」

プリシラは父の腕を取って、ドアに向かった。

「さあ、お父さま、ミセス・スミッソンがかんしゃくを起こさないうちに、お昼をいただきましょう」勝ち誇った視線を青年に送り、プリシラは部屋を出ていった。「では、のちほど、ミスター・ウルフ」

4

　ジョン・ウルフと名づけられた青年は、いらだちと苦笑がまじったようななんとも複雑な気分でハミルトン父娘《おやこ》を見送った。彼女はなんて生意気なんだ。三日前からの出来事しか覚えていなくても、あんなに頑固な女性がめったにいないくらいのことはわかる。こっちの言うことに耳を貸そうともしないじゃないか。けれども腹が立つ一方で、思わず笑い出したくなるのはどういうわけだろう。

　とはいえ、プリシラとのやりとりで気がついたことが二つある。一つは、自分が人に指図するのに慣れていたらしいこと。意見を無視されて驚いたり怒ったりした事実がそれを示している。それに、たいていの女性は、ぼくを救ってくれた恩人の彼女よりもずっと、ぼくの言うことに従順でいてくれたはずだ。

　女性についてのそういう知識はどこからきたのだろう？　自分はもしかしたら結婚しているのだろうか？　妻の面影や家庭の雰囲気を思い描こうとしてみたが、何も心に浮かばなかった。本当は既婚者でなければいいと願っていた。それというのも、あの頭にくるプリシラに、いつの間にか強くひかれているのに気づいたからだった。

勝ち気で自立心がやたらに旺盛《おうせい》なところは、なかなか魅力的だ。じゃじゃ馬を馴《な》らしてみたいという男の闘志がかきたてられるといったらよいか。それに彼女は、世間並みのおとなしい女たちよりもずっと感情が豊かで、うちに秘められた情熱もかいま見える。質素な衣服に覆われた胸や腰の柔らかな曲線も、たまらなく刺激的だ。夜中に彼女がベッドに身を乗り出すようにしたときがあった。腰まである栗《くり》色のふさふさした髪が肩のあたりに波うっていた。高熱でもうろうとしていたにもかかわらず、なんともそそられる姿だった。

目をつぶって、昨夜の官能的な夢を思い起こす。いっとき、中国の娼館《しょうかん》にいるのではないかと錯覚した。しかし、どうしてそんな場所を知っているのだろう？　これも謎《なぞ》だ。夢うつつながら、全身がうずいていた。熱烈なキスの味わいがよみがえってくるような感じもする。相手は誰だったのか？　顔も体つきも覚えていない。女性の唇の蜜《みつ》のような甘さと自分自身の激しい欲望以外には、何も思い出せなかった。これは記憶なのか？　それとも、熱からくる妄想だろうか？　とにかく、夢と渾然《こんぜん》となりながらも、プリシラ・ハミルトンが薔薇《ばら》のかすかな香りをただよわせつつ冷たい布を頭にのせてくれたのは確かだ。

あのとき自分は彼女に何かしたのだろうか？　どんな夢を見ていたのか、悟られてしまったのではないか。身を焦がす欲情を口に出したのではあるまいか。

そんなことはあり得ないと彼は自分に言い聞かせた。さもなければ、朝になってプリシラがあんなに涼しい顔で話しかけてくるはずはない。なんといっても、彼女は上品なお嬢さま――イギリスの良家の生まれなのだから。もしも娼館や性的な話をしたとしたら、プリシラ・ハミルトンは憤激して口もきいてくれないだろう。

そういうことを考えているだけで体が火照り出してきた。彼は姿勢を変えて、横向きになった。

どうかしている。高熱に苦しんで自分が何者かも記憶していないというのに、あの女性のことで頭がいっぱいとは。それよりも、自分はどこの誰で、なぜあんなやつらにつかまったのかを思い出すよう努力するほうが先だ。だいいち、これからどうしたらいいのか？着るものも金もなく、身元もわからない。具合がよくなったとしても、どこへ行って何をするべきか見当もつかなかった。言うまでもなく、プリシラ・ハミルトンと彼女の父上にいつまでも厄介になっているわけにはいかない。

あれこれ思案しながら目をつむると、やがて不安定な眠りに落ちていった。

青年があまりしつこく警告するので、プリシラはミス・ペニーベイカーと一緒に家を出るとき、用心深くあたりを見まわした。もとより彼にそんなことを報告するつもりはない。庭の井戸やリラの茂み、通りの並木もいつもと変わりはなく、人が隠れてこちらを見張っている気配はまったくなかった。

それでも、傘の柄をぎゅっと握りしめて歩きながら、プリシラは道の両側に油断なく目を配っていた。ああ反論はしたものの、ジョン・ウルフが心配するのももっともだと内心では思っている。もしも何か起きたら、ミス・ペニーベイカーを守らなくてはならない。いざというときのために、心がまえをしておきたかった。それに、胸の奥底では何か起きるのを期待してさえいた。

だが結局、何ごともなく二人は村の牧師館に着いた。肝臓が悪いとか豚が逃げたとかいう牧師夫人のおしゃべりを十五分も聞かされているうちに、プリシラは訪ねようと思いついたこと自体を後悔し出した。アメリカ人を目にした者は、村中一人もいないのは明らかだった。もしそういう出来事があったなら、話題としては豚の逃走よりも順位が上のはずだからである。

たまたま牧師館を訪ねてきた友人のアン・チャルコームに会えたのが、唯一の収穫だった。ミセス・ホワイティングに別れを告げて、プリシラたちはアンと一緒に家路についた。アンはずっと年上だが、考え方も話の内容も中年の女性らしくない。プリシラと同じように婦人参政権に関心を持っていて、読書家だし、話題も豊富だった。五十にはなっているはずだけれど、とてもそうは見えない。贅肉《ぜいにく》のついていないほっそりした体つきを保っていて、目と口のまわりにしわができはじめてはいるものの、愛らしい顔だちの持ち主だ。

アンには、笑っているときですら、どことなく悲しげな雰囲気がつきまとっている。死別してから十年近くにもなるのに、まだ亡き夫が忘れられないせいではないか。どうしてアンが夫の他界をそれほど嘆くのか、わからないけれども。プリシラの記憶では、大地主だったチャルコーム卿《きょう》は、苦虫をかみつぶしたような顔をしたかんしゃく持ちの大男だった。あんなひどい夫なんかいないほうがアンはずっと幸せだ、と何人もの婦人が噂《うわさ》しているのを聞いたことがある。けれども、男女の愛は他人には説明のつかないもの。あのチャルコーム卿にも、アンにしか見えない美点があったのかもしれない。

婦人参政権運動のために投獄されたミセス・パンクハーストから来た手紙の話をしながら、三人はハミルトン邸まで歩いた。エバーミア・コテージの門の前に来ると、ミス・ペニーベイカーはそのまま建物に向かったが、プリシラはアンにさようならを言うために足を止めた。ところがアンはそこで別れを告げる気配もなく、プリシラと一緒にコテージの庭に入ってこようとする。

「ちょっとよらせていただいてよろしいかしら？　この前ここにお邪魔したときに、ミセス・スミッソンにいわとこ酒の作り方を教えてと頼んであるの」アンが説明した。

プリシラは困った。台所のわきの小部屋に寝ているあの人のことはどうしよう？　彼がいることは誰にも知られたくない。親友のアンにも。といって、アンがよりたいと言っているのに、断るわけにはいかない。仕方がないわ。小部屋のドアをきちんと閉めておけば、気づかれずにすむだろう。プリシラはにっこりして言った。「どうぞ、およりになって。

ミセス・スミッソンは得意になって、教えてくれるわ」

アンをともなって家の裏手にある台所の入り口を開けたとたんに、プリシラはぎくりとした。なんと当のミスター・ウルフが、テーブルでミセス・スミッソンとお茶を飲んでいるではないか。「こんなところで何してるの？」と、思わず険しい声を出してしまった。ジョン・ウルフは両方の眉をつりあげた。「おや、おかえりなさい。ぼくがこんなに元気になったのを、きっと喜んでくれると思っていた。ミセス・スミッソンのスープの効きめはすばらしいよ」

家政婦は喜色満面になった。

アンがプリシラのかたわらに進み出た。男の姿が目に入ると、びっくりしてまじまじと見る。無理もない。相当におかしな格好なのだ。家政婦がプリシラの弟たちの古着をひっぱり出して、ジョンに着せたのだろう。いちおう隠すべきところは隠しているのだが、かろうじて、やっとという程度だった。シャツの袖《そで》はちきれそうだし、いくつかのボタンがかからなくて胸を大きくはだけている。シャツの袖もズボンも短すぎて、腿のあたりは卑猥《ひわい》なほどぱんぱんにふくれていた。息を止めずによく座れるものね。プリシラは感嘆した。

動じる色もなく、ジョン・ウルフは透きとおった緑色の目で二人の女性をまっすぐ見つめた。この人ときたら、滑稽《こっけい》ななりをしているのを恥ずかしがりもしないなんて。プリシラはむかむかしてきた。アンがもの問いたげにプリシラを見ている。プリシラとしては、なんとかその場を取りつくろわなくてはならない。

「あのう、わたし……お話しするのを忘れてたけど、今いとこが来ているのよ」

「あなたのいとこの方？」

「いとこといっても、かなり遠縁なの。アメリカ生まれよ」プリシラは口からでまかせを言った。「この人のお祖父《じい》さまがわたしの祖父の親類で、若いときにアメリカに渡ったの。いとこのジョンはイギリス旅行の途中で、久しぶりにうちによってくれたの」

「そうでしたの」アンは礼儀正しく相槌《あいづち》をうちながらも、目つきは不審そうだった。なぜこのような格好でいるのか、プリシラの説明では納得いかないのも当然だった。

プリシラは急いで言葉を補った。「気の毒なことに、ここに来る途中でジョンは……そのう、具合が悪くなって荷物をなくしてしまったの」

「そうなんです。ぼくは高熱を出して、ここにやっとたどりついたというわけです。気がつくと、荷物がなくなっていました。いとこが親切にしてくれたので、助かりました」

アンはほほえんだ。「プリシラはとても親切なお嬢さんだから」

青年の目がいたずらっぽく光り、口の両端がきゅっと締まった。「ええ、本当に。紛れもなく……天使のような女性ですよ」

「おだてるのはやめて。誰だって同じことをするでしょう」プリシラはジョンをにらんだ。

「それはそうと、もう起きてこられたなんてびっくりしたわ。まだ寝てらしたほうがいいと思うけど。ぶり返してしまうわ」

「元気を取りもどしつつあるのが自分でもわかるんだ。もともと丈夫なたちだから。きみも知ってのとおりね」

「いいえ、あまりよくは知らないわ。あなたについて、わたしの知らないことはいっぱいあるのよ」

ジョンは、今度ははっきり口元をほころばせた。「プリシラ、ぼくもきみについて同じように感じている」

プリシラは遠まわしに皮肉を言った。「こんな状況でも愉快そうでよかったわ」

「まあまあ、我が親愛なるいとこのプリシラ」馴れ馴れしい呼び方。プリシラはむっとする。ジョンはかまわず続けた。「そんなにむきにならないで。どんなときでもユーモアを忘れてはいけない。さもないと人生わびしくなるじゃないか」青年は立ちあがって、二人の女性に近づいた。足がまだふらつくようだった。慎重に歩を進め、アンに話しかけた。

「マダム、失礼いたします。ぼくの具合がよくなったのに驚いて、いとこは紹介を忘れてしまったようです」

「あら」プリシラは顔を赤らめた。「ごめんなさい、アン。こちらは、ジョン・ウルフです。で、ジョン……」勝手に自分がつけた名前を口にするのは、さすがに気がひける。

「こちらはわたしの大切なご近所のお友達、アン・チャルコームよ」

「はじめまして。お近づきになれて嬉《うれ》しいわ」アンは前に進み出て、親しみをこめた挨拶《あいさつ》をした。が、手をさしのべようとして、ぴたと動作を止め、かすかな声をもらした。顔から血の気が引いている。

「アン？」プリシラはびっくりして、アンの腕を取ろうとする。「どうかなさったの？　だいじょうぶ？」

「え？」アンはぼんやりした目をプリシラに向けた。それから、困ったように立っているジョンに視線をもどす。「わたくしったら……ごめんなさいね。どうかしていましたわ。ただ、ほんの一瞬、勘違いしてしまって――いえ、そんなことあり得ないのに」

アンは無理にほほえんでみせ、あらためてジョンに手をさし出した。

「失礼いたしました。頭のぼけたおばあさんだと思われたでしょうね？」

「いいえ、とんでもない」ジョンはアンの手を取って、頭を下げた。

「お優しい方」アンはプリシラに向き直った。「わたくし、もう失礼するわ。日が落ちる前にうちに帰らなくては」

「わかったわ。でも、にわとこ酒の作り方は？」

「あら、そうだったわ」アンはきまり悪そうに頬を染めた。まだテーブルについている家政婦に話しかける。「ミセス・スミッソン、おいしいにわとこ酒の作り方を教えてくださるはずでしたわね？」

「そうでした、そうでした、奥さま」家政婦は急いで立ちあがり、せかせかと台所へ歩いていった。

あとからついていって家政婦が渡した紙切れを受けとると、アンは心ここにあらずといったふうにうわべだけの微笑を浮かべた。「本当にこれで失礼します。ミスター・ウルフ、よろしかったら、ヘンリーの着ていたものを少し持ってまいりますわ。亡夫も柄の大きい人でしたの。プリシラの弟さんの服よりはましでしょう。お荷物が見つかるまでの間に合わせに」

「お心づかい、ありがとうございます。ごらんのとおりの格好ではとても人前に出られません」

アンはそそくさと二人に別れを告げた。その後ろ姿をけげんそうに見送っていたプリシラは、不意に思いついて追いかけることにした。

「アン！」

アンはすでに裏庭を通りぬけ、チャルコーム邸に通じる小道にさしかかっていた。それでもプリシラの呼びかけに、足を止めて振り返った。

「アン、あなたはミスター・ウルフをご存じだったの？」

「なんですって？　まさか。初めてお会いしたのに、そんなはずないじゃないの」

「でも、そばに近づいたとき、あなた、なんだか変だったわ」

困惑した表情で、アンは首を横に振る。「いえ、あれはなんでもないの、本当に。一瞬、あの方が……昔の知り合いに似ているような気がしたものだから。でも、そんなはずがないの。だって、ずっと以前のことで、あなたのいとこはたぶん生まれてもいなかったころですもの。それに、アメリカ人ではなかったし」

「それはどなた？」好奇心をそそられて、プリシラはついきいてしまった。

「誰でもないわ。つまり、あなたはご存じない人。とにかく、錯覚にすぎないの。わたくしの——知人とは肌の色も違うし。ただ、目のあたりの雰囲気が似ていると思っただけ。でも、それもほんの束《つか》の間《ま》で消えてしまったわ。本当になんということもないのよ」

「そう。だったら、お願いしたいと思って……つまり、その、ミスター・ウルフに会ったということは、誰にもお話しにならないでほしいの。あの人、まだ人に会うほど体調が回復していないでしょう。だけど、うちにお客さまがいることを聞きつけたら、みんな興味津々になるに決まってるから」

アンはほほえんだ。「だいじょうぶ。誰にも言わないわ」

アンの説明にもかかわらず疑問がとけぬまま、プリシラは家に引き返した。家政婦はかまどの前で立ち働いていたが、〝ジョン・ウルフ〟はまだテーブルについていて、プリシラに尋ねた。

「で、何かわかった?」

プリシラは肩をすくめた。「収穫はほとんどなしなの。牧師さまの奥さまは、誰かが村で知らない人を見かけたということも、どこかの家にお客さまが来る予定だという話もご存じないようだわ」

「いや、そのことじゃないんだ。さっきのお友達、チャルコーム夫人の話。ぼくを間近で見たとき、急にはっとしたふうだったね。あのことをききに追いかけていったのかと思った」

「ああ、あれね。そうなの。わたしもおかしいと思ったから。でも、手がかりにはならなかったの。あなたが昔のお知り合いに似ているような気がしただけなんですって。だけど、ずっと前のことだし、アメリカ人でもないから、別人に決まってるそうよ」

ジョン・ウルフは小首をかしげていた。「きみはそう信じたんだね?」

「もちろん信じたわ。アン・チャルコームは正直で、優しくて、とってもいい方よ。嘘《うそ》をつくはずはないわ。もしもあなたがどこの誰だか知っていたら、そう言ってくれたでしょう」

「しかし、ぼくがどこかに連れていかれたことと関《かか》わりがあるとしたら、黙っているかもしれないね」

プリシラは眉間《みけん》にしわをよせた。「とんでもないわ。アンがそんな犯罪に関わるなんて、絶対にあり得ないわ。あの方はわたしの友達よ。どんな人か、よくわかっているもの。あんなにすばらしい女性はめったにいないわよ」

「プリシラお嬢さまのおっしゃるとおりですよ」立ち聞きしていたのを恥じるふうでもなく、家政婦は二人のほうを向いて、スプーンを振りまわしながら力説した。「チャルコームの奥さまは根っからお優しいんです。聖人みたいな方だからこそ、ああいうだんなに我慢できたんです。おおかたはあんな酔っぱらい、階段から突き落としてしまうでしょうよ。しかも、いつも飲んだくれていたという話だし」

プリシラは笑いをかみ殺した。ミセス・スミッソンは歯に衣《きぬ》着せず、いつもずけずけとものを言う。長年にわたってハミルトン家に通ってくるようになった理由の一つが、それだった。もっと富裕な家で働いていれば、収入も増えていただろう。けれどもミセス・スミッソンは口を慎むことができないたちなので、行く先々で首になってしまった。結局長続きしたのは、寛容で自由な考え方のハミルトン家だけだったというわけである。

ジョンは遠慮なしに笑っている。家政婦の毒舌が気に入ったようで、身を乗り出してテーブルに頬杖《ほおづえ》をついた。「そのだんな、ろくでなしみたいだな」

「そうそう、そのとおりですよ。あそこの奥さまにとっては、未亡人になってもっけの幸いだったんです。ただ、だんなが亡くなってから再婚のお話がないのがまことに残念ですがね」

「チャルコーム卿との結婚生活で、男の人につくづくいやけがさしてしまったんじゃない

かしら」プリシラが言った。

「そうなるのももっともですよ。殿方のほうでチャルコームの奥さまに気がないとは、と

うてい思えませんからね」

「例えばミスター・ラザフォード、あの方はチャルコーム夫人に熱を上げてるのよ。どう

してアンがつれないのか、不思議に思っているくらい」

ジョンがあくびをして、顔をこすった。それに気がついて、プリシラは言った。「あな

たはもうおやすみになったほうがいいわ。ご自分で言うほどまだ元気を回復したわけじゃ

ないんですから」

「はい、かしこまりました、お嬢さま」軽口を叩《たた》いてジョンは立ちあがり、部屋に行きか

けて足を止め、プリシラのほうを振り返った。「さっきは無事に帰ってこられて、本当に

よかった」

プリシラの胸に温かいものがこみあげた。外に出れば襲われるなどと脅かして嘘ばっか

り。そう言ってやるつもりだったのに、なぜかその気はなくなっていた。

「牧師館に行く途中であちらこちら見まわしたけれど、怪しい人影はどこにもなかったわ

よ。あの二人はもうここを出ていったのかしら？」

ジョンは肩をすくめる。「かもしれない。しかし、まだそのへんにうろうろしていれば

いいと思う。体がすっかり治ったら、あの連中をとっつかまえてやる。そうすれば、何かわかるだろう」ジョンは口元を引きしめて、無意識にこぶしを握りしめた。

「そうね」この人は、元気になったら仕返しをしようとしているんだわ。プリシラは懸念をおぼえた。

ジョンが部屋にもどってから、プリシラは二階に上がった。夕食の短い時間を除いて、寝るまでの時間を執筆にあてようとした。徹夜の看病やら何やらで今日は仕事がほとんどできなかったが、執筆中の本を早く仕上げたかった。プリシラがかせぐ原稿料は高額とは言えないながらも、一家の暮らしには欠かせない収入源だった。そのお金でフィリップはイートン校に進学できたし、ギッドも士官になりたいという夢を捨てずにすんだのだった。父親のささやかな相続財産と講演や論文の寄稿による不定期な報酬だけでは、二人の使用人をかかえる所帯の切り盛りをするには不十分だった。

ところが、いくらがんばっても物語を紡ぐ言葉が出てこない。ともすれば、階下《した》で寝ているどこの誰ともわからない男性のことを考えている自分に気がついた。わたしが書いている小説よりもはるかに謎に満ちているわ。想像をふくらませて架空の世界を創《つく》り出すのではなくて、今度は現実そのものが冒険物語なのだもの。わくわくせずにはいられない。

ついに執筆をあきらめ、階下へ下りてみた。ジョン・ウルフはぐっすり眠っている。台所で靴下をつくろっていたミス・ペニーベイカーが、青年は一度起きて夕食を食べてからまた寝たと告げた。回復が速いのは育ちのよくない証拠だと言わんばかりの口ぶりだった。

ミスター・ウルフが就寝中で言い合いができないのに、プリシラはかすかな寂しさを感じた。そんなことより一刻も早く元気になるほうがいい、と自らに言い聞かせる。

つくろいものを片づけて、ミス・ペニーベイカーはプリシラと一緒に二階に上がった。部屋の鍵《かぎ》をきちんとかけて寝るようにと怖い顔でプリシラに注意してから自室に入り、音をたてて錠を下ろした。

プリシラはあいまいな微笑を返して部屋に入ると、寝間着に着替えた。ドアの鍵はかけず、逆に少し開けておいた。こうすれば、家の中の気配がよく伝わってくるだろう。追っ手が侵入してくる恐れがあるというジョンの警告を忘れてはいなかった。ミスター・ウルフに守ってもらうべきだとミス・ペニーベイカーは思っているかもしれないけれど、保護されなければならないのは彼のほうだ。

どのくらい眠っていたのか定かではない。なぜかふと、プリシラは目を覚ました。横たわったまま、じっと耳をすます。心臓がどきどきした。みしっという音がする。続いて、椅子の脚が床をこするのがわかった。

プリシラはさっと起きあがり、上掛けをはねのけた。声を出してはいけない。そうっと暖炉に近づいて、火かき棒を手に部屋を出た。階段のてっぺんで足を止めたが、何も見えないし、物音も聞こえない。火かき棒の取っ手を握りしめ、忍び足で階段を下りはじめる。

下りきろうとしたとき、右のほうで何かが動くのを感じた。息を止めて下の暗闇《くらやみ》に目をこらすと、大きな影が壁ぞいにそろそろと移動している。黒いかたまりのような影が抜き足差し足で音もたてずに進んでいること以外、何もわからなかった。動悸《どうき》がますます激しくなり、恐ろしさで身動きもできずに立ちすくんでいた。

台所の方角から物音が聞こえた。大きな黒い影は飛ぶように走っていった。プリシラは我に返り、金縛りからときはなたれた。台所の隣の部屋にはジョン・ウルフが寝ている。怪しい影が向かったのは、まさにその部屋だった。

階段を駆けおり、プリシラは手すりの柱をまわって暗い廊下に突進した。その音で黒い影が振り返った。完全に相手がこちらを向ききらないうちに、プリシラは火かき棒を振りあげて飛びかかり、背中を思いっきり打った。

5

どさりと音をたてて男は床に倒れた。が、倒れながらも手を伸ばして火かき棒の端をつかむと、ぐいっとひっぱった。その勢いでプリシラはよろめき、男にかぶさるように倒れる。二人は取っ組み合いになって、転げまわった。プリシラの手が毛布のようなものをつかんだが、顔が相手の大きな体に押しつけられているので、ほとんど何も見えない。足をばたばたさせると、固い骨に当たった。うめき声が聞こえて、男の手の力がゆるんだ隙《すき》に、プリシラはどうにか向きを変えて立ちあがろうとした。

そうはさせじとばかりに、後ろから男の両腕が巻きついてきた。片手が胸をかすめたとき、相手の動きが不意に止まった。それからもう一度、同じ手が胸のふくらみにもどってきた。プリシラははっと息を吸いこむ。

「なんてことだ！」聞き覚えのある声とアクセントだった。

プリシラは振り向いた。ほんの十センチほどのところに、ジョン・ウルフの顔がある。

「まあ」

「まったくもって、〝まあ〟だよ」ジョンは皮肉で答えた。「いったいぜんたいなんのつもりで、ぼくの背骨を折ろうとしたんだ？」

「そんな、違うわ！　わたしはあなたを守ろうとしただけなのに」プリシラは起きあがって、ジョンから体を離した。「階下《した》で物音がしたから、その火かき棒を持って下りてきたのよ。あの二人が忍びこんできて、あなたを襲おうとしていると思ったの」

「それはそのとおりなんだが」ジョンは憮然《ぶぜん》としてつぶやく。立ちあがりながら、手はひとりでにしたたか打たれた背中へいく。「ひどいなあ！　きみの腕力たるや、港湾労働者並みだ」

「ごめんなさい」

「ぼくは、やつらの不意をつこうとしていたところだったのに。しかしこんな音をたてたんじゃ、やつらも今ごろはロンドン行きの道中じゃないか」ジョンはかがんで、火かき棒を取りあげた。「なるほど、これのほうが武器としては効果的だ」彼のベルトには、包丁がはさまれていた。

ジョンは足音をたてないようにして台所へ急いだ。プリシラもあとに続く。ジョンはいやな顔をしたが、ついてくるなとは言わなかった。台所の戸をそっと開けて、中をのぞいた。窓から月光がさしこんでいて、廊下よりいくぶん明るい。火かき棒をかまえて、ジョンは台所に入った。隅々の暗がりやかまどの陰に油断なく目を配りつつ、テーブルまで進んだ。

プリシラは卓上のランプに火をつけた。淡い黄色の光ががらんとした室内を照らす。どこにも人がひそんでいる気配はない。裏口が開いたままになっていた。ジョンはほっと息をついて、裏の戸を閉めに行った。念のため、小さな食料貯蔵室と自分が寝ていた小部屋も調べた。どちらも空っぽだった。

「まったく」ジョンは振り向いて、プリシラをにらみつけた。「よりによって、なんであんなときに下りてこなけりゃならなかったんだ？　やつらをつかまえていたかもしれないのに」

ただちにプリシラは言い返した。「つかまっていたのは、あなたかもしれないわ。向こうは二人よ。現に、この前はやられてしまったじゃない」

「この前は、不意うちだったというだけさ。だけど、今夜は違う。ちゃんと身がまえていたんだ」

「でもあなたは、頭を殴られたのと熱とでまだふらふらしている状態なのよ。またさらわれるか、もっと悪いことになったら大変ですもの。見殺しになんてできるわけないじゃない」

「それで、火かき棒でぶん殴って助けてくれたってわけか」

「あなただとは思わなかったのよ。まさかこんなことときけないじゃない。もしもし、あなたは賊ですか？　それとも、わたしどもにお泊まりのご病人ですか？　見当違いの相手を殴りたくありませんので——なんて。それに真っ暗で何やら大きな影しか見えなかったの」

プリシラはジョン・ウルフのいでたちに目を向けた。毛布にくるまっていて、体の前の部分しか見えない。先ほど着ていたシャツをまとってはいるものの、ボタンがはずれて前がはだけている。筋肉質の胸がむきだしだった。この人、裸同然の格好がよくよくお好きなのね。

そのときになって、プリシラは思い出した。自分自身も寝間着しか身につけてはいないではないか。ジョンを助けに行く前には、ガウンをはおる余裕などなかった。木綿の寝間着は襟がつまった長袖《ながそで》の、なんの飾りも趣もないものだった。とはいえ、いつも着ているペチコートに重ねたドレスに比べると、格段に薄くて体の線があらわに出る。胸のふくらみはもとより、色合いの濃い乳首の丸いふちどりまで見えてしまうのではないだろうか。そう思っただけで、乳首が硬くなったのには我ながらびっくりした。さらにまずいことに気がついた。自分が立っている位置が、ランプとジョンのあいだであるという事実だった。ランプの光に照らされて、体の形がくっきりと浮き出て見えるに違いない。

プリシラは頬を染めて、わきへどいた。悟られたかどうか、ジョン・ウルフを盗み見た。ジョンの視線は自分の胸に釘《くぎ》づけになっていた。プリシラは真っ赤になった。同時に、腹部のあたりに不思議な火照りをおぼえる。

何かほかのことに気をそらさなくては。プリシラは焦った。「それで……賊はどこから忍びこんだの？　どうやって家に入ってきたのかしら？」

ジョン・ウルフはプリシラから視線を離して背筋を伸ばし、指さした。「あっちの方角から音が聞こえたと思う」

「父の書斎のほうだわ！　仕事に害を加えられてなければいいけど。荒らされたりしたら、父が嘆くでしょう」

プリシラはランプを手に、急いで台所を出た。ジョンがあとを追って、プリシラの腕をつかむ。「待ってくれ！　きみはいつもこんなふうに向こう見ずに行動するのか？」

「こんなふうにといったって、わたしの生活にこういう事件はめったに起きないわ」

「二人のうちのどちらかがまだいるかもしれない。ぼくが先に行くよ」

プリシラはわざとらしく後ろへ下がって台所の戸口を手で示し、どうぞというしぐさをしてみせた。ジョンは顔をしかめ、先にたって廊下に出るとフローリアンの書斎へ向かった。書斎のドアも少し開いていた。ジョンがドアをいっぱいに押しあけた。暗い室内に月の光が流れこんでいる。ジョンの陰から中をのぞいたプリシラは、思わず息をのんだ。窓が一箇所引きあげられている。ガラスが割れているのは明らかだった。

「大変だわ」プリシラはランプを高くかかげて、書斎の内部を照らした。

ジョンがプリシラの手からランプを取ってあちらこちらに動かし、部屋の隅々まで照らし出した。書斎はどこもかしこも本だらけだ。机の上、椅子のわき、サイドテーブル、別の椅子の座面。いたるところに本がある。きちんと積みあげられているものもあれば、ページが開いたままだったり、ただ雑然とほうり出してあるものもある。そしてそれらの本の群れの隙間は、これまた書類で占領されていた。本棚の上には、茶器をのせたトレイがちょこんとのっている。机に置かれた円形のパイプ掛けにかかっているパイプは一本だけで、あとの四本は部屋のあちこちに、いくつもの灰皿やマッチ箱、たばこ入れなどとともに散らばっていた。

プリシラは室内を見まわして、ほっと安堵《あんど》のため息をもらした。「少なくとも荒らされてはいないわ」

片方の眉をつりあげて、ジョンはプリシラを見た。「どうしてわかる?」

「だって、いつもこんなふうなんですもの。父はこれでこそ創造性が発揮できると言うけど、わたしはものぐさなだけだと思ってるの。ミセス・スミッソンも娘さんも、父の書斎には入ろうともしないわ。ときどき父に言われて、わたしがほこりを払うのよ」

プリシラは窓際に行って、床の本の山に目をやった。

「賊が窓を乗りこえたときに、床にくずれおちたのね。父は本を積みあげるたちなの。積み方にもなんらかの順序があるそうだけど」上げられていた窓を引きおろし、掛け金をかけてから、割れたガラスを点検した。「ガラスがないのに窓を閉めても、大して役には立たないわ。ガラス屋さんが来て直してくれるまで、どのくらいかかるかしら」プリシラは窓を見つめて、立ちつくしていた。

「金槌《かなづち》や釘を貸してくれれば、急場の間に合わせに板を打ちつけておけるけど」

「え？」もの思いを破られたように、プリシラはびくっとして振り返った。「あ、そうね。そうすれば、少なくとも雨露はしのげるわ。でも、こんなに簡単に家に侵入されるなんて、なんだか怖くなってしまったわ」

ジョンがそばに来て、プリシラの腕に手をまわした。「怖がることはないよ。今夜はぼくが見張っているから。やつらをつかまえるまで、今後はずっとそうするつもりだ。きみやご家族には絶対に危害を加えさせない」

「だけど、一晩中起きているわけにはいかないわ」

「必要とあれば、寝ずの番でもなんでもする。日中はやってこないだろうから、昼間眠るからいいよ。この前のことがあるから、ぼくは無力だと思われているのはわかっている。しかしあれは不意うちだったからで、いつもはあんなへまはしない。本当だよ」

「どうしてそんなふうに断言できるの？　自分が誰かも覚えていないというのに」

「どうしてかはわからない。だけど、確信があるんだ。きみの身は必ずぼくが守る」

プリシラの心は和んだ。ジョン・ウルフの目を下からのぞくと、室内のほのかな光のせいで緑色が淡く見える。けれども、決意のみなぎったまなざしだ。信頼できる人。プリシラは、自分が創《つく》り出したヒーローたちを連想した。彼らと同じ光がジョンの目には宿っている。鋼の意志と勇気と、そして……危険に立ち向かうときの高揚感、ユーモアのきらめき。それらがジョンの面もちにあふれていた。物語の世界の外にも、こういう男性が存在しているのだろうか？　父や弟たち、友達のアレックと思い比べてみる。心から愛する人たちだけれど、彼らがわたしを危険から守ることができるとは、とうてい考えられない。だがこの人なら、わたしと家族に危害がおよばないようにできるような気がする。

「ありがとう」プリシラは素直に感謝した。「気持が楽になったわ」

ジョンは眉を上げて、ほほえんだ。「おや？　打てば響くような応酬はないの？　いつもの疑わしそうな反論は？　この前はどじを踏んだくせにとか言わないのかな？」

「わたし、そんなに気難しく見える？」プリシラは微笑を返した。ジョンの笑顔のおかげで、すっかり気持がほぐれたようだ。

「いや、少々怒りっぽいだけだよ」ジョンは手を伸ばし、指の関節でプリシラの頬をなでた。「薔薇《ばら》に棘《とげ》ありと言うだろう。ぼくの好みは、そういう女性らしい。薔薇と同じで、そのほうがいっそう興味をそそられる」

ジョンは、プリシラの目をのぞきこんだ。なすすべもなく、プリシラは見つめ返すばかりだった。もしも先ほどの侵入者がふたたび窓辺に現れたとしても、身動きもできないだろう。ジョンの口元がほころんだ。腕をつかんだままの男の手の体温が布地をとおして伝わってくる。ジョンの頭が下がってきた。口づけをされるに違いない。プリシラは無意識に小さな喜びのため息をもらしていた。

唇が重なった。この温かさと、引きしまった感触は、昨夜のキスと変わりはない。ただ、高熱によるうわごとまじりのあの荒々しさは消えていた。きっと夢の中で、愛人のような女性の唇をむさぼっていたのだ。今は、もっとずっと優しく、求めるような感じの口づけだった。

プリシラも、唇をそっと押しつけて応《こた》える。同時に両手をジョンのシャツの内側に滑りこませた。周囲が突然ゆらゆらしたような感覚に襲われる。ジョンはプリシラの背中に腕をまわして、抱きよせた。口づけがしだいに濃厚になっていく。頬にジョンの熱い息吹がかかり、体の緊張が伝わってくる。それを感じとりながら、プリシラの官能も目覚めさせられていった。

ようやくジョンが紅潮した顔を上げた。目がきらきらしている。「どうかしている、こんなことをして」

プリシラは、ジョンから視線を離さずにうなずいた。体の隅々まで脈を打っているような感じだった。ええ、確かにどうかしているわ。この人は見ず知らずの他人も同然なのに。それどころか、彼は自分が何者かも思い出せない人なのだ。しかも、わたしたちは今朝からずっと口げんかばかりしてきたではないか。なのに、そんなことはもうどうでもよくなってしまった。今まで経験したことのないこの感覚。それだけで頭がいっぱいだった。

ジョンは低いうめき声をもらし、ふたたびかがんでプリシラの唇を求めた。今度は、こじあけるように口を開かせて舌をさしこんできた。プリシラはびっくりしたものの、なんともいえぬ快感をおぼえた。体の奥が火照るように熱く、ひとりでにふるえ出す。こんな感じは生まれて初めて。これにわずかでも似た感覚を経験したことはあっただろうか？いいえ、ただの一度もない。腹部は熱く溶けた蝋《ろう》のようになり、足から力が抜けて、心臓が激しく鼓動している。それなのに、やめたくはなかった。もっとしてほしい、もっと、もっと……。

ジョンの首に腕を巻きつけ、爪先で立って唇を押しあてる。そして、自分のほうからおずおずと舌を触れてみた。のどからもれる声を聞いて、プリシラは嬉《うれ》しくなった。乙女らしく恥じらいつつも、舌を使ってたくまざる愛撫《あいぶ》をこころみる。プリシラの体にまわした腕に力が加わり、息もつけないほど抱きしめられた。寝間着しか身につけていないので、筋肉の盛りあがったジョンの体の隅々までじかに感じる。脈打つ硬いものが下腹に当たるのもわかった。

背中から腰へと、ジョンの手が下がってくる。それが臀部《でんぶ》に達したとき、プリシラはぴくっとした。体のうちなる炎が燃えさかり、とろけそうだった。ジョンに触れられていると、この上なく気持がよい。結婚とはこういうものなのだろうか？　それとも、こんなにうっとりしてしまうのは罪深いこと？　ジョンが丸みをおびた臀部に指を食いこませると、小さくあえがずにはいられなかった。

それを聞いてジョンは低くうめき、もう一方の手もプリシラの臀部にあてがい、持ちあげるようにして自分の体の硬くなった部分にぴたりと押しつけた。「プリシラ……」吐息のようにささやき、口づけはプリシラの唇を離れて、のどの柔肌へと滑っていく。

「プリシラ……」うわずった声音で呼ばれているのに、おぼろになったプリシラの意識には一瞬、ジョンの低いうめき声と区別がつかなかった。間を置かず、緊迫した金切り声が聞こえた。今度は、はっきり女の声だとわかった。「プリシラ！　どこにいるの？」

二人はびくっとして体を離し、ドアのほうに顔を向けた。

「プリシラ！」ふたたび呼び声がして、戸口に幽霊のような人影が現れた。血の気がなく、頭ばかりいやに大きい。誰だかわかるまで、プリシラは肝をつぶしていた。

「ミス・ペニーベイカー！」プリシラは声をあげた。

元家庭教師は寝間着に鼠《ねずみ》色のだぶだぶのガウンを重ねて着こみ、白髪頭を流行遅れの室内帽《モブキャップ》でくるんでいる。そのキャップが頭のまわりにふくらんでまるで巨大なマッシュルームみたいだ。片手にろうそくを持ち、もう一方の手で黒いこてをかかげている。

ジョンが呆《あき》れて言った。「まいった！　この家は武器だらけじゃないか」

「プリシラ！　だいじょうぶ？」ミス・ペニーベイカーの視線は、シャツがはだけてむきだしのジョンの胸にとまった。「下から変な物音が聞こえてきたけれど、なんともなかったの？」

プリシラは急いで進み出た。「だいじょうぶ、なんともなかったわ。そのこてを下ろしてね。もう危険はないんですから。ジョンと――ミスター・ウルフとわたしとで、怪しい連中を追い払ってやったの」

ミス・ペニーベイカーはいっそう青ざめて、足元をふらつかせた。「あ、怪しい連中ですって？　じゃ、誰かここに忍びこんできたの？」

「ええ」プリシラはミス・ペニーベイカーの手からさっとこてを取り、同時にひじをつかんで体を支えた。「でも、もういなくなったから、心配しないで」

「まあ、やっぱり」ミス・ペニーベイカーは、こてを取られてあいたほうの手を大げさな身ぶりで額に持っていく。「そうだと思いましたよ。物音がしたとき、あの男たちがもどってきたに違いないと直感したんです」

「そう、そう。だけど、もうだいじょうぶ」プリシラはなだめるように相槌《あいづち》をうち、ミス・ペニーベイカーを手近の椅子に座らせた。

ミス・ペニーベイカーはぐったりと椅子に腰を沈ませた。「音が聞こえてすぐあなたの部屋に行ったら、あなたがいなくなってるでしょう。わたくしはどうしたらいいかわからなくなって。大変なことが起きたに決まってると思ったんですよ、もちろん」

「なるほど」やれやれといった顔で、ジョンも近くの椅子に座った。「実はわたくし、この人があなたの寝室に侵入して、無理やり連れ去ったのではないかと疑ったの」

「まさか。ミス・P、ミスター・ウルフは決してそんなことはしません」

「ねえ、プリシラ、どうしてこの人をミスター・ウルフと呼んでいるの？　名なしの青年ではなかったの？」

「そのとおりよ、まだ名前を思い出せないのだけど。でも、なんと呼びかけていいかわからないのでは、あまりにも不便でしょう？　だから、わたしが仮に名前をつけたの。ジョン・ウルフって、わりに似合っていると思わない？」

二人の視線を受けて、ジョンは顔をしかめた。

「そうかもしれないわ」ミス・ペニーベイカーはしぶしぶ答える。

プリシラはため息をこらえた。元家庭教師の変人ぶりには慣れているとはいえ、どうして記憶喪失の来訪者にそれほど反感を抱くのか理解できなかった。ふだんのミス・ペニーベイカーだったら、この青年が現れたときの不思議ないきさつをロマンティックだと思うはずなのに。本といえば手当たり次第に読むミス・ペニーベイカーではあるが、本当の愛読書はプリシラ自身も好きな怪奇的なゴシック文学なのだ。『ジェーン・エア』や『嵐が丘』について最初に教えてくれたのも、暗い陰のある無口で瞑想《めいそう》的なヒーローに目がないのも元家庭教師だった。

といって、ジョン・ウルフには暗い雰囲気はない。まして、無口でも瞑想的でもない。けれども、謎《なぞ》に満ちていて、凛々《りり》しい美男子であることは事実だった。それに、自分が何者であるかの記憶も失い、うさんくさい男たちに追われている。これほど劇的な状況もめったにないのではないか。この出来事をどんなふうに自分の著作に織りこむか、プリシラはずっと考えつづけていた。

廊下から足音が聞こえた。三人はいっせいにそちらを見る。明かりをちらちらさせて、フローリアン・ハミルトンが書斎に入ってきた。眠りを妨げられた様子で、ガウンをはおり、ろうそくを手にしている。ガウンがはだけて、紐《ひも》の端が床にたれていた。歩きながら頭をかきむしっているので、髪の毛全体が逆立っている。考え事に没頭しているらしく、うつむいて何やらぶつぶつ独り言をつぶやいていた。プリシラが呼びかけるまでは、書斎に人がいることさえ気がついていないようだった。

娘の声にびっくりして、フローリアンは顔を上げた。「おやっ！　プリシラか？　ミス・ペニーベイカー？　なんだ、きみもか」目を丸くして言った。

「ジョン・ウルフよ」

「あ、そうだった。なんと呼ぶことにしたのか、忘れておった。名前を覚えるのは苦手なんじゃよ」

「わかってるわ、お父さま」

ミス・ペニーベイカーは顔を真っ赤にして、プリシラの父親の視線を避けた。ほとんど見えもしないのに、あわててガウンの襟をかき合わせている。

「お父さま、音で目が覚めたの？」プリシラがきいた。

「音？　なんの音かね？　いや、ただ目を覚ましただけだよ。眠っているあいだに、いい考えが浮かんでな。ほら、霊感というやつだよ。ときどきあるんだ。忘れないうちに書きとめておこうと思って下りてきたんだが、それにしてもなぜみんな起きているんだ？　それに、どうしてわしの書斎に集まっているのかね？」

「何者かがここに忍びこんだんです」ジョンが答える。

「忍びこんだ？　しかし、どういうわけで……？　それにしても、妙なことばかり起こるもんじゃ」

「ええ。心配なさるお気持はわかります」

「心配だと？　いや、心配などしておらん。むしろ興味をそそられるくらいだ。これにはなんらかの理由があるはずだ。つまり、一連の出来事を同時に引き起こす宇宙の法則があると考えられる。こういうことはよくあるもので、わしは牧師や医者としょっちゅう話し合っているんじゃよ。例えば、はるかオーストラリアの未開の地で弟御が亡くなったという知らせがミセス・ジョンストンのもとにくると、一日もしないうちに、今度は姪御《めい》のだんなさんが暴走馬車にはねられたという。人は偶然と言うだろうが、さあてどうかな？　わしに言わせれば、惑星か、あるいは月が――」

「ミスター・ハミルトン、今回の出来事は偶然ではないと思います」

「ほう？　根拠はあるのかね？」

「はい。ぼくを監禁していた二人の男が昨日ここにやってきたでしょう。その同じ男どもが、またぼくを連れ去ろうとしてここに忍びこんだのだとしか思えません」

「なるほど。それはそうだ。筋が通っておる。偶然でもなんでもないわけだ。ところで、ちょっと失礼。眠っているうちにひらめいた考えを早く書きとめておかなければ」フローリアンは三人のわきをすりぬけて、机に向かった。

引き出しからペンを取り出し、紙を探しはじめたフローリアンを、ジョンは呆れた様子で眺めていた。「しかし、そのう……ミスター・ハミルトン……家に侵入されたことは気にならないんですか？」

フローリアンはぽかんとした面もちでジョンを見た。「いや、別に気にならんが。きみが追い払ってくれたんだろう？」

ジョンは口をあんぐり開けている。背後で、プリシラはこみあげる笑いをこらえた。ジョンのそばへ行って、代わりに返事をする。「ええ、お父さま、賊は逃げていったわ。壊された窓は、明日、ミスター・ウルフが直してくださるそうよ。だから、もう何も気にならないで」

「それはよかった」フローリアンはうわのそらで答えるやいなや、猛然と紙に何やら書きはじめた。

自分のガウン姿が主人の目にとまっていないことを確認するなり、ミス・ペニーベイカーはそそくさと部屋を出ていった。プリシラもジョンの腕を取って書斎をあとにし、ドアを静かに閉めた。

廊下で、ジョンは立ちどまって言った。「わからないなあ。どうしてお父上は心配もしないんだろう？　きみが何か危険な目に遭っていたかもしれないのに。しかも、その恐れはまだなくなっていないんだよ」

「でも、父が心配したところで事態がよくなるというわけではないのよ。父は浮き世ばなれしていて、学問以外はすべてほかの人に任せることに慣れてるの。もしも一人でほうっておかれたとしたら、屋根から雨がもれてきても気がつきはしないでしょう。自分の本や資料が濡《ぬ》れてだめにならない限りはね。その日にお食事をしたか、シーツが汚れていないかなんて、ちっとも気にならないたちなの。そういうささいなことに頭を煩わすのはむだだという考え方なのよ。わたしも、そのとおりだと思うわ。もっと重要な宇宙の問題をとくことのほうが、父には向いているのよ」

ジョンは口元を皮肉っぽくゆがめた。「例えば、なぜ人の身にひどい出来事が連続して起きるのかという問題だとか？」

「そうそう。日常茶飯事を解決することなら、誰にだってできるわ」

「なるほど。だけど、そのためにまわりの人たちに負担がかかるんじゃないかな？」

「負担だなんて、そんなことはないわ。みんなお父さまを愛しているんですもの。父は本当に心の優しい人なのよ。奇人だと言う人もいるけれど、そんな人たちでも父を好きにならずにはいられないの。父の手助けをする人間は必ずいるわ」

「それは、主にきみでしょう？」

「ええ。わたしの前には母がいたわ」

二人は階段に向かって歩き出した。ジョン・ウルフは話しつづける。「しかし、それが自分の人生のすべてだと思わない女の人もいると思うが」

「そう？　わたしは、天才のお世話をするのは幸せだと思ってるの。父のことよ、天才って。父は世界中の最も優れた学者たちと交流があって、その方たちみんなに尊敬されているのよ」

「じゃあ、きみ自身の家庭は欲しくないの？　だんなさんとか子どもは？」

「すべての女が夫や子どもを欲しがるとは限らないわ。それに、ほかの人の世話をするという意味では同じじゃない？　わたしと父はお互いに気心が知れているし、うちの父のほうが普通のだんなさまたちよりずっとわたしの自由を大切にしてくれるわ」

階段の下で、二人は足を止めた。きかん気のプリシラはあごを突き出すようにして、ジョンを見あげる。ジョンは微笑を返した。ほのかな明かりのもとでは、目の表情は定かではない。

「夫の役割は、自由を大切にすることだけではないよ」ジョンの声を聞いているうちに、プリシラは書斎で交わした熱烈な口づけを思い出さずにはいられなかった。

頬が染まるのをおぼえながらも、プリシラはさりげなく応じた。「でも、個人の自由はいちばん大事なものよ。それがなかったら、ほかの何があっても無意味になってしまうわ」

ジョンは眉をよせる。「愛があっても？」

「ええ」プリシラはきっぱり答えた。「だって、甘い言葉や優しい口づけがあっても、牢《ろう》獄《ごく》は牢獄でしょう？　監禁されていたとき、手荒に扱われなければ、あなたは満足していられた？」

「もちろん、満足するはずがない。だけど、それとこれとは違うんだ。結婚は牢獄じゃないから」

「男の人にとってはね。なんでも好きなようにする自由があるんですもの。女はそれが許されないいじゃない」

「わかった、きみは婦人参政権論者なんだ！　やっぱりそうだったのか」

「そうよ。わたしを見ていれば、わかりそうなものなのに。女性の権利に敏感そうに見えるでしょう」

「するときみは女性にも選挙権をといって、デモ行進なんかをするのかな？」ジョンは階段の支柱によりかかって腕を組み、感嘆のまなざしをプリシラに向けた。

「まだ行進したことはないの。でも、機会があれば参加したいわ」

「父上のお世話をする必要がない日ならね」ジョンの目は笑っている。

　プリシラは片方の眉をつりあげた。「婦人参政権だのなんだのと言っても、口先ばかりだろうとおっしゃりたいの？」

　ジョンはにやりとする。「かちんとくるようなことを言ってしまった。いや、ミス・ハミルトン、そんなことは夢にも思っていません。今夜は、きみの右腕の威力を十分に見せつけられたからね。ところで、きみは父上にはあれほど思いやりがあるのに男嫌いだと称しているのは、どうも解せない……さっき書斎でぼくに抱かれていたときも、あんなに熱くなっていたのに」プリシラの目をのぞきこみ、腕に指をはわせた。

「まあ！」プリシラはジョンからぱっと離れて階段の一段目に上り、両手を腰に当てた。

「よくもそんなことを持ち出せるわね。父の書斎でわたしに手を出すなどという厚かましいことをしたのはどなた？　悪い人に襲われて弱っているあなたを助けてあげたというのに」

「そうだ、ぼくはひどいやつだ」ジョンはしょげたふりをしてみせる。「だけど、自分を抑えられなかったんだ。きみの唇があまりにも魅力的だったので」

「ほら、男の人はすぐ女のせいにするじゃない！　自分にはなんの責任もないように。いいこと？　誤解なさらないでね。わたしは誘惑なんかいっさいしていません。あなたはご自分の意思であのようなことをしたのよ。わたしと同じように」

ジョンは笑った。「きみの言うとおりだ。今後もぼくは、自分の意思であのようなことをするのにやぶさかではない」と言い終わるなり、こぶしに握ったプリシラの手を取って口づけをした。

プリシラは手をさっとひっこめ、ジョンを殴りたいのをやっとこらえた。「それから、もう一つ。男女同権を主張したからといって、男嫌いとは限らないわ」

「それを聞いて安心した」ジョンは満面に笑みを浮かべた。

「要するに、嫌いか好きかは男性によるということ」

傷ついたというふうに、ジョンは胸に手を当ててみせた。「身のほどを思い知らされました」

プリシラは苦笑する。「あなたという方は、なんでも茶化さなければならないの？」

「だったら、ぼくにどうさせたい？　悲愴《ひそう》なふうにするほうがいい？」

ジョンに何を求めているのか、自分でもわからない。答えるすべなくプリシラは向きを変えて、階段を駆けのぼった。振り返ろうとはしなかった。おそらくジョン・ウルフはにやりと笑って、わたしを見送っているに違いない。

6

翌日の朝、チャルコーム夫人からプリシラの〝いとこ〟のために、亡夫の衣類をつめたトランクが送られてきた。故チャルコーム卿《きょう》はジョン・ウルフほど胸板が厚くもなく、腿の筋肉が盛りあがってもいなかった。それでも、ズボンの裾《すそ》が足首から十五センチも上だったり、座ると生地がひっぱられてぴりっと裂ける恐れはなくなった。シャツのボタンは上まで全部かけられて、日焼けした肌が大きなV字形にむきだしになったままということもなくなり、袖《そで》もひじではなく手首まできちんと下ろせるようになった。ともかく少なくとも、弟の服よりはずっと見場がよくなった、とプリシラは思った。それでも、シャツもズボンもあまりにぴっちりしすぎていて上品とは言えない、というのがミス・ペニーベイカーの感想だった。

午前中いっぱい、プリシラは自室の書棚つきの小さな机に向かって書き物をして過ごした。執筆中はいつもそうしているように、部屋のドアはきちんと錠を下ろしていた。というのも、作家というプリシラの職業は、父とミス・ペニーベイカー以外には秘密にしているからだった。家政婦のミセス・スミッソンとその娘さんが知ったとしても、村の人々に噂《うわさ》を広げるとは思えないが、用心するに越したことはない。波瀾万丈《はらんばんじょう》の冒険とロマンスの物語をひそかにプリシラが書いているとなれば、いくら噂好きではない母娘《おやこ》でも人にしゃべらずにはいられないのではないか。

言うまでもなく、村中の噂の種にされたくはない。けれど自分自身よりも、家族を案じる気持のほうが強かった。ハミルトン一族の中でもフローリアンの系統は教養があって風変わりだと思われているが、よい家柄であることには変わりない。プリシラの父の奇人ぶりについては、誰もがむしろ好感を持っていた。天才は普通の人々とは違うという理由によって。だが、女であるプリシラが小説を書いているとなると、話はまったく別だった。

確かに数は少なくても、女性の作家は存在していた――ジェーン・オースティン、ブロンテ姉妹、メアリー・シェリーなどなど。けれども彼女たちが生きていた時代の空気はもっと寛容だったし、彼女たちは男爵のまたいとこに当たるというような身分でもなかった。

もしもエリオット・プルーエットという作家が実はプリシラ・ハミルトンであるという事実が知られたら、世間に物議をかもすに決まっている。ただでさえ変わり者一家だと思われているのに、そのうえプリシラが小説を書いていることがおおやけになろうものなら家名に傷がついて、弟たちは家柄にふさわしい良縁も出世も望めなくなるだろう。

女性の権利を主張する自分が作家という仕事を秘密にするのは矛盾しているとわかって

はいる。であっても、家族を優先させるのが習いになっていた。ギッドとフィリップが独り立ちした暁には、事実を明かすかもしれない。けれども今のところは、忌まわしい病気か何かのように職業をひた隠しにするしかない。

昼近くなって階下《した》へ下りると、居間でもつれた毛糸をほどこうとしているミス・ペニーベイカーを、ジョン・ウルフが辛抱強く手伝っていた。プリシラは口をきっと結んで、笑いをこらえた。筋骨たくましい大男が両手に毛糸の束をかけ、神妙な顔つきでソファに座っているさまは、なんとも滑稽《こっけい》だった。ミス・ペニーベイカーが大きな灰色の鳥みたいに覆いかぶさり、絡み合った違う色の毛糸をほぐそうと悪戦苦闘していた。

ジョンが顔を上げて、プリシラに視線を向けた。日焼けした顔がかすかに赤らんだのを見てとると、プリシラは我慢できなくなって吹き出した。ジョンはプリシラをにらんだ。

ミス・ペニーベイカーが振り向く。「ああ、プリシラ。お父さまの原稿の清書は終わったの？」

プリシラが部屋に閉じこもっている理由についてミスター・ウルフにはそういう説明をしてごまかした、とミス・ペニーベイカーはそれとなく伝えているのだ。プリシラは口裏を合わせた。「ええ。今日の分は終わりました」

「そう、早かったわね。わたくし、バンクスさんのとこのお子さんに毛布を編んであげようと思ったのよ。毛糸のかごを取り出してみたら、こんなひどいことになっているので、もうびっくり」ミス・ペニーベイカーの毛糸かごはいつもこんな状態なのに、まるで初めてのような口ぶりがおかしかった。父のわかりにくい走り書きを辛抱強く判読してきれいに書き直す作業をいとわないミス・ペニーベイカーが、なぜ一種類ずつきちんと巻かずに何もかもいっしょくたにしてかごにほうりこむのか、プリシラには理解できない。

「それで、親切なミスター・ウルフに手伝っていただいているというわけね」プリシラがひやかすと、ジョンの渋面はますます険しくなった。

ミス・ペニーベイカーは晴れやかにほほえんだ。「そうなの。本当に助かったわ。こんがらかっている毛糸を見たときは、どうしたものかと途方に暮れていたの。ところがミスター・ウルフがね、赤だけを上手により分けてくださったのよ。大きな手なのに、こんなにこまやかな仕事がおできになるなんて、感心するわね」

聞いているうちにプリシラは、昨夜のジョンの手の感触を思い起こしていた。胸や腰を滑るこの大きな手の動きは、この上なくこまやかだった。今度はプリシラが赤面した。ジョン・ウルフとは絶対に目を合わさないように努める。

「ミスター・ウルフ、お友達ができてよかったですね」皮肉っぽくならないように言ったつもりだったが、あまりさりげなくは聞こえなかったようだ。プリシラは二人から離れて、お気に入りの椅子に座った。昨日はジョンに対して敵意を抱いていたミス・ペニーベイカーなのに、これはどういうことだろう？　ジョンは、わたしの元家庭教師を懐柔しようとしているの？　それとも、魅力を振りまかずにいられないのかしら？　ミス・ペニーベイカーが恥じらいの表情を見せた。ジョンは穏やかに言った。「友達になりやすい人となりにくい人がいるからね」

プリシラは鼻にしわをよせたものの、無視することにした。というよりも、どう返事をしたものか考えつかなかった。代わりに椅子の下から自分の針箱を引き出して、生まれたばかりのバンクス家の赤ちゃんのために寝間着の刺繍《ししゅう》を始めた。

ジョン・ウルフに目を向けたいのをこらえて、プリシラは針仕事に専念しようとした。見なくても、ジョンの視線が自分に注がれているのがわかる。けれども、関心があるようなそぶりは絶対に見せまいと心に決めた。あの人は自信満々で、女という女はいともたやすくなびくと思っているのではないか。昨夜あんなふうに振る舞ったから、わたしも嬉々《きき》として彼の腕に飛びこむものと信じているに違いない。でも、そう簡単にはいかないわよ。昨夜のような激しい感覚を経験したのは生まれて初めてだった。ほかのどんな男性に対しても感じたことのないものだ。ジョンがそういう力を持っているとわかったからには、今後は用心して自制心を働かせなければならない。

突然どかーんという大音響が響いて、プリシラはびくっとした。その拍子に親指に針を刺してしまう。「痛っ！」思わず声を出して指をなめた。

「なんだ、あれは？」ジョンは立ちあがった。毛糸をほうり出して、窓際へ急ぐ。ミス・

ペニーベイカーも小さな悲鳴をあげ、同じく毛糸をほうってジョンのあとを追った。

プリシラはため息をついた。「お父さまよ、きっと」ドレスに刺繍針を刺し、二人のあとから窓のほうへ向かった。

三人は、裏庭の向こう端にあるプリシラの父親の実験室を見た。開いている窓から黄色い煙がもくもくと吹き出している。ドアがぱっと開いて、煙とともにフローリアンが姿を現した。

ミス・ペニーベイカーが胸に手を当てて、大きなため息をもらした。「ご無事で本当によかったわ」

プリシラは窓を開け、身を乗り出して声をかけた。「お父さま、だいじょうぶ？」

フローリアンは煙で汚れた顔をほころばせ、娘に手を振った。歯の白さがきわだって見える。髪が逆立ち、白いシャツには黒と黄色のしみが点々とついていた。

「だいじょうぶだとも！　それにしても、見事な音だったと思わんか？　いや、いいんだ、ミセス・スミッソン」水を入れたバケツを手に裏口から飛び出してきた家政婦に、フローリアンは言った。「今度は火は出なかったからな」

プリシラは自分の椅子にもどった。口をぽかんと開けたジョンが目に入り、笑い出さずにいられなかった。「ミスター・ウルフ、ご心配なく。うちでは珍しいことじゃないんです。爆発なんてしょっちゅうなの」

ジョンは眉をつりあげた。「どうして？」

「それは、父にしか答えられないわ。すべて科学のために、というのが父の返事でしょうけれど。本当のところは、あの音が好きなんじゃないかと、わたしは思っているの。弟たちも子どものときは同じだったから」

「プリシラ！　そんな言い方は失礼ですよ」ミス・ペニーベイカーが教師のような口調でたしなめた。頬を赤らめている。「あなたのお父さまは、今世紀、いいえ、ほかの世紀も含めて、最も偉大な科学者魂をお持ちの方の一人なんですからね」

「ペニー、わかってますったら。でも偉大な科学者魂の持ち主と暮らすのも、けっこう苦労だと思わない？」

「いいえ、とんでもない！　わたくしは名誉だと思ってますよ。そういう魂の働きをこの目で見ることができるんですもの」ミス・ペニーベイカーのまなざしは輝いていた。

プリシラの胸はきゅんとなった。そうではないかとずっと思っていたのだが、やはりミス・ペニーベイカーは父に対して特別な感情を抱いているらしい。この目の輝きは、主人への単なる忠誠心以上のものを表している。でも残念なことに父のほうは、ミス・ペニーベイカーをそんな目で見ているとはとうてい思えなかった。父の頭は研究や実験でいっぱいで、原稿の清書をするようになってから初めてミス・ペニーベイカーの存在に気がついたのではないかと思う。鈍感だとか、冷たい性格だとかいうわけではない。父にとっては、科学以外の事柄はすべて、愛する子どものことでさえ、二の次になってしまう。それだけの理由だった。

廊下から足音が聞こえ、ほどなくフローリアンが居間の入り口に現れた。近くで見ると、いっそう惨憺《さんたん》たる風体だ。衣服からは黄色っぽい蒸気が立ちのぼっていて、顔も手もしみだらけだ。おまけに、腐った卵の臭《にお》いを発散している。

「お父さまったら!」プリシラは手で鼻を押さえた。

ジョンも鼻孔をふくらませて、フローリアンをまじまじと眺める。

フローリアンは晴れやかに三人にほほえみかけた。「プリシラ、おまえも見ていればよかったのに。完璧《かんぺき》だったよ」

「そうでしょうとも」プリシラは笑ってしまった。父の無心な喜びが伝染して、腹を立てる気になれなくなる。書斎で実験をしていたころは、絨毯《じゅうたん》に焼け焦げを作るわ、壁紙を変色させるわ、窓ガラスは何枚も割るわで大変だった。ついにプリシラは、裏庭の小屋で実験をするよう父に主張した。小屋を実験室に改造するために、最初の本の印税の一部をあてた。そんないきさつがあっても、子どものような好奇心で実験に取り組み、発見の醍《だい》醐味《ごみ》に顔を輝かせている父を見ると、笑いを誘われずにはいられなかった。

「まあ、怪我《けが》をなさってるじゃありませんか!」ミス・ペニーベイカーが声をあげ、いつになく大胆にフローリアンに近づいて、真っ白なハンカチを血のにじんだ頬の傷口に当てた。

「何？　ああ、これか。ビーカーが割れただけだ。こんなことはなんでもないさ」汚れた顔をふくミス・ペニーベイカーにはかまわず、フローリアンは満足げに話を続ける。「大進歩なんじゃよ。ボストンのリグビーに言ってやらねば。この前もらった手紙には、そんな実験をすると家が吹っ飛ぶと言ってきたんだ。しかしどうだ、リグビーのほうが間違っとるだろうが」

ジョン・ウルフは目を丸くしている。そんな父に慣れているプリシラは、微笑で応じた。

「そうそう、あちらの負けね。それはそうと、お父さま、服を着替えなくては。硫黄の臭いがしてますよ」

「そりゃそうだ。硫黄を使っておったからな。ともかく今は着替えてる暇がない。実験結果を記録するほうが先だ」

「わたくしが筆記いたしますわ」ミス・ペニーベイカーが買って出た。

「うむ？」フローリアンは振り向き、初めて気がついたように、ミス・ペニーベイカーに目をとめた。「それは、ありがたい」

「ペニー、ありがとう」プリシラはほっとした。二年ほど前に著作を始めて以来、父に関する雑用をミス・ペニーベイカーが肩代わりしてくれる度合いがしだいに増えている。そんなふうにペニーに負担を強いてはいけないのでは、とも思う。父のそばにいることが多くなれば、片思いがつのって辛《つら》い思いをさせるかもしれない。とはいえ、正直言ってプリシラには、筆記は退屈な作業だ。そのために執筆の時間を減らさなければならないのも、恨めしく思わないではなかった。だから、そういう用事をミス・ペニーベイカーが進んで引き受けてくれることは、願ってもない幸運ではあった。

フローリアンは実験の話をひとりごちながら、居間を出ていった。小走りにミス・ペニーベイカーがあとを追う。二人を見送るプリシラは、はっとした。つまりジョン・ウルフと二人きりになってしまうということではないか。ジョンを見やると、彼の視線もこちらに向いている。不意に落ちつきを失って、プリシラはえへんと咳払《せきばら》いした。

「やれやれ……一騒動ね」

「なるほど。だからきみは、見知らぬ病人がいきなり玄関の扉を叩《たた》いても、さして驚かずに受け入れてくれたわけだ。異常な出来事に慣れているんだ」

プリシラの口元がほころんだ。「今のことなんか、あなたの場合ほど異常じゃないわ」

プリシラは元の椅子にもどって腰を下ろし、刺繍の続きを始めた。うつむいていても、ジョンに見られているのがわかった。ジョンは何を考えているのかしら？　昨夜の抱擁を覚えているかどうか、気になってならなかった。あの場面ばかりが頭を占めていて、ほかのことは考えられなかった。

「きみに謝らなければならないのはわかっている」ジョン・ウルフが口を切った。プリシラは顔を上げた。表情を変えないように骨を折る。「ぼくのことを粗野な男だと思っているでしょう」

プリシラは肩をすくめた。「わたしがどう思おうと、大したことではないんじゃないかしら」

「ぼくにとっては、大したことなんだ」

ジョンをもう一度見て、プリシラは目を伏せた。胸がどきどきしている。どう考えたらいいのか、何を言うべきか、見当がつかなかった。この人の前に出ると、なぜこんなに気持が騒いでしまうのだろうか。

プリシラの胸のうちとそっくりな言葉が、ジョンから返ってきた。「きみといると、妙に気持が抑えられなくなる。ぼくは、若いお嬢さんに無理強いする男じゃないと思うんだが」

「無理強いとは言えないけれど」プリシラは目を合わさないようにして、あいまいに答える。

「しかし、自制心を働かせることができなかったのは事実だよ。なんというだらしない男だ！」ジョンは壁にこぶしを打ちつけた。プリシラはびっくりして顔を上げる。「といっても、あまりによかったので、悪いことをしたとは言いたくない。ぼくは、ああいうことになったのを後悔はしていないんだ」ジョンは口をつぐみ、じっとプリシラの目をのぞきこんだ。プリシラは息をのんだ。すぐさま立ちあがって、ジョンのそばに行きたくてたまらなくなる。

ようやくジョンが視線をそらした。

「だが、きみを苦しませたことについては謝るよ」

「わたし、苦しんだりしてないわ」自分の心理状態が本当はどうなのか、確信を持って言えない。けれども、苦しむという言葉が当てはまらないことだけは、はっきりしている。

「ミスター・ウルフ、このことについてはもうお話ししないほうがいいと思うわ。ゆうべは……」ゆうべは？　ゆうべはどうだったと言うつもり？　すばらしかった？　腹が立った？　怖かった？　そのすべてであり、それ以上だったような感じがする。あのあと何時間も眠れずベッドに横たわったまま考えたけれど、結論にはいたらなかった。「……尋常ではなかったと言ったらいいかしら。あなたもわたしも、平常心を失っていたと思うの。ですから、忘れることにしません？」

「忘れる？　ぼくは、そんなことできると思えない」

「だったら、しばらくのあいだ、わきに置いておくというのはどう？　今は、考えなければならないことがいっぱいあるでしょう。追っ手の二人のことや、あなたの記憶喪失、これからどうするかという問題。ゆうべのことを思い煩わないほうが楽だと思うの」

「なかったふりをするという意味？」

「まあそういうことね」

「それができるかどうかは自信がないな」

「ご自分がどこの誰かもわからないというのに、さらに面倒な関《かか》わり合いは必要ないでしょう？」

二人は怖い顔をして、にらみ合っていた。やがて突然、ジョンがにやっとした。プリシラはびっくりする。「親愛なるミス・ハミルトン、必要かどうかと、そうしたいかどうかとは、似て非なるものなんですがね」

「わかってるわ！　あなたはいつもご自分のしたいことをなさる方ですもの」

ジョンはくっくっと笑った。「ぼくがいつもしたいこととは、なんのことやら」

プリシラはむっとする。「あなたという方は、ことごとく冗談にしなければ気がすまないのかしら？」

「そのほうが人生楽しいじゃないか」

不意に廊下で足音がして、「プリシラ！」という若い男の呼び声が聞こえた。

ジョンは問いかけるように目を丸くした。「やれやれ！」プリシラは口の中でつぶやいた。

「あれは……？」ジョンがききかけたとき、くしゃくしゃの金髪頭の青年が居間に入ってきた。

青年の大きな目は真っ青で、まつげがとてつもなく長い。ととのった顔だちなのに、かなり険しいしかめっ面をしている。

「母がだめだって言うんだ!」挨拶《あいさつ》も前置きもなしにわめいて、青年は帽子を扉のわきのテーブルにほうり出した。「ちくしょう! ぼくを赤ん坊扱いして。二十一になったら、母がなんと言おうと絶対に軍隊に入ってやる。相続さえすめば、拘束される理由はなくなるんだから」言うだけ言うと青年は椅子にどさりと腰を下ろし、少し斜めを向いて長い脚の一方をひじかけにのせた。それからおもむろに腕を組み、プリシラをぐっとにらむ。

「アレック!」プリシラはたしなめた。「お行儀が悪いじゃない。お客さまがいらっしゃるのよ」プリシラは、椅子から立ちあがって闖入《ちんにゆう》者に目をすえたジョン・ウルフにうなずいてみせた。

「あ」そのとき初めて、アレックの目にジョンの姿がとまった。「これは失礼。そちらにいらっしゃるとは気がつきませんでした」アレックは立って、ジョンのほうに丁重なおじぎをした。

「アレック、こちらはアメリカから来た、わたしのいとこのジョン・ウルフよ」紹介はしたものの、まずいときにアレックがやってきたものだとプリシラは思った。ジョンの存在はできる限り人に知られないほうがいいし、だいたいアレックはおしゃべりなんだから。まずは母親の公爵夫人に告げるのを召し使いが耳にして、ほどなく村中に噂が広がるに違いない。怪しまれずに口止めする方法はないだろうか。

「アメリカ!」アレックは好奇心をあらわにして声をあげる。「うわー、面白い。ぼくは前からアメリカに興味があったんですよ。西部のほうですか? インディアンに会ったことありますか? 人を撃ったことは?」

やつぎばやに質問を浴びて、ジョンは目をぱちくりさせる。間を置いてやっと答えた。

「いや、西部ではありません。インディアンにも会ったことはないんです。人を撃ったかどうかについては……」ジョンの顔にいたずらっぽい笑いが浮かんだ。「撃つ価値のある相手でない限り、そういうことはしません」

アレックは目を丸くしていたが、やがて爆笑した。「あっ、そうか。冗談ですよね?」

「ええ、まあ」

アレックはプリシラに言った。「アメリカにいとこがいらっしゃったとは知らなかったなあ」

「母方だけど、かなり遠い親戚《しんせき》なの。わたしたちの祖父がいとこ同士だとか、そういう間柄よ。それと、アレック、ジョンのことは誰にも言わないでね。いとこは高熱が引いたばかりだから、みんなに押しよせられてもいけないわ」

「そうか、わかった」アレックはうわのそらで返事をして、自分の関心のある話題にもどす。「それで、アメリカのどこに住んでいらっしゃるんですか?」

「ニューヨークです」

「大きな町なんでしょう？」

「ええ、とても大きな町です」

「でも、ロンドンとは違うんですね？」

「ええ。あんまり似ていないと思います」

「見てみたいなあ。パリも。インド、アフリカも。そうだ、どこでもいいから行きたい。ぼくはロンドンしか知らないから。それと、スコットランド。夏はよくスコットランドで過ごすんです」

「スコットランドは大変よいところだと聞いてますが」

アレックは肩をすくめる。「そりゃそうだけど、退屈なんです。鱒《ます》釣りか、山にハイキングに行くしかすることがない。それに、あそこの言葉は半分しかわからないんですよ。外国にいるみたいだ。そのくせ、ちっとも刺激的じゃないし。あなたはスコットランドにいらしたことありますか？」

ジョンは首を振った。少年っぽいアレックのしゃべり方に微笑を誘われている。

「ところでアレック、何かご用だったの？」プリシラは努めて明るくうながした。なんとかしてジョンから関心をそらさなくてはならない。「なんだか怒ってたみたいね。またお母さまのこと？」

「うん、そう」アレックはため息をついて、プリシラのほうに向き直った。「母はぼくが大人だと認めようとしないんだ。ぼくの望みはただ一つ、ギッドみたいに軍隊に入ることだと、母には言いつづけているんだよ。そういえば、今日ギッドから手紙がきた。気分は最高だと書いてあった。ギッドよりぼくは乗馬がうまいのに」

「そうよね」プリシラは同情するように言った。

「そのギッドが近衛師団にいて、ぼくはいまだにランリーの屋敷でくすぶっているとは」

いとこに仕立てあげたジョンのために、プリシラはそれとなく説明する。「わたしの弟のギッドにはまだ会っていないわね。弟とアレックは親友なの」

「そう。ギッドとは幼なじみなんです」アレックは憤懣《ふんまん》やるかたないという顔でつけ加えた。「だけど、ギッドのお父さんは子どもの望みどおりにさせてくれるから、ギッドは今や士官殿だというのに、このぼくときたら……」

「あなたは未来の公爵殿じゃない」プリシラはさらりとかわす。

「公爵だって？」ジョン・ウルフは身を乗り出した。「本当ですか？」

アレックはむっつりして答える。「ええ。ただし、まだ公爵だと認められてはいないんです。正確に言うなら、ぼくはリンデン侯爵でもない。父はそう呼んでくれていたけれど」

「それは残念」ウルフはぴんとこない様子だった。

プリシラはくすくす笑った。「アレック、そんなふうに言っても、わかってもらえないわ。いとこはアメリカ人なのよ。忘れた？」それから、ジョンに向かって説明する。「リンデン侯爵というのは、ランリー公爵の跡継ぎになる人の称号なの。だから、公爵が亡くなるまでは公爵の長男がリンデン侯爵と呼ばれていて、跡を継いだときに初めて公爵になるのよ」

「なるほど」

「でもアレックのことは、そのどちらの称号でも呼べないの。たぶんアレックが継承者になるでしょうけれど。実は、ランリー公爵には長男がいたのよ。リンデン侯爵だったこの方は、三十年も前に行方不明になってしまったの。失踪《しっそう》の理由も行く先もわからないままなので、亡くなったものと思われていたのね。ところがお父さまの公爵が最近お亡くなりになったので、リンデン侯爵を捜してからでないと、アレックは爵位を継ぐことができないと法律の専門家が言い出したの」

「つまり、アレックは宙ぶらりんの状態に置かれているということか」

「そうそう、そのとおり」アレックが勢いこんで相槌《あいづち》をうつ。「ぼくは別に公爵になりたいわけじゃないんです。そのことは母にも言ってあるんですよ。家名や領地やそこに暮らす人たちのことを考えると、責任が重すぎる。ぼくはただ、騎兵隊の将校になりたいだけなんだ」

「だけどお母さまは、あなたの気持を理解してくださらないのね」

「そう。公爵になるのがいちばんだと、母は信じこんでいるんだ」

「でも、ランリー公爵というのは古くから名誉ある位なのよ」

アレックは鼻にしわをよせた。「そんなこと、ぼくはどうでもいいんだ。本気でそう思っているのは、わかってくれるだろう？　なんとかしてリンデン侯爵を見つけ出してくれないかなあ。兄が帰ってきて跡を継げば、ぼくは好きなことができる。父はぼくにいちおうは財産を遺《のこ》してくれたし」

「それはそうでしょう。お父さまはあなたをとてもかわいがっていらしたんですもの」

「うん、わかってる」アレックはため息をついた。「だから、今までずっとうちにいたんだ。本当はギッドと一緒に軍隊に行きたかったんだが。〝お父さまはあなたがそばにいると喜ぶのよ。だから、亡くなるまではうちにいてちょうだい。うちを出るのはそれからでもいいじゃないの〟何度も何度も母はそう言った。それを振りきって出ていったら、自分でも気がとがめるだろうと思って言うとおりにしたんだよ。それがどうだ。父が死んだ今はそんな理由もなくなったのに、まだ母はぼくを自由にさせようとしないんだから」

「かまわずうちを出てしまえばいいのに」ジョンが不思議そうに言った。

アレックとプリシラは、びっくりしてジョンを見つめる。ジョンは続けた。「だってきみはもう大人なんだから、好きなようにしたらいいと思うけど。なぜできないの？」

アレックは言葉を失った様子で、しばらくぽかんとしていた。「公爵にふさわしくないと母が言うんです。ぼくは、公爵が軍隊にいてもかまわないと思うけど。マールバラ公やウェリントン公の例もあるじゃないか」

「でもそれは、将軍として敵を破ってから与えられた爵位だわ」

「あ、そうか。だけど、クリミア戦争で戦ったカーディガン伯爵は最初から伯爵だったんじゃない？」

「そのとおりだわ」

「公爵だとなぜいけないんだろう？」

「いろいろな責任があるから」プリシラはふたたびジョンのほうを向いて、補足した。「爵位には義務と責任がともなうものなの。自分の好きなようにすればいいというわけにはいかないのよ」

「どうして？　爵位は本人のものでしょう？」

「ええ、もちろん。でも、のちの世代に対する務めがあるわ。例えば、家屋敷を荒れさせるようなことはしてはいけないとか」

アレックは皮肉な笑いをもらした。「もうとっくに荒れ果てているのに。莫大《ばくだい》な金がかかるんで、屋敷のすべてをきちんと維持することなど不可能だ。コークシーの屋敷なんか、虫にやられてもうぼろぼろ。東翼の部分は閉鎖しなければならなかった。構造自体が朽ちているから、大々的な修理が必要なんですよ。貴族といっても、土地があるだけで金はないんです」

「でもね、アレック、軍隊に入って命を落としたらどうなるの？　リンデン侯爵がもどってこなかったら、跡継ぎはあなたしかいないのよ。公爵家を絶やすわけにはいかないわ」

「いとこのイーブシャムがいるじゃないか。彼が爵位を継げばいい。母にそう言ったら、イーブシャムがランリー公になるくらいなら死んだほうがましだと嘆いていた。母の言い分ももっともだとは思う。イーブシャムは無頼漢だからね。父も嫌ってた。しかし誰かが継げば、少なくとも爵位は消えずに残るだろう。それに、軍隊に入っても、ぼくが死ぬとは思えない。もう戦争はほとんどないし。インドあたりで、ときどき地元民との小さな衝突があるくらいで」

「ほら、やっぱり」ジョンは勝ち誇ったようにプリシラを見た。「彼が好きなことをするのを止める筋合いはないじゃないか」

アレックは困った顔をしている。こんなことを言われたことはないし、考えたことさえなかったのだ。やがて、アレックは言った。「だって、家族には逆らえないものでしょう？」

「しかし、家族に合わせて一生を終えるつもりじゃないだろうに。家族の望む人と結婚して、家族の好むところに暮らすのかい？」

「ぼくだって、母が気に入ったからというだけで、結婚するつもりはありませんよ」アレックは間を置いて、続けた。「もちろん、自分が好きでもない女性と結婚するはずはない。あなたも同じでしょう？」

ジョンはほほえんだ。「ぼくには爵位なんかないから、気にすることもないが。それにしても、公爵であるがゆえにほかの人間の言うとおりにしなくてはならないという理由は、ぼくにはわからない」

アレックはいたく感じ入ったふうだった。「以前はぼくもそう考えていたんですよ。公爵ならば、なんでも自分の好きなようにすればいい。ほかの人間こそ、公爵の言うとおりにしなければならない。実際、父はそんなふうだったように思うけれど」

「アレック、あなたも公爵としていろいろなことができるのよ。あなたのような身分になりたいと羨《うらや》んでいる人は大勢いるでしょう」プリシラは、ジョンをにらんだ。「いとこはアメリカ人だから、爵位を継ぐ重要性が、よく理解できないのよ」

殊勝にも、ジョンはきまり悪そうに言った。「そのとおりだと思う。アメリカ人の無知さかげんはひどいものだね」

プリシラは顔をしかめはしたものの、明るく続けた。「ねえ、アレック、もっと楽しいお話をしましょうよ。聞くところによると、ハンター種の馬を買ったんですってね」

馬の話題になると、アレックはたちまち元気になった。それまでの仏頂面はどこへやら、座り直して新しい馬の話を始める。「ぜひ見てもらいたいよ。鹿毛《かげ》で、丈は約一メートル六十センチ。速いんだ」

その後の話題はもっぱら馬になり、ジョンが口をはさむ余地はほとんどなかった。アレックが帰ってから、ジョンは感想をもらした。「気の毒に。彼が騎兵隊に入れないのは、公爵としての務めがあるからというよりも、お母さんに抑えつけられているからじゃないかな」

「そうかもしれないわ。でも、したいようにしたらいいとそそのかすなんて、あなたは思いやりがないわ」

「思いやりがないだって？　ぼくはむしろ彼のためを思って、自分の望みどおりにする自由があると言ってあげただけなのに。間違っているかな？　それとも、イギリス人であるためには自由をあきらめなくてはならないのか？」

プリシラの目が怒りに燃えた。「あなたの国ができる前から、イギリス人は権利を保障された自由の民なのよ？　君主制を廃止したというだけで、自由はご自分たちの発明だとアメリカ人は思ってらっしゃるみたいだけれど。あなた方アメリカ人は、どこから自由についてのすばらしい考え方を学んだと思ってるの？　イギリスで十三世紀に発効されたマグナカルタや、十七世紀に定められた人民の基本的人権に関する宣言が、それなのよ」

ジョンはくっくっと笑い出し、防御するように手のひらを向けたまま両手を上げてみせた。「わかった、わかった。そういきりたたないで。イギリス人は自由を保障された立派な国民であると信じています。さっきの若者については、話が別だと思うけどね」

プリシラはため息をついた。「アレックは一人息子で、唯一の跡とりなの。お母さまが過保護で、あれこれ口を出しすぎるのは事実よ。お父さまも、どちらかといえば高圧的だったわ。だからアレックは、始終ここに来てギッドと一緒にいたんでしょうね。弟とアレックはいつも何かしらいたずらをして、手に負えない少年たちだったわ」

懐かしそうにほほえむプリシラをじっと見つめたあと、ジョンは尋ねた。「彼はきみの恋人？」

「わたしの、なんですって？」プリシラは目を丸くした。「まさか、ご冗談でしょう」

ジョンは首を横に振る。

「こともあろうに……もちろん、恋人なんかじゃありません。だって、アレックはまだはたちよ、ギドリーと同い年で。わたしは二十四なのに」

ジョンは肩をすくめる。「若者が年上の女性に恋をすることはよくあるよ」

プリシラはむっとした。「アレックとわたしには当てはまらないわ」

「きみはそうかもしれない。だけど、彼も同じ気持かどうかはわからないな」

「そんなこと、あなた、どうかしてるわ。アレックはわたしのことを姉のように思ってるのよ。愚痴をこぼしには来ても、それ以上の感情を抱いてなんかいないわ」プリシラはふたたび、刺繍を始めた。

頬を紅潮させてきびきびと針を運ぶプリシラの様子を、ジョンは口元に笑みを含んで眺めていた。アレックについては、プリシラをからかったつもりだった。とはいえ、二人が話しているのを見ながら嫉妬《しっと》の念をおぼえたのも確かだ。ほかの男がプリシラに気があるかもしれないと思うと、どうも落ちつかない。いや、それよりも、プリシラがあの若者への好意を隠そうともせずに機嫌よく話していたこと自体がひっかかるのだ。プリシラにすれば、弟が一人増えたぐらいにしか感じていないのかもしれないが、それでもやはり……。どうしてこんなことを考えてしまうのだろう。プリシラはといえば、引きつづき黙って布にぶすぶすと針を突き刺している。まるで敵をやっつけているようなしぐさだ。ジョンは胸のうちで、プリシラが口を開いてくれそうな話題を探った。

「もう一人の跡継ぎのことを話してくれないか、そのためにアレックが宙ぶらりんになっているという」

「リンデン侯爵のこと？」プリシラは顔を上げた。口調はそっけないけれど、関心があることは目の色でわかった。「アレックの腹違いのお兄さまよ。先代の公爵と最初の奥さまとのあいだにできた息子さん。でもわたしは、その方を知らないの。わたしが生まれたときは、もうここにはいらっしゃらなかったから」

「だけど、その人がいなくなったいきさつは知ってるんでしょう？　公爵の跡継ぎが失踪してもどってこないとなると、大変な噂になったに違いない」

「それはそうよ。このあたりで最も知れ渡った言い伝えの一つよ」生まれながらの物語作家らしく、プリシラは目を輝かせて話し出した。「リンデン侯爵がいなくなった理由は……殺人事件なの」

7

「殺人事件！」ジョンは驚いてくり返した。「そのリンデンという人が誰かを殺した？」

プリシラはこっくりする。「と、言われているの。でも、もちろん証明されたわけじゃないわ。というよりも、ご本人が姿を隠してしまうと追及もされなかったの」

「いったい何があったの？　殺されたのは誰？」

「いきさつはこうなの。ランリー家のご長男はまだ十九かはたちで、とても魅力的な若者だったという話。オックスフォードの学生だったけれど、休暇でおうちに帰ってるあいだに、ランリー邸の小間使いをしていたローズ・チャイルズという娘さんとデートしていたらしいの」

「なるほど」

「で、そのローズはお友達に自慢していたって、ハンサムな若い貴族が自分に首ったけだと。その前の週末に実家にもどったとき、お母さんとお兄さんにも玉のこしに乗れそうだとほのめかしていたらしいの。それを聞いたお兄さんが、自分たちのような身分の者が貴族の子息と結婚できると思ったら大間違いだと言うと、ローズは、でもそうせざるを得ないだろうと答えたんですって。数日後に、誰にも見つからないようにローズはお屋敷を抜け出し、それっきり朝になってもランリー邸にもどってこなかった。小間使いの部屋で寝た形跡もなく実家にも帰っていないことがわかったので、みんなで捜したら、レディズ・ウッズという森で首を絞められて死んでいたというの」

ジョンは眉をつりあげた。「すごい話だね。だけど、どうしてそのリンデンという人がやったと思われたのかな？　どうやらローズは名ざしでリンデンが恋人だとは言っていなかったようじゃないか。それに、犯人は恋人だとは限らないだろうし」

「でも、ローズを殺さなければならない理由のある人物は、恋人以外には考えられないのよ。遺体は解剖されて、妊娠していたことがわかったの。これは動機としては有力でしょう。ローズは、赤ちゃんができると告げたに違いないわ。お兄さんに言ったことからすると、結婚してと迫ったかもしれない。それで口論になってかっとなり首を絞めたということなんじゃないかしら。このあたりでハンサムな若い貴族といったら、リンデンしかいなかったそうよ。いとこのイーブシャムも若かったけれど、ハンサムにはほど遠いわ。それに、リンデンが人目を忍んで屋敷をときどき抜け出していたのは、召し使いはみんな知っていたんですって。何かおかしいと思われていたようよ」

「それでも、公爵の息子を疑う根拠が十分にあるとは言えないと思うが」

「地元の警察としても、リンデン侯爵を逮捕するのはいやだったでしょう。だけど単なる噂《うわさ》ではなくて、とんでもない証拠があったのよ。死体のそばにルビーのネックレスかブレスレット、どちらかの断片と、ばらになったルビーも一つ見つかったの。大きな宝飾品の一部であることは間違いないわ。なにしろ、ランリー家のルビーといえば、知らない人はいないくらいですもの」

ここでプリシラは、思い入れたっぷりに間を置いた。ジョンはにやりとする。「わかった。ランリー家のルビーとはなんですかと、ぼくがきく番なんだ。そうでしょう?」

「そのとおりよ」プリシラはほほえんだ。「それはね、ランリー公爵家に十六世紀のエリザベス女王の時代から伝わる家宝なの。言い伝えによると、エリザベス朝に勇名をとどろかせた海賊の一人だった初代のランリー公が、スペインの船から略奪したものなんですって。スペインの貴族の結婚の贈り物として作られたそうよ。ランリー公は同じ船から奪ったエメラルドのイヤリングをエリザベス女王に献上しただけで、そのルビーのネックレス、ブレスレット、イヤリングの一揃《そろ》いは女王に見せなかったの。代わりに、自分が求婚していた女の人にこっそりあげちゃったんですって。その女性ったら、かなりおめでたい人だったらしくて、結婚してからその揃いのルビーを身につけて女王の前に出たというから大変。略奪品の中でも最高の宝石を献上しなかったことに女王が激怒して、ランリーはロンドン塔に二年も幽閉されたの。首をはねられなかっただけでも幸運と言うべきよ。とにかく、ランリー家のルビーにまつわるお話はいっぱいあるの。チャールズ二世の時代のランリー公は、奥さまではなくて愛人にそのルビーを身につけさせたとか。気味の悪いことに、そのランリーはのちに田舎の別邸で転んで怪我《けが》をして、寝たきりになったあげくに、奥さまに頼るしかなくなったそうよ。かと思えば、カードの賭《かけ》で一夜にして全財産を失いそうになったランリー公はルビーをかたにして勝ち、最終的には負けた分を取り返しただけでなく、もっと儲《もう》けたとかいうお話もあるの」

「へーえ、驚いた。それにしても、きみはすばらしい語り手なんだね」

「まあ、ありがとう」ほめられてプリシラは嬉《うれ》しくなった。「そういうわけで、公爵家のルビーはこのあたりでは有名なの。だから、リンデンとの仲を噂されていたローズの遺体のそばにルビーが見つかった以上、警察としてもほうっておくわけにはいかなくなったのね。ランリー邸に行って公爵に話をしたら、息子を疑うとはなんたることだと憤激されたそうよ。でも、例のルビーを見せられると、家宝の一部だとわかった公爵は仰天したの。そんなことはあり得ないと言いながらも金庫を調べたら、やはりルビーのネックレスがなくなっていたのですって。公爵が息子を呼び、警察がローズが殺された夜はどこに行っていたのかと尋ねたところ、リンデンは自分の部屋に一人でいたと答えたの。でも馬丁の一人がすでに、その晩はリンデン侯爵の指示で馬に鞍《くら》をつけたと警察に証言していたわ。侯爵は、馬丁が起き出す翌日の早朝まで厩舎《きゆうしや》にもどってこなかった事実もね。これでは疑われても当然よ」

「そうだね。で、その場で侯爵は逃げたの?」

「いいえ、いなくなったのはもう少しあとなのよ。リンデンは潔白を主張したけれど、前の晩にどこに行っていたかについては話そうとしなかったの。かんしゃく持ちの公爵が、卒中でも起こしそうなほど激高したのね。そうしたら、休暇中にランリー邸に滞在していた学校のお友達が前に進み出て、その晩はずっとリンデンと一緒にいたと言い出したの。二人でハーズウェルまで馬で出かけて、遅くまでカード遊びをしたりお酒を飲んだりしていたから人殺しなどできるはずはない、と説明したんですって」

ジョンは両方の眉をつりあげた。「リンデンのために嘘《うそ》をついたというわけか?」

「嘘か本当かは誰にもわからない。とにかく、リンデンと一緒にいたと言い張ったの。二人きりでほかに誰もいなかったというので、確かめることも否定することもできないのよ。お友達の証言でアリバイがあるし、ルビー以外には証拠になるようなものもないので逮捕するわけにはいかなかったの」

「それならなぜリンデンは行方をくらましたのかな?」

「ランリー公爵はアリバイのおかげで家名に傷がつかずにすみ、ほっとする一方で、息子さんのお友達の言うことは信じられなかったんでしょうね。その夜、公爵とリンデンは激しく言い争ったんですって。尊大で厳格なランリー公爵と息子さんとは、それまでもしっくりいっていなかったようなの。大きな声で罵《のの》り合っているうちに、公爵が息子を殴った。リンデンは二度とうちには帰らないと誓って荷物をまとめ、夜の闇《やみ》に馬で飛び出していったきり、消息を断ってしまったの。手紙もこなかったというわ。リンデンのお母さまは亡くなって、公爵は二、三年後に再婚されたの。リンデンも亡くなったものと思いこんだ公爵としては、跡継ぎが欲しかったのね」

「そして生まれたのがアレック」

「そう。ランリー公爵は長男は死んだと言いつづけて、アレックのことをリンデンと呼ぶように言ってきかなかったの。公爵が喜ぶのでまわりの人はたいていそう呼んでいたけれど、もちろん本当は違うのよ。公爵の位にしても、問題が片づくまでは継ぐことはできないの」

「どうやって決着をつけるの？」

「さあ」プリシラは肩をすくめる。「裁判で決めるのではないかしら。リンデンが亡くなったことを法的に宣言するとかなんとかして。でも、たぶん何年もかかるんでしょう」

「それまでアレックはかわいそうに、相続できないんだね」

「ええ、爵位はね。だけど、お金は公爵がアレックにたくさん遺《のこ》したの。不動産の相続と違って、誰にでも贈与できるから。もちろん土地や爵位ほど貴重ではないけれど、アレックは気にしていないのよ。馬や猟犬にかけるお金は十分にあるし、土地に対してそれほど

れたいくらいでしょう」

の関心もないし。自分でも言っていたけれど、むしろランリー公爵としての責任をまぬが

「アレックの気持はわかるな。自由が束縛されるみたいだもの。ぼくがその立場だったとしても、あまり嬉しくないと思う」

「でも、アレックには選択の余地はほとんどないのよ」

「そうか……きゅうくつなものだね。で、もう一人の息子はどうなったんだろう?」

「まったくわからないの。ここからいなくなってから、なんの便りもないそうよ。ヨーロッパ大陸に行ったと言う人もいれば、アメリカに渡ったと言う人もいるけれど、もうこの世にいないのではとみんなが思っているの。さもなければ、何か音沙汰《おとさた》があるはずでしょう」

「あるいはそのリンデンも、頭を殴られて記憶を失ってしまったのかもしれない」

プリシラは気の毒そうにジョンを見やった。「でも、そういう症状が永遠に続くとは思えないわ」

「だといいけど」ジョンは立って、室内を行ったり来たりし出した。「人間がそれまでのすべてを忘れてしまうなんてことが、あるんだろうか?」窓際で足を止め、庭に何か手がかりでもあるように、じっと外を眺めている。「いっときの記憶がなくなるというのなら、まだわかる。例えば、頭を殴られた当日のことが思い出せないとか。しかし、自分の名前

や住んでいたところまで忘れてしまうとは、いったいどういうことなんだろう？」

「でも父の話だと、記憶はしばしばもどると本に書いてあるそうよ」

「何もかも思い出せると？」

「ええ。場合によっては、部分的にかもしれないけれど」

「それでもまったくの空白よりはましだ」まだ窓の外に視線を向けたまま、ジョンはつぶやいた。「せめて何か身につけていたらなあ。衣類とか時計とか、記憶を呼び起こす何か……」

不意にジョンは背筋をしゃんと伸ばした。「待てよ！　ないでもないじゃないか！」

「え、何？」

「あの小屋にもう一度行ってみたらどうだろう？　昼間の光で小屋を外から見たら、どうやってそこに行ったのか、何か思い出すかもしれない。なぜ頭を打ったのかも。ひょっとしたら、ぼくの持ち物も何か残っているんじゃないか」

プリシラは身を乗り出した。「なるほど、そうよね。行ってみる価値はあるわ。問題は、どうやってその小屋を捜すかということ。あなた、もと来た道をもどれるかしら？」

ジョンは眉間《みけん》にしわをよせる。「いや、もどれそうもないな。暗かったし、ほとんど走っていたから」

「そこからここまでどのくらいの時間がかかったの？」

「わからない。おそらく一、二時間というところか。とにかく方角がわからなかったから、この家の周辺を何度も何度もまわったとも考えられる」

「途中の景色について何か覚えていないの?」

「木がたくさんあった。それがいちばん印象に残っている。いばらの生い茂った藪《やぶ》もあった。そこをよけていたら偶然、きみの家に通じる道にぶつかったんだ」

プリシラは声をあげた。「それはどこのことか、わかったわ。ここの南のほうよ。チャルコーム邸に通じる道を行くと、ワイフィールド牧草地のそばに林があって、その境にいばらの藪があるの。行きましょう」言うが早いか、ぱっと立ちあがっていた。

「え?」

「昼間の光が十分にあるわ」プリシラは窓の外をのぞいて言った。「まだ三時にはならないでしょう。どこの藪かわかっているから、あそこまで歩いていって、あの晩あなたが来たと思う道をもどってみればいいわ。監禁されていた場所はどこなのか、少しは手がかりがつかめるんじゃないかしら」

早くもプリシラは帽子を取りに廊下へ向かっていた。ジョンがあわててあとに続く。

「ちょっと待って。早まってはいけない。きみは行かないほうがいいと思う。危険な目に遭うかもしれない」

「またあの男たちのこと? 前に言ったでしょう。村へ行く途中、異状なことは何もなかったし、あの人たちは影も形もなかったと」

「それは聞いた。しかし、あのときはぼくと一緒じゃなかった。ぼくがきみの家にいることを、やつらは突きとめていなかったのかもしれない。それに、きみのような良家のお嬢さまに近づいたりして人目に立ったらまずいことになると思ったのかも。だから、隠れて見張っていたんだろう。とはいっても、この家にぼくがいると疑って近くにひそんでいるのは間違いないよ。現に、ゆうべここに忍びこんできたじゃないか。ぼくをつかまえるためなら、きみを傷つけることなんかなんとも思わない連中なんだ」

「ミスター・ウルフ、あの男たちがいまだにあなたを狙《ねら》っているなんて、思い過ごしじゃないかしら？　本気でたった今もそのあたりの藪に隠れてこの家の様子を探っているとお思いなの？」

ジョン・ウルフは肩をすくめる。「あり得ることだと思う」

「そんなに臆病《おくびょう》にならなくてもだいじょうぶ。もしもあの人たちがうちの玄関を見張っているなら、裏から出れば見つからないわ。どっちみちあの藪に行くためには、裏からのほうが近道なのよ。だいたい、あの人たちは日中は出てこないんじゃないかと思うの。これはわたしの勘だけど、あの二人は夜行性よ。昨日も夜中にやってきたし、夜にこそこそ動きまわるほうがいかがわしいあの人たちに合ってるじゃない。昼間だと、通りかかった人に見られる恐れがあるでしょう。それに、夜中にあちこち駆けずりまわって人を追いかけたり家に侵入したりするのが商売なら、ときには休まなくてはならないんじゃないかしら」

「ぼくは臆病になんかなってやしないよ。確かにきみの言うとおり、あの連中は今この家を見張ってはいないかもしれない。やつらがどこにいるか、何をしているか、ぼくには見当もつかないんだ。そんなふうに自分にもわからないことで、きみの安全をおびやかすわけにはいかないよ」

「それならどうやってその小屋を見つけようというの？　小屋を見れば、記憶が呼びさまされるかもしれないというのに。ただここに座って手をこまぬいていても、どうにもならないじゃない」

ジョンの顔に赤みがさした。「ミス・ハミルトン、それくらいは言われなくてもわかっているよ。何もここに座って手をこまぬいているつもりはない。小屋はぼく一人で捜しに行くと言ってるだけだ。あなたはここにいてください」

「へーえ、けっこうですこと。外国人でこの土地のことを何も知らないあなたが当てもなくうろうろ捜しに行って、このエバーミア・コテージで生まれ育ったわたしがうちでぶらぶらしているなんて」

その理屈はもっともだと思う半面、プリシラを危険な目に遭わせたくないという気持も強かった。ためらっているジョンを見て、プリシラはさらに迫った。

「それに、あなたがそばにいてくださるじゃない。まさかわたしを守れないとおっしゃるんじゃないでしょうね？」

「きみって人は、手に負えないおてんばだなあ。それはもちろん、普通の状況なら守れるさ。だけどぼくの銃があれば、もっとずっと心強いんだが」

「あなたの銃ですって？」

あなたの、という言葉をプリシラが強調した意味をジョンは悟った。「そう言ったね。ぼくの銃と」しばらく考えてから続ける。「確信はないけれど、ぼくはどうも銃を持っていたような気がする。とはいっても、なんにも心に浮かんでこないが」

「なんだかあなた、本当に西部の男みたい。ひょっとして、早撃ちの名手だったんじゃない？」

「早撃ちの名手がイギリスを旅している？　あまりぴんとこないなあ」

「そうよ、早撃ちの名手が頭を殴られて監禁されるというのもおかしいわ」

「まいったな」ジョンは笑った。

「だったら、ご一緒に出かけません？　それとも、あなたはここにいらっしゃる？」

「はいはい、ミス・ハミルトン、きみの勝ちだ。一緒に小屋を捜しに行こう」

プリシラの帽子がかかっていた外套《がいとう》掛けに頑丈な木のステッキがあるのを見つけて、ジョンは喜んだ。これなら格好の武器になりそうだ。ステッキを手に口笛を吹き、勇んでプリシラのあとに続いた。

二人は台所の戸口から裏庭に出て、フローリアンの実験室になっている小さな建物のそばを通り過ぎた。硫黄の異臭がまだただよっている。そこからほんの数メートル行ったところで、道とも言えないような小道に突きあたった。プリシラはためらいもせずに右に曲がり、早足で進んだ。あたりに目を配りながら、ジョンもすぐあとに続く。

ほどなく、いばらの藪に着いた。ジョンは周囲を見まわしてつぶやいた。「このあいだの夜はもっと時間がかかったようだけど」

「それはそうでしょう。あなたは疲れきっていて、具合が悪かったんだから」

二人はしばらく藪にそって歩き、道が左に折れてからも藪づたいに進んだ。「どのくらい時間がかかったのか、もっとはっきり思い出せるといいんだが」ジョンは歩をゆるめ、四方八方に視線を走らせている。「たしかこのへんだったような気がする。木立から出ると、小さな空き地があった。向こう側にこういう藪があって。どうやらこのあたりかもしれない」ジョンは狭い空き地を横切って木立に向かい、首をかしげつつ行ったり来たりしていた。やがて低い叫びをもらした。「やっぱりここだと思う。ほら、見て」

プリシラは急いで近より、ジョンが指さす白樺《しらかば》の幹に目をやった。白い幹には茶色っぽいしみがついている。

「木にもたれて、追っ手の足音を聞いた覚えがある。このしみは血だよ。ぼくの腕や肩に擦り傷ができていたでしょう。この木によりかかったときに、血がついたんじゃないかと思う」

「その調子で思い出して。じゃあ、まっすぐね？」

「うん、行ってみよう」

二人は林に入って、先夜のジョンの足どりを裏づけるような痕跡《こんせき》を探した。一時間かけても何一つ見つからず、北の方角にも足をのばしてみたが、徒労に終わった。やむなく最初の地点にもどり、しみのついた木を中心にその周囲を行きつ戻りつして調べた。それでもジョンが見覚えのあるものはなく、林の中だけに暗くなるのが早くて、あきらめるしかなかった。夕暮れの道をエバーミア・コテージに向かって歩きながら、翌朝また来てみようと二人は約束した。


その夜は真夜中の侵入者におびやかされることはなかったものの、プリシラは心配でなかなか寝つけなかった。眠りが短かったにもかかわらず、翌日の朝は早く目を覚ました。もう一度あの林に行って、ジョン・ウルフの謎《なぞ》の一部だけでもとくことができたら。わくわくしてベッドを抜け出し、手早く身支度と朝食をすませた。午前中の執筆はさぼることにする。机に向かって架空の物語を紡ぐ作業よりも、現実の冒険を体験するほうがはるかに魅力的だった。

前の日に歩いた道をたどりながらジョンは楽しそうに口笛を吹き、ステッキを振りまわした。プリシラはにっこりして話しかける。「すっかり元気になったようね」

「何？　うん、そう、もうだいじょうぶ。ときどき頭痛がする以外は、上々の体調だ」ジョンは横目でプリシラを見て笑った。「きみの看病とミセス・スミッソンの料理のおかげで、またたく間に治った」手にしたバスケットを見やって、つけ加える。「今日は彼女の料理がなくても仕方がないと思ったのに、どうやら彼女、ローストビーフをつめてくれたらしい」

プリシラはくすくす笑った。「ミセス・スミッソンは何よりも食事が大切だと心から信じているのよ。あなたがいらして大喜びしてるわ。〝小鳥のようについばむんじゃなくて、きちんと召しあがる人〟」家政婦のなまりが強くて低い口調を真似《まね》てみせる。

「なんだ、それでミセス・スミッソンに気に入られたってわけか。つまり、食欲旺盛《おうせい》だから。ぼくの魅力のせいだと思っていたのに」

「それもあるわ」プリシラは大まじめに答える。「ミセス・スミッソンは殿方にちやほやされるのが好きだから」

例の白樺の木の前に着くと、ジョンはバスケットを木陰の石の上に置いた。二人は前日と同様に少しずつ道筋を変えて、あたり一帯を探索しはじめた。昨日と違ってプリシラは、道の片側に折れた小枝がぶらさがっているのに気がついた。ウルフの胸の高さくらいの位置だ。

「ちょっと見て、これ」プリシラの声で、ジョンも近づいてくる。

枝を手に取って、彼はしげしげと眺めた。「うん、そういえば、何か、いや誰かが押し分けて進んだような感じだ。だけど、見覚えはないな。しかし、こういう林はみんな似て見えるし。ただ、小川に通じる下り坂だけは記憶に残っているんだ。その小川を渡ったから。そっちの方向に行ってみようか」

プリシラは、ミス・ペニーベイカーの編み物かごから取ってきた毛糸を木に結びつけた。迷ったり自分たちがいっぺん通ったところを何度も歩くことのないように、目印をつけたほうがいいと、朝のうちにジョンと話し合っていた。二人はさらに林の奥に入っていった。

「ギッドかアレックが一緒だとよかったわ」プリシラは足を止め、ため息をついて言った。「あの二人はこのへんの林を誰よりもよく知っているのよ。いつもここで遊んでいたから。アレックに本当のことを打ち明けて、手伝ってもらおうかしら」

ジョンは首を横に振った。なぜか、アレックに助けを求めるのはいやだった。プリシラとアレックのうちとけたやりとりを聞いているうちに突然こみあげてきた嫉妬《しっと》と関係があるのかもしれない。それについて今は深く考えたくなかった。「そのうちきっと見つかるよ」

プリシラは肩をすくめ、苔《こけ》むした大きな石に腰を下ろした。「ここから遠くないところだったの、ローズが発見されたのは」

「誰?」一瞬ジョンはけげんな顔をしたが、すぐ思い出したふうだった。「ああ、きみが話してくれた女の人だね。公爵の跡とり息子に殺されたのではないかという」

「ええ。あっちよ。ついてきて」プリシラは立って歩き出し、木々のあいだを通りぬけていく。斜面の下に小さくひらけたところがあった。空き地のまわりにはつる植物が生い茂っていて木もれ日しか届かず、真っ昼間なのにほの暗くて、かすかに緑がかっている。半ば苔で覆われた岩が狭い空き地の一方を壁のようにふさぎ、頭上に枝を広げた木々は天井を連想させた。周囲を樹木でかこまれて、居心地のよい秘密の隠れ家めいていないでもないけれど、静まり返ったその空間はどことなく不気味だった。

ウルフは眉をつりあげて、プリシラに顔を向けた。「ここがそう?」うなずきながらも、プリシラはぞくっとしていた。「人を殺すには最適の場所でしょう?」

「しかし、あいびきにこんなところを選ぶとは思えないが。だって、夜は鼻をつままれてもわからないくらい真っ暗だろうに」

思わずプリシラは後ろを振り向いていた。

ジョンは笑う。「そうそう、わかるよね」

「それは、わたしだってこんなところであいびきしたくないわ。だけど、二人ともまわりのことなどあまり気にならなかったんじゃないかしら。それに、ここだったら完全に人目を避けられるじゃない」

「それなのによく死体が見つかったものだね」

「発見されにくいことを犯人は期待していたんでしょうけれど。でも、ローズは女友達にレディズ・ウッズで彼に会うことを話していたらしいの。それが決め手になって、このあたりが重点的に捜索されたわけ」

ジョンはまわりを見まわして、首を振った。「なんとも寂しい場所だ。さあ、もう行こう」プリシラに手をさしのべ、向きを変える。

プリシラはごく自然にジョンに手をあずけて、空き地をあとにした。たれさがっている枝を持ちあげてその下をくぐり、ジョンは左に曲がった。方向が違う、とプリシラは言いかけたが、ジョンの真剣な表情に気がついて口をつぐんだ。

「水の音がする」ジョンは足を止め、耳をすます。

「ええ、あっちに小川があるから」前方の左手をプリシラは指さした。

「逃げる途中で流れを渡ったんだ」

「でも、小川はあそこだけじゃないわ。今朝も別の小川があったでしょう」

「うん。だけど、あれじゃない。あんなに明るくて、ひらけてはいなかった」

水音のするほうへ歩いていくと、間もなく小さな流れのふちに出た。苔の生えた石の上をすんだ水が流れ、向こう岸には木が密生していてゆるやかな上りになっていた。

「ぼくの記憶では、こっちのほうが似ている感じがする」ジョンは、小川の上流から下流へと目でたどっている。

「あちらに行くと、木がまばらになるわ。ここをくだっていってみましょうか？」

二人は、橋代わりになる自然の飛び石を踏んで小川を越えた。小川の流れにそって歩きつづけ、前のよりも広くて周囲がひらけた空き地に達し、倒木の幹に腰をかけて休んだ。

休憩後さらに数分ほど歩いたとき、ウルフが突然立ちどまった。

「ここだと思う。見覚えがあるんだ。あそこの苔だらけの大きな岩、あれの下を横切った気がする」

急いで近づいてみると、小川のへりの苔むした岩のわきの泥に足跡がついている。

「はだしだわ。大きい足」ジョンを見あげて、プリシラは声をはずませた。

「ぼくの足の大きさだ」彼の目も光った。「見てみよう」

ジョンは先にたって足早に斜面を上った。足跡は草の中に消えるまで続いていた。小高いところに上りきったあたりは、木々もまばらになっている。

「あそこだ！」ジョンは声をあげた。「あの木が茂っているところを迂回《うかい》したのは、見つかる恐れを心配するより、とにかく早く逃げようと思ったからなんだ」

プリシラも興奮して、ジョンの手をぎゅっと握った。二人は急いで木立に向かう。木立のぐるりをまわったところで、前方の右手に茶色の小屋が見えた。駆けよろうとするプリシラを、ジョンは引きとめる。

「待って」声を忍ばせて言った。「やつらがいるかもしれない」

二人は枝が低くたれた木の陰に隠れ、ジョンがあたりを注意深く見まわした。じっと様子をうかがっていたが、鳥のさえずりと林の中の動物がたてるかすかな音しか聞こえてこない。ジョンは足音を忍ばせて前へ出ながら、かばうようにプリシラを後ろへ押しやった。プリシラはジョンの背中をいやというほど小突いて、隣に並んだ。

ジョンはむっとして横目でにらみはしたものの、ふたたびプリシラを押しもどそうとはしなかった。小屋にも周囲にも人の気配はしない。二人は歩を速めて近づいた。念のためあたり一帯をもう一度確かめてから、ジョンは小屋の戸を開けた。二人は中をのぞきこむ。

小屋は恐ろしく狭くて、ジョンくらいの身長の男がやっと横になれる程度の広さしかない。天井も低く、前かがみにならなければ立っていられないほどだった。内部は薄暗い。明かりといえば板を張った壁の隙間《すきま》や節穴からさしこむ外の光だけで、窓は一つもなく、床は固い土だった。中はがらんどうで、何もない。板は古ぼけてはいるが、頑丈な造りだった。戸には外からかんぬきがかけられるようになっているので、男の強い力でも内側から破って抜け出すことは不可能だろう。

「まあ、ジョン！　こんなところに閉じこめられて、気が狂いそうだったでしょう」プリシラは同情の声をあげた。

「うん、まさにそう。二度と来たくないところだ」ジョンは身をかがめて中に入り、床や壁を念入りに調べた。「なんにもない。ボタンとか紙切れさえ落ちていないな。ぼくの身元がわかる手がかりが何かあるかと思ったが」ため息をついて、小屋の外へ出た。

「まわりを探せば何かあるかもしれないわよ」プリシラは大きな身ぶりで小屋のまわりの木々を示した。

「もしかしたらね」ジョンは気落ちした声音で答える。

二人は小屋の周囲をまわってみることにした。少しずつ歩く環《わ》を広げていって、何か変わったものがないか、目を皿のようにして探した。足跡がいくつか見つかりはしたものの、靴をはいていることと足の大きさがわかるくらいで、これといった収穫はない。

たまたま横のほうに目をやったとたんに、プリシラは叫んだ。「ジョン！　見て」

プリシラは一、二メートル離れた木の下を指さした。掘り返したばかりなのか、まわりの地面より濃い色合いの土がこんもりと盛りあがっている。

「何か埋まっているわ」

8

土が小さく盛りあがったところへ、ジョンとプリシラは急いで行ってみた。盛り土のかたわらにしゃがんで眺めると、墓そっくりに見えた。ただし、人を埋葬したにしては小さすぎる。長さが一メートル足らずで、幅はそれよりさらに短い。

「これは最近掘ったものに違いない」ジョンが言った。

「誰かがここに動物を埋めたのかもしれないわ」

「しかし、誰がこんなところまで埋めに来るだろう？　森を通りぬける途中で生きものの死骸《しがい》を見つけたとしても、わざわざ足を止めて葬ってやるかな？　ぼくは動物じゃないと思う」

ジョンは素手で土を払いのけ出したが、すぐ手を止めてあたりに目をやり、平たい石を見つけた。石を拾いあげてもすぐ使おうとせずに、ひっくり返して眺めている。

「この石をごらん。同じ目的で使った形跡がある。こっちの端に土がついているだろう。急いで何かを埋めたんじゃないかな」

その石を使ってジョンは掘りはじめた。土が軟らかくて湿っているので、幅が広くて平べったい石はよく役に立った。ほどなく石が土中の何かに当たった。

「なんなの？」

「さあ、なんだろう。でも、固いものではないよ」ジョンは広い範囲にわたって土をかき出した。

プリシラも手伝った。爪や手が汚れることなどかまっていられない。土の中からいったい何が現れるのか。胸がわくわくしている。間もなく、埋められたものの表面が見えてきた。

「これ……革みたい」

ジョンは穴に両手をつっこんで、埋められた物体をひっぱり出した。出てきたものは、茶色の大きな革の鞄《かばん》だった。

「旅行鞄だわ！」プリシラは目を丸くして、ジョンを見た。「あなたの鞄じゃないの？」

「わからない。見覚えはないけど、ぼくのかもしれないね。隠すためにやつらが埋めたと考えられる」ジョンは鞄の側面をなでている。「いい品物だ」

それから大型の鞄をまっすぐ立てて、留め金を調べた。留め金の錠の部分は壊されていた。

「ジョン、見て！　まだ何かあるわよ」鞄を取り出した穴をのぞいていたプリシラが叫び、手を伸ばして靴の片方を引きあげた。

ジョンが鞄の留め金から手を離して靴を受けとり、しなやかそうな革の表面から泥を払って自分の足に当ててみる。同じ寸法だった。ジョンとプリシラは、しばらくのあいだ黙って互いの目を見つめていた。

チャルコーム夫人が貸してくれた靴を脱いで、プリシラが見つけた革靴をはいた。ぴったり合う。呆然《ぼうぜん》とした声でジョンは言った。「ぼくの靴に違いない。まるで誂《あつら》えたみたいだ」

プリシラは穴に手をつっこんで、もう一方の靴と一かたまりにくくられた衣類を取り出した。結び目をほどくとばらばらになって、財布が地面に落ちた。それをジョンがさっと拾いあげる。

「空だ」

プリシラが衣類を一点一点取りあげて調べた。白いシャツ。ズボン。上着。泥だらけでしわくちゃにはなっているものの、どれもこれも上質の生地で、とびきり上等な仕立ての服であることは一目でわかった。上着のポケットには絹のハンカチがさしこまれたままになっている。ハンカチを広げてみると、一方の隅に見事な刺繍《ししゅう》で文字がぬいこまれていた。〝A〟という文字だった。プリシラは刺繍を親指でなぞり、ジョンに話しかけた。「あなたのハンカチにAという頭文字が刺繍してあるわよ」

ジョンはハンカチを手に取って、しげしげと眺めた。「Aか。うん、何かの手がかりになりそうだね。これが本当にぼくのものだとすれば、ぼくの名前はAで始まるというわけか。Aで始まる名前なんかたくさんあるが。アダムズ、アハーン、アバーナシー、きみはどれだと思う?」

「ほかにもあるわ。アバークロンビー、オールデン、アンダースン、エイキン、アボット」

「アレン。やれやれ、いくらでも出てくる。それにしても、どれ一つ聞き覚えがあるのはないなあ」ジョンは鞄の中をのぞ《そ》いた。「ここにも服が入っている」小さな革のケースを取り出して、開けてみた。「ひげ剃りの道具だ」ブラシに剃刀《かみそり》、カップと順番に観察する。

「頭文字も何もない」

ため息をついて、ジョンはひげ剃り道具のケースを鞄にもどした。

「金目のものや持ち主がぼくだとわかるような品物は取ってしまったんだ、きっと」

「あなたのものだとわかるような品物を取り除くのが目的だったのか。それとも、単にお金や貴重品を狙《ねら》ったのか。どっちかしら?」

「どっちとも言えない。しかし、なんのためにぼくの身元を隠そうとしたんだろう。まさかぼくが自分自身についての記憶をなくすとは、やつらも思ってもいなかっただろうに」

「それはそうだけど。たとえ記憶を失わなかったとしても、逃げ出せなかったらどっちみち自分のことを誰かに話すこともできなかったでしょう」

「どうしてわざわざ鞄を埋めたりしたのだろう？　重要なものだけ取ったあとは、そのへんにほっぽり出しておきそうなものを」

「誰かに見つかって、持ち主を探されたりしたらまずいと思ったんじゃないかしら」

「そんなところかな。とにかく何一つ思い出せないとは、悔しくてたまらない。自分がなんの役にも立たないろくでなしになったみたいだ」

「そんなことないわ！」プリシラは猛然と反論した。「ろくでなしであるはずがないわ。現にあなたは、ここまでちゃんともどってこられたじゃない。この鞄も見つけることができたし」

「といって、何か突きとめられたわけではない」

「いいえ、まだわからない。突きとめられるかもしれないわよ。例えば、この服を着てみたら記憶がもどってくることも考えられるし。あなたはまだその鞄の中身を全部調べてないでしょう。ポケットのどれかに身元がわかる手がかりになるようなものが入っている可能性だってあるじゃない。ここに来てわかったのは、あなたの名前がAで始まっているということ。それに少なくとも、寸法が合う服と靴が見つかっただけでもよしとしなければ」

ジョンは力なくほほえんだ。「そうだね。かなりの前進だ。身動きするたびにぬい目が裂けるのには、もううんざりだ。いつもながら、きみが言うとおりだよ」プリシラの手を取りキスするように口へ持っていきかけて、彼女の手のあまりの汚れように気がつき、くっくっと笑った。細い指は泥まみれだし、爪には土がはさまっている。「なんとなんと、お嬢さまは多大な犠牲を払ってくださったわけだ」プリシラの手を大げさなしぐさでためつすがめつしたあげく、やっと甲にきれいなところを見つけてそこに唇を当てた。

冗談めかした口づけであるにもかかわらず、ジョンの唇の感触が伝わると、プリシラはぞくっとふるえた。まなざしのかげり具合から、ジョンも同じように感じているのが察せられる。ジョンはプリシラの手をすぐには離さずに、じっと目を見つめた。二人の指が絡み合う。プリシラは、先ほど歩きながら手を握られたときのことを思い起こした。ジョンと手をつないでいると、この上もなく自然でしっくりした感じがする。父の書斎でのキスも胸によみがえった。

「プリシラ……」ジョンは身をかがめて、プリシラをそっと抱きよせた。唇がしっかり重なる。手と口以外はどこも触れていないのに、それだけで目もくらむような陶酔感をおぼえた。互いを欲する情念が激しすぎるあまり、二人とも体の接触を避けているようなところもあった。手を握りしめ、熱い息づかいがまじり合う。下腹の奥深くが燃えるようにうずいている。いまだかつて経験したことのない感覚に、プリシラは恐れさえおぼえた。

ジョンのことも怖くなる。この人に触れられると、どうしてわたしの体はとろけそうになってしまうのだろうか？　自分でもどうにもならなくて無力感に襲われる。それでいて、たとえようもなく幸せだ。ジョンにキスされると、もっともっといつまでもそうしていたくてたまらなくなる。プリシラは未知の感覚におびえつつ、切なくなるほど求めていた。

深く息を吸いこんで先に身を引いたのは、ジョンのほうだった。「こんなところではできないよね」

プリシラは首を振って同意しながらも、ひとりでに手がジョンにすがりつきそうになるのを必死で抑えた。

「ああ、きみが欲しい！」ジョンの声はかすれていた。「だけど、ここじゃ危ない。あの二人がうろうろしていないとも限らないから」

プリシラはうなずく。高鳴る鼓動や荒い息づかいを静めようと努めた。ジョンの手が伸びてきて、頬をさわった。親指が唇をまさぐる。プリシラが目を閉じてあまりにも純粋な熱い吐息をもらしたので、ジョンの自制心はぐらつきそうになった。心ゆくまでプリシラを抱きしめて口づけしたり愛撫《あいぶ》できたりしたらどんなにいいだろうか。

どこか別の安全な場所にいたらよかったのに。今の唯一の望みといったら、プリシラの衣服をはいで乳白色の肌に見とれること。見るだけでなくさわってみて乳首の色合いを確かめ、ぴんと張りつめさせること。それを思っただけで、ジョンの体は火照った。けれども、悪漢がもどってきてプリシラを危険にさらすことになるかもしれないという懸念も忘れてはいなかった。そんな愚かな真似《まね》はできない。「もう帰ったほうがいい」抑制しようと努力するのに精いっぱいで、上体を起こした。声を出すのがやっとだった。

この土地をよく知っているプリシラが先にたって、二人は来た道を取って返すことにした。ジョンの視線は知らず知らず、衣服の下で揺れているプリシラの腰に引きつけられた。そのたびに目を周囲に走らせては、木々のあいだに何者かひそんでいないか注意した。けれども心はなかなか言うことを聞かず、ともすればプリシラの裸身を想像してしまうのだった。そういうわけで帰りは難儀な道中となった。

家に帰りついてからも、状況は必ずしも楽にはならなかった。というのも、プリシラの父とミス・ペニーベイカーが三人の男性客とともにお茶を飲んでいたからである。応接間をのぞいたプリシラはひそかにうめいた。

「プリシラ！」いちはやくミス・ペニーベイカーが立ちあがって、プリシラに声をかけた。元家庭教師のやせた顔はぽっと赤らんでいる。「お客さまがお見えになってるのよ」

「こんにちは、牧師さま、ハイタワー先生」プリシラは、父のお仲間二人に挨拶《あいさつ》した。フローリアンよりも年上のホワイティング牧師とハイタワー医師は定期的にやってきては、プリシラの父ともろもろの議論をするのが習慣だった。しかし、今日はその二人に加えて、プリシラが会ったことのない白髪の紳士がいる。背筋をぴんとさせ、灰色の目が鋭い大柄な男性だ。

「そして、こちらはヘイゼルトン将軍よ」ミス・ペニーベイカーがはりきって紹介した。「ハイタワー先生のお友達ですって」

将軍に続いて男性たちが起立した。

「ミス・ハミルトン、お目にかかれて光栄です。あなたがいかにすばらしいお嬢さんであるか、今うかがっていたところなんですよ」将軍はミス・ペニーベイカーに視線を向けた。ミス・ペニーベイカーが恥ずかしそうに目を伏せる。「ミス・ペニーベイカーのような聡《そう》明《めい》で高尚な趣味をお持ちのご婦人がほめておられるのですから、お会いするのを楽しみにしておりました」

プリシラは目を丸くした。よけいなことを言い出さないように、ぐっとこらえて口を引き結んでいた。ミス・ペニーベイカーは思いやりのある善意の人だし、プリシラも大好きだ。ではあっても、この元家庭教師をこういう賛辞でほめたたえようと思ったことなどあっただろうか。

「まあ、およしくださいまし。そんなことをおっしゃると、わたくし、のぼせあがってしまいますわ」ミス・ペニーベイカーははにかんで、少女のようにくすくす笑った。

しばらくのあいだ、ヘイゼルトン将軍とミス・ペニーベイカーは黙ってほほえみ合っていた。程度の差こそあれ、一同あっけにとられた面もちで二人を眺める。やがて将軍はおもむろにプリシラに視線をもどした。反射的に手をさし出したプリシラは、泥で爪が真っ黒なのに洗う暇もなかったことさえ忘れていた。けれども、伸ばした手の汚れが目にとまり、あっ、と小さく叫んでぐいとひっこめ、背中にまわすともう一方の手でしっかり握りしめた。

「失礼いたしました。あいにく今は、ご挨拶できる状態ではないんです。実はわたし……その……庭仕事をしていたものですから。まず手を洗ってこなければなりませんの」

言い訳しながらプリシラはあわてて後ろに下がった。将軍は変な顔でプリシラを見て、今度はジョンに握手を求めた。「イギリス帝国の退役軍人、テレンス・ヘイゼルトンです」

「ジョン・ウルフと申します」ジョンがさし出した手の汚れ具合も、プリシラとさして変わりがない。「ぼくもあいにく、ミス・ハミルトンの庭仕事を手伝っていたところなんです」

「なるほど」ヘイゼルトン将軍は容赦ない目つきで二人を見比べている。

邪推しないでもらいたいわ。何も悪いことなどしていないのに。そのくせ赤くなった自分がプリシラは腹立たしかった。わたしとジョンはキスをしただけじゃない。そんなこと、罪でもなんでもないわ。

「ミスター・ウルフはこちらのご親戚《しんせき》ですの」気まずい空気をやわらげようとして、ミス・ペニーベイカーが説明した。

「親戚？」思いがけないことを聞かされたというふうに、ハイタワー医師はプリシラの父親に目を向けた。「親戚といっても、アメリカにいる遠縁だが」フローリアンは急いでつけ足した。「はとこといったところか」

「ほう、なるほど」納得したという表情でホワイティング牧師が大きくうなずく。一風変わった振る舞いも、アメリカ人なら、わからないでもない。

将軍の顔に笑みが浮かんだ。「アメリカ合衆国の方か。アメリカには一度行ったことがありますよ」

「そうですか？」

「ボルティモアです。あの町はご存じで？」

ジョンは焦った。「いえ、あそこには住んだことはありません」

ハイタワー医師が尋ねた。「だったら、どちらのお生まれですか？　あなたの話し方からそれを当てようとしてるところなんですよ。そういったことが、わたしは得意なものだから。アメリカはアメリカだが、南のほうではない。そうでしょう？」

「ええ、南じゃないです」アメリカのどこの町でもいいから、何か思い出せないだろうか？　ジョンはひそかに頭をひねった。

「やっぱりそうだった」医師は満足げにほほえむ。「だとすると……いや、まだ種明かししないで、わたしに当てさせてくださいよ。あなたのRの発音からすると、ボストンではないな」目を閉じて考えこんでいる。「わたしの見立てでは、ニューヨークかその周辺ではないかと思う」

「そのとおりです」内心ひやひやしながらも、ジョンは笑顔を見せた。ニューヨークについてあれこれ質問されませんように。きかれても、何一つ答えられやしない。

医師はますます嬉《うれ》しそうに笑った。「得意だって言ったでしょう。もちろん、イギリスの方言のほうが詳しいですがね。どこの生まれか、ほぼ正確に指摘できますよ」

「すごいですね」ジョンはうわのそらで答えた。「じゃ、ぼくは失礼して着替えてきます」

ホワイティング牧師が鷹揚《おうよう》にうなずく。「どうぞ、どうぞ。我々も、あなた方若い人たちの邪魔をするつもりはないんですから」

ジョンは足早に台所の奥の部屋に入っていった。それをきっかけに、プリシラも階段へ向かおうとする。だが応接間を出ないうちに、笑みを含んだ牧師の声に引きとめられてしまった。

「プリシラ、なかなか立派な青年じゃないか」

プリシラは口を引き結んで振り返った。父の友人であるホワイティング牧師もハイタワー医師も、親切でいつも人々の助けにならずにはいられないたちだった。それはいいとしても、なぜかプリシラのために愛の使者キューピッドの役目を引き受けようと決心しているのが困る。二人は何年にもわたって、多数の若い男とプリシラとの縁結びに励んでいた。

二人の選考基準といえば、年齢がだいたい合っていて、いちおうの家柄と頭脳を備えていれば誰でもいいという程度で、とにかく引き合わせてしまえといった調子だった。厚意から出たこのおせっかいをやめてもらおうと、プリシラなりにずいぶん努力はしたつもりだ。けれどもしまいにはあきらめて、言われるままにその青年に会い、それから丁重に、しかしきっぱりと断ることにした。

「ええ、牧師さま、おっしゃるとおりよ。でも、血がつながっているんです」

「つながっているといったって、遠縁だろうが。遠くてもフローリアンの親類であれば、家柄は保証されているわけだ。アメリカ人の場合、なかなか望めないことだからな」

プリシラはため息をついた。「でも、アメリカに渡った祖先には何か不名誉なことがあったのかもしれないわ。それに、一族内の人と結婚するなんて、たとえ合法的であっても、好ましくない選択だと思うの。ハプスブルグ家がいい例でしょう」

牧師は穏やかになだめた。「なあ、プリシラ、わたしはただ感じのよい青年だと言っただけだよ。もちろん、友達以上のつき合いになったとしても……頭が弱い子が生まれるとかいうことは案じる必要はあるまい。なにせハプスブルグ家ときたら、何度も何度も近親結婚をしたあげくの結果なんだから」

「そうそう、そのとおり」ハイタワー医師も口を添える。「で、あの青年の祖先がアメリカに移住したのはどのくらい前かい？」返事がもどってこないので、医師はプリシラの父親をうながした。「フローリアン？」

「ん？　ああ、百年はさかのぼるだろうて。わしも、どういう関係かよくはわからんのだ。たしか、祖父とジョンの曾祖父《そうそふ》とがいとこ同士だったとか、そういったところらしい」

「なんと、系図をきちんと調べもしないで泊めてやっているんですか？」将軍が非難がましい言い方をした。「彼が本当にあなたの親戚かどうか、わかりはしないでしょう。あなたの親切を利用しているだけかもしれない。わたしに言わせれば、あの若者はなんとなくやくざっぽい目つきをしている」

フローリアンは不興そうに答えた。「いや、別に系図など調べておりませんよ。アメリカ人はそういうことにはこだわらないんです。悪くない考え方だ。家柄よりも知能のほうが重要だとは思いませんかね？」

ヘイゼルトン将軍は鼻息荒く、すると何か、あなたは平等主義者なのかと迫った。あわてて牧師があいだに入って険悪になった雰囲気を鎮めようとする。その隙《すき》にプリシラはそっと応接間を抜け出して、階段を駆けのぼった。手をよく洗い、清潔なドレスに着替えて、髪をうなじできちんと結った。それから、鏡に映った自分を見つめる。もともとプリシラは、鏡の前で長時間を過ごすたぐいの女ではない。それよりももっと面白いことがあると思っているからだった。自分の容貌《ようぼう》が醜くはなく、男性にきれいだと思われていることは知っている。姿がよくて、肌はクリームのように白い。顔だちもととのっていて、大きな灰色の目は黒いまつげでふちどられている。とはいえ、自分が容姿端麗であろうがなかろうがさしたる関心はなかった。たいていの男性がしりごみするくらい生意気でずばずばものを言ってしまうし、家は貧乏だし、といって、そういう不都合を補ってあまりあるほどの目が覚めるような美女でもない。自分をわきまえているプリシラにとって、求婚者はむしろ煩わしかった。

ところが今日はこれまでと違って、鏡の前から去りやらずに自分の姿を吟味した。このドレス、質素すぎはしないかしら？　リボンやひだなどの飾りがまったくない。髪型もあまりに地味では？　栗《くり》色の髪をもっとふわふわと顔のまわりに波うたせたら引きたつのではないだろうか？　結うのに時間がかからないから、こうしているだけなのだが。

手がひとりでに髪に行って、ピンを抜きはじめていた。結い直そうとして、思いとどまる。何をばかなことをやってるの？　ジョン・ウルフに最高の自分を見てもらえないからといって、それがどうしたというのか。そんな必要はどこにもないのに。別に、ジョンが恋のとりこになるように仕向けるつもりはないんですもの。熱烈なキスをされたといっても、本気であるはずはない。ジョンは燃えあがりやすい人のようだ。プリシラは目を閉じて、ジョンの唇の味わいや腕の感触を思い起こした。とにかく、キスされたときの自分が今よりもきれいだったというわけではないのだ。そう考えると、つい口元がほころんでいた。

しっかりしなさい、おめかしなんかで時間をむだにしている場合ではないでしょう。プリシラは自分を叱《しか》りつけて、部屋を出た。その後、ジョンの旅行鞄から何か手がかりが見つかっただろうか？　早く知りたかった。

ジョンは、台所のテーブルで熱い紅茶と小さなケーキを前に座っていた。ミセス・スミッソンが食器を洗ったり、こんろの鍋《なべ》をかきまぜたりして忙しく立ち働きながら、ジョンと話をしている。

足音を忍ばせてプリシラが台所に入っていくと、ジョンは椅子から立ちあがった。そうっと階段を下りて廊下を通りぬけても、将軍の声の大きさのおかげで、応接間の誰にも気づかれずにすんだ。

プリシラは思わず立ちどまって、服を着替えたジョンを見つめた。アン・チャルコームの亡夫の流行遅れで寸法の合わない衣服を着てさえすてきだったジョンが、今は倍も格好よく見える。柔らかい生地の白いシャツに茶のズボンという組み合わせが、肩幅の広い長身の体にぴったり合っていた。プリシラの弟の小さすぎる衣類やチャルコーム卿《きょう》の古着をまとっていたときの滑稽《こっけい》な感じは、もはやどこを探してもない。男っぽくて、威厳がある。

その美男ぶりに圧倒されて、プリシラはしばらくはものも言えなかった。咳払《せきばら》いしてから口を開く。「やっぱり鞄はあなたのものだったのね。その服、誂えたとしか思えないわ」

「うん、そう。だけど、それ以上のことは何もわからないんだ。あの鞄を隅から隅まで調べたが、ぼくの身元を示すようなものは何も出てこなかった。悪党たちが残しておいたのはカフスボタンだけで、それも頭文字の飾りもなくてなんの変哲もないものなんだ。服の着心地はよくなったとしても、自分が何者であるかについては何一つわからない」

「そんなことないわ」プリシラはきっぱり言って、ジョンが座っているテーブルに向かった。「一つわかったじゃないの。あなたはかなり裕福な方よ。あなたの衣類は誂えだし、高価な生地で仕立ててあるわ。そういう服装ができるのは、お金持ちの証拠よ」

「金持ちのアメリカ人か。でも、そういうのは大勢いるだろう」

「イギリスのこの地方を旅行しているお金持ちのアメリカ人。あなたがここに来た理由が何かあるはずよ。この近くにあなたの到着を待っている人がいるかもしれないわ。約束どおりに来なかったら、捜そうとするんじゃないかしら」

「もしも誰かがぼくを待っていたとすれば、というだけの話でしょう」ジョンは眉間《みけん》にしわをよせて考えている。「それよりも、あの男どもを見つけ出したほうが早いんじゃないかな」

プリシラは思わず声を高くした。「あなたを監禁していた男たちのこと？　でも、どうして？　ずっとあの二人につかまらないようにしてきたんじゃない」

「もちろん、あいつらの闇討《やみう》ちに遭いたいとなんか思ってやしない。そうじゃなくて、もう一度会いたいんだ。ただし、こっちが攻勢に出るという条件で。今度は、連中じゃなくて、ぼくが不意うちをかけたい」

「向こうは二人よ！　不意うちをかけられたとしても、あなたがやられてしまう恐れがあるわ」

「なんとかして二人をばらばらにさせようと思っている。それに、体調はほとんど元どおりになったから、備えをすればそう簡単にやっつけられないよ」

「そのためには、どうするつもりなの？」

「近くの町に出かけて、あちこち歩きながらきいてまわろうと思う。二人のうちのどちらかでも見つけることができるかとか、誰かやつらを見かけた者はいないかとか」

「あの二人を見つけることができたら、それからどうするの？」

「誰に雇われてぼくを襲ったのか、白状させてやるつもりだ。それがわかれば、ぼくの身元がもっとはっきりするんじゃないかと思う」

　プリシラは渋い顔をした。ジョンの理屈はわからないではないが、危険をともなうやり方は感心できない。男の意地で、相手が何人でも負けるものか、とジョンは思っているかもしれない。だがプリシラは、楽観的な気分にはなれなかった。なにしろあの二人はごろつきだし、ほかにも仲間がいるかもしれない。

「わかったわ。今のところその方法しかないとすれば、一緒に町に行きましょう」

「一緒に？　いや、ぼく一人で行くつもりだ」

プリシラはため息をついた。この人は本当に頑固なんだから。「知らない町でどうやってきいてまわるというの？　町へ行く道も知らないあなたが」

しかめっ面になって、ジョンは腕を組んだ。「プリシラ、ぼくが捜しに行くのは悪党なんだよ。そんなところにお嬢さまを連れていくわけにはいかない」

「あなたには助けが必要なのよ。それが女でも男でも関係ないじゃない」

「いや、きみを危険な目に遭わせたくはない。なぜこんな簡単なことがわかってもらえないんだろうか？」

「わからないとは言ってないわ。そういうことをあなたが勝手に決めるのはお断りしますというだけ。あなたがいやでも、わたしは手助けをいたします」

「どうしてきみはそう強情なんだ？」ジョンはプリシラをにらみつけた。

プリシラもにらみ返す。「あなたこそなぜそんなに頑固なの？」

ジョンはぎりぎりと歯ぎしりした。どなり出すのではないかとプリシラは思った。が、ジョンはこぶしでどんとテーブルを打つだけにとどめた。「よくもきみは今まで誰かに絞め殺されずにすんだものだな。こうなったら、しょうがない。ついてくればいいよ」

怒るべきだと思い、そのように見せかけてはいるが、ジョンの内心はそれほどでもなかった。ありていに言えば、プリシラと一緒にいたかった。プリシラの笑い声を耳にしたり、当意即妙の受け答えを聞いたり、歩きながらそれとなく姿を眺めるのが好きだった。今日もずっと行をともにして楽しかった。プリシラをみすみす危険にさらすべきではないことはよく承知していながら、一緒に連れだって出かけるのはひそかな喜びでもあった。

「来てはだめだと言ったところで、きみが思いとどまるはずもないからね」

プリシラはにこっとした。「そうそう」

こんろに向かって煮炊きをしているミセス・スミッソンが首を振るのが見えた。何を考えているか、プリシラにはよくわかる。折あらば、こう言うだろう。「プリシラお嬢さま、なんでそう我を張るんですか。それじゃあ、いつまでたってもだんなさんが見つかりませんよ」

だんなさんなんか欲しくないし、必要ないわ。プリシラは決まって言い返す。けれど今は、テーブルに同席している男を見やりつつ、それはわたしの本心なのかしらといぶかる。もしもジョン・ウルフのような男の人が夫だとしたら、どんな気持だろうか？　この人みたいに謎《なぞ》めいていて、危険な匂《にお》いがまつわりついていたら？　言い合いをしても楽しくてたまらず、たとえ議論に勝ったとしても、いつまでも根に持ったりしない男の人だったら？　胸ときめくキスをされたり、かすかに触れられただけで、わなわなとふるえてしまう人が相手だとしたら？

いつしかそんなことを考えている自分に、プリシラは愕然《がくぜん》とした。別にわたしはジョン・ウルフと結婚したいと思っているわけではない。ジョンがほかの男性にはない容貌や魅力の持ち主だとしても、夫はいらないという決意を変える理由にはならないのだ。だいいち、こういうことについて思いを巡らせること自体がおかしい。だって、ジョンもわたしを妻にしたいなどとは思っていないに決まってるのに。ジョンがわたしに何かを求めているとしたら、それはまったく別のことなのだ。自分に正直になれば、わたしもそのことに関心がある。なぜジョンにひきつけられているのか。それは愛とか結婚への憧《あこが》れではなくて、純粋に動物的な情欲だ。因習に捕らわれない考え方をするプリシラは、愛情や結婚願望がなくても女が性的な欲求を感じることはあると思っていた。今までは自分の意見としてそう口にしてきただけで、自分の身にそういうことが起きるとは考えもしなかったが。ちらっとジョンに視線を向けると、目が合ってしまった。ジョンの表情が微妙に変わった。どきんとして、プリシラは目をそらす。わたしが何を考えているのか、悟られたのではないかしら? もう一度、こっそり盗み見る。ジョンはまだ視線をはずしていない。熱っぽく探るようなまなざしだった。今度は目をそらすことができなかった。ジョンも同じことを考えているに違いない。

ちょうど、応接間を出てきた客たちの声が廊下から聞こえてきた。プリシラはほっとして、立ちあがった。「わたし、牧師さまをお見送りしなくては」

ジョンはゆっくり席を立って、プリシラのあとから玄関に通じる廊下に出た。年配の客人はプリシラの手を握り、笑顔でいとまごいをした。ホワイティング牧師は優しくプリシラの肩を叩《たた》いた。三人ともジョンに儀礼的な挨拶をした。にこやかに手を振って客を見送ってから、ミス・ペニーベイカーが玄関の扉を閉めた。

「やれやれ！　やっと帰った」フローリアンが大きな吐息をもらした。

プリシラとミス・ペニーベイカーはびっくりしてフローリアンの顔を見た。「お父さまは牧師さまがいらっしゃるのを楽しみにしてらしたんじゃないの？」

「ああ、ホワイティングはな。ばかに感傷的な詩の好みだけは気に食わんが。しかし、ハイタワーがあの軍人を連れてきたのはどういう了見なんだ？」

「ヘイゼルトン将軍のことですか？」ミス・ペニーベイカーがいぶかしげにきいた。「ご立派な方のように見受けられましたけれど」

プリシラは父の腕に手をかけ、応接間に向かって歩き出した。「お父さま、将軍のどこがお気に召さないの？」

「軍の人間はもともと好かんのじゃ」

「でも、ギッドが将校になるのはお許しになったじゃない」

「わしが反対したって、あの子は聞く耳を持たないからだ。やむを得んだろう。そのうち目が覚めてくれるといいが。しかし、今日来た将軍は、軍人を天職だと考えとる」

「なるほど、違うわね」プリシラは重々しくうなずく。

「あの男は科学者ではない」

ミス・ペニーベイカーがおずおずと異議をさしはさんだ。「でも、頭のよろしい方ですよ。昆虫の習性についても、大変造詣《ぞうけい》が深いお話しぶりでしたわ。ほら、ハイタワー先生が蝶々《ちょうちょう》のコレクションを話題になさったことを覚えていらっしゃるでしょう?」

「ああ、あれか」プリシラの耳には、父親がしぶしぶ認めたというふうにしか聞こえない。「だから、ハイタワーが一目置いたというわけかな。わしは昆虫にはそれほどの興味はない」

「将軍はミス・Pにとっても親切だったわ」元家庭教師がぱっと赤くなるのを見て、プリシラはほほえんだ。

フローリアンが苦々しげにミス・ペニーベイカーを見やった。「あれで色男のつもりなんだろう」

プリシラはじっと父親を観察した。なんだか、妬《や》いているようだ。父はミス・ペニーベイカーを原稿の清書係ぐらいにしか見なしていなくて、これは元家庭教師の片思いだとずっと思っていた。ヘイゼルトン将軍がミス・ペニーベイカーをべたぼめするものだから、対抗心が芽生えたのかしら?

「お世辞たらたらでしたね。男のああいう態度は好かないな」ジョンがおかしそうに言った。プリシラの視線を受けて、ジョンはいたずらっぽい笑みを送ってきた。プリシラも笑い返さずにはいられなかった。

「そうそう、そこじゃ」フローリアンは我が意を得たりとばかりに応じる。「美辞麗句を口にする男は信用できん」

プリシラはくすくす笑い出した。「お父さま、それはまたどうして？　女の人にもてるから？」

フローリアンは娘をじろりと見た。「真実に対する敬意に欠けるからだ」

「ほめ言葉が真実であってもなの？　ミス・Pをほめたときに、将軍は決して偽りを言ったつもりではないと思うけど――」

「いいえ、プリシラ、あの方は礼儀としておっしゃっただけなのよ」ミス・ペニーベイカーが奥ゆかしくさえぎった。とはいえ、彼女の面もちは見るからに輝いていた。

ミス・ペニーベイカーとジョンを先に行かせるために、プリシラは父の腕を引きとめた。背伸びをして、フローリアンの耳元でささやく。「お父さま、ヘイゼルトン将軍に出しぬかれたようね。しっかりなさらないと、お父さまの負けになっちゃうわよ。軍服の殿方って格好いいと思う女性が多いんじゃないかしら」

「それはいったいなんの話だね？」

「ご自分では気がついていらっしゃらないようなので、わたしがご忠告してあげようと思ったの。さもないと、ミス・Pは将軍にさらわれてしまいますよ」

フローリアンはむっとしている。「ばかなことを言うのではない」

「お父さまったら……」

「わしは書斎に行くよ。仕事が山ほどあるのに、あの連中のせいで半日つぶされてしまった」フローリアンは娘の手を振りきり、大股で書斎のほうに歩き去った。

ミス・ペニーベイカーとジョンが振り向いて、フローリアンの後ろ姿に目を当てている。

「まあ、ミスター・ハミルトンはどうなさったんでしょうね？　今日はふだんと違うみたいだったけど」ミス・ペニーベイカーが不思議そうに尋ねた。

プリシラの口元に笑みが浮かぶ。「そうね、ミス・P。でも、それはいいことかもしれないわよ」

ゆったりとほほえんで去っていくプリシラを、ミス・ペニーベイカーは目をぱちくりさせて見送っていた。

9

二日後、プリシラとジョンはおしゃべりをしながら村に向かった。二人は、あくまでものんびり散歩をしているふうを装っていた。そのうちとりとめない話題もつきてしまい、月並みな質問ながら、ゆうべはよく眠れましたか、とプリシラは尋ねた。

「まあまあだったけれど、睡眠時間は少なかった。きみの本を読み出したものだから」ジョンは苦笑まじりに答えた。

「えっ？」プリシラはぎくりとして、ジョンのほうを向く。わたしが本を書いていることがどうしてわかったのだろう？

ジョンは不審そうにプリシラを見返した。「ゆうべ、本を読んだと言ったんだよ。書庫で見つけた本。学術書じゃなかったから、きみのものだろうと思ったんだ」

「あ、そうだったの」プリシラはほっとした。「それならたぶん、わたしのものでしょうね。なんだったの？　睡眠を削って読みふけった本とは」

「冒険談なんだ。『ランクーンの失われた都市』という題の。書いたのは、プルーエットという男の作家らしい。なかなか面白い物語だった」

「そう、気に入った？」プリシラは微笑した。エリオット・プルーエットとは、プリシラのペンネームだった。ジョンがわたしの書いた本を読んでくれたなんて。でも、作者はわたしだとは夢にも思っていないのだ。やれやれ、よかった。

「うん、読み出したらやめられなくなってね。だから、夜更かししちゃったんだ」ジョンは口には出さなかったが、前の日にプリシラとキスをしたときのことを考えているうちに眠れなくなったのだ。なまめかしい記憶から気持をそらすために書庫に入って本を手に取った、というのが実状だった。

「それはよかったわね！　もちろん、睡眠不足だったのがいいというのじゃないのよ。その本を気に入ってくださってよかったという意味」

「シンガポールについて書いてあるところがちょっとおかしかったけれど。大したことじゃない。物語の筋には関係ないから」

「どこがおかしかったの？」聞き捨てならない批判だと、プリシラは問いただした。

ジョンはけげんな顔をして答える。「いや、ささいなことだよ。マーケットの場所が少し違っているというだけ」

プリシラは、自分の作品にけちをつけられたような気がして面白くなかった。シンガポールについてのプリシラの知識のすべては、イギリスの商船船長の妻が書いた詳しい旅行記から得たものである。そういうことを口にしたら、ばかにされるだけだろう。そのときふと、あることに気がついた。

はたと足を止めて、プリシラはジョンを見すえる。「待って」

ジョンはいぶかしげにプリシラを見た。

「あのね、シンガポールについての記述がおかしいと、どうしてわかったの?」

「それは……」ジョンは口ごもった。「どうしてか知らないけれど、わかるんだ。あの町もマーケットも、はっきり思いうかべられる。ぼくはシンガポールに行ったんだろうか?」

「そうでなければ、わかるはずはないわ」プリシラの声はうわずっていた。

「そうだね。そこには気がつかなかった。行ったこともないのに、確信があるわけはない」二人は顔を見合わせた。「だとするとぼくは、いい服を着てシンガポールに行ったことがあり、今はイギリスにいるアメリカ人ということか」

「世界を旅する人なんだわ」

二人は考えにふけりつつ、ふたたび歩き出した。しばらくして、プリシラが言った。

「東洋の品物を扱う貿易商かもしれないわね」

「それとも、船長?」

「あるいは、ただ旅行が好きなお金持ちとも考えられるし」

「じゃなかったら、プルーエット氏描くところのモンロー船長みたいな冒険家か。世界を股にかけて孤児たちを助けたり、若い娘さんを救い出したり、莫大《ばくだい》な宝物を取りもどしたりする冒険家」

プリシラは笑い出した。「ほんと、わたしとしたことが、どうして思いつかなかったのかしら？　きっとそうに違いないわ」

「そんなにおかしい？　ぼくはそういうタイプの男じゃないと思ってるのかい？」

「さあ、わたしはまだモンロー船長みたいな男の人に会ったことがないから、なんとも言えないけれど」

「つまり、並はずれて勇敢で、高潔で、たぐいまれな美男」

「あなたそっくりではありませんか」わざと重々しい口調のあとで、プリシラはためらいがちに言った。「あのう……熱が高かったとき、あなたは東洋の人の名前を口にしてらしたわ」

ジョンは急《せ》きこんできいた。「ほかに何を言っていた？」

プリシラの頬がひとりでに赤らむ。ジョンに愛撫《あいぶ》されて、恥ずべきことに、自分もそれに応《こた》えた事実は決して口外するまい。「ほかにって……よく聞きとれなかったの」

安堵《あんど》の色に似たものがジョンの顔をよぎった。あの夜の抱擁をジョンもいくらかは覚えているのだろうか？　それが現実だったのか、高熱による夢なのか、確かめたかったのではないかしら？

それから二人は、エルバートン村のはずれまで、口をつぐんだまま歩きつづけた。最初によったのが、牧師館だった。牧師夫妻は、灰色の石造りの古い教会のわきに同じ石材で建てた小さな家に住んでいる。銀髪の小柄な牧師夫人が笑顔でプリシラを迎え入れ、好奇心をのぞかせた目をさっとジョンに向けた。

「まあまあ、プリシラ、よくいらしたこと。さ、お入りなさい」牧師夫人はプリシラの肩に手をまわし、頬にちょこっとキスをした。それからジョンに話しかける。「あなたがアメリカからおいでになったプリシラのいとこさんね。シリルから噂《うわさ》は聞いてますよ。プリシラったら、このあいだなぜ教えてくれなかったの？」

「このあいだは……言い忘れたんだと思います」まずい弁解としか言いようがない。ミセス・ホワイティングはとがめるような目つきでプリシラを見た。

取りなすつもりか、ジョンが口を開いた。「いや、それはぼくが悪いんです。どうかプリシラを責めないでください。実はぼくが、人前に出られるような状態ではなかったんです。というのも、鞄《かばん》を盗まれてしまって、着るものにも事欠くありさまだったものですから」

プリシラは驚いた。まさかこの人は、牧師夫人に本当の事情を話すつもりでは。だが、ジョンが言葉を継ぐのを聞いて、ひとまず安心する。

「ここに来る道すがら、強盗に待ち伏せされて身ぐるみはがされてしまいました。列車でぼくの荷物が届くまで待つしかなかったんです」

「まあ、それはお気の毒に」ミセス・ホワイティングはたちまち好奇心をあらわにした。追いはぎにやられたなんて、新しい話の種になりそう。ジョンのことを秘密にしていたプリシラをなじるのも忘れて客を応接間に通し、お茶を持ってこさせるために呼び鈴を鳴らした。「どういうことがあったのか、聞かせてくださいな」

「ごろつきが後ろから飛びかかってきて、頭を殴られたんです。まったくの不意うちでした。気がついたときは、一人で倒れていて後頭部に大きなこぶができていたというわけです」

牧師夫人はちっちっと舌打ちして、街道も安心して歩けないとはなんという嘆かわしい世の中になったものだと言った。

「鞄を取られたのがなんとも残念です。イギリスのいとこに見せようと思って、両親の写真を鞄に入れて持ってきたのに。ぼくにとっては、大切な写真なんです」

「そうでしょうとも。なんてひどいことをする連中かしら！」

「あのならず者たちをつかまえられるといいんですが。どっちに行ったのか見当もつかないが、もしかしたらこのエルバートン村に来たかもしれませんね」

ミセス・ホワイティングは考えこんでいた。「でも、見知らぬ人が来たという噂は聞いていませんよ。もっとも、そういったたぐいの人たちはわたくしにはあんまり縁がないけど」それから夫人は、はっとした表情でなじるようにプリシラに話しかけた。「それであなたはこのあいだ、何か新しい噂がないか探りに来たのね。プリシラったら、水くさいのね。なぜそうならそうと言ってくれなかったの？」

「それはその……いとこのジョンがうちに泊まっていることが人さまに知られたらいけないと思って。だって、着るものがなくて見苦しい格好だったものですから。それに――」

むっとした夫人にさえぎられる。「いったい何が心配なの？　わたくしがべらべら人にしゃべるとでも思ってるんじゃないでしょうね？」

ミセス・ホワイティングが耳にした話は何もかも人にしゃべらずにはいられないたちであることを、プリシラはよく知っている。だから、笑いをこらえるのに苦労した。

ふたたびジョンが夫人をなだめた。「プリシラはそんなこと思っていませんよ。ぼくの身の安全のために黙っていたんです。ごろつきたちは警察につかまるのを恐れて、ぼくの口封じにやってくるんじゃないかと、プリシラは心配してくれたんですよ」

「だったらあなたは、その強盗たちの顔を見たのね！　それなら突きとめやすいわ。どんな人相だったの？」

「夜だったんで、あまりはっきりは見えなかったんです」ジョンは背の低い男と、のっぽの男の風体人相を説明した。

熱心に聞いていた牧師夫人は、残念そうに首を振った。「心当たりはまったくないわ。でも、人にきいてあげましょう。皆さん、わたくしにはいろいろ打ち明けてくれるんですよ。だからといって、もちろんそういう内緒事を人にしゃべったりはしません」またしても夫人は、プリシラに悔しそうな視線を向ける。

プリシラはたまりかねて言った。「わたしは何も、奥さまが内緒事を人にお話しになるなんて思ってません。いとこのジョンのことは黙っていたほうが安全だと……万が一たまたま話がもれたり、誰かに立ち聞きされたりしたらいけないと思っただけで……」もっともらしい口実を思いついて顔をほころばせる。「下働きの人とか、牧師さまを訪ねていらしたお客さまの耳に入ったりしたらと思いまして。奥さまと違って、口の軽い方だったりするかもしれませんから」

牧師夫人はもったいぶって大きくうなずいた。「それは賢明だったこと。用心するに越したことはないですからね。そうそう、あなたのお話を聞いて思いついたわ。うちの料理係にきいてみましょう。村に見慣れぬ人が来たという噂を知らないかと。あの人たちの仲間うちでは、噂が口から口へとまたたく間に広まりますからね」

ほどなく、料理係がお茶を運んできた。人から聞いた内緒事は誰にもしゃべらないと言ったことなどけろりと忘れたのか、牧師夫人はさっそくジョンの話を料理係に語って、不審な男たちの噂を聞いてはいないかと尋ねた。

陽気で小柄な牧師夫人とは対照的に陰気で大柄な料理係の女性は、ジョンとプリシラを不機嫌な目つきでじろりと見た。「そんな悪党なんか、わたしは知りません」ジョンを襲った男たちとぐるではないかと責められてでもいるように、憤懣《ふんまん》やる方ないといった面もちで腕を組んだ胸をそらしている。「だけど、そいつらはおおかた、川べりをうろついているんじゃないですかね。あのへんはいかがわしい場所だから。居酒屋だのなんだので、わたしらみたいな正直者は行きやしません。宿屋もろくでなしのたまり場ですよ」

どしどし足音をたてて料理係が出ていくと、牧師夫人は得意げに言った。「ほうら、やっぱりああいう人たちにきけばいいんだわ。確かに、川べりのあの地区なら見つけられるかもしれないわ。もちろん、あなた方が行くような場所ではないけれど」

「ええ、もちろん」うわべはミセス・ホワイティングに相槌《あいづち》をうちながら、プリシラはそこに行ってみようと心に決めていた。ジョンも同じ気持でいるのは、目を見ればわかった。

二人はお茶を飲み、クッキーを二、三枚食べて、早々に牧師館を辞去した。

「それで、さっきの話に出てきた川はどっち？」教会の墓地ぞいに静かな十字路に向かって歩きながら、ジョンが尋ねた。

「あっちよ。エクセターに通じる道の向こう。その道と、料理係が話していたボウビ川にはさまれた地域もエルバートン村なの」

「エクセターに通じる道だって？」

「ええ。目抜き通りよ。すぐそこの道」プリシラは、一台の馬車ががたごとと通り過ぎていく、前方のひっそりした並木道を指さした。

「へえ、これが目抜き通りというんじゃ、賑《にぎ》やかな都会とは言えないね」

「そう。だから、その二人を見つけるのもそう難しくはないと思うの。川べりのいかがわしい地域でも、よそから来た人間は目立つでしょう」

「そこは本当に悪の巣窟《そうくつ》なの？」

「よくわからないわ」プリシラはうっすらと頬を赤らめた。「行ったことがないので。女が一人で行けるようなところじゃないの」

「なるほど」ジョンは思いを巡らせているふうに、プリシラを見た。

いちはやく察したプリシラが先手を打った。「いいえ。置いていかれるのは、お断りよ。せっかくこれからが冒険というところまで来たというのに」

ジョンは顔をしかめる。「冒険は危険をともなうんだ。ぼくが一人で川べりに行くから、きみは薬種屋で待っていてくれないか」フローリアンのために薬種屋に材料を買いに行くというのが、二人の外出の名目だった。

プリシラの目が光った。「絶対にいや！　わたしはだいじょうぶ。あなたがついているじゃないの」

「プリシラ……」

プリシラは足を止め、両手を腰に当ててジョンをにらんだ。「ジョン……」

しばらくのあいだ、二人は黙ってにらみ合っていた。

「わかった。しょうがない」結局ジョンが譲った。「お父上はどうやってきみを操縦できたんだろう。きみたいに頑固な女性は見たことがない」

「父もできなかったわ」

「やっぱりそうか」ジョンはあきらめ顔で、ふたたび歩き出したプリシラと並んだ。

「まず薬種屋さんに行きましょう。父の注文を伝えてから自分たちの用事をしに行って、あとで薬品を取りに来ればいいわ」

二人はエルバートンの目抜き通りに出た。遠目に見たとおり、活気のない通りだった。一頭立ての軽馬車のほかには、足を引きずって歩く年配の紳士と、道の反対側の店から出てきた女性がいるだけで、人影もほとんどない。

軒の低い薬種屋に入っていくプリシラのあとから、ジョンも頭をぶつけないようにかがんで続いた。狭い店内は薄暗くて、刺激性の臭《にお》いがする。店の奥の高いカウンターの中にいた男が顔を上げて丸い眼鏡に手をかけ、プリシラにほほえみかけた。

「いらっしゃいませ、ミス・ハミルトン。お父上のご機嫌はいかがでいらっしゃいますか?」

「こんにちは、ミスター・ロード。父は元気よ。でも、いくつか薬品が必要になったの」

薬種屋はくっくっと笑った。「さようでございますか。今度は、どんな薬品がご入り用で？」

ロードはプリシラが渡したメモに目を落とし、小声でぶつぶつ読み出した。品物はあとで取りに来るとプリシラは告げ、最近生まれた薬種屋の孫について二言三言交わしてから、ジョンとともに店を出ようとした。ちょうどそこに鈴の音を鳴らして扉が開き、身なりのよい男が店に入ってきた。

茶色の髪に白髪がまじっている中年の紳士で、容貌《ようぼう》はとりわけハンサムでも不細工でもない。だがプリシラを認めるや、実に愛敬《あいきょう》のある笑顔になった。

「ミス・ハミルトン」

「ミスター・ラザフォード」言葉を返すプリシラの微笑も、紳士におとらず温かい。なぜかジョンはむっとして、怒りさえおぼえた。プリシラがこんなに嬉《うれ》しそうに挨拶《あいさつ》する男はいったい何者だろう？

プリシラはジョンを紹介して、アメリカから来ているいとこだという作り話をその紳士にもした。

ラザフォードと呼ばれた男は愛想よく応じた。「アメリカですって？　実は、わたしはかねがねアメリカに行ってみたいと思っていたんですよ。しかし出不精なたちで、まだ実現していないんですがね」

ジョンはあいまいな笑みで応える。牧師夫人に告げたように、プリシラはジョンが強盗にやられた一件のあらましを説明した。

ラザフォードは驚いた面もちで言った。「それはなんというひどいことを……ひどい被害ではなかったらよいのですが」

「いや、大したことはありません。ご心配なく」ジョンはそっけなく答えた。この男にないぶかしく思った。

ぶっきらぼうなジョンの応対にプリシラは不快そうな表情を見せ、二人組の人相を伝えた。ラザフォードは、そういう風体の男たちに心当たりはないと言った。

「お役に立てなくて申し訳ない」ラザフォードは眉根をよせている。

「いや、プリシラと二人で見つけ出すことができると思いますよ」ラザフォードに向けたジョンの笑顔は、しかめっ面に近かった。それからプリシラをせきたてて、さっさと店を出た。

外に出たとたんに、プリシラはなじった。「いったいどういうこと？　ミスター・ラザフォードに失礼じゃない」

「あの男は虫が好かない」ジョンはプリシラを引きずるように早足で歩き出した。

「どうしてなの？　とってもいい方なのに」

ジョンは不興げにのどを鳴らした。「人は見かけじゃわからない」

「ミスター・ラザフォードのことを知りもしないくせに、よくそんなこと言えるわね」プリシラはぴたと立ちどまり、ジョンの腕を振りほどいた。「やめて。まるで市に連れていかれる牛みたいじゃないの」

ジョンも足を止めて、プリシラのほうを向いた。「あの男がきみを見るときの目つきがいやらしかったんだ」口から出た言葉に、我ながら呆《あき》れていた。

「いやらしかった？」プリシラは唖然《あぜん》としてくり返した。「強盗に殴られたときの後遺症で、頭がおかしいんじゃない？　ミスター・ラザフォードはわたしの父くらいの年よ。それに、あの方はチャルコーム卿《きょう》の未亡人にかなりのお熱なの」

それを聞いただけで、ジョンの感情はやわらいだ。「ふーん」

「ミスター・ラザフォードがここに引っ越してらして以来、家族ぐるみのおつき合いなのよ。わたしのことは、きっと姪《めい》みたいに思っていらっしゃるでしょう」

「そう」ジョンはきまりが悪くなった。「ぼくは……そのう……勘違いしてたようですまなかった。見たところ、てっきり……」

「てっきり何？」プリシラは笑いをかみ殺した。ジョンは妬《や》いている。だからミスター・ラザフォードにあんな変な応対をしたんだわ。なんとかうまくごまかせないかと四苦八苦しているところが、なんともおかしい。助け船なんか出してあげないわ。そんなことを心の中でつぶやきながらも、プリシラの胸には温かいものがこみあげてきた。ジョンはわたしのことが気になっているらしい。さもなければ、一家の友人であるミスター・ラザフォードの親しげな態度を誤解して怒り出すはずがない。

「もういいんだ、やめよう」ジョンはもごもご言って、向きを変えようとした。

ちょうどそのとき、二人の背後から男の声が聞こえた。「ミス・ハミルトン！　ここでお目にかかれるとは、なんたる幸せでしょう」

プリシラの顔に嫌悪の色が走った。きっとした面もちで振り返る。「ミスター・オリバー」

会えて嬉しいともなんとも言わないことにジョンは気がつき、プリシラの顔を見た。この男がよほど嫌いなのか、プリシラの表情はこわばっている。

なぜそんなに冷たい反応をするのか、男の外見からはうかがい知れなかった。というのも、男はきわだった美貌の持ち主だったからである。黒みがかった髪がふさふさとしていて、濃い茶の大きな目は表情豊かだ。いくぶん眠たげなまぶたが肉感的な印象を与える。服装はきちんとしているし、プリシラに向けた微笑も魅力的だ。

もっとも、計算された魅力という感じもする。とはいえ、ミスター・ラザフォードについて早とちりをしたために、ジョンは慎重にならざるを得なかった。

さし出されもしないのに、男はプリシラの手を取って身をかがめ、甲にうやうやしく口づけをした。必要以上に長く唇を離さないような気がして、ジョンは思わず一歩前に踏み出した。男はようやく口づけをやめて、後ろへ下がった。

ジョンを無視して、男はプリシラに話しかける。「久しくランリー邸にお越しいただけないので残念です。アレックくんは、あなたにお目にかかれないのを嘆いていることでしょう」

「わたしのうちがどこかは知っているのですから、アレックは、会いたければいつでもエバーミア・コテージに訪ねてくればいいのです」かすかではあるけれど、アレックは、というところをプリシラは強調して発音した。

プリシラのようなお嬢さまが、オリバーという男に対してあからさまに無礼な言い方をしたり、これほどの敵意を示すのはどういうわけだろう？　ジョンはいささか驚いて、ひそかに首をかしげた。ミスター・オリバーとアレックやプリシラはどんな間柄なのか？

とはいえ、当のオリバーは動じる気配もない。平然とほほえんで、やんわり抗議するのだった。「ミス・ハミルトン、そんな手厳しいことをおっしゃられては、いくらわたしでも傷つきますよ。あなたに嫌われていると、人は思うでしょう」

「そう思われても、いたしかたございませんね。では、わたしは用事がありますので、これで失礼いたします」プリシラは向きを変え、ジョンの腕を心もち強くつかんだ。ジョンは気をきかせて、すぐさま歩き出す。

けれどもミスター・オリバーは、そう簡単には引きさがらなかった。急いで二人に並ぼうとする。「でしたら、わたしもご一緒しましょう」

「けっこうです。ミスター・ウルフがいらしゃいますから」

「ほう」オリバーはジョンに好奇の目を向けた。「ミス・ハミルトン、お友達をまだ紹介してくださってませんね」

プリシラは立ちどまり、オリバーをまっすぐ見た。「ええ。紹介しなければならない理由はありませんもの。あなたとミスター・ウルフは、ふたたび会うこともないでしょうから。それと、ミスター・オリバー、同行はお断りいたします」

そのまま二人は向かい合っていた。ジョンはプリシラの前に割って入り、オリバーと顔をつき合わさんばかりになった。「お嬢さんは、邪魔をしないでとおっしゃってますよ」

オリバーは、一瞬、面食らった顔をした。「おや……あなたはアメリカの方ですか？」

「ええ」

「それは希代なこともあるもの。ミス・ハミルトン、いったいどこからアメリカ人の庇護《ひご》者を見つけてきたんですか？」

プリシラは冷ややかに答える。「父を訪ねてこられたんです。でも、率直に申しまして、あなたにはなんの関係もないこととしか思えませんけど」

「わたしはただ、あなたの身を気づかっているだけです。どこの誰にしろ、あなたやあなたの寛大な父上をだまそうとしていると思ったら、わたしとしても捨ててはおけませんからね」

「わたしゃ父がだまされていると思われるいわれなど何もありません。ミスター・オリバー、もう失礼します」

プリシラはさっと身をひるがえして、立ち去っていく。残されたジョンは、しばし男をにらんでいた。オリバーはプリシラの後ろ姿からジョンへと視線を移し、帽子を取って大げさなおじぎをしてみせた。それからくるりと向きを変え、反対方向に歩き出した。

ジョンはあわててプリシラのあとを追う。

上気したプリシラは目をちかっと光らせて、ジョンに言った。「あの人、本当に腹が立つわ！」

「一目瞭然《りようぜん》だよ。しかし、どうして？　きみに何かひどいことを言ったか、したかしたの？」

「実に汚らわしい卑劣な男……」プリシラは深く息を吸いこんでから続けた。「公爵未亡人の愛人なの」

ジョンは目を丸くした。

「あんな屈辱的な立場に立たされて、アレックがかわいそう。公爵が亡くなってから、アレックのお母さまはあの男と親しくなったの。公爵を埋葬するかしないかというときに、もうベンジャミン・オリバーはランリー邸に移ってきたのよ」

「人目もはばからずに？」

「オリバーは踊りの先生だと、未亡人は言っているの。上流社会で身を立てていけるようアレックにたしなみを教える役目ですって。だけど、そんなことは口実だとみんな知ってるわ。アレックはあの人から何も教わっていないし、だいいち、まともに口もきいていないでしょう」

「そうだったのか」

「それだけでもひどいのに、ミスター・オリバーは公爵未亡人を裏切るようなことまでしてるのよ。チャルコーム卿の奥さまや、わたしをくどこうとしたの」思い出すのもおぞましそうに、プリシラは口をいったん引き結んだ。「まさかそんなことをするなんて、初めは信じられなかったわ。だって、ランリー邸で、アレックのお母さまのビアンカが開いたパーティの席上でなのよ！」

ジョンの顔色が変わった。「きみに手を触れたのか？　危害を加えられたのでは？」

「わたしにキスしようとしたの。あの人と踊っている最中に。でも、あれからは絶対に踊りの相手なんかしてないから、ご心配なく。踊りながら突然わたしを小部屋にひっぱりこんで、抱きすくめたの。あまりのことにびっくりしてしまって、口もきけなかった。考える力もなくしちゃったわ。気がついたら、唇を奪われていて……」

ジョンは足を止め、こぶしを握りしめた。「もどって、あの悪党をやっつけてやる」

「えっ？」プリシラは不愉快な回想から現実に引きもどされて、ジョンを見あげた。「いいえ、ジョン、やめて。お願いだから、町の真ん中でいざこざを起こさないで。もうずっと前に終わったことなのよ。それに、わたしがやっつけてやったからいいの。けんかばっかりしてるやんちゃな弟が二人もいたんですもの。それくらいのことはとっくに身につけてるわよ。あの人の髪を思いっきりひっぱったら、悲鳴をあげてた。そこですかさずおなかに一撃食らわしたの。当然の権利だって、ギッドが言ってたわ」

ジョンは笑い出した。「そうか、仕返ししてやったんだ。で、あの男はどうした？」

「もちろん、手を離したわ。それでわたしは、あなたなんかに指一本触れられたくありませんって、はっきり言ってやったの。それ以来、そういうことはしなくなったわ。でも、もう顔を見るのもいや。それなのに厚かましくも、しきりにわたしの気を引こうとするのよ。いやがっているのに平気で訪ねてきたり、わたしがアレックを訪ねていくとそばから離れなかったり。だから、近ごろはもうランリー邸に行くのはやめてしまったの。うちに訪ねてきても、お目にかかれませんとペニーに断ってもらってるのよ。だけど、あの人は恥知らずなのね。わたしが本心から関心がないということが信じられないらしくて、さっきみたいにしつこくするのよ。あんな男でも、魅力的だと思う女の人が多いようだわ」

プリシラがミスター・オリバーに気がないのがよくわかって、ジョンは嬉しくてたまらなかった。「あの男が二度と手を出さないように懲らしめてやらなくて本当にいいのかな?」

満面に笑みをたたえたジョンに、プリシラもほほえみ返す。ジョンが機嫌よく笑っているだけでこんなにも幸せな気分になるのは、どういうわけだろう? プリシラは首を横に振った。「ええ。ミスター・オリバーのことはほうっておきましょう。わたしたちが今しなければならないのは、あの二人を捜し出すことよ」

あの二人とは誰のことか、思い出すまで間があった。「ああ、やつらか」ジョンはため息をついた。ベンジャミン・オリバーを懲らしめるのをあきらめなくてはならないのが、なんとも残念だった。「わかった。どっちに行けばいい?」

「本当言うと、ここは川から少し離れているの。ミスター・オリバーのせいで方向違いのほうに来てしまったから」

二人はオリバーと会った地点まで引き返し、通りを横切ってなだらかな下り坂を下りた。歩くにつれて、周囲の建物はしだいに小さく、みすぼらしくなっていく。道幅も狭くなって、魚やら何やらのいやな臭いがする。

川にいちばん近い道は、およそ面白みのないウォーター・ストリートという名前だった。あたりは殺風景としか言いようのない眺めで、川上には水車が見え、通りぞいには黒っぽい倉庫が何軒か立っている。角が宿屋で、その向こうに居酒屋があった。二、三人の男がぶらぶら歩きながら、プリシラとジョンに警戒心のまじった好奇の目を向けてきた。

プリシラはごくりと唾《つば》をのみこんだ。真っ昼間でよかったと思う。このあたりは夜は怖いだろう。たとえ連れがあっても、プリシラのような女性が足を踏み入れるところではない。

「どこから始めましょうか？」プリシラは平静を装って言った。

ジョンは疑わしげにプリシラを見た。「あまり希望が持てそうにないけど、まず宿屋できいてみるか。だけど、あそこはきみが行くような場所ではない。牧師館にもどって、きみは――」

「いいえ。わたしをのけものにしようとしてもだめ」プリシラは断固としてさえぎった。このへんの空気におびえを感じないわけではないが、だからといってききこみをあきらめるつもりはない。ジョンが危険で血湧《わ》き肉躍る仕事をしているあいだ、うちに帰っておとなしく編み物をしていろなどと言われても絶対にしたがいたくなかった。

いらだたしげにジョンがプリシラをにらんだ。プリシラは腕を組んで、ぐっとジョンを見返す。結局、ジョンが折れた。「わかったよ。宿屋に行こう」

二人が入っていくと、その場にいた全員がいっせいにこちらを向いた。話し声もぴたりとやむ。プリシラは息を深く吸いこんで、室内を見まわした。狭い部屋で、昼日中だというのに薄暗い。窓という窓も床も汚れているからではないか。葉巻や汗、ビールの臭いのいりまじった悪臭がよどんでいる。ハンカチを出して鼻を覆いたくなるのを、やっと我慢した。

プリシラはそれとなくジョンの表情を見やった。見たところは、プリシラが感じているような嫌悪の色はうかがえない。こういう場所に慣れているのか、それとも、感情を表に出さないすべを心得ているのだろうか？　ジョンはプリシラの腕を取って、奥のカウンターに向かった。二人が近づくのを、カウンターの内側の男は油断のない目つきで見すえている。

「こんにちは」ジョンが男に話しかけた。「実は人を捜しているんですが」

男の返事は、言葉ともつかない声をのどの奥で鳴らしただけだった。ジョンは部屋中の人に聞こえるようなはっきりした口調で、二人の男たちの人相を説明した。ジョンが話し終えるまで、宿屋の主人は何も言わずに聞いていた。

「で、あんたはなんの用でその二人を捜してるんですかね？」

「前にちょっと仕事を頼んだことがあるんですよ」強盗だの監禁だのという話はしないほうがいいというのが、ジョンの判断だった。意味ありげにジョンは笑ってみせる。「ある種の仕事です。わかるでしょう。誰でもできるといったたぐいのじゃなくて」

主人はにこりともせず、なまりの強いしゃべり方で答えた。「そんな男は見かけてないが、そのうちここに来るかもしれないな。なんだったら、あんたの名前をその連中に言ってやってもいい」

「ぜひお願いします。名前は、ジョン・ウルフです。〈サイン・オブ・ボア〉で待っているからと、伝えてくれませんか」ジョンは町の中心近くで目にした居酒屋の名をあげた。あそこならもっとまともな店だろう。

「言っても行くかどうかはわからないね」

「それなら、明日また様子をききに来ることにしよう。彼らがやってきたら、話してみてください」

男は肩をすくめた。ジョンが硬貨を取り出して、ひょいと投げた。宿屋の主人はそれを空中で器用に受けとめ、ポケットにしまった。軽く頭を下げ、プリシラをともなってジョンは外に出た。

「ふうーっ！」プリシラは思わず安堵のため息をもらす。「あの主人、あなたの言うことを聞いてくれるかしら？」

「それはわからない。しかし、こづかいかせぎのためならなんでもするんじゃないか。少なくとも、あの二人組に話だけはすると思う。うまくひっかかるかもしれないし、ぼくの人相を主人が正確に言えれば、いくら間抜けでもこれは罠《わな》だとわかるんじゃないかな」

ジョンは少し歩いてからプリシラをひっぱって、倉庫の戸口の内側に入りこんだ。

「ここに隠れて、様子を見ていよう」

「主人が二人組を捜しに行くんじゃないかと思ってるのね？」プリシラはどきどきしながら、宿屋の入り口をのぞいた。

「もしかしたらね。ちょっと待ってみても損はしないと思わないか？」

プリシラはうなずく。二人は戸口の陰に身をひそめて見張った。待ったかいがあって、数分後に宿屋の扉が開き、先ほど話した男が出てきた。主人はウォーター・ストリートと横町をくまなく見まわし、安心したのか反対方向に歩き出した。

「どうやってつけていったらいいの？　わたしたち、このあたりでは目立ちすぎるわ」プリシラが心配そうにきいた。

「ずっと間隔を開けていくしかないな。用心深く何度も振り返らなければいいんだが」

ジョンはプリシラの手を握って、戸の陰から出た。二人は十分な距離を取って、宿屋の主人に悟られないようにあとをつけはじめた。とある横町で男がすっと角を曲がったので、プリシラとジョンは歩を速めた。その角まで来ると二人は立ちどまり、ジョンが建物の陰からそっとのぞいた。びっくりした顔で、ジョンはすばやく身を引いた。

「どうしたの？　例の男たちがいたの？」

「いや、それどころか。見てごらん」

プリシラは建物の角に張りつくようにして、のぞいてみた。驚きの声をあげそうになった。宿屋の主人は前よりもゆっくりした足どりで道を横切り、二人の男が立ち話をしている戸口に近づいていく。二人のうちの一人は、ジョンを捜しに来た背の低いほうの男だった。そして、大げさな身ぶり手ぶりで話している相手は、なんと、ベンジャミン・オリバーではないか。

プリシラは顔をひっこめ、ジョンを見つめた。「あれ、さっきのオリバーだろう？　公爵未亡人の愛人とかいう」

「ええ。でもいったいどうしてオリバーは、あなたを襲った男と話しているのかしら？　あの背の低いほうがあなたの見張りをしていたんでしょう？」

「そう、あいつだ」

「あなたの誘拐事件にオリバーも絡んでいると思う？」

ジョンは肩をすくめた。

「どういう理由でオリバーはそんな悪だくみをしたというの？」

「わからない」

「もしかしてあの人はあなたの知り合いかしら？　もしそうだとしたら、さっきあなたに会ったとき、よほど驚きそうなものじゃない？」

「それはおくびにも出さなかったな。初対面ではないんじゃないかなんて、ぼくは思いつきもしなかった」

「わたしだってそうよ。でもね、あの人はこっちが気がつく前にわたしたちを見つけたのよ。覚えてるでしょう？　後ろから呼びかけられて、わたしたちが振り向いたんだから。いつからあそこにいたのか、わからないわ。落ちつきを取りもどす時間はあったのかもしれないじゃない。それに、あなたのことを紹介してくれと言って、どうしてここにいるのか知りたがっていたわよね」

ジョンは思案しながら、うなずく。

プリシラはもう一度、建物の陰からのぞいた。「オリバーが行ってしまうところだわ。例の男の前に今出ていく？　それとも、宿屋の主人がいなくなってからにしたほうがいい？」

考え事を打ちきるように、ジョンが答えた。「今すぐにしよう。さもないと、中に入って相棒と二人になるかもしれない。宿の主人はあの男の加勢まではしないだろう」一息置いて、あきらめ顔でつけ加えた。「ぼくがあいつと対決しているあいだ、きみにここで待っていてほしいと頼んでもむだかな？」

プリシラは首を横に振る。ジョンはため息をついて、建物の陰から出た。プリシラがあとに続いた。

10

ジョンはほとんど音もたてずに移動する。古い玉石を敷いた道を、よくもあんなに静かに進めるものだ。感心しながらプリシラは、靴のかかとがこつこつと音をたてないように爪先で歩くしかなかった。わたしがジョンと呼んでいる人は、なぜか並はずれた心得があるようだわ。

まずいことに、二人が男たちのそばまで行かないうちに、背の低いほうが気配を感じたようで顔を上げた。ジョンの姿が目にとまると、男は低く叫んだ。逃げるものと思いきや、「ウィル！　ウィル！」とわめきながら、こちらに向かってきた。

恐ろしさのあまり、プリシラは一瞬その場に立ちすくんだ。ジョンが小男のほうに突進する。宿屋の主人はあわててあたりを見まわし、さっさと逃げ出した。ジョンが小男に飛びかかった。背が低いとはいえ、屈強な体つきの男をいきなり倒すのは無理だった。敵はジョンの首に腕を巻きつけて首を絞めようとする。ジョンは相手のみぞおちにひじで一撃を食らわした。小男はよろめいて手を離し、体勢を立て直そうとする。その隙《すき》を与えず、ジョンは男の顔面をげんこつで殴った。男はぐらりと後ろへ下がり、また「ウィル！」と叫んだ。

ジョンがさらに攻撃しようとしたとき、建物のドアがぱっと開いて、二人組の片割れが飛び出してきた。背の高いほうの男とジョンは道路に転がって、殴り合う。パラソルを持ってくれば役に立ったのにと悔やみながら、プリシラは二人のそばによっていった。もっともこんなふうに組んずほぐれつでは、敵をやっつけるつもりでジョンを打ってしまうかもしれない。

小男のほうも同じ考えなのか取っ組み合っている二人に近づきはしたものの、手出しができずにただ眺めている。不意にジョンが相手の男を組み敷き、顔に鉄拳《てっけん》を振るい出した。すかさず小男が前に躍り出て、握りしめた両のこぶしを力いっぱいジョンの後頭部に振りおろした。プリシラは金切り声をあげて後ろから男に飛びかかり、片方の腕を首にまわして離さず、もう一方の手に持った手提げ袋で何度も何度も男の頭を打ちすえた。

男はうなり声をもらし、後ろに手をまわしてプリシラを引き離そうとする。男の手がプリシラの髪をつかんだ。プリシラは悲鳴をあげ、男の横っ面を思いっきり叩《たた》いた。ひっかいたり蹴《け》りつけたり無我夢中で戦っていると、突然、大音響が耳をつんざいた。小男が棒立ちになったのでプリシラはその背中から転げおち、あられもない姿で道にはいつくばった。ジョンも格闘相手もぎょっとして、身動きしない。

いつの間に現れたのか、第三の男が拳銃《けんじゅう》をジョンのうなじに押しつけた。「よし、だんな、立つんだ。ゆっくりな」

ペチコートやスカートが足に絡みついて骨を折りながらも、プリシラはようやく立ちあがった。「待ってください！　その人は違います。こっちの――」

第三の男はばかにしたようにプリシラを見やった。「ふん、嬢ちゃんは黙ってろ。あんたの男の頭をぶちぬかれたくなかったらな」プリシラが青ざめたのを見て、男はふっふっと笑った。「これをぶっぱなせば、せっかくの男ぶりが台なしになるぜ。さあ、二人とも立って後ろへ下がってろ。いいか、もめ事はいっさいごめんだ。うちの宿屋の客に手を出す悪党は誰でも承知しないぞ」

ジョンは立って、あとずさりした。口はきっと結ばれ、目は怒りで燃えている。二人組ののっぽのほうも、相棒に手助けされてよろよろ立ちあがった。足を引きずるようにして二人は建物の中に消えた。

プリシラは憤然として声をあげた。「なぜあの二人を逃がしてしまうの？」

「嬢ちゃん、よけいな口出しするなってことよ」

ジョンも一緒になって抗議する。「あなたは勘違いしている。悪党はあの二人のほうなんだ。ぼくはやつらに拉致《らち》されて、身ぐるみはがされたんだぞ」

「そうよ！　とにかく警官をお呼びなさい。わたしはプリシラ・ハミルトンです。父の名はフローリアン・ハミルトン。わたしはあなたが思っているような女ではありません」

男は小ばかにしたようにプリシラをじろっと見た。プリシラは自分の身なりが気になってならなかった。スカートはひんまがってペチコートがのぞいているし、髪はまとめたピンが抜けてざんばらだし、帽子はあごの下で結んだリボンでかろうじて背中にぶらさがっているというありさまだ。

「なーるほど、あんたはいいとこのお嬢ちゃんのようだ。しかしだね、あんたにしろ、こっちの人にしろ、どこのどなただろうが、おれには関係ないんだ。さっきの二人はおれの宿屋に泊まっている客だから、誰にもちょっかいを出してもらいたくない。いいな？　わかったら、二人とも消えてくれ」

「でも――」プリシラはなおもがんばろうとする。

男は拳銃で脅すそぶりをした。「行けったら行け！　おれの客に手出ししたら承知しないと言ってるだろう。さあ、とっとと行くんだ」

ジョンはプリシラの手をひっぱって、しぶしぶ歩き出した。けんか腰の男を悔しそうに見やってから、プリシラも仕方なくジョンのあとに続いた。

「何よ、あの人！　ひどいじゃない。わたしたちの話を聞こうともしないで。警官を呼んで解決してもらったっていいのに」スカートとペチコートを直しながら、プリシラは息巻いた。

ジョンは角を曲がって、立ちどまった。「警察に来てもらっては困ることがあるんだろう。それに、どっちが正しいかには、さして関心がないんだよ。ああいうところに出入りする客の種類を考えれば、客を守ることが商売にとって大事なんじゃないか」

プリシラが帽子のリボンをほどこうとして、じれったそうな声をもらした。男と争っているうちにしっかりと固結びになってしまった結び目はなかなかほどけない。ジョンは思わず顔をほころばせて、プリシラの額にかかった一筋の髪をなでつけた。

「なんという勇猛なお嬢さんだ」

プリシラは顔をしかめた。「笑わなくたっていいじゃない。どんなにみっともないか、わかってるわ。いやね、このリボンったら、どうしてほどけないの？」

「笑ってなんかいないし、みっともなくもないよ。それより……とびきりかわいい」

ジョンは身をかがめてプリシラのあごをつまみ、唇を重ねた。不意に脚の力が抜けて立っていられなくなり、プリシラはジョンの上着をつかんだ。二人組の悪漢のことは念頭から消えて、ジョンの唇の感触しか意識できなくなってしまった。腕が背中にまわって抱きよせられ、口づけはいっそう濃厚になった。ジョンの熱い息を頬に感じつつ、プリシラはしがみついて激しくキスを返した。突きあげる欲情で全身がおののく。

「ああ、なんてことを」ジョンは顔を上げて、プリシラの目をのぞきこんだ。「こんなところでキスをするつもりはなかったのに。ぼくの頭はおかしいんじゃないか」

「わたしも、あなたが来てから、頭がおかしくなってしまったような気がするの」

「きみが欲しくてたまらない。これほどの気持になったのは生まれて初めてだ」ジョンの声はかすれていた。「きみは……」

ジョンは深く息を吸いこみ、プリシラを遠ざけるように腕をいっぱいに伸ばして間隔を開けた。

「こんなことをしてはいけない」

「わかってるわ」ため息とともにプリシラは無理して視線をはずし、なんとなくスカートをなでつけたり髪に手をやったりした。それもこれも、ジョンから気持をそらすための意味のないしぐさだった。

ジョンは咳払《せきばら》いして向きを変え、曲がり角にもどった。「宿屋の男はもういない。ということは、二人組もうまく逃げたか、あるいは中に閉じこもっているのかもしれない。いずれにしても、二人のうちのどっちとも今は話せる機会はほとんどなくなってしまった」

「警官を呼んできたらどうかしら?」

ジョンの表情がかすかに変わった。「それは得策だとは思えないが」

「どうして?」

「警官を連れてくれば、やつらがまだいたとしても、裏口から逃げ出すに決まってる。今日は、つかまえるのをあきらめるしかないな。変装してまたこのあたりを捜すことにしよう」

「でも、警官が捜し出してくれるかもしれないでしょう」

ジョンが返事しないのを見て、プリシラはたたみかけるようにきいた。「ジョン？　どうしたの？　何を考えてるの？」

「ぼくは……」ジョンはあごをなでながら、言いよどんでいる。「警官に探り出されると、困ることがあるかもしれない。だって、もしぼくが二人組の仲間だったらどうする？　あのオリバーとかいう男と同類だったら？　ぼくもごろつきとか詐欺師だとしたら？　やつらに負けずおとらず悪党で、何か横どりしたから追いかけられているのかもしれないじゃないか」

「ジョンったら、まさか！　そんなこと、あり得ないわ。どうしてそんなばかなことを考えるの？」

「どうしてって、ぼくは自分について何一つ知らないからさ！　本当はどういう男なのか、見当もつかないんだ。ああいう連中につきまとわれているのだったら、同じ穴のむじなじゃないとも限らないだろう？」

プリシラはきっぱり言った。「あなたが彼らの敵であることははっきりしているわ。悪漢があなたを憎んでいるとしたら、それはすなわちあなたがいい人であることを意味しているのじゃないかしら？」

ジョンは横目でプリシラを見て、口元をほころばせた。「なるほど、さすがなんでも答えられるミス・ハミルトンだ」

「そうですとも。お忘れなくね」

ジョンの顔色が明るくなったのが嬉《うれ》しくて、プリシラは笑みを返した。この人が悪人であるはずはない。仮に何か間違ったことをしたとしても、根は善良だとわたしにはわかる。

「さて」プリシラはジョンの腕に手をかけて歩き出した。「あの二人がエルバートンにいることはわかったのだから、もう一度ここに来て捜しましょう。こうして見つけることができたからには、きっとまた見つけられるわよ。それにしても、どうしてあの二人はこのあたりに残っているのかしら?」

「何がなんでもぼくから奪わなくてはならないものがあるんじゃないか。持ち物は全部調べたんだから、ぼくがどこかに隠しているものがあるのかもしれない。それは品物ではなくて、ぼくの頭にあるのかな?」

「あなたしか知らないこととかね。それなら、わからないでもないわね。あなたのことを殺してしまわなかったところを見ると。人殺しなんか平気でやるような連中ですもの」

「そのとおりだと思う。ただ、わからないのは、やつらとミスター・オリバーとの関係だ。公爵夫人のお気に入りで身分は安泰なはずなのに、なぜ二人組と絡んだりしているのか?」

「あの人は、かつて犯罪に関《かか》わったことがあるのじゃないかしら。わたしは最初からうさんくさい人だと思っていたの」

「それにしても、あの二人とつき合ったりしているのが公爵夫人にばれたらまずいだろうに」

「あなたが知っている事実がなんにせよ、公爵夫人にそれが知れたらもっとまずいことになるのではないかしら。そうだわ！　これで説明がつくじゃない。あなたはミスター・オリバーにとって何か非常に不利なことを知っている。それを公爵夫人に教えるために、あなたはここにやってきた。公爵夫人がその事実を知ったら、オリバーは追い出される。それを阻止するために、オリバーがあの二人組にあなたを襲わせた。どう？」

「だったら、なぜぼくを殺してしまわないんだ？」

「この村でそんなことはできないでしょう。何カ月にもわたって村中その噂《うわさ》でもちきりになるわ。三十年も前に起きたレディズ・ウッズの殺人事件がいまだに話題になるようなところですもの。警察が調べれば、あなたとオリバーとのつながりが浮かびあがってくるでしょう。それを恐れてオリバーは、あなたが公爵夫人に会えないように監禁したんだと思うわ」

「その可能性はある。しかし、いつまでもぼくを監禁していることはできないだろう。どうするつもりだったと思う？」

プリシラはこともなげに言った。「オリバーは間もなく姿を消すでしょうね。公爵夫人から多額のお金をだましとって逃げる計画なのよ。いなくなったあとなら、あなたが夫人に何を話そうがかまわないというわけ。それまでのあいだ、あなたをつかまえておくつもりだったんじゃない？」

「なるほど。きみの推理能力はすごいね。自分でもわかってた？」ジョンはしきりに感心している。

「想像力が豊かだとは人に言われるけれど」プリシラは、自分が物語を書いていることを打ち明けたくなった。昨夜ジョンが読んだのはわたしの作品であることを知ってもらいたい。そればかりではなく、わたしのすべてをわかってほしい。女であるわたしが小説を書いていることがわかっても、ジョンなら反感を持ったりはしないだろう。自分が犯罪に関わったのではないかと心配していたくらいだから、それに比べれば、小説家という職業などは無害なものではないか。それにジョンは、世間の多くの人々と違って偏見や固定観念に縛られていないように思われる。

言葉が口まで出かかったところでためらった。聞いたとたんに、ジョンの顔色が変わるのではないか。これまでとは態度が一変するかもしれない。そうなってから取り消そうとしてもあとの祭り、惨憺《さんたん》たる結果になるだろう。不安で胸が締めつけられそうになり、結局、プリシラは何も話さないことにした。代わりに言う。「週末の夜に公爵夫人のパーティがあるの」

「パーティ？」

「ええ。ランリー邸では春に大々的なパーティを催すのが恒例なの。まだランリー家の服喪の期間ではあるけれど、夫人が伝統を大切にしたいからといって開くことにしたそうよ。わたしに言わせれば、夫人は単にパーティ好きだからというだけのことだけど。パーティには、あなたも一緒にいらしてね。もってこいの機会よ」

「ほう？」

「あなたが現れたとき、ミスター・オリバーがどんな反応をするか、じっくり観察したいの。不意をつかれてぼろを出すかもしれないでしょう。でなかったら、人目を避けてあなたのほうから問いつめてもいいじゃない？」

「うん、それはいい考えだ。すばらしい」ジョンはふと口をつぐんだ。「ところで、ぼくはちゃんと踊れるんだろうか？」

　プリシラはにこっとする。「ご心配なく。わたしが教えてさしあげます」

　翌朝、プリシラは寝過ごした。前の晩の夕食後に、ミス・ペニーベイカーのピアノ伴奏でジョンの踊りの技量を試してみた。ジョンは踊り方を覚えていただけではなく、大変上手であることがわかった。それで興に乗った三人は、寝るまで踊りつづけた。プリシラがピアノを交代すると、ジョンはミス・ペニーベイカーをリードして応接間中をまわったりした。ミス・ペニーベイカーは頬を薔薇《ばら》色に染めて喜び、賑《にぎ》やかなさざめきに誘われたフローリアンも書斎から抜け出し、音楽に合わせて足を踏みならしさえした。ようやく寝室に引きあげたころには、プリシラの全身は心地よい疲れに包まれていた。

そうして目を覚ましたとき、彼女の頭はよいアイデアではちきれそうだった。プリシラはすぐさま小さな机に向かい、物語の続きを書き出した。着替えるいとまも惜しく、寝間着に軽いガウンをはおっただけで執筆した。約二時間ぶっとおしで書きつづけ、ようやくペンを置いたときには手が痛くなっていた。笑みを浮かべて痛む手をこすりこすり、椅子から立ちあがる。ヒーローに救われた女性とヒーローとのあいだのある場面の描写がうまくいかなくて、このところ行き悩んでいた。二回書き直しても、満足できなかった箇所だ。それがなんと今朝は一気に筆が進み、会心の出来映えになった。まるでダムの水門を開けて塞《せ》きとめてあった水を放出するような作業で、気持がよいといったらなかった。

身支度を終え、今日はジョンと一緒に何をしようかと考えながら、鼻歌まじりに階段を下りていった。誰かと一緒に一日を過ごすのは楽しいものだわ。いえ、正直に言うと、ジョンと一緒に一日を過ごすのが、と言い直さなければならない。

ところが階下《した》に来てみると、居間にも父の書斎にもジョンの姿は見あたらなかった。台所でミセス・スミッソンを相手によくふざけているのに、そこにもいない。プリシラは家政婦にきいてみた。

「ああ、朝のうちに村へお出かけになりましたよ。なんでも大事な用事があるとかで、なるたけ早くお帰りになるそうです」

プリシラのはずんだ心は急にかげった。「そうだったの」

「はい。で、昨日の午後にあったことをミス・Pからうかがったもんですから、わたしは、与太者たちに気をつけてくださいと言いましたんですよ。そうしたら、あのお若いのがなんと言ったかというと、〝ミセス・スミッソン、わかってないな、気をつけなきゃならないのはあっちのほうだよ〟ですって。まったくもって滑稽《こっけい》な男衆ですよ」

「滑稽な男衆……ええ、そう、そのとおりだわ」

「プリシラお嬢さま、もう正午を過ぎてますよ。お食事になさいませんか？」

「え？　ああ、お食事ねえ。あまりおなかが空《す》いてないんだけど」

「いや、召しあがらなくちゃいけませんです。お嬢さまを骨と皮ばかりにするわけにはいきません」

うわのそらでプリシラはテーブルについた。ミセス・スミッソンがかいがいしく、肉とじゃがいもを盛りつけた皿をプリシラの前に置く。ジョンが一人で村に行ったと知って、まずはすっかり気落ちしてしまった。どうしてわたしをのけものにするの？　危険をともなうとはいえ、わくわくする冒険なのに。ジョンはわたしと一緒ではいやなのかしら？

けれども、そうではないことはプリシラにもわかっていた。プリシラを危険な目に遭わせたくないからなのだ。とはいえ、考えれば考えるほど腹が立ってくる。危険も楽しみも二人で対等に分かち合うという考えに、ジョンも到達したと思っていた。女を下に見て変にいたわるような態度で抑えつけられるのが嫌いなのは、ようやくジョンにもわかってもらえたと思っていたのに。わたしも参加して、役割を果たしたい。要するに、ジョンと一緒にいたいのだ！

いつしかそんなことを思っている自分に、プリシラは眉をひそめた。なんだか哀れっぽいじゃないの。こういう考え方はみじめでいや。気を取り直して食べはじめた。おがくずのような味としか感じられないけれど、肉もじゃがいもも無理にのどに流しこんだ。これからどうしようか？　家にじっとしているのだけはいやだった。といって、ジョンのあとを追ってエルバートンに行くつもりもない。あの二人組の所在を突きとめるためには何をするべきか？　これといった方法も思いつかなかった。考えあぐねたあげくに、チャルコーム夫人を訪ねることにした。懸案の問題に役立つわけではないが、アン・チャルコームは大好きだし、とにかくここでおとなしく家事でもしながらジョンの帰りを待つなんてごめんだ。食堂の新しいクッションの刺繍《ししゅう》の図案についてアンに相談するために、画帳と鉛筆を持っていこう。

ほどなくプリシラはボンネットをかぶり、画帳と鉛筆を手に、チャルコーム邸に向かった。徒歩でもいくらもかからない道のりだ。いつもは、広々とした牧草地の中の曲がりくねった道を歩くのを楽しみにしている。ちょうど緑がいっぱいの季節で、あちらこちらに花が咲き乱れていた。空にはふわふわした白い雲が浮かび、日ざしの強さにもかかわらず、そよ風のおかげで快適な気温だった。それなのに今日は、あたりの景色もプリシラの目にとまらない。

眉間《みけん》にしわをよせ、こうべをたれて、右も左も見ずに歩を進めた。ジョンが帰宅したとき、怒るべきか、それとも、とびきりよそよそしくするべきか。さもなければ、いなかったことすら気づかなかったふりをするか。ジョン・ウルフがどうしようが、別に痛くもかゆくもない。あれこれ理由をつけては、そう思いこもうとした。一方で、ジョンの身に何かあったら、と心配してしまう自分に腹を立てる。男性についてこれほど心が千々に乱れるという経験が、プリシラにはほとんどなかった。いや、十四のときに牧師館の新任の助手にのぼせあがったことはある。あれから十年、こんな気持に振りまわされる自分がうとましい。

鬱々《うつうつ》としてプリシラはチャルコーム邸に着いた。顔を見るなり、アンは心配そうに尋ねた。「プリシラ！　あなた、いったいどうなさったの？」

「別に」つっけんどんな返事にひるんだ様子のアンに、プリシラはため息まじりに謝った。

「ごめんなさい。こんな気分のときに来るべきじゃなかったわ。許してね」

「そんなこといいのよ。それよりも何かあったんでしょう？　話してちょうだい。こんな暗いお顔のあなたを見るのは初めて」

「大したことじゃないの。自分でもよくわからないのだけど、ただ……」言いよどんでアンに目を向けたかと思うと、プリシラはにわかに何もかも包み隠さず話しはじめた。

アンは茶色の目を大きく見ひらいて耳を傾けていた。ある晩〝ジョン・ウルフ〟が突然ハミルトン家にやってきたいきさつに加え、記憶を失ったこの見知らぬ青年がいかに高圧的で頑固で愚かで手こずらされるかまで、プリシラは一気に語った。

ようやくプリシラの話が一区切りついたとき、アンは深く息を吸いこみ、額に手を当てた。「まあ、驚いたお話だこと。頭がくらくらしそう」

「まずは腰を下ろしましょう」アンはプリシラをソファに導き、向き合えるように座って、組んだ両手をひざにのせた。「つまり、こういうことなのね？　ジョン・ウルフはあなたのいとこさんではないし、このお名前も本名ではない。そうね？」

プリシラはこっくりする。「しかも、あんなにしゃくにさわる人には会ったことがないの」

「それなのに、彼があなたを置いて一人で出かけてしまったので腹を立てている」

「ばかみたいに聞こえるでしょうけれど――」

目をきらめかせてアンはさえぎった。「あのね、プリシラ、これは単にあの青年がエルバートンに一人で行ってしまったというだけの問題じゃないみたい」アンは言葉を切って、プリシラをじっと見つめた。「身元のわからないあの青年は、あなたにとってとても大切な人だと、わたくしは思うの」

「あの人は赤の他人よ」

「だからこそ、そう思えるのよ。赤の他人なのに、あなたは心配したり、腹を立てたりする……。いいこと、プリシラ、あなたはあの方にかなりの気持があるのよ」

プリシラは顔をしかめた。「そんなこと、あり得ないわ」

「本当に？」

「もちろん。知らないも同然の人だし、うちの扉を叩いた夜からまだ一週間かそこらしかたってないのに」

アンはにこっとした。その華やいだ表情を見て、プリシラは思った。若いころは並はずれた美人だったに違いない。表情豊かな目や口のまわりにしわが刻まれている今でさえも、それははっきりうかがえる。ミセス・スミッソンによれば、チャルコーム卿《きょう》が美貌《びぼう》の新妻を連れて帰ってきたときは、村中が仰天したという。家政婦はため息をついて嘆いていた。〝わたしゃ、チャルコームの奥さまみたいにきれいな方は見たことがありませんですよ。あんな放蕩《ほうとう》者のだんなにつかまって、実にもったいないことをしましたね〟

「あなたもそういう経験をしたの？」プリシラは静かにきいた。「そんなことがあり得るの?」

アンは黙ってうなずく。気のせいか、はしばみ色のまなざしが涙ぐんだように見えた。

「馬に乗っている彼を見たの。髪に日が当たって、シャツの袖《そで》がまくりあげられていたわ。腕は日焼けしていて、なんと言えばいいか……とても自然な感じで、力がみなぎっていて、思わず心を奪われてしまったの」アンは目を閉じて顔をそむけた。

アンの心のうちにずかずか入りこんだような感じがして、プリシラは後悔した。「あの――ごめんなさい」

アンはまばたきして、無理に笑ってみせた。「いいえ、謝ることなんか何もないのよ。ずっとずっと昔のことを思い出したりしたわたくしがばかなの。もう過ぎたことよ。わたくしが言いたかったのはね、恋というものは息をつく間もなく突然やってくるということ」

「でも、あの人には息をつく間もなく腹を立てさせられてるわ」プリシラは冗談で返した。わたしはジョン・ウルフに恋してなんかいない。これは断じて恋ではない。

プリシラの胸に、ジョンに触れられたり口づけをされたりしたときのとろけそうな感覚がよみがえってきた。それを思うと、自信がぐらついてくる。「でも、性的な欲望と恋は違うのでしょう?」

アンはほほえんだ。「だけど、区別ができにくいときもあるのよ」

「だったら、どうやって見分けをつければいいの?」

アンの微笑は悲しげなものになった。「そうねえ……待つしかないかしら。いつまでもその気持が消えなければ、恋愛だとわかるでしょう」

プリシラは、人生の先輩のこの返事には納得がいかない。「なんだかあまり当てにならない見分け方なのね」

「わたくしにもなんと説明していいのかわからないの。例えば……その人を見ると胸がいっぱいで張り裂けそうになるとか、彼が部屋に入ってくると、じっとしていられなくなって、飛び出すか走りよってしまいたくなるとか、その人以外のことは何一つ考えられなくなるとか、彼のそばにいられるのだったら何が起きてもかまわないと思うとか。そういうときは恋だと思うの」

「やることなすこと意見が一致しなくても?」

アンはくすくす笑った。「さあ、場合によるわね。言い争いになってもいやじゃないかどうかで判断できるんじゃないかしら」

プリシラはびっくりしてアンを見た。そういうふうに考えたことは一度もない。ジョンと言い争うのはいやではないどころか、わくわくする。感情が激しく沸きたって爆発しそうになるのに、不思議にも言い争いを心待ちにしているのだった。意見の衝突を避けようと思ったことはない。

すっかり動揺してプリシラは立ちあがり、ふらふらと窓際へ歩いていった。「そんなばかな」自分に言い聞かせるように語気を強めた。「彼に恋してなんかいないわ。あんなにしゃくにさわる人はいないのよ。わたしはただ、ジョンが本当はどこの誰なのか、なぜここにやってきたのかを知りたいだけ。それ以外の関心はないわ。とにかく一人でエルバートンに行くなんて無謀よ」

「あなただって、一人でここにいらしたじゃない」

アンに指摘されてプリシラは初めて、自分がいかに不用心な行動をしたかに思いいたった。考え事に気を取られて周囲に注意も払わず、ジョンを襲った二人組のことなど脳裏から抜けおちたまま、うかうかとここまで歩いてきてしまった。

「わたしは気をつけていたから。それに、少なくともこの土地に詳しいし」プリシラの返事は言い訳じみていた。

「それにしても、あなたはジョンみたいな大男じゃないし、腕力もないでしょう」

「そうね、わかりました。確かにうかつだったわ」認めるしかなかった。ため息をついて、プリシラはソファにもどった。

それからやっと、訪問の目的だったはずの刺繍の図案についてアンに相談した。そのあとでお茶をご馳走《ちそう》になり、おしゃべりを楽しんだ。おかげで、ジョン・ウルフがエルバートンに一人で行ってしまったことは、ほとんど考えずにすんだ。

プリシラがチャルコーム邸を出たのは、午後も遅くなってからだった。行きと違って帰りはさすがにあたりに気を配り、何者かが茂みにひそんではいないかと目をこらして歩いた。おそらく二人組はすでにこの地域から逃げたか、そうでないとしても、この郊外ではなく村のほうにいるのではないか？　いずれにしても、知らず知らずプリシラの足どりは速くなった。

家までの距離のほぼ半ばにある樫《かし》の大木を通り過ぎようとしたとき、物音が聞こえた。なんの音だろう？　ぱっと振り向いたとたんに、背中を強打された。プリシラは地面に倒れ、呼吸ができなくなった。手に持っていた画帳と鉛筆が宙を舞う。息をしようとあえいでいると、二人の男が飛びかかってきて引きずり起こされた。ようやく息を大きく吸いはしたものの、火でものんだように熱かった。

男たちの人相を確かめる余裕もなく、黒っぽい色の大きなマントを頭から足まですっぽりかぶせられてしまう。あっという間に全身をマントで覆われ、目の前が真っ暗になって何も見えなくなった。プリシラは大声で叫び、必死でもがいた。けれども時すでに遅く、分厚いマントの中ではもがけばもがくほど息苦しくなるばかりだった。二人のうちの一人がマントにくるんだプリシラを肩にかつぎ、大股で歩き出した。男の動きにつれてぐらぐら揺さぶられ、プリシラは気持が悪くなってくる。恐怖が襲ってきた。こんな状態ではどうすることもできない。これからどんなむごい運命が待っているのだろうか？　プリシラは死にものぐるいで身をよじり、手足をばたばたさせた。顔はマントで覆われているので、窒息しそうだ。赤いものが目にちらつき、耳鳴りがする。次の瞬間には、気を失っていた。

しばらくして意識はもどったものの、自分がどこにいるのか、今何時なのかもわからなかった。何が起きたのかさえ、覚えていなかった。暗くて暑くて、息がつまりそう。そこでやっと、何があったのか思い出した。まだ厚いマントにくるまれたままなのに気がつく。誰かの肩にかつがれてがたがた揺られているのではなく、何か固いものの上に横たわっているらしい。

プリシラは身動きせずに、あたりの気配に耳をすませた。静まり返ってなんの音もしないことからすると、どうやら自分以外には誰もいないらしい。人間がいれば、息づかいとか咳とか何か聞こえるはずだ。

そろそろと起きあがってみた。異変はない。どなり声もあがらないし、殴り倒されもしない。やはりここにはわたししかいないのだ。マントの上の端が少したれさがり、わずかな光がさしこんだ。プリシラは体を小刻みに揺すって、両腕が自由になるまでマントを振り捨てようと努めた。

やがてようやくマントを脱ぎ捨てて、立ちあがることができた。周囲は真っ暗だったが、建物の中にいるらしいことはわかった。星や月の光も見えない。両手を横に広げても、何にも触れなかった。しゃがんで床にさわってみた。泥を固めた床だ。もしかしたらここは、ジョンが監禁された小屋ではないかしら？

　じっと立った姿勢で、まわりの暗闇《くらやみ》に目をこらした。かすかに筋のようなものがいくつか見えてくる。明るいとまでは言えないが、暗さの度合いが薄いのは、羽目板の隙間だろうか。一方の壁には、そのおぼろな細い筋が長方形を形づくっている。それに向かってプリシラは両手を前に突き出し、そろそろと近づいた。板壁に手のひらがさわると、そのまま手探りで隅までたどり、隣の壁に移った。そうやって壁をまさぐりながら一周してみる。どうもここは、窓すらない非常に狭い部屋らしい。

　外光を入れる窓もない真っ暗闇に閉じこめられてしまったわけだ。ふたたび、恐怖がこみあげてきた。悲鳴をあげそうになるのを、歯を食いしばってこらえた。両のこぶしをしっかり握りしめ、落ちつこうと努力する。

　夜だから暗いだけだと思いこもうとした。この小屋には何も怖がるようなものはない。朝になれば、隙間から日光がさしこんでもっとよく見えるようになるだろう。夜が明けるのを待っていさえすればいいのだ。今ごろは、わたしが行方不明になったことに家族も気がついて騒いでいるだろう。ジョンもいることだし――村からもどっていればの話だが。あるいは、もしもジョンもつかまってしまったとしたら？

　いや、そんなことはないだろう。だってジョンをつかまえているなら、わたしを拉致する必要はないではないか。わたしとひきかえにジョンを取りもどそうという魂胆なのだ。

ジョンを脅すのに成功しなかったから、わたしを人質にしたに違いない。

ジョンは無事に家に帰っている。そうすればきっと、わたしの身に何が起きたか推測して、すぐさま捜しに来てくれるだろう。同じ小屋にいるのではないかと考えつくだろうか？ ここを見つけることができるだろうか？

なぜかプリシラは、ジョンが助けに来てくれると信じて疑わなかった。必ずジョンが捜しに来る。わたしはここでじっと待っていればいいのだ。そう考えることによってプリシラは、暗闇の中でも気を落ちつけることができた。

11

ジョンは、プリシラがチャルコーム邸に出かけてから間もなく帰ってきた。ミセス・スミッソンからプリシラが外出したことを聞かされて渋い顔をしたが、驚きはしなかった。自分がエルバートンに一人で行ったと知れば、プリシラが怒ることはわかっていた。その気持はジョンにも察しがつく。かといって、今日訪れたようないかがわしい場所に良家の令嬢を連れていくわけにはいかない。実際、そういう場所の一つで収穫があった。つまり、二人組についての情報を得たのだった。

ところが、せっかくの情報はあまり役に立たなかった。あの二人組は薄汚い居酒屋の二階に泊まっていて、街頭に立つ女たちをしばしば呼びつけていたという。ジョンを客だと思った三人の女は初めはがっかりしていたが、ロンドンから来たという二人組についていろいろ話をしてくれた。メイジーという娼婦《しょうふ》は殴られて目のまわりに黒いあざができていた。二人組のうちの一人の仕業だとか、ジョンが知りたくもない彼らの性的な傾向まで聞かされた。その日の朝、二人は部屋を引き払い、荷物を持って出ていったという話だった。

二人組は、前の日に村でジョンに見つかったときの状況から警察に引き渡されることを恐れ、ロンドンに逃げ帰ったのだろうか。あの二人に消えられては、自分がなぜ彼らに襲われたのかわからずじまいになってしまう。自分の身元についての手がかりもつかめないわけだ。二人組をつかまえる寸前まで行きながら、しくじってしまった。ジョンは打ちひしがれて家にもどってきた。どうやらぼくは、求めたものが手に入らない経験には慣れていないようだ。失敗したのが悔しいだけではなく、それをプリシラに言わなければならないと思うと気が滅入《めい》る。ただ、そのことでプリシラに非難されると思ってはいない。それよりも、プリシラを同行しなかったことをなじられるに違いない。さらには、あんなちんぴら二人ぐらいなぜつかまえられなかったのかとプリシラが思うのではないかと想像すると、自尊心が傷つくのだ。文無しでどこの馬の骨かもわからず、プリシラの厚意に甘えるしかない現状だけでも情けないのに、そのうえ無能ときては立つ瀬がないではないか。

ジョンは不機嫌な面もちで腰を下ろし、プリシラの帰りを待っていた。プリシラは、ジョンが帰宅するころあいを見はからって、それよりあとにゆうゆうともどってくるに違いない。さもなければ、出かけた意味がなくなる。ジョンは最初は本を紐《ひも》といていたが、時間がたつにつれ読書に集中できなくなった。夕方のお茶の時間には、もう本を読むのは完全にあきらめた。暮れかかってくるとついに居たたまれなくなって、檻《おり》に入れられた動物のように居間を行ったり来たりしはじめる。

書物に没頭していたフローリアンが、とがめるように顔を上げた。「おい、ちょっと、きみはいったいどうかしたのかね？」

「彼女が帰ってきてないのがわからないんですか？　こんなに遅い時間だというのに」ジョンはかみつかんばかりの口調で言った。

ジョンの剣幕に恐れをなして、フローリアンは目をぱちくりしている。「遅い？　うん、まあ、七時十五分前だが。それが何か問題でも――」

「まだ帰ってこないんですよ！」

「誰が？」

「誰が？」ジョンは呆《あき》れてくり返した。「あなたの娘さんに決まってるじゃありませんか。プリシラですよ！　お昼過ぎに出かけたきり、もどってきてないんです」

フローリアンは、なあんだという表情をした。「別に珍しいことでもあるまい。きみにも経験があるだろうて。どこかに出かけて腰を下ろす。そのうちに考え事を始めて、気がついてみると何時間もたっていた。わからんかね」

「ジョンはしばしフローリアンの顔を見つめたあげくに、首を振った。「いや、わかりません」

「ほう、そうか、わからんか。ま、きみはそういうたちじゃないんだろう。しかし、プリシラもわしに似ていてな。あの子は空想にふけって、あれこれ物語を創《つく》るのが好きなんじゃよ。そのうち帰ってくるさ。きみはプリシラに何か用でもあるのかね？」

「いや、用があるわけじゃありませんが。若い娘さんの帰りがこんなに遅いと、何かあったのではと思うでしょう」

「そういうことはないと、わしは思う。注意深い子だからな。骨折したりしたことはいっぺんもなかった。ギッドはやりおった。向こう見ずな坊主で、しょっちゅう怪我《けが》したり骨を折って帰ってきたりしたもんだよ」

「そういうことじゃなくて。女性の一人歩きなんですよ。何が起きるか知れやしません」

「ここでか？　このエルバートンで？　いやいや、ここはほかと違うから、そんなことはあり得ないよ」

「ほかと違うって、ここだけは例外だというんですか？　じゃあ、この村では犯罪はないんですか？　暴行も強盗も――」

さすがにフローリアンは青くなった。「まさか、きみは娘が誰かに……いやいや、考えられない。みんなに好かれているプリシラにそんなことが起きるとは……」

世事にうといフローリアンとはいえ、よくものんきにしていられるものだ。「プリシラは大変人目を引くお嬢さんなんですよ。誰かが通りかからないとも限らない。ぼくを拉致《らち》したあの連中だって……」ジョンは自分の口から出た言葉にぎくりとした。

それまでは、プリシラの帰りが遅いのは何かあったからではないかという漠然とした恐れだった。ところがあの二人組を連想したとたんに、不安ははっきりした実体を持つにいたった。あの二人は宿屋を出たとはいっても、この土地を離れたとは限らない。もしかしたら、林の中のあの小屋に移っただけかもしれない。昨日村でプリシラと一緒にいるところを、二人組に見られている。あの二人が逃げたのではないとしたら？　プリシラが一人でいるところを襲う機会を狙《ねら》っているのではないだろうか？　そして、プリシラとひきかえにぼくをつかまえようと企《たくら》んでいるのかもしれない。

フローリアンが心配そうに尋ねた。「きみが言ったことはどういう意味なんだね？　本当にプリシラが危害を加えられる恐れがあると思うのかい？」

「ええ、ええ、本当にその恐れがあるんです。ぼくはプリシラを捜しに行きます」

「わしも一緒に行くよ」

「いいえ、ぼくに手提げランプを貸してください。あなたにはここにいていただきたいんです。プリシラが帰ってくるかもしれないから。もし帰ってきたら、力ずくで縛ってでも家から出さないでください」

フローリアンは目を丸くした。「そんな必要はあるまい。あの子は道理をわきまえておるはずだ」

「今はそのことを話している暇はありません。誰かぼくを訪ねてきたら、村へ行ったきりまだ帰ってこないと伝えてください。プリシラを捜しに行ったとは、誰にも言わないでほしいんです」

「わしにはどうも納得できん……みんなに協力してもらったほうがいいと思うが」

「それはちょっと待ってください。ぼくがプリシラを見つけることができなかったら、捜索隊を結成して森をしらみつぶしに捜しましょう。プリシラの居場所については、だいたい見当がついてるんです。連中の仕業だとすれば、ですが」

「連中！　連中とは誰のことじゃ？　いやはや、きみの言ってることはさっぱりわからん。いったいどうなってるんだ？」

「まだはっきりしていないので、帰ってきてから説明します。とにかく、さっきお願いしたとおりにしてくださいませんか？」

「それほど重大だと、きみが考えているなら」

「ええ、重大なんです。お嬢さんの安否がかかっていると思ってください」

「わかった。きみの言うとおりにしよう。誰かにきかれたら、きみは村に行ってると答える。プリシラが帰ってきたら、うちから一歩も出さないことにする。これでよかろう？」

「けっこうです」

「じゃあ、手提げランプを取ってこよう」フローリアンは家の奥にジョンを連れていった。ふだんとは打って変わってきびきびした動作で戸棚から古いランプを取り出し、灯心に火をつけてジョンに渡した。「気をつけてな」

「はい。なんとかしてプリシラを連れて帰ってくるつもりです」

ジョンは屋敷の裏庭を横切って、先日プリシラと一緒に小屋を捜しに行ったときに通った道に出た。あのときプリシラは、この道をまっすぐ行ったところにチャルコーム邸があると話していた。手提げランプをかかげ、道の両側に目を配りながら、大股で進んだ。もしも本当にあの二人組に捕らわれているなら、プリシラの身には何が起きているだろうか？　それはなるべく考えないようにした。今はひたすらプリシラを見つけ出すことに専念しよう。

ほどなく、このあいだプリシラとともに森に向かってわきにそれた地点に着いた。これまでのところ、プリシラ以外の足跡は見あたらない。地面が固いので痕跡《こんせき》がはっきり残っているわけではないが、ところどころに女性の靴の一部の跡が見てとれる。それより大きな靴やブーツをはいた人間が通った形跡はない。

ここから森に入って、あの小屋を捜そうか？　一瞬、ジョンは迷った。けれども、横に折れずにまっすぐ道をたどることにする。プリシラは拉致されたのではなくて、転んで怪我をしている可能性もないではない。足でもくじいて動けなくなっているのだとしたら、森の中の小屋を捜しに行っても意味がないわけだ。ジョンはあたりに注意を払いつつ歩きつづけた。このままチャルコーム邸まで行くことになるかもしれない。そう思いはじめたとき、目の前の地面の様子に目がとまった。

今までとは違って、明らかに乱れている。土が蹴《け》ちらされ、道ばたの草には踏みつけられた形跡があった。わだちのような細長いくぼみは、女の靴のかかとが引きずられてできたものではないか。道のわきの軟らかい土には、ブーツの跡がはっきりついている。大きさからして男の足跡だ。それより何より決定的なのは、何本かの色鉛筆と小さな画帳がくさむらに散らばっていたことだ。プリシラは刺繍《ししゅう》の図案を写しにチャルコーム邸に出かけた、と家政婦が言っていた。

ジョンの心臓が大きな音をたてはじめる。不安のあまり、手足が麻痺《まひ》して息が止まりそうだった。プリシラは二人組に連れていかれたのだ！　それまでは、取り越し苦労だったとあとで笑う結末になることをひそかに期待していた。チャルコーム邸に着いてみるとプリシラはまだアンと話しこんでいるとか、ふくれっ面のプリシラが道ばたの石に腰かけてくじいた足首をなでているところを見つけるとか、そんな場面も思い描かないでもなかった。だがこの争いの痕跡を見ると、最悪の事態になったのだと思わざるを得ない。あの悪党たちがプリシラを襲ったのだ。

プリシラを助けに行かなくてはならない。

ただちにジョンは道からはずれて、林に向かった。この前プリシラと来たときは、北東の方角に進んだのを覚えている。まっすぐ行けば、おそらくこのあいだの道にぶつかるのではないか。元の地点にもどるより、そのほうがずっと速いと思う。方向を間違えていないことを祈るのみだ。

それにしても、本当にあの小屋を見つけられるだろうか？　あそこには、監禁されていたときと、あとで捜しに行ったときの二回しか行っていないのだ。しかも、土地勘はないときている。といって、朝まで待ったり、これから地元の人々に捜索を頼む気にはなれなかった。時間を費やしているあいだにプリシラがどうなるかと思うと、居ても立ってもいられないだろう。

数分ほど進むと、いばらにひっかかって風に揺れている布の切れ端をランプが照らし出した。ジョンはその切れ端を取って、指先でこすってみた。それがプリシラの服からちぎれたものかどうかはわからない。プリシラがどんな色の服を着ているかも知らなかった。とはいえ、誰かがここを通ったことを示す印であるし、布の状態からすると最近のものらしい。望みが出てきて、人が通った形跡がほかにもないかと目を光らせながら、ジョンは先を急いだ。

闇《やみ》の中を行く途中で、そういう形跡をいくつか見つけた。男のブーツの跡が泥に残っていたり、折れてぶらさがっている木の枝が樹液で濡《ぬ》れていたりした。もう一片、布地の切れ端も落ちていた。方向が違っていないことを念じつつ、木々や藪《やぶ》をかきわけるようにして進んだ。それからかなり長いあいだ人が通った形跡がまったくないので、道に迷ったかと懸念しはじめたとき、見覚えのある狭い空き地に出た。プリシラと一緒に来たときに見た倒木がある。ジョンはほっとして、倒れた木の幹に腰を下ろした。

ランプを置いて、あたりを見まわした。頭上には、枝を透かして空の小さな断片が見える。星が二、三またたいていた。空き地をゆっくり歩きまわって、このあいだはプリシラとここからどちらの方向に行ったか思い出そうと努める。この前は倒木に向かって空き地に入ってきて、そのそばを通り過ぎたような気がする。しかし今は、空き地に入ってすぐ木があった。考えたあげくに確信はないまま、ランプを取りあげて空き地を出た。

しばらくして、小川に行きあたった。プリシラと一緒だったときよりも、ずっと下流であることはジョンにもわかった。小さな流れの岸にそって歩きながら、川べりのぬかるみに足跡がないか、ランプを照らして調べた。反対側の岸に踏みつぶされたような跡を見つけ、動悸《どうき》が速くなる。流れを跳び越えて、地面にランプを近づけてみた。男の靴の跡がいくつもある。足を滑らせ、あわてて踏みとどまりでもしたように、入り乱れた足跡だ。どこを探しても、女の靴の跡はない。

ということは、プリシラに激しく抵抗されて、かついで運んだのではないか？　どうやら近づいてきたらしいぞ。ジョンは勇んで、木々のあいだを突き進んだ。プリシラはあの小屋に連れていかれたに違いない。あそこに行けば、プリシラを見つけ出せる。そして、例の二人組も。

ジョンは目をらんらんと光らせて、こぶしを握りしめた。やつらを見つけたら、ただじやおかないぞ。拳銃《けんじゅう》を持ってくればよかった。フローリアンの古ぼけた決闘用のピストルでも男の頭を殴るのには役立つだろう。

小屋はたしか、あの小川から遠くないところにあった。足元だけを照らすように手前の面を除いて、ランプの遮蔽板《しゃへいばん》を下ろす。歩く速度を落とし、忍び足で進む。そのあいだも、周囲への注意は怠らなかった。自分が小屋に誰かを隠しているとしたら、一人が休息するあいだ、もう一人には見張りをさせるだろう。小屋に近づく者が見えるように、見張り番は木の陰にひそんでいるのではないか。

やがてジョンは、まわりの暗さに比べて前方がいくらか明るいのに気づいた。足どりをさらに遅くして、ランプの遮蔽板をすべて下ろす。少しずつ暗闇《くらやみ》に慣れた目をこらすと、木々の輪郭が見えてきた。思ったとおりだ。そろそろと前に移動して、木のそばで立ちどまる。細長い空き地がひらけていた。ほのかな明かりは、木の枝にさえぎられずに空き地にさしこむ星と月の光だったのだ。弱い光ではあったけれど、空き地に立っている四角い小屋を見分けるには十分だった。小屋からは明かりがもれていない。

連中は真っ暗な中にプリシラを閉じこめているのだ。怒りがこみあげる。だが、暗いほうが小屋に近づくのに有利ではある。ジョンは大きな木の陰に隠れて、あたりの様子をうかがった。空き地のまわりの木のあいだに立つか座るかしている人間の気配はない。だからといって、誰もいないという証明にはならないことはわかっている。ジョン自身がそうであるように、向こうも闇に紛れて見にくくなっているだろうから。

見張りの存在に注意しながら右手に移動して、小屋の入り口が正面に見える位置に立った。扉の下のあたりに、何やら奇妙なかたまりが見える。長いこと見つめて、ようやくわかった。二人組のうちの一人に違いない。ぶざまに体を投げ出している様子からすると、扉の外で見張りをしているうちに眠りこんでしまったのではないか。

いや、これは罠《わな》かもしれない。眠りこけた見張り番に気を許して近づくのを、もう一人が木の陰で待ち伏せするという策略だとも考えられる。ジョンは空き地の周辺をもう一度、注意深く見まわした。

だが、あの二人のどちらもそんな才覚を働かせる男とは思えない。自分が監禁されたときも、このやり方だった。一人が見張りをして、もう一人はたぶんベッドで眠って楽をする。まして今度は女だから、わざわざ二人も見張りに立つ必要があるとは考えないだろう。自分たちがたるんでいたから、ジョンに逃げられたというのに。

それとも、もう一人はプリシラとともに中にいるのかもしれない。

ジョンは矢も楯《たて》もたまらずに小屋に突進した。もしもプリシラが何かされていたら……。たぶんそんなことはないと思うが、じっとしてはいられない。積もりに積もった不安がいっきょに吹き出してくる。ランプをほうり出し、扉にもたれかかった男の服に手をかけて引きずり起こした。

「な、何……？」男の目が開いた。寝ぼけまなこでジョンを見る。終わりまで言わせずに、ジョンは男の顔に一発食らわした。

男はぐらりと後ろによろめいて、驚きと苦痛の声をあげた。ジョンは男をつかまえて、さらに殴りつける。岩石のように男は地面に転がった。そのままぴくりともしない。こいつ、戦いもしないでなんてざまだ。今までの怒りを残らずぶちまけてやりたかったのに。

ジョンはきびすを返し、小屋の入り口に向かった。扉は木の棒でしっかりとかんぬきがかけられていた。ジョンはかんぬきを引きぬいて扉を開け、低い戸口から中をのぞいた。

「プリシラ？」

隅のほうに縮こまっていたかたまりがむっくり起きあがって、ジョンに飛びついてきた。反射的にジョンは一歩下がる。プリシラはかまわずジョンの首に両手をまわしてかじりついた。「ジョン！　嬉《うれ》しい！　きっと助けに来てくださると思ってたわ！」

「プリシラ」心の底から安堵《あんど》のため息がこみあげた。ジョンはプリシラを抱きよせ、柔らかい髪に顔をうずめた。しばらくのあいだ絶えずささやきかけながら、プリシラを抱擁できる喜びにひたすら浸っていた。

プリシラは顔を上げ、ジョンの頬をそっとなでて訴えた。「とっても怖かったわ。きっとあなたが、ここに連れてこられたと見当をつけて来てくださると、自分に言い聞かせていたの。でも、こんなに暗いし、もし見つからなかったらどうしようと、それはそれは心配でたまらなかったわ」

「どこだろうと、必ず捜し出すよ」ジョンはいっときもプリシラの顔から目を離さない。かがんで唇を重ねたとたんに、不安や恐れに代わって欲情が突きあげてきた。二人は時も場所も忘れて燃えあがった。

ジョンはプリシラをすっぽり包んで、一つになってしまいそうなほどきつく抱きしめた。のどの奥から獣のようなうめき声をもらす。プリシラも突然、あらがいようのないうちなる炎のとりこになっていた。極限状況にさらされていたせいか、二人ともうわべの気どりや世間的な礼儀はすべて脱ぎ捨てて、互いを求める直情だけがあらわになる感じだった。

何度も何度も口づけを交わしつつ、ジョンは両手をプリシラの背中から腰にかけて行ったり来たりさせた。舌を絡ませ、指を相手の肌に食いこませて、口をきくことも考えることもできずに我を忘れてむさぼり合った。

ジョンは片手をプリシラの胸に滑らせ、柔らかいふくらみを覆った。中心の硬くなった小さな突端が手のひらをくすぐる。思わずプリシラはあえいだ。ジョンが親指でつぼみをさすると、生きもののようにぴんと張った。下腹が火照って脚のつけねに不思議な潤いが湧《わ》き出るのを、プリシラは感じた。何が欲しいのかわからぬまま欲しくてたまらなくなって、脚と脚をぎゅっと合わせた。乳首をジョンにもてあそばれているうちに、脚の合わせ目がずきずきと脈打ちはじめる。

温かい乳房をもみながら、ジョンは唇をプリシラのうなじにはわせた。切なげな吐息とともに、プリシラは体を弓なりにのけぞらせる。すかさずジョンは、プリシラの白いのどにキスの雨を降らせた。そのあいだも手は休まず、プリシラのもう一方の胸の頂をなでていた。

ジョンはたまりかねたようにプリシラのスカートとペチコートをまくりあげ、薄い綿のストッキングごしに脚をまさぐった。その手をガーターの上の素肌まで持っていくにつれ、ジョンの息づかいは荒くなる。ふるえが彼の全身をつらぬいた。ふたたびプリシラの唇に口づけをもどし、指で腿をさすりながら舌をさしこんだ。濃厚なキスのかたわらでジョンの手はプリシラの下ばきの内側に入りこみ、熱く濡れたうずきの源を探りあてる。

プリシラは声をあげ、激しく体をけいれんさせた。その口を唇でふさいで、ジョンは優しくささやく。プリシラの緊張がほどけるまで、頬やまぶた、耳たぶにキスしつづけた。それからもう一度、唇にもどってとろけるようなキスを交わしてから、腿の合わせ目に指をはわせた。

今度はプリシラもびくりとはせず、思いもかけない歓喜の波に全身をゆだねた。驚きや恥じらいにもかかわらず、たとえようもなく快い刺激にうちふるえるのだった。これからどうなるのかわからないまま、いつまでもこうしていたいと願った。

ジョンが指の先ですべすべしたひだをかきわけると、プリシラは小刻みに体をふるわせた。ジョンの愛撫《あいぶ》が続くにつれ、ひざから力が抜け、しまいには地面に倒れてしまうのではないかと思った。この世ならぬ感覚に身もだえし、息もたえだえに、プリシラはジョンのシャツの前身ごろをつかんでいた。

そのときだった、小屋の外からうめき声が聞こえたのは。

12

プリシラとジョンはぎくりとした。またもや、うなり声が聞こえた。二人は初めて、小屋の外に見張り番がいたことを思い出した。ジョンが殴り倒した男である。

すっかり理性も警戒心も失っていたことに我ながら呆《あき》れて、ジョンはプリシラから手を離し、後ろへ下がった。情欲のおもむくままに、周囲のことなど念頭から消え去っていたとは。気絶していた見張りの男がいつ正気づいて、反撃しに来るかもしれないのに。意識がもどったときにうなり声を出してくれたのは、まさに幸運としか言いようがない。

ジョンはすぐさま外に走り出た。上気が消えやらぬ顔で、プリシラも急いで身なりの乱れをととのえる。これまでもジョンには口づけされたり抱擁されたりはしたけれど、今のような経験は生まれて初めてだった。ジョンと一つになりたいということしか考えられなくなって、身も心も揺さぶられていた。この地上に存在しているのは、ジョンと自分の二人だけ。そういう不思議な感覚だった。手足にはいまだにふるえが残り、肌はひりひり火照って、動悸《どうき》がおさまらなかった。

心もちよろよろした足どりで、プリシラはジョンのあとから小屋を出た。あたりに視線を走らせて、暗がりにジョンらしい姿を見つけた。ジョンは長身の見張り番のそばにひざをついている。プリシラが近づいていくと、男の上半身をひっぱり起こそうとしているところだった。見張り番のあごに鼻血がたれている。目の焦点が定まっていない。男は頼りないしぐさで、腕や脚を少し動かした。

ジョンは奇妙に親しげな口調で男に話しかけた。「気がついてよかったよ。きみにちょっとした話があるんでね」

見張り番の男は驚いて、言葉にならない声を出した。

「びっくりすることはないだろう。ぜひきみに話したいことがあるんだ。というよりも、きみの話を聞きたいと言ったほうがいいが」

「なんにも話すことなんかない」男は口の中でつぶやいた。

「話すことはないだと？」ジョンの声音は不気味な色合いをおびてきて、プリシラも思わず顔をのぞきこんだほどだった。「そのうち気が変わるだろうよ。プリシラ、そのドレスには飾り帯か何か紐《ひも》がついているかな？」

唐突にきかれてプリシラは目をぱちくりさせた。「あ、ええ。ついてるわ」

「よろしい。それを貸してくれないか」

「これをどうするの？」プリシラは腰に締めた飾り帯をほどき出しながら、不安げにきいた。

「我々の友人を結わくだけさ」ジョンは男をうつぶせにして、逆らう隙《すき》も与えずに両手を背中に持っていった。「ありがとう」プリシラから受けとった帯でまず男の両手を縛り、長い帯の端をひっぱって足首に巻きつけ、しっかり結んだ。男は両手と両足が背中で合わさるように縛りあげられて、なんともぶざまな格好で横たわることになった。

「おいおい！」見張り番の男は声をあげた。

「なんだい？　きついか？　それはあいにくだ。もちろんきみを小屋にほうりこんで、我我がされたように、暗闇《くらやみ》に二、三日置きっぱなしにしてやってもいいんだよ。警察を連れてくるまでね。きみはどのくらい牢屋《ろうや》にぶちこまれるだろうね？」

男に口を割らせるためにジョンはこういう話し方をしているのだろう。そこに気がつきはしたものの、ジョンの表情は今までに見たこともないほど冷ややかで、プリシラはかすかな寒気をおぼえた。「警察の人を呼んでくるのはいい考えだと思うわ。この人を小屋に入れて、警察に行きましょうよ」

「イギリス人はきちんと法を守る国民らしい。それはそれで、ぼくは尊敬している。しかし我々アメリカ人はそんなにきちょうめんじゃないんだ。未開の地では必ずしも法律があるとは限らない。だから、各人がそれぞれのやり方で裁きをする傾向がある。例えば、泥棒をしただけで縛り首にされるとか」ジョンはわざと声をひそめて続ける。「女を襲えば、もっとひどいことになる」ジョンは男の顔の近くにしゃがんで、目をじっと見すえた。「ぼくは女に乱暴を働くやつは容赦しない。それがぼくの女だったら、なおさらそうだ」ふだんだったら、〝ぼくの女〟だなんて失礼なと憤然とするだろう。けれども今はジョンの意図が気になってならず、細かいことにこだわってはいられなかった。プリシラはジョンの肩に手を置いて、そっと呼びかけた。

男の顔から目をそらさずに、ジョンはプリシラの手を優しく叩《たた》いた。「だいじょうぶ、プリシラ。きみは小屋に入っているか、小屋の陰にでもいたほうがいいかもしれない」

「どうして？」

「いやなことを見たり聞いたりせずにすむから。人がゆっくり死ぬところを見るのは愉快じゃないよ」

プリシラは呆然《ぼうぜん》とした。男は白目をむいている。「いいえ、ジョン、わたしはここにいるわ。これから何をするつもり？」プリシラは覚悟を決めて言った。

「この男――相棒がたしかウィルと呼んでいたな――ウィルにいくつかききたいことがある。例えば、相棒は何者で、二人してなぜぼくを襲ったのかとか、今回きみを拉致《らち》した理由は何かとか、ベンジャミン・オリバーとはどういう関係なのかとか。だいたいそういったことだ。しかしまずいことに、ウィルは何も話さないと言っている」

それを聞いて、プリシラはほっとした。ジョンはこの男を脅かして、しゃべらせようとしているのだ。ジョンの言葉を真に受けて、変な心配をしたわたしが鈍かっただけなのだわ。とはいえ、表向きはジョンに調子を合わせなければ、せっかくのもくろみが台なしになってしまう。

「そうなの。でも、気が変わって話すかもしれないわよ」プリシラは地面に転がっている男にうながした。「あなた、考え直さない？」

「おれはたれこみはやらねえ」ウィルの返事はさっきよりも勢いがない。

「ほら、言っただろう？　しかしもちろん、口を割らせてやるつもりだがね。インディアンから教わった方法がいくつかあるんだよ。それに耐えられるやつはなかなかいないという話だ」

心なしか、ウィルは青ざめたようだった。ジョンはかまわずに続ける。

「ま、方法はいろいろあるが、最終的にはこの男を殺すつもりだ。なんといってもきみに乱暴を働いたんだから、死んでもらうしかあるまい」

「わざわざ殺すだけの価値があるかしら」

「アメリカは、ここと流儀が違う。自分か自分の家族をやられたら、必ずやり返す。さもないと、弱虫だと思われるんだ。アメリカは非情な土地だ。たまたまぼくはインディアンと二年ほど暮らしたおかげで、すっかりたくましくなれたんだ」

「インディアンがつかまえた人にどんなことをするか、わたしも本で読んだことがあるわ。

ものすごく野蛮で残酷なの」プリシラはふるえ声を出してみせる。

これは芝居なのだとわかっているはずなのに、ジョンが背中に手をまわしてベルトから大きなナイフを取り出したときには、プリシラは思わず息をのんでしまった。「ジョン！」

「ぼくが武器も持たずにきみを捜しに来ると思ってたのかい？　使い方さえ心得てたら、拳銃《けんじゅう》よりもナイフのほうが便利なんだよ。音をたてずにすむし、ぼくがやろうとしていることには向いている」

「何をするの？」プリシラはこっそり男の顔色をうかがった。ウィルが額と鼻の下に脂汗をにじませ、ごくりと唾《つば》をのみこむのが見えた。

「どれにするかは、まだ決めていない。舌を切りとってやろうかとも思ったが、それじゃしゃべれなくなるからまずい。蟻塚《ありづか》に杭《くい》でつないでもいいが、時間がかかりすぎる。それに、必要な装置も持ってきていないし。アパッチ族が生きている人間の皮をはぐところを見たことがあるが、あれがいちばん効果的かなとも思う」

のどを絞められたような声がウィルの口からもれた。ジョンは冷淡な目つきでウィルをちらと見た。

「どうするかはわかっているんだ。頭の皮からはぐのさ。まずこのへんから始めるんだ」ジョンは、男の髪の生え際に手を当てる。「で、後ろに一気にはがす」

「ジョン！」演技ではなく、プリシラはぞっとした。

「心配するなよ。ここで見物していなくてもいいんだから。だから、向こうに行ってなさいと言ったじゃないか。きみみたいなお嬢さまには見せられない眺めだ」

「いや！　そんなことやめて！」

「仕方ないだろう」

地面に横たわる男に向かって、プリシラは興奮ぎみに訴えた。「お願い！　この人がきくことに答えて！　さもなければ、命がなくなるのよ」

シャツがぐっしょり濡《ぬ》れるほど、ウィルは汗をかいている。落ちつきなく唇を舌で湿らせ、視線をジョンが握っている大型ナイフに向けていた。

「じゃあ、そろそろ始めようか」ジョンは近よった。月光に照らされたナイフがぎらりと光る。両手足を縛られたウィルは身をくねらせてジョンから離れようとした。だがジョンはウィルの体を仰向けにして胸に足をのせ、身動きできなくさせてしまう。それからかがみこんで、ウィルのシャツにナイフの刃を当てた。そのままゆっくりナイフを引きおろすと、シャツの布が柔らかいバターのように二つに分かれる。ウィルの胸には細い線状の血がにじんでいた。

プリシラは胃がむかつくのを感じた。ウィルがぎゃっと叫んだ。

「さるぐつわをかませなきゃ。あんまり騒いでもらいたくないからな」ジョンはポケットからハンカチをひっぱり出した。

「ジョン！　それはだめ！　そんなことしちゃいけないわ！」プリシラは走りよって、ウィルのかたわらにひざまずいた。「さ、早くあの人が知りたがっていることを話してちょうだい」

「プリシラ、どいてなさい」

「ね、お願いだから、話して！　あなたの仲間はどこにいるの？　名前はなんというの？　ベンジャミン・オリバーとはどうやって知り合ったの？」

ジョンは覆いかぶさるようにして、ウィルの口をハンカチでふさごうとする。

「わかった！　わかった！」ウィルが叫んだ。「知ってることはなんでもしゃべるよ。話すから、その気が狂った男を近づけないでくれ」

「いいわ」プリシラは地面に腰を下ろした。「ではまず、ベンジャミン・オリバーから始めましょう。あの人は何者？」

「そんなことは知らねえ。メイプスとおれに仕事くれるまでは、会ったこともないだんなだ」

「だったら、あなた方はあの人の仲間じゃないということ？」

「めっそうもない。あっちはおれらのことなんぞなんとも思っちゃいねえんだ。紳士面して気どってやがって、あの女たらし。自分じゃ、なあんにもしないで〝たんまり礼金をやったのに逃げられたのか、すぐ捜し出せ〟だと。いい気なもんだよ。自分でやってみろってんだ。殴ってやったらどんな面するか、見てみてえよ」

「そうそう、ぼくも見たいものだ」ジョンがわきから口をはさんだ。「しかし、なぜオリバーはぼくをつかまえようとしたんだ？」

「知るもんか。ああいう連中はおれらみたいなのにはしゃべったりしねえ。あんたが自分できいてみりゃいい」

「ああ、そうしよう。オリバーはぼくを殺せと言ったのか？」

「いや、言わねえ。そのほうがずっと簡単なのによ。おおかた血を見るのがおっかねえんじゃないか。あんたをあの小屋に閉じこめろと言っただけさ」

「なんのために？」

ウィルは肩をすくめるしぐさをした。「だから言っただろう、なんにも説明しちゃくれねえと。ただあんたをつけて、エルバートンに着く前に頭をぶん殴れというだけだ。金を半分くれて、残りは仕事がすんだときに払うって条件だった」

「それはいつのことか？」

「さあね。あんたがおれらを見つけたあの〈ドルフィン〉って宿屋に隠れてりゃ、連絡するとか言ってた。そしたらあんたが来るちょっと前にやってきて、えらい剣幕で怒りやがった。あんたが町にいるのはどういうわけか、逃げられたのをなんで言わなかったのかってね。なんでったって、あのときまであっちが顔見せなかったんだからしょうがねえじゃねえか。どうやって知らせりゃよかったのか、ききたいもんだよ。で、残りの金が欲しけりゃ、あんたをまたつかまえてこいだとさ。おれらはもうこんな木ばっかりのとこで追っかけっこするのはまっぴらだと言ってやったんだ。町に出るとみんなじろじろ見るし、隠れるとこなんてありゃしねえ。正直言って、おれらはロンドンに帰りてえんだ。そしたらあのオリバーってやつ、逃げようたって承知しねえ。おれらがやつの金を盗んだと警察に突き出すっていうんだ。牢屋にぶちこまれたくなかったら、あんたを捜し出せとさ。そんなとこに、あんたのとこの娘さんが来たってわけだ。で、娘っ子をつかまえりゃ、あんたを取りもどせるって思った。メイプスがこの娘を覚えてて、あんたはどこにいるかきいたんだ。なのに、知らないなんてぬかした」ウィルは恨めしげにプリシラをにらんだ。「あんたは嘘《うそ》ついたな」

「ええ、まあ、そう」

「なんてこった！」ジョンは語気を荒くした。「オリバーがなぜぼくをこいつらに襲わせたのか、殺さずに監禁したのか、結局わからずじまいじゃないか」

「この人が言ったとおり、臆病《おくびょう》で人殺しまではできないのかもしれないわ」

「あんたを脅かして食い物もやらなけりゃ、ここから出ていくんじゃないかと思ったらしい」

「裸にして食べ物も与えないでおけば死ぬかもしれないと思って、わざとそうしたのかもしれないわ。自分の責任じゃないとごまかせるでしょう。いかにもミスター・オリバーらしいわ。卑劣で陰険なのよ」

「こうなったら、オリバーと対決するしかないな」ジョンは地面に転がったウィルを見おろした。「さあて、きみのことはどうしようか？」

「逃がしてくれる？」男は精いっぱい愛想笑いをしてみせる。

「逃がしてまたぼくやプリシラをつかまえるって魂胆か？　そういうわけにはいかない」

ウィルは首を横に振った。「いや、そんなことはしねえ！　ほんとだ！　こんなへんぴなとこはもうごめんだ。逃がしてくれたらすぐロンドンに帰るって」

「で、ロンドンで泥棒や追いはぎをするというわけか。いやいや、そんな虫のいいことはさせられない。プリシラが言うとおり、きみと相棒を警察に引き渡すしかないな。オリバーのことを説明すれば、刑を軽くしてくれるかもしれないよ。警察は雑魚《ざこ》よりも大物をつかまえたがるだろうから」

「オリバーのだんなのことをおれらが言っても、取りあげてくれやしねえだろう」

「しかし、プリシラとぼくが証言するよ、オリバーときみが話していたと。警察も無視できないだろう。それに、きみの話が本当だということを示す材料をミスター・オリバーからきき出すつもりだ。とにかく物事はいい面を見なくちゃ。オリバーについて話してくれたんだから、きみの頭の皮をはいだりするのはよすよ。ところで、メイプスはどこにいるんだい？」

「メイプス？」ウィルはぼんやりとくり返した。

「ああ、メイプスさ。きみの相棒だ。今どこにいる？」

「林の中だ。あんたと町でかちあったんで、この二、三日は林に隠れてた。おっかないとこさ。がさがさ変な音が聞こえるし、鳥はほーほー気味悪い声で鳴くし。ゆうべはちいとも眠れなかった」

「なるほど……確かにおっかなくないでもない。じゃ、きみの紐をほどいて、これからミスター・メイプスが野営してるところに行くとしよう」

ジョンはウィルの足首を縛った紐をほどいてから、思い直した。「待てよ、もっといい考えがある。メイプスはいつきみと交代するんだい？」

「夜中ごろ来るって約束してた。あいつがおれをだましてなけりゃ」

「そういう男なのか、メイプスは？」

ウィルはけげんそうに言った。「みんなそうじゃないか」

「きみの知ってる人間はそうかもしれない。ともかくきみには、さっきまでミス・ハミルトンが閉じこめられていたあの小屋に入ってもらうとしよう。またきみの足を縛るが、さっきより楽にしてやる。さるぐつわは使わないわけにはいかないな。相棒が来たとき、大声を出されたら困るから」

ジョンにうながされて、ウィルはおとなしく小屋まで歩いていった。ジョンは小屋の中でウィルの足首を縛り直し、さるぐつわをかませてから外に出て、扉に太いかんぬきをしっかりかけた。

周囲を注意深く見まわし、プリシラの手を取って小さな茂みの陰に連れていった。隠れるにはもってこいの場所であり、しかも、そこからなら小屋の入り口がよく見通せる。

「ここでメイプスを待ち伏せするのね？」プリシラがきいた。

「そう。ウィルに案内させても、本当にメイプスのいるところに我々を連れていくかどうかは疑問だ。仮にちゃんと行ったとしても、騒いで相棒に知らせるかもしれないだろう。それに、足の紐はほどかなくてはならないから、ぼくはウィルとメイプスの二人を相手にしなくてはならなくなる。だからこうしたんだけど、きみの父上にはさらに待たせて心配かけることになるね」

プリシラは眉をつりあげた。「わたしがいないことに、父は気がついたの？」

ジョンは申し訳なさそうに首をすくめた。「ぼくが知らせた。ごめん。しかし、いずれわかったことだろう」

「そうねえ……捜しものが見つからなかったり、ミス・Ｐに教えられたりすれば、気がついたでしょう。いいの。気にしないで。父のことはわたしがいちばんわかってるんだから。父は親切で優しいけど、困ったときにそばにいてほしいと思うような人ではないんですもの」

ジョンこそまさに、今のような困ったときにそばにいてほしいと思う人だ。それは口に出さずに、横目でこっそりジョンを見た。ジョンは小屋の前や両側の暗闇から目を離さない。が、視線に気づいて、プリシラに顔を向けた。

「さっき、あの人――ウィルに言ったことは本気だったの？」

「何？　ああ……しゃべらせようとして脅したこと？」ジョンはくっくっと笑った。「いや、違う。インディアンには会ったこともなければ、まして暮らしたことなんか一度もない。もちろん、拷問もしたことはないよ。というより、したことはないと思う。自分が経験したことも覚えていないのは奇妙なものだ。しかし、さっき言ったことは、自分の経験じゃなくて作り話だという感じがする」

プリシラはほっと安堵《あんど》のため息をもらす。

「きみは気がついていると思ってたけど。それで、調子を合わせてくれたんだよね？」

「ええ、気がついてたわ。インディアンについては、もしもああいうことをあなたが思い出したとしたら、きっとわたしに話してくださったはずだと思ったの。ただ、最初は……ちょっと判断がつかなかった。だって、あなたの話し方があまりに冷酷で厳しかったから、どんなことでもやりかねないと心配になったの」

「あのときの心境はそうだった。きみがあいつらに誘拐されるし、つまずきつまずき暗闇を何時間も歩いたあとだったし。きみが無事でいるように、ぼくの歩いている道が間違っていないようにと、そればかり考えていた。で、あの真っ暗な小屋にきみが一人きりで怖い思いをしているのがわかったときは」こみあげる激情をこらえるように、ジョンは歯を食いしばった。「ぼくは腹が立ってたまらず、何がなんでもあいつに口を割らせてやると決心した。あいつらがきみに何をしているかと思うと、居ても立ってもいられなかった」

「ジョン……」プリシラの胸に熱いものがこみあげた。

ジョンはプリシラの背中に腕をまわして引きよせ、耳元でささやいた。「きみを捜し出せなかったり、やつらに危害を加えられたりしていたら、ぼくは何をしていたかわからない。林を通りぬけながら、ずっときみのことばかり考えていた。怪我《けが》をして倒れていないか、どこかで死んでるんじゃないかってね。そんな想像をしていると、気が狂いそうだった。もしもそんなきみを発見したら、あいつを殺していたかもしれない。自分を抑えることができなかっただろう。本当によかった、無事でいてくれて」

「わたしを捜しに来てくれたおかげだわ」

「必ずぼくが来ると、わかっていただろうに」

プリシラはうなずいた。ジョンが来てくれると信じて疑わなかったけれど、夜中に小屋までたどりつけるかどうかが心配だった。プリシラはジョンによりかかった。肩と背中に触れるジョンの腕や胸板の感触がなんとも心地よい。今までどんな男性に対しても、こんな気持になったことはなかった。ジョンと一緒にいると、心の底から満ち足りた感じになる。ジョンがそばにいないと、心がうつろになる。ジョンがエバーミア・コテージにやってきて以来、自分自身の感情に逆らいつづけてきた。どうしてそうなのか、なぜこの人だけにこういう気持を抱くのか、自分でも定かではない。身のまわりの誰とも違って、ジョンがどんな人なのかはまるで知らないに等しい。であっても、最も大切な意味では、自分にとってジョンがどういう人なのかわかっている。

ジョンは、わたしが愛している人。

そこに思いが行きついたとき、プリシラはびっくりした。え？　ジョンを愛してる？　まさか――信じられない。知り合ったばかりだし、顔を見れば口論ばかりしている。こんなにあっという間に人に恋するようになるなんて、考えられない。それに、ジョンに対する気持は愛とはいっても、性愛なのではないか？

そうやって頭で否定しながらも、心の奥ではそれは理屈にすぎないとわかっていた。ジョンや家族、それより何より自分自身に隠してきた本心だが、いつまでも表に出ないはずはない。わたしはジョン・ウルフを愛している。みんなには赤の他人も同然のジョンを、といぶかしく思われるかもしれない。それでもかまわない。いつの間にか、わたしの心がジョンのとりこになっていたからだ。

ジョンが部屋に入ってきただけで心が躍るのも、必ず助けに来てくれると全面的に信じられるのも、ジョンの身を案じるのも、ジョンがほほえむのを心待ちにするのも、抱擁に我を忘れるのも、みんなみんなその印なのだ。これだけは否定できないし、したくもない。

もちろん、このことを自分からジョンに打ち明けるつもりはなかった。あまりにも急だし、二人の関係はそんなに安定してはいない。愛の告白をしたところで、同じように愛しているという言葉が返ってくるとは限らず、逃げ出されてしまうかもしれないのだ。

「何を考えているの？」

「え？」もの思いにふけっていたプリシラは驚いてジョンを見あげた。「なんで？」

「一人ほほえんでいたから。人知れず微笑して、どんないたずらを企《たくら》んでいるのかなと思った」

プリシラの微笑は満面に広がった。「いたずらなんか企んでないわ。でも、秘密。いつかお話しするわね」

「そう言われると、ますます聞きたくなるなあ」

「メイプスはいつ来るかしら？」プリシラは話題を変えた。

話をそらしたのはわかっているよ、というようにジョンは片方の眉をつりあげはしたものの、プリシラに調子を合わせた。「ウィルは夜中ごろだと言ってたが、何時なのかはわからない。本当にメイプスが来るのかどうかも疑問だね」

不意にプリシラがジョンの腕を強く握った。「見て！」

プリシラが指で示した方向を見ても、初めは何も見えなかった。だが間もなく、林の中を光がちらちら見え隠れするのに気がついた。目をこらしていると、しだいにはっきりしてきて、上下に動く明かりであることがわかった。ジョンはプリシラから腕を離して低く身をかがめ、いつでも走り出せる体勢になった。

ひょいひょい動く明かりは空き地に入ってきた。すぐにずんぐりしたウィルの相棒の姿が目にとまる。用心深くあたりに注意を払うでもなく、ランプを手にメイプスは何やら陽気な節を口笛で吹きながら歩いてきた。

「暗闇で口笛とは」ジョンはつぶやく。「度胸が座ってるからか、それともおびえてるからなのか?」

都会から来たウィルは林をいやがっていた。メイプスも恐ろしさを紛らすために口笛を吹いているに違いない、とプリシラは思った。

「ウィル?」メイプスは小屋の入り口に向かって歩きながら声をかけた。手提げランプをかかげて照らしても、扉の前には誰もいない。「ウィル? どこにいるんだ?」

ジョンとプリシラに背を向けて、メイプスは扉に近づいた。稲妻のような速さでジョンは藪《やぶ》の陰から飛び出し、男に向かって突進した。気配に気づいたメイプスはぱっと振り向いた。驚愕《きょうがく》の表情で一瞬立ちすくむ。こぶしを突き出す暇もなく、ジョンが襲いかかっていた。

あっという間に勝負はついた。メイプスは筋肉質のがっしりした体躯《たいく》を生かして牛のような頭突きで相手を倒すのが得意で、その場合は背の低さは決して不利ではない。けれどもあいにく、ジョンは格闘の達人と言ってもいいような正確な技の持ち主だった。メイプスの真正面で立ちどまり、長い腕を突き出して目に一撃を食らわした。メイプスは頭をのけぞらせてよろめいた。すかさずジョンが、メイプスのみぞおちとあごを強打する。メイプスは目をまわして、ぐにゃりと地面に倒れた。

「一丁上がり」ジョンは後ろにいたプリシラに言った。「余分のランプは重宝するだろう」

ランプを取りあげてプリシラに渡し、扉のかんぬきを引きぬく。ウィルが紐をほどいているかもしれないので、用心深く扉を開けた。ウィルはまだ縛られたまま床に転がっている。さるぐつわもはめていた。

ぐったりしたメイプスを、ジョンは小屋にひっぱりこもうとした。プリシラがランプを置き、男の足を持つ。二人で重い体を小屋に入れ、ウィルのわきに置いた。急いで外からかんぬきをしっかりかけた。

「これでよしと。我々がもどってくるまで、ああやっておけばいい」ジョンはプリシラに手をさし出した。「さあ、行こう」

プリシラはちらと小屋に目をやる。「あのう――縛ったままでいいの？　血の流れが悪くなるんじゃないかしら？」

「なんと、お嬢さまは敵の健康状態を心配なさっている」ジョンはおかしそうに首を振った。「ああいう連中を相手にするんだったら、もっと冷酷にならなきゃだめだよ」

プリシラは顔をしかめた。「あの二人をここに連れてきたのは、わたしではないわ」

「うむ……まいったな。とにかく、心配することはないよ。メイプスは縛ってないから、そのうち目を覚まして相棒の紐をほどけばいい。それからゆっくり頭を冷やして、ベンジャミン・オリバーみたいなえせ紳士とつき合うとろくなことにならないと骨身にしみればいいんだ。警官を連れてくるころには、オリバーの悪事を何もかも思い出すだろう」

ジョンはプリシラが地面に置いたランプを取りあげ、自分が持ってきたほうに火をつけた。二人は元来た道を家に向かって歩き出した。進むにつれ、二人の足どりは遅くなる。ジョンはプリシラを支えるようにして歩いた。プリシラはジョンにもたれかかって、ため息をついた。

「疲れた?」

「ええ……この道でだいじょうぶなの?」

「うん、だいじょうぶ。あそこに小さな空き地があるだろう? 見える?」ジョンはランプを高くかかげて、苔《こけ》むした大きな倒木がある空き地を照らした。

「ああ、あそこ。最初に小屋を捜しに来たとき通ったわね」

ジョンはプリシラを大きな丸太のそばに連れていった。「ここに腰を下ろして、少し休もう」

疲れが出てきたプリシラは地面に座って、ぐったりと丸太によりかかった。途方もなく長い一日だった。

「そもそもアンのお宅にうかがったりしなければよかったんだわ。あの二人組がこのへんにいるなんて、思いもしなかったの。ただ、あなたに腹が立ってたまらなかったものだから……」

「わかってる。うちに帰ってみると、きみがいない。かっとなったよ。で、いくら待ってももどってこないので……」ジョンは苦痛の表情を浮かべた。「もう二度とこんなことはしないと約束してほしい。わかったかい?」

「もうしないわ。わたしを楽しみの仲間はずれにしない限り」

「楽しみだって? とんでもない。疲れるばかりで、なんの役にも立たなかった。それに、きみがいなければ楽しくもなんともない」

「ほーら、やっぱりそうでしょう?」

「一人で行ったのは、きみを危険に巻きこみたくなかったからだ。ウィルやメイプスとぶつかったときに、きみがいれば怪我する恐れもある。それだけはどうしても避けたかった」

「でも、わたしをのけものにしたおかげで、こんなすばらしい目に遭ったのよね」プリシラは皮肉たっぷりに言った。

「それは、きみが猛烈に頑固で、ぼくに仕返ししたい一心で一人で出かけたからじゃないか」

「アンに会いたかったからよ」

「そんなに緊急の用事があったわけでもないのに。ぼくがエスコートできるまで待っていたってよかっただろう」

「エスコートですって？　あなたのエスコートなしには、わたしはどこにも行けないと思っているの？　あなたの時間があくまで、わたしは手持ち無沙汰《ぶさた》で待っているべきだとでも？」

「いや、あの男たちがうろうろしていたから、そう言ったんだ。二人をつかまえてしまった今なら、どうぞなんなりとお好きなように」

「まったく男の人たちっていうのは！」プリシラは憤然としてみせたと思うと、子どもみたいな長いあくびをした。

ジョンはくすくす笑った。「さ、これに」言いながら自分の上着を脱いで小さくたたみ、枕《まくら》代わりに地面に置いた。「横になって寝たほうがいい。もうくたくたでしょう」

「でも、遅いから父が心配するわ」

「きみの父上もたまには、ほんの二、三時間、我々の住む俗界に下りてきても悪くないと思うよ。そんなにくたびれているんだから、ちょっと休まないと、家にたどりつくこともできないだろう」ジョンは自分のかたわらの地面をぽんと叩いた。「少ししたら、起こしてあげるから」

「わかったわ」ジョンの言うことはもっともだ。あと一歩も進めないほど、プリシラは疲れきっていた。ジョンと活発な舌戦をやっても、いつものようには元気が出なかった。言われるままに地面に横になり、目を閉じたとたんに、眠りに落ちていた。

ジョンはプリシラの寝顔に目を当て、彼女の頬にかかった髪の毛をかきあげた。プリシラが身動きして、背中がジョンの脚にぴったりつくまですりよってくる。接しているところが柔らかい感触で温かい。

ついあらぬ方向に考えがいくのを、ジョンは戒めた。あんな辛《つら》い目に遭ったプリシラを前に、こんなことを考えるとは。それでも小屋での熱烈な抱擁を思い起こすと、ほかに気をそらすのは難しかった。

ジョンは落ちつきなく姿勢を変えた。毎晩かたわらにプリシラがいたら、どんな気持だろう。朝になって目覚めると、プリシラがそばにいる。まさに天国にいるような心境ではないか。プリシラが欲しい。これまでもそうだったように、いつまでもプリシラと一緒にいたい。プリシラの姿を目にするたびに、欲情にさいなまれる。けれども、それがいっとき満たされさえすればいいというのではなくて、プリシラに対する渇望はくり返しくり返し湧《わ》き出てつきることがないようだ。

そこまで考えて、ジョンははっとした。自分が望んでいるのは、結婚のことではないか？　結婚以外に何が一生続くだろう？　我ながら驚いた。プリシラに出会ってから、まだいくらもたっていない。にもかかわらず、プリシラと夫婦になると思っただけで幸せな気分になるのだ。しかし、もう少し時間をかけて互いの気持を確かめなくては。自分は結婚したいと思っていても、プリシラが同じ考えだと思いこむわけにはいかない。なんといったってプリシラは良家のお嬢さんで、こういう生活に慣れていないのでは……。〝こういう生活〟とはどんな生活だろう？

だいいち、どういう結婚生活ができるのかも見当がつかない。自分が貧乏なのか、悪徳貴族なのかもわからない。家があるのか、あったとしてもどこにあるのか、知りようがない。家族がいるのかどうか。どんな人生を送ってきたのか。名前すらわからないのだ！いくらなんでも、プリシラをミセス・ジョン・ウルフにするわけにはいかない。もっと悪いことには、すでに妻か許嫁《いいなずけ》がいて、急にいなくなった自分を心配しながら待っているかもしれないのだ。

いや、できない。自分が何者であるかを解明するまでは、プリシラとの結婚は考えてはいけない。過去を持たない自分のような男が、プリシラと未来をともにするわけにはいかない。

眉間《みけん》にしわをよせて腕組みをし、丸太によりかかってひたすらプリシラのことばかり考えていた。暗い記憶の奥底に何か手応《てごた》えのあるものはないだろうか。やがてジョンは、ゆっくりとまぶたを閉じた。呼吸が深くなり、いつしか眠りの世界に入っていった。

13

プリシラは目を開けて、まばたきした。あたりは一面真っ暗で、頭上はるか高いところだけがかすかに明るい。横向きになっていて、何か重いものが腕と胸にかぶさり、背中全体が温かくてなんとも心地よかった。長くて悲しげな音が聞こえる。この音で目を覚ましたんだわ。ふくろうよ、きっと。プリシラは目をつむって、背後の温かいものに身をよせた。

ふくろう？　もう一度、プリシラは目を開けた。もうろうとした頭がしだいにはっきりしてくる。ここはどこかしら？　何かはわからないが、固いものの上に横たわっていた。寝返りをうとうとしたけれど、重くて動けない。

体を動かしたときに、耳元で声がした。同時に、後ろの温かいものも動いた。それで、ようやく思い出した。林の中でジョンと一緒に眠りこんでしまったのだ。頭の向きを変えると、髪がジョンの顔をかすめる。その拍子にジョンの目が開いて、まっすぐ目が合った。ぼんやりしたまなざしながら、ジョンはにこっとほほえんだ。その手が伸びてきて、プリシラの胸と腹部をまさぐる。ジョンの体が火照るのが伝わってきた。たちまちプリシラの肌も熱くうずき出す。十分に目覚めていないまま、早くも全身が感覚のとりこになっていた。

「美しい」かすれ声でささやきつつ、ジョンはプリシラの耳たぶの下に鼻を押しつけ、軽くかんだり唇を行ったり来たりさせる。「プリシラ……」

ジョンは手探りでドレスのボタンをはずそうとした。急いでプリシラも下からボタンをはずしはじめ、二人の手は真ん中あたりでぶつかった。ドレスの布地の内側にジョンは手をさし入れ、柔らかい綿のシュミーズごしに胸からみぞおちにかけてなでさする。襟元のリボンをひっぱると、シュミーズを締めつけていた紐《ひも》は上から下までゆるくなった。ジョンはさらに手を滑りこませて、丸い胸のふくらみを探りあてる。プリシラがあえいだ。こんなことをしてはいけない。頭の隅でそう思いながらも、なぜいけないのか答えがなかなか出てこない。

こういう成り行きでなかったら、もしも自分がたまたま目を覚ましたときにプリシラが腕にいて応じてくれなかったら、途中でやめようと努力していたかもしれない。実際、ついさっき寝入ってしまう前に、記憶を取りもどすまではプリシラに手を触れるどころか、そう考えることすら自らに禁じようと決心したばかりではないか。それなのに、眠りから覚めやらぬ状態で、プリシラの唇がすぐそこにあり、肌が接触していては、もはや自制の力を働かせることは不可能だった。燃えあがった情炎に、ただ任せるしかなかった。

ジョンはシュミーズをずりおろして、胸の白い柔肌をあらわにした。冷気にさらされて、二つのふくらみはかすかにうちふるえ、濃い桃色の乳首がぴくんと身を起こした。それを目にしただけで欲情がジョンの全身をつらぬいた。うめき声をあげながら、ジョンは手を片方の乳房にかぶせる。柔らかく重みのある隆起が手のひらを満たした。その中心を親指でさすると、すぐさま反応が返ってくる。もう一方に手を移してそっとたなごころで転がしたり、また元にもどしたりして優しくもてあそぶうちに、両方の乳首ともぴんと硬くなった。

目を上げて、プリシラの表情をうかがう。プリシラは暗がりでもわかるほど顔を赤らめて目を閉じ、唇をかすかに開いて息づかいを荒らげていた。官能のとりこになっているさまが一目で見てとれ、ジョンはいっそうそそられた。顔を伏せ、乳首に唇をつける。プリシラはぴくんと動いて、吐息をもらした。かすかな笑みを浮かべ、ジョンはもう一方に口づけして反応を確かめる。プリシラは舌をのぞかせて唇をなめた。呼吸が速くなっている。

ふたたびジョンは乳首に口をもどして上下の唇ではさみ、こすり合わせてから、舌の先で濡《ぬ》らした。プリシラがはっと息を吸いこむ音が聞こえ、腕の中の体がしなう。ジョンは乳首のまわりをたどり、先端をなめた。

ジョンの唇と舌による愛撫《あいぶ》が進むにつれ、もだえるような喜びの感覚は狂おしいまでに激しさを増していく。全身の緊張が高まり、プリシラは皮膚に爪が食いこみそうなほど手を握りしめ、かかとを地面に突きたてた。ジョンが乳首をくわえて吸いついたときには思わず、むせたような叫び声をもらしてしまった。まるで乳首と体の中心がじかに紐でつながっていて、ジョンの舌の動きにつれてその紐が生きもののようにはねまわっては下腹の炎を燃えあがらせるようだった。

両手をジョンの頭にさしのべ、歓喜の波が押しよせるたびに髪の束を握りしめる。ジョンが唇をもう一方の乳房に移したときには、プリシラはほとんどむせび泣いていた。両脚のあいだがどくどくと脈打っていてじっとしていられず、腿をぎゅっと閉じ合わせる。両手をジョンの首から肩へと滑りおろして、自分でも何が欲しいのかわからぬまま切なげに求めていた。彼のシャツの襟元に手を入れて、熱く湿った肌に触れる。ああ、わたしが欲しいのはこれなんだわ。弾力性のあるジョンの体を心ゆくまで探り、燃えあがらせ、そして自分のものにしたい。

プリシラの口から言葉にならないじれったそうな音がもれた。ジョンは上体を起こし、ボタンをはずす手間もはぶいてシャツを脱ぎ捨てた。それからしばらくのあいだそのままの姿勢で、食い入るようにプリシラを見つめる。曲線を描いて盛りあがる胸や色合いを増した乳首に視線をはわせているうちに、欲望はますますつのった。脚のつけねに息づく熱く火照った乳首に夜の冷たい空気が当たって心地よい刺激だった。

い湿りけもたまらない刺激で、欲求の充足を切望する気持が強くなっていく。プリシラはみだらにも、スカートをまくりあげて脚を広げ、ジョンの視線と手に触れてもらいたくてたまらなかった。そんなことを思っている自分に赤面する。気恥ずかしさのかたわらで、ジョンの胸にすがる両手の動きを抑えることができなかった。肌の熱さが手のひらを焼く。手を移動させて骨格や筋肉のありかをたどり、男の固い乳首と縮れた胸毛に止まった。皮膚はますます火照り、上唇に汗がにじみ出る。ジョンは目を閉じて、低くうめいた。

焦りのあまりぎごちなくなった手つきで、ジョンはプリシラの肩からドレスの袖《そで》を無理やり引きおろそうとした。それに気づいたプリシラはすばやく身をよじってドレスの腰から上の部分を脱ぎ、後ろの地面に置いた。続いてわきに手をまわし、スカートのホックをはずした。見あげると、ジョンの視線が揺れる胸の動きを追っている。プリシラはさっき脱いだドレスの上に仰向けに寝て、スカートとペチコートを腰までずりおろした。

さっそくジョンも両手をスカートの上部のへりにかけ、ペチコートや下ばきも含めたいっさいを一気にひざまで下ろした。それらをプリシラが足からはずす間も惜しそうに、ジョンは早くもひざまずいて一糸まとわぬその姿に見とれている。盛りあがった胸から平らな腹部、突き出た骨盤、腿、そして脚のつけねの柔らかな茂みへと視線が滑った。

「なんという美しい人。永遠に見ていたいくらいだ」かすれた声でジョンがささやいた。

熱いまなざしにさらされたまま、プリシラはじっと横たわっていた。ジョンは手を伸ばして胸から腹へと、視線がたどったあとをじかに触れていく。極度に敏感になっているプリシラの肌は、表面をかすめるジョンの手のきめまで感じとっていた。その手が腿の合わせ目の茂みに行きついたとき、プリシラはびくっと体をふるわせた。ジョンはいったん手を止め、それから人さし指で片方の脚を上から下へとなでおろした。次にその指をもう一方の脚へと移動する。静かに指先を両脚の内側にはわせて、しだいにあいだを開けていった。

プリシラは体をよじり、「もっとして」と声に出さずにささやいた。こんなにも熱く身を焦がしているものの中心にさわって。そう願いながらも、自分が空恐ろしくなった。ジョンの指が進んだり退いたりするにつれ、塞《せ》きとめられている炎をときはなちたくなり、自分から腰をぐいと突きあげて無意識に暗黙の誘いをかけていた。

それをきっかけにジョンは指を腿のあいだに滑りこませ、茂みをかきわけて、熱く滑らかなひだを探りあてた。プリシラは全身をふるわせ、もれ出す声をかみ殺した。こんな感覚は生まれて初めて。ジョンの指はひだの内部をゆっくり行ったり来たりしはじめ、こりこりした小さなかたまりをかすめる。我慢できずにプリシラは身もだえして声をあげ、地面に生えた苔《こけ》に両のこぶしを押しつけた。いつしか脚を大きく広げて、ジョンを奥へいざなっていた。

それを受けてジョンは息をのんだ。プリシラのためには性急であってはいけないと必死で抑えてきたので、今や目がくらむほどの欲望にさいなまれていた。にもかかわらず自制の力を振りしぼって、穏やかな愛撫を続けようと努める。ジョンは衣服の残りをはぎとって横になり、指の動きに合わせて口づけをくり返した。二重の喜びにプリシラはぶるっとふるえた。ジョンは舌を絡ませると同時に、そっと指を奥深くさしこんだ。プリシラは体を硬くする。けれども、キスとともに時間をかけて指を出し入れするうちに、プリシラの一瞬の緊張もほぐれていった。

何度も何度も口づけしつつ、ジョンは熱くなった部分をしだいに広げていき、ついには指を二本も入れてしまった。キスは唇を離れてのどから胸へと下がっていき、乳首にたどりついた。指も片時も動きをやめず、規則的に強くなったり弱くなったりした。親指の腹が敏感な熱いかたまりを捕らえてなでさすると、プリシラは泣きべそをかくような声を出した。もはや自分の力ではどうしようもなくなったような感じなのに、それが不安ではなく、むしろ嬉《うれ》しかった。嬉しさのあまり、この身がはじけてしまうのではないかと思った。

そこでジョンはプリシラの腰を持ちあげ、脚のあいだに分け入って入り口を探った。経験したことのない感触にプリシラは驚きはしたものの、この先どうなるのかと思うとわくわくする。ジョンはゆっくり中に入り、内部を押し広げ、少しずつ満たしていった。プリシラはその背中に腕をまわしてしがみついた。ジョンは、プリシラをおびえさせたり痛い思いをさせたりしてはいけないという一心で懸命にこらえていた。

プリシラが束《つか》の間《ま》鋭い痛みをおぼえた次の瞬間には、ジョンは奥深くしっかりとおさまっていた。生まれて初めての嵐《あらし》のような感覚を満喫したくて、プリシラは両脚をしっかりとジョンに巻きつけた。ジョンはプリシラの内部で深く浅く反復運動を始めた。息をはずませながら、プリシラもその動きに合わせる。悲鳴をあげそうになるほど、全身の神経が下腹の熱い渇望のかたまりに集中した。

やがてそれがどんどん大きくなって体の隅々まで到達したとき、かたまりはついに爆発した。プリシラは総身をふるわせて小さく叫び、喜びに我を忘れた。かすれたうめき声とともにジョンも頂をきわめ、激しい奔流をプリシラに注ぎこんだ。

汗まみれでぐったり倒れかかるジョンの下で、プリシラは歓喜の果てからゆるゆると地上に舞いおりてきた。ジョンはプリシラを抱きかかえたまま、首筋にキスをして体をずらし、横向きになった。プリシラはジョンにより添っただけで、あまりの幸せに口をきくこともできなかった。ほどなく、二人はふたたび眠りに落ちていった。

次に目を覚ましたときは、頭上に繊細な模様を形づくっている木の枝を透かして、夜明けの淡い光がさしこんでいた。ジョンの胸は深い満足感でいっぱいで、それ以外のことは何も考えられなかった。ただしそれはいっときのことで、すぐに昨夜自分が何をしたか、はっきり思い出した。がばとはね起きた勢いで、プリシラも目を開けた。

「どうしたの？」プリシラは寝ぼけまなこをぱちぱちさせて、ジョンを見あげた。いまだに半ば眠っているのか、頭がぼんやりしていた。それでもなぜか言いようのない幸福な気分に満たされ、今朝は世界がいちだんと光り輝いているように見える。

「大変なことをしてしまった」ジョンは愕然《がくぜん》とした面もちで、プリシラを見おろした。

「何が……？」ジョンの顔色を見て、プリシラもひじをついて起きあがろうとする。そうしながら、自分が裸で寝ていたことに気づいた。やっと完全に覚めた頭に、昨夜の記憶がどっとよみがえってきた。まあ、わたしとしたことが！　どうかしてたんじゃないかしら？

ジョンの視線がプリシラのあらわな胸にとまる。時をわきまえず、欲情がむくむくと頭をもたげた。ジョンは舌打ちする思いでペチコートをたぐりよせ、それでプリシラの裸身をくるみ、自分の視線から隠した。プリシラは感謝した。何も身につけずに男性のそばに座っているのは、なんとも奇妙な感じだった。とはいえ……昨夜はどんなにすばらしかったか、思い起こさずにはいられない。かつて想像もできなかった至福の体験だった。人々には非難されるだろう。けれども、自分から後悔する気にはどうしてもなれなかった。これから何があろうが、昨夜のことはいつまでも忘れない。

「悪かった。ぼくは決してそんなつもりは……」ジョンは口ごもって言い直した。「つまり、その、もっと自分を抑えられると思っていた。眠りかけたのがいけなかった。目を覚ましたら、きみがすぐそばにいてあまりにもすてきだったものだから、つい……」

プリシラの表情はこわばった。「ああいうことになったのを悔やんでるの？」

「いや、悔やんでなんかいない。あんなにすばらしい経験は生まれて初めてだ」

「本当？」表情豊かなプリシラの顔に輝きがもどった。「わたしにとっては、そうだったの。でも、あなたがそんなふうに感じるとは思わなかったものだから」

口を開くのももどかしそうに、ジョンはプリシラを抱きよせて髪に顔をうずめていた。

「すごかったんだ……きみの美しさといったら、言葉にできないくらいだった」

「そう、よかったわ」疑いが氷解したプリシラは安堵《あんど》のため息を小さくもらして、ジョンに身をよせた。わたしはジョンを愛している。その愛を完璧《かんぺき》な形にしたのが昨夜のまじわりだった。ジョンはわたしへの愛情をまだ自覚していないかもしれないけれど、少なくとも、昨夜はすばらしかったとはっきり言ってくれた。

またしてもジョンは、めらめらと欲情が燃えあがるのを感じた。すでに硬くなった体の一部がプリシラを求めている。

「プリシラ……」ジョンは両手をプリシラの髪に移した。ピンが取れ奔放に波うつ髪の束に指を巻きつけてささやく。「きみは、なんとも言いようのないくらいすてきな人だ……ああ、またゆうべと同じことをしてしまいたくなった」

プリシラはまじりけのないほほえみを返す。「だったら、そうすればいいのに」

その返事を聞いただけで、ジョンの動悸《どうき》は速くなり、口が渇いてきた。もう一度、この場に横たわってプリシラを抱きたい。昨夜のプリシラの熱烈な反応が脳裏に浮かび、初めての痛みもない今はどんな応《こた》え方をするだろうかと思う。

けれどもジョンは意を決して立ちあがった。「そうしてはいけない理由は、きみもわかっているだろうに。どんな素性の男かもわからないぼくとこういう仲になることが間違っていたんだ。ぼくには妻と七人の子どもがいるかもしれない。だとすると、きみは家名の庇護《ひご》も受けられなくなる。いや、ぼくがやくざ者だったとすれば、ぼくの名前は庇護どころか恥辱でしかないわけだ」

「わたしが求めているのは、あなたの名前じゃないわ」プリシラが求めているのはジョンの心だった。けれど今のところは、愛のまじわりで十分だった。

「名前だけの問題じゃない。気になるのはぼくはいったいどこの誰かということだ。なぜベンジャミン・オリバーがぼくを知っているのか、どうしてぼくを排除しようとしたのか、思い煩わずにはいられない。もしもぼくが詐欺師か泥棒だったら、どうしようと――」

「思い煩うことなんか何もないのに」ジョンが結婚しているとは、プリシラには信じられなかった。愛する妻や子どもを人はそう簡単に忘れられるものだろうか？　それに、ジョンは結婚指輪もしていない。ウィルとメイプスの二人組が指輪を奪った可能性もあるが、そうだとしても、日焼けした指に指輪の白い跡は残っているはずだ。悪党だったかもしれないという悩みにいたっては、プリシラとしては一笑に付したかった。ジョンがよい人間であることは、プリシラにはわかる。アメリカ人で家系もはっきりしていないという点に、ほかの人々ならしりごみするかもしれない。だが、そんなことはどうでもよかった。大切なのは、先祖が一〇六六年のノルマン人によるイングランド征服までさかのぼるか否かではなく、どういう人間であるかなのだ。プリシラの生まれた家はたまたま家柄がよいとはいっても、だから何がどう違うというものでもない。要するに、つまらない自己満足にすぎないというのがプリシラの考えだ。

ジョンは話の方向を変えた。「きみの父上とミス・ペニーベイカーがさぞ心配していることだろう」

これにはプリシラも目をぱっちり開けて、手を口に持っていった。「あっ、そうだった！　本当に、こうしてはいられないわ」

昨夜眠りこんだのがいけなかったと自分を責めながら、そそくさとプリシラは衣類を身につけた。情念にかられて父や元家庭教師をすっかり忘れてしまうとは、なんという自分勝手で軽率な行動だったのだろう。

プリシラは服を着て衣類についた葉っぱや泥をできるだけ払いおとし、ブラシ代わりに指で髪をすいた。こんなひどい姿は人には見せられない。でも、家族以外にはたぶん目撃されずにすむだろう。今の自分を見れば、何をしていたのだろうと人は疑うのではないか。

いや、疑うだけではなく、実際にしていたことをずばりと当てられてしまうのではないか。とにかく、エルバートンの村中にその種の噂《うわさ》が広がるのだけは避けたかった。

「わたしの格好、だいじょうぶ?」スカートをととのえて、プリシラは案じ顔できいた。

「きれい、すばらしい、すてきだ」ジョンはかがんで、プリシラの額にキスをした。

「ううん、どういう意味かわかってるでしょう」

「ああ、わかってるよ。だいじょうぶだ。森の中で一夜を明かさなくてはならなかったようには見えるけれど、かといって、誘拐されたにしてはあまりやつれてもいなくて、元気そうだ。どう、これなら?」

「ええ、まあ、いいわ」

二人は、昨夜ジョンが来た道を逆もどりしてプリシラの家に向かった。日光のもとで帰路をたどるのははるかに簡単で、どこで曲がればむだなまわり道にならないかもすぐわかった。いくらもしないうちに、エバーミア・コテージが前方に見えてきた。二人の足どりは速くなる。裏庭に着くやいなや、台所の扉がぱっと開き、ミセス・スミッソンが腕を広げて飛び出してきた。

「プリシラ! お嬢さま!」すすりあげながら、家政婦は肩ごしに叫んだ。「ミス・P! だんなさま! お嬢さまですよ! ご無事でもどっていらっしゃいましたよ!」

プリシラは、いかにもお母さんといった感じのミセス・スミッソンの腕に飛びこんだ。

家政婦は泣き泣きプリシラの背中を叩《たた》いたり肩を揺すったりしながら、どんなに心配したかとかきくどいて、その厚い胸で包みこむようにしっかりと抱きしめた。

裏口からフローリアンが走り出てきた。白髪は四方八方を向いていて、上着なしのシャツの片袖はまくれあがり、もう一方の袖はカフスボタンで留まったままだった。チョッキの前が開いて、ぱたぱたしている。フローリアンのこういうなりは日常茶飯事だが、額にただよう憂色や目に光る安堵の涙はめったにお目にかかれないものだった。

「プリシラ！」フローリアンは駆けよるなり、ミセス・スミッソンの腕から娘を引き離した。これもまた、稀《まれ》に見る早業だった。プリシラを見て何か話し出そうとはしたものの、ふたたび名前を口にしただけでただぎゅっと抱きかかえた。

「まあ、まあ！　なんと言ってよいやら！」ミス・ペニーベイカーがあたふたと庭を横切ってきた。その後ろから、ホワイティング牧師、ハイタワー医師、将軍、そしてアレックがついてくる。

やれやれ、ジョンは内心つぶやいた。これじゃ、プリシラの拉致《らち》事件を村に伏せておくも何もあったものじゃない。

「プリシラ！」牧師は白髪頭を振り振り、杖《つえ》にすがってよたよたと近づいてきた。

将軍と医師が難なく牧師を追い越して、フローリアンとプリシラから少し離れたところで立ちどまった。わきへどいた家政婦は喜色満面で主人父娘《おやこ》を見つめ、ミス・ペニーベイカーはただもうまわりをぐるぐるまわってはプリシラの髪や背中、腕にさわっている。「まあ、まあ！　なんて言ったらいいか！」同じ文句ばかりくり返しているうちに、やっと別の言葉が出てきた。「怖くて心配で、ああ、プリシラ、よかったこと！　まさに奇跡ですよ！　こういうことを奇跡と言うんじゃありませんか、牧師さま？」

「そう、まあいわば……」笑って応じた牧師の返事も聞かずに、ミス・ペニーベイカーはさっさと自分の言いたいことばかり続ける。

「一晩中、待ってたのよ。みんなであなたのことをそれはそれは心配して、わたしたちみんなでですよ」ミス・ペニーベイカーは手をひらひらさせて、一同をさし示す。「本当によかったわ、あなたが元気で無事に帰ってこられて——ねえ、プリシラ、あなた、だいじょうぶなんでしょうね？」

ミス・ペニーベイカーはそわそわした動きを止め、ハンカチを握りしめてかたずをのむようにプリシラを見つめる。

「ええ、だいじょうぶ、元気よ」プリシラは父をぐっと抱擁してから後ろへ下がり、ミス・ペニーベイカーのほうを向いた。「何ごともなく帰ってこられたんですもの。あ、いえ、何もなかったとは言えないけれど、このとおり怪我《けが》もしていないでしょう。ミス・P、本当にもう心配しないで」

これを聞くなり、元家庭教師はわっと泣き出した。プリシラは急いでそばに行ってミス・ペニーベイカーを抱きよせ、背中をさすりながら慰めた。

「さ、もう泣かないで。わたしはだいじょうぶだから安心して。ほら、こうしてぴんぴんしてもどって……」プリシラは話の途中で初めて、ほかの男性連がいるのに気がついた。「アレック！　どうしたの？　ホワイティング牧師さまも、ハイタワー先生も、将軍も。わたし……びっくりしました、皆さんがお集まりとは……」

「きみの命が危ないというときに、我々が安閑と家にいられると思うかね」牧師はプリシラを優しくたしなめた。「ゆうべフローリアンがわたしの家まで知らせに来てくれたんで、すぐ一緒にここに来たんじゃよ。そんな難儀なときに、フローリアンを一人にしておくことなどできやしない」

アレックが割って入り、プリシラに説明した。「お父上が来られたとき、たまたまぼくも牧師館にいたんだ。母に頼まれてチャリティ・バザー用の品物をいくつか運ぶために軽馬車に乗ってきていたんで、お二人をここへ送ってきたというわけなんだよ」

ハイタワー医師も真剣な面もちで言った。「場合によってはわたしが必要になると思われたので待っていたんだが、見たところどこも異状がなさそうだから……」

「ええ、どこもなんともありません。傷つけられはしなかったんです。マントをかぶせられたあとで、しばらく気を失ってはいたけれど。肩にかつがれて運ばれたものだから、呼吸は苦しくなるし、がたがた揺れるしで……」いつの間にかべらべらしゃべっている自分に気づいて、プリシラは一息入れた。「本当にもうだいじょうぶです。ご心配かけて申し訳ありませんでした。でも、もう終わったことですし、小屋に閉じこめられたこと以外にはそんなにひどい扱いも受けませんでしたもの」

「えっ、小屋に閉じこめられたですって!」ミス・ペニーベイカーが心臓に手を当てて、今にも気絶しそうになった。それを見ていちはやく将軍が歩みより、ミス・ペニーベイカーのひじをしっかり支えた。

「ミス・ペニーベイカー、しっかりなさい」将軍は武骨な口調で励ました。「無事だったんだから、もう気にしなさるな」

ミス・ペニーベイカーは鼻をすすりあげ、ハンカチをあてがった。「いいえ、でも、スキャンダルになりますよ。一晩中一人でいたなんて! しかも、男と一緒に。こういうことが知れ渡ったら、プリシラの評判は台なしになります。もう結婚できなくなるんですよ」

ジョンは口を開こうとした。ぼくがプリシラと結婚するから心配ない、と。が、その発言は控えた。今の段階では、何も口に出せないのはわかっている。プリシラが自分との結婚を望んでいるかどうかさえ、確かめてはいないのだ。それに自分の素性が判明するまでは、結婚の申しこみもするわけにはいかない。

「ちょっと待ってください」代わりにジョンがミス・ペニーベイカーに発した言葉には、

内心の焦燥感がにじみ出ていた。「そんな心配がなんなんです！　プリシラは強姦《ごうかん》されるか殺されるかしていたかもしれないんですよ。それなのにこうして無事にもどってこられたプリシラに対して言うことといったら、評判が台なしになるしかないんですか？」

「ああ、そんなこと言わないで。気持が悪くなりそう……」ミス・ペニーベイカーは息もたえだえの声を出した。

将軍はジョンをじろりとにらんで、ミス・ペニーベイカーの腕を軽く叩いた。「あの青年の言うことなぞ、気になさるな。理解できないだけなんですよ。なにせアメリカ人でしょう。あなたのように繊細な感受性に恵まれたご婦人のことは、彼にはわからんでしょうな」

それまでじっと黙って聞いていたアレックが前へ進み出た。まるで断頭台に向かう男のような顔つきだ。「プリシラ、ぼくの妻になってください。そうすれば、評判だの世間の噂だのを気にする必要はない。公爵夫人になるんだから」

「まあ、アレック……」プリシラはアレックに温かい微笑を向けた。「あなたはとっても思いやりがあるのね。でも、そういう心配はご無用よ。ミス・P、わたしの評判を気にするのはもうやめてくださらない」本当にペニーったら、何もわざわざみんなの前であんなことを言わなくたっていいじゃない。とりわけ、ジョンの面前で。ジョンは、わたしと結婚しなければならない、そうわたしも期待していると思いこむでしょうに。義務感からジヨンがわたしと結婚するなんて、そんなのは絶対にいや。「わたしは誰とも結婚するつもりはないんです。それと噂については、皆さんもこの事件を内密にしてくださるものと期待しております」プリシラは、ミセス・スミッソンを始め男性四人をひとわたり見まわした。

全員が一も二もなく賛成し、プリシラが拉致されたことも無事に帰ってきたことも決して口外しないと約束した。にもかかわらず、秘密が保たれるとプリシラは信じているわけではなかった。中でもホワイティング牧師の場合、夫人の質問攻めに遭っても沈黙を守れるかどうか。牧師さまは優しくていい方だけど、あの奥さまにはかないっこないから。

大きな咳払《せきばら》いの音が聞こえて、全員いっせいにそちらを見た。戸口に、中年の男が腕組みをして立っている。両端がたれさがるもじゃもじゃの濃い口ひげをたくわえた顔に、なんともばつの悪い表情を浮かべていた。

「どうもわたしはここにはいないほうがいいんじゃないか、とは思いますがね。結果として、単に道に迷ったとかなんとかいうことならば……」中年男の視線は、プリシラ同様に服装の乱れたジョンに飛んだ。

プリシラは驚いて言った。「マーティン巡査もいらしてたんですか！　気がつかずに大変失礼いたしました」

マーティン巡査は軽く会釈した。「ミス・ハミルトン、ご無事で何よりでした。お父上の知らせによってまいりましたが、とても心配なさっておいででしたよ」

ジョンが前に出て、巡査に言った。「心配されるのも当然ですよ。ミス・ハミルトンを拉致した二人組は、ぼくを襲った男どもと同じ人物なんです」

「あなたを襲った？　警察に届けましたか？」

「いいえ、届けはしませんでした。そうするべきだったんですが、その……ぼくを身ぐるみはがした男どもはもうこの地域にはいないと思ったし……」

「ところで、あなたはどなたです？」

ジョンは間を置いて、話し出した。「そこなんですよ。実は、警察に行きにくかった別の理由がそれだったんです。つまり、ぼくは――自分で自分の身元がわからない。記憶を失ってしまったんです」

「えっ？」巡査、将軍、医師が揃《そろ》って声をあげた。アレックは口もきけずにジョンを見つめている。

少し耳の遠い牧師は友人たちの顔を見まわしてきいた。「なんだって？」

ジョンは牧師にじかに話しかけた。「牧師さん、ぼくは自分のことを何も思い出せないんです。嘘《うそ》をついていたことを許してください。皆さんにも悪かったと思っています。自分がどこの誰かわからないものだから、人も信じられないような気持だったんです」

「いいえ、作り話をしたのはわたしよ。あなたが悪いわけじゃないわ」プリシラがジョンに言った。

「嘘とは？　作り話とは？」この二人は頭がおかしいんじゃないかという顔で、巡査がプリシラとジョンを見比べている。「追いはぎにやられたというのも嘘なんで？」

プリシラは説明した。「いえ、それは本当なんです。嘘というのは、わたしが皆さんに、ジョンはアメリカからやってきたいとこだと話したことです。話し方からアメリカ人だとは思ったけれど、身元は何も知りませんでしたから。わたしどもの玄関に現れるまでは一度も会ったことがない人だったのですもの。彼は二人組の強盗にやられて、その二人組が今度わたしを拉致したんです」

「ほう……」

「彼がどういう人かについては、伏せておいたほうがいいと思いました。もちろん、彼が本当は誰なのかは、わたしたちもわかってはいないけれど。その意味じゃなくて、みんなに知られたら、違った目で見られるかもしれないし」

「なるほど」と言いながらも、巡査の表情は理解しているようには見えなかった。

「理路整然とした説明ができなくて、ごめんなさい。ゆうべはかなりきつかったものですから」

牧師が助け船を出した。「そうとも、プリシラ、さぞ疲れていることだろう。謝ることはないんだよ。秘密にしておこうと思った理由は、わたしにはわかる。彼の身元が――いや、本当の身元がわかるまでは、だ。つまりだね……うん、やっぱり頭が混乱してくるなあ」

「村にアメリカからお客が来る予定の家はないか。それとも、ここを通過するアメリカ人の噂を知っている人はいないか。そういうことを調べれば、ジョンが誰なのかわかるかもしれないと思ったんです。でも、彼が記憶を失ったことが村中に知れ渡るのは避けたかったものですから」

「そうそう」将軍が同意する。「計画を世界中に知れ渡らせるのはよい戦略じゃない。しかし、わたしには打ち明けてくれてもよかったのに。作戦を練るお役に立ちたかった」

「ええ、作戦は必要でした。でも、将軍、ジョンがここにやってきたときには、あなたを存じあげておりませんでしたわ」

じりじりした様子で巡査が口をはさんだ。「どうしてさっきからジョンと呼びつづけているんですか？　名前も住所もわからないという話でしたが」

「ええ、本名はわかりませんけど、名前がないと不便でしょう。だから、ジョン・ウルフという名前を仮につけたというわけです」

「追いはぎにやられたのは、いつのことですか？」巡査は話題を自分の縄張りにもどそうとして、さっそく尋ねた。

ジョンは、監禁されていた小屋で意識を取りもどしたときから現在までの時間について答えた。「その前のことは覚えていないんです。だから、襲われたのがいつか、正確にはわかりません」

巡査は首を振り振り、重々しくつぶやいた。「奇妙な事件だ。実に奇妙だ。ミス・ハミルトン、あなたはいつその二人組に襲われたんですか？」

「昨日の午後遅くです。チャルコーム夫人を訪ねての帰り道、歩いていたところに後ろからいきなり飛びかかられたんです。抵抗したら頭からマントをかぶせられ、ぐるぐる巻きにされて肩にかつがれました。窒息しそうでした。それから小屋で気がつくまでのあいだのことは何も覚えていません」

「ちくしょうめ！　やつらをつかまえたら、ただじゃおかないぞ！」アレックが叫んだ。「ミスター——彼が監禁されたのと同じ小屋ですね？」

「ええ、間違いないと思います。レディズ・ウッズのこちら側で、小川から遠くないところです」

アレックがはずんだ声を出した。「そこならぼくも知ってる！　ギッドと一緒によく遊んだ場所だ。でもプリシラ、あの小屋にどうやって閉じこめられたの？　錠がない戸だったよ」

「それが今はあるのよ。戸の外側にかなり頑丈なかんぬきがかかるようになってるの」

またしても巡査は咳払いをした。「あなたが襲われた理由はなんですか？」

「最初に背中を強く打たれただけで、殴られたり傷つけられたりはしませんでした。だから、わたしをつかまえておきたかっただけだと思います。狙《ねら》いはミスター・ウルフで、わたしはそのための人質みたいなものだったのでしょう。二人のうちの一人が、〝これでやつも現れるだろう〟と言ったのが聞こえました。やつというのは、ミスター・ウルフに違いありません」

「そのとおりです。悪党の片割れがぼくにそう言ってましたから」巡査が驚いているのを見て、ジョンは続ける。「そいつとじかに話をしたんですよ。小屋の前でそいつを見つけ、ミス・ハミルトンを救い出してから……そのウィルという男と話し合いをしました。それから、ウィルと相棒のメイプスを小屋に閉じこめてきました。やつらのところにご案内しますよ」

巡査はたまげた様子できき返した。「小屋に閉じこめた？　二人ともやっつけて、閉じこめたんですか？」

「それはまあ、同時じゃなくて、一人ずつですけどね」ジョンは正直に答えた。「これから行きましょうか？」

アレックが進み出た。「その小屋への道案内なら、ぼくができますよ」

「そうしてもらえれば、ありがたい。ぼくは少々疲れているんで」

アレックは巡査を連れて、勇んで出かけていった。ほかの人々は家に入ってお茶を飲みながら、プリシラとジョンから、ばっさり削除した部分を除いた事件の一部始終を聞いた。話の終わり近くで、ベンジャミン・オリバーの指示でやったとウィルが白状したくだりになると、ハイタワー医師はテーブルをどんと叩いて、大きくうなずいた。

「あの男は臭いと、前からわたしはにらんでおった。いやあ、でかした、でかした。これでどうやらあの男を厄介払いできそうだな。アレックにとっても吉報だ」

ホワイティング牧師も何度もうなずく。「気の毒に、アレックはこの一年、苦労したものだ」

「それはいいとして、あなたのほうはどうなるんですかね？」将軍がジョンに尋ねた。

「身元がまだわからないままでは」

「そうなんです。まずオリバーに会って、話をしなくてはならない。今のところ手がかりはオリバーしかないんです。オリバーが警察につかまったあとでは、話をする機会もなく、何もかもわからずじまいになってしまう恐れがある」

将軍は言った。「いや、警察はゆっくり動きますよ。紳士階級の人間に容疑をかけるときは、いつもそうです。問題の男は公爵夫人の知人ですからね。確実な証拠を手に入れるか、陰でいろいろ調べて、これならいけると確信したときじゃないと手は出せないでしょう。わたしの推測では、逮捕までまだ数日はありますな」

「だったら、最初に考えた方法を実行するのがいちばんじゃないかしら？」プリシラが以前に出した案を、ジョンにくり返した。「公爵夫人のパーティでオリバーに話をするという方法よ。パーティまであと二日だし、オリバーに近づくには絶好の機会だと思うの。もしもランリー邸を訪問して面会を求めても、断られるに違いないわ」

将軍が指揮官のように頭を上下させる。「卓越した提案だ。わたしもパーティに行くんですよ。光栄にもミス・ペニーベイカーが、エスコートとしてわたしが同行することを承諾してくださったものだから。あなた方も、わたしの馬車で行かれたらいかがかな？」

思わずプリシラは目を丸くした。ミス・ペニーベイカーを見やると、はにかんで頬を染めている。視線を父に向けた。フローリアンは、いかにも面白くないといった顔をしていた。

プリシラは将軍に答えた。「あら、それはご親切に。でも、うちの父もまいりますのよ。みんな乗れますでしょうか？」

「むろん、乗れますとも」ヘイゼルトン将軍の返事は礼儀正しくはあったが、面もちはいくぶん硬くなっていた。「ミスター・ハミルトンも出かけられるとあれば。わたしは知らなかっただけで」

鼻息荒く、フローリアンが応じた。「将軍、あなたの知らないことはたくさんあると思いますよ。もちろん、わしもパーティに行きます」

プリシラは笑いをかみ殺した。「すてき。将軍、本当にありがとうございます。ミスター・ウルフ、よろしいかしら?」

「ええ、けっこうです」ジョンはプリシラをじっと見つめた。自分の素性がわかってからでないとプリシラとのきずなを深めることはできない。二日後が待ち遠しかった。

14

「ミス・P、もじもじするのはやめて。でないと、時間までに支度が終わらないわ」プリシラは鏡ごしに、元家庭教師に向かって渋い顔をしてみせた。

「はい、もう身動きしません」ミス・ペニーベイカーはうなずき、叱《しか》られた子どものように、組んだ両手をひざにのせて背筋をまっすぐにした。

プリシラは年上の女性がかわいそうになって、ほほえみかける。「全部できたら、とってもきれいになるわ」

ミス・ペニーベイカーはくすくす笑っている。この数日、公爵夫人の舞踏会のことで頭がいっぱいらしく、そわそわと何も手につかない状態だった。そしてパーティ当日の今日、彼女はじっと座っていることもできないようだ。

ミス・ペニーベイカーは本当にいつもよりずっときれいだ、とプリシラは思った。ふだんは血色の悪い頬に赤みがさして、くすんだ薔薇《ばら》色のドレスも似合っている。いつもの茶色や鼠《ねずみ》色ではなく、何かもう少し華やかな色のドレスを着るようにさんざん勧めてみた。

けれどもミス・ペニーベイカーは、プリシラの服はどれも自分には派手すぎると言って聞かない。考えたあげくに、プリシラは母の衣類が屋根裏部屋のトランクにしまってあるのを思い出した。その衣類の中から、この地味な薔薇色のドレスを見つけ出したのだった。母よりも小柄でやせているミス・ペニーベイカーの体型に合わせて幅をつめたり裾《すそ》を上げたりしなければならず、さらに、あまりにも流行遅れに見えないようにあちこち手を入れた。すっかり感じが変わったミス・ペニーベイカーを見ると、苦労をしたかいがあったと思う。そして最後に、髪を結ってあげることにしたのだ。

プリシラは熱した鉄のこてに最後の髪の房を巻きつけて、小声で数を数えた。こてを引きぬき、カールした髪に指をとおして丁寧にブラッシングしてから、すでにカールを終えた髪の房と並べた。仕上げに、巻き毛の束のてっぺんに小さなリボンを結ぶ。それから後ろへ下がって言った。「はい、できあがりました」

ミス・ペニーベイカーは鏡の中の自分をまじまじと見つめている。「まあ……」

プリシラは満足の笑みを浮かべた。「ペニー、最高にすてきよ」

「まあ……まあ……」ミス・ペニーベイカーは感きわまって、同じ文句しか出てこない。くるくる渦を巻くカールと、額の感じをやわらげるためにプリシラが短く切った前髪の組み合わせが劇的な効果を上げている。が、それより何より見違えるように印象が変わった秘密は、ミス・ペニーベイカーの顔の輝きだった。

ミス・ペニーベイカーは立ちあがってスカートのしわを伸ばし、あちこちに向きを変えては、鏡をのぞいている。「こんなにきれいなドレスを着たのは初めて」

「将軍が得意満面でエスコートなさるわよ」

ミス・ペニーベイカーは笑いを抑えられない。「何言ってるの、プリシラ」

「ペニー、教えて。将軍が好きなの？」

「ええ、好きよ。親切で立派な方ですからね。もちろん、あなたのお父さまのような高い知性の持ち主ではないけれど。もっとも、お父さまのような方は稀《まれ》だから。将軍は一緒にいて楽しい方だし」

「将軍はあなたに夢中よ」

ミス・ペニーベイカーは赤くなって、手を振った。「そんなことあるものですか。礼儀として気をつかってくださるだけよ」

「礼儀にしては行き過ぎという感じよ。お父さまでさえ気づいてるくらいですもの」言い終えてからプリシラは、元家庭教師の反応をひそかに観察した。

「お父さまも？」ミス・ペニーベイカーは頬をますます赤くして、プリシラのほうを向いた。「なんておっしゃってたの？」

「将軍をけなすようなことよ。ずうずうしい男だとかなんとか。父は妬《や》いてるんだと思うの」

「ミスター・ハミルトンが？　まさか。そんなことあり得ないとわたくしは思うけれど」

「そうではないかもしれないわね。でも、注意なさったほうがいいわ。あなたを巡って将軍と父が決闘するなんていう羽目にならないように」

「プリシラ！　まったくなんてとっぴなことを言う人でしょう！」ミス・ペニーベイカーは声を忍ばせて笑いはしたものの、プリシラとともに部屋を出ていくときの足どりはいつになく軽快だった。

二人は、男性連の待つ階下に下りていった。期待をうわまわる反応が返ってきた。フローリアンは立ちあがり、口をあんぐり開けてミス・ペニーベイカーを凝視した。例によって、将軍はえんえんと大げさな賛辞を続けた。プリシラ自身については、ジョンの顔を一目見れば今宵《こよい》の装いがどう映ったか察しがつく。ジョンは熱いまなざしでまず、深い青のドレスをまとったプリシラを上から下まで眺め、続いて襟元からのぞいたふくよかな胸やくびれた腰に視線を走らせた。

ジョンも今夜は眠れなくなればいいわ。この二晩、不眠で苦しんだプリシラはひそかに思った。

ベッドで何度も何度も寝返りをうっては、ジョンが寝室に来てくれることを願って、眠れないまま待ちつづけた。ジョンは来なかった。さすがにプリシラは、男の部屋へ誘われもしないのにこちらから忍んでいくほど大胆にはなれなかった。ジョンはわたしを避けているわけではなくて、眠りの浅いミス・ペニーベイカーを警戒しているだけなのだ、と自分に言い聞かせた。でなかったら、わたしを大切に思っているからこそ、自分の家で醜聞になるような行いをしないように配慮してくれているのかもしれない。とはいっても、日中もジョンによそよそしい態度をとられているので、そう思いたくてもなかなか納得できなかった。森で一夜をともにして以来、二人の仲はぎくしゃくしている。ジョンはプリシラと二人きりにならないように骨折っているように見えるし、たまたまそうなってしまうと気まずく黙りこみ、なんとか口実をもうけて早々に部屋を出ていってしまうのだ。牧師夫人が言っていたことは本当なのかもしれない。ミセス・ホワイティングは、男性が未婚の女性に求めるものは一つしかなくて、それさえ手に入れればもうその女性に興味がなくなるものだと話していた。

けれども、ジョンのこのまなざしからは、わたしへの興味を失ったとは思えない。手を伸ばして抱きよせたいのをやっとこらえているという感じの、焼けつくような視線だ。

プリシラは、秘密めかしたなまめかしいほほえみをゆったりと返した。

「おお、ミス・ペニーベイカー！」将軍は進み出て、うやうやしくミス・ペニーベイカーの手にキスした。「なんとお美しい。ミス・ハミルトン、弟子は師に似るとか。そのとおりですな。はっはっは」

フローリアンは苦々しげに将軍を見た。「さて、出かけようか。それとも、ここに突っ立っていつまでもお世辞たらたらを続けるか」

将軍はフローリアンをむっとしたように見やってから、ミス・ペニーベイカーに腕をさしのべた。不平顔のフローリアンをしんがりに、一同は玄関に向かった。

「プリシラ……」

「え？」プリシラは無関心を装って、ジョンを見あげた。

「ぼくは……きみが……」

「なあに？」

「いや、なんでもない」ジョンがぎこちなくさし出した腕に、プリシラはすまして手をのせた。ジョンのひじのかすかなふるえが伝わってくると、プリシラはふたたび満足感をおぼえた。

この目も覚めるような深い青のドレスがとりわけ自分に似合うことを、プリシラは知っている。色合いとサテンの光沢があいまって白い肌と灰色の瞳をいっそう引きたたせるし、ハート形の襟ぐりからは、固いコルセットで押しあげた胸のふくらみがあらわになっていた。この胸にジョンに口づけされ、たまらなくそそられたのを思い出す。それだけで早くも、腹部に火照りを感じた。ジョンは覚えているかしら？　ちらと見ると、ジョンは口を固く引き結んでいる。

ランリー邸までの道中、ジョンはほとんど口をきかなかった。ただ、ときどきこちらを盗み見ているのはわかっていた。プリシラは気づかないふりをして、わざと無表情を保った。フローリアンは将軍とミス・ペニーベイカーの向かい側の隅にひっこむように座り、二人をにらみつけている。ミス・ペニーベイカーとその〝恋人〟は、とぎれることなく談笑していた。将軍がほめる。ミス・ペニーベイカーが恥ずかしそうに笑う。将軍が何ごとか耳元でささやく。ミス・ペニーベイカーがしなを作って扇子をぱたぱたさせる。将軍が冗談を言う。ミス・ペニーベイカーが「そんなはしたないこと……」と言いながら、声をひそめて笑う。そういう場面が目の前でくり返される馬車で遠路を行かなければならないとすると、元家庭教師の幸福を願うプリシラですら気分が悪くなりそうだ。

ランリー邸は威圧感のある建物だ。どっしりした灰色火山岩を使って、エリザベス朝時代にはやったというEの字の形に建てられた館《やかた》が、長い車まわしの突きあたりに見えてくる。十八世紀に何代目かの当主が道の両側の木をすべて切らせてしまったので、視界をさえぎられずにこの壮大な館を正面に見ながら近づけるようになっていた。

ジョンは低く口笛を吹いた。「あれがアレックが継ぐという屋敷？」

プリシラはうなずく。「それと、広大な土地よ」

「失踪《しっそう》した跡継ぎはあんなにすごいのを捨てていったわけ？」

「ええ。でも、眺めるだけならけっこうだけど、維持することを考えると化け物みたいだって、アレックは言ってるわよ」

「そりゃそうだろう」

一行は馬車を降りて正面玄関まで歩いていき、両側から従僕が開けた扉をくぐりぬけた。客人を迎えるために、公爵夫人とアレックが立派な階段の上に立っている。アレックはプリシラを見るとたちまち嬉《うれ》しそうな顔になって挨拶《あいさつ》したが、ジョンには控えめに応対した。

公爵夫人はいまだに美人だ。先代の公爵とは十七歳で結婚したので、成人した息子がいるとはいえ、四十まであと一年かそこらはある。夫人はよる年波に猛然と抵抗し、あらゆる努力を傾けたおかげで、年齢よりも若く見えた。金色の羽毛のような巻き毛が顔をふちどる髪型にしているため、どちらかといえばきつい顔だちの印象が薄められている。自慢の青い目が最も引きたつように、まつげは濃い色合いにいろどられていた。口が小さく鼻はとがっていて、しわができないようにめったに笑ったり顔をしかめたりしないので、表情がどことなく不自然にこわばっている。

そんな公爵夫人が、いやににこやかにほほえみかけてくる。夫人には嫌われているとずっと感じていたプリシラはびっくりした。けれど、すぐに気がついた。微笑の向かう先は、自分ではなくて後ろに立っているジョンだった。公爵夫人は長身のジョンに一瞬見とれてから、はしゃいだ声でプリシラに話しかけた。「プリシラ、お目にかかれて嬉しいわ。お連れの方はどなたか、教えてくださいな」

公爵夫人はジョンに露骨な流し目を使っている。嫌悪感をこらえてプリシラは、ジョンが夫人の正面に立てるようにわきへよった。

「奥さま、こちらはジョン・ウルフと申しまして、わたしどもの家に滞在中でございます。ミスター・ウルフ、ランリー公爵夫人をご紹介します」

「ご滞在が楽しいものとなりますように」公爵夫人は媚態《びたい》をあらわにしてジョンに言った。

「光栄にも奥さまにお目にかかれて、いっそう楽しいものになりました」ジョンは笑顔で応じた。

プリシラは、公爵夫人ビアンカがジョンのお世辞を喜び色っぽく笑ってみせるものと思っていた。ところが、彼女はぎくっとしたように見えた。「わたくし――ああ、あなたはアメリカ人でいらっしゃるの？」

「はい、そうです。しかし、どうぞそのことでぼくをお責めにならないでください」

「いえ、そんなことといたしません」ビアンカはジョンの顔から目を離そうとしない。「ただ……驚いただけで。わたくしたちは、そんなに遠くからいらっしゃる旅行者の方にあまりお目にかからないものですから。そうじゃありません、ミス・ハミルトン？」

「ええ、ふだんはあまり」プリシラは公爵夫人の顔色を見ているうちに、ジョンの例の件を少し話題に出して反応を観察したくなった。「実は、ミスター・ウルフはこの村に滞在なさるつもりではなくて、ただ通過する予定だったのです。もし、ああいう出来事がなければ」

「ああいう出来事？」公爵夫人の声音は甲高くなり、目つきも落ちつきがない。

「ミスター・ウルフは暴漢に襲われたのです」

「襲われたって、ここでですか？」ビアンカは青ざめ、両手で上等な象牙《ぞうげ》の扇子をしっかり握りしめている。「それにしても、恐ろしいこと！」

「ええ、本当に。安心して旅行もできなくなったようでございますね」

「恐ろしいこと」ビアンカはうわのそらで同じことをくり返し、弱々しい声できいた。

「目的は――襲った目的はなんだったんですか？」

ジョンが答えた。「もちろん、貴重品です。財布と懐中時計、カフスボタンを全部取られました」

ビアンカはいくらか安堵《あんど》したようにも見えた。「それだけ？　貴重品を狙《ねら》ったというだけだったんですか？」

ジョンは眉をつりあげる。「と、思います。ほかにどんな目的があり得るでしょうか？　ぼくはこのあたりの人を知らないし、恨みや反感を買うことは考えられませんから」

ビアンカは微笑した。今度は確かに安堵の笑みだとプリシラは思った。「それはそうですわね。あなたのおっしゃるとおりですわ。単なる行きずりの強盗でしょう。ですけど、近ごろは犯罪が横行して困りますわね」夫人はさっとあたりを見まわした。「では、わたくし、ほかのお客さまをお迎えしなくてはなりませんので失礼します。ミスター・ウルフ、お目にかかれて嬉しゅうございました」意味もなく明るい微笑をジョンに残して、ビアンカは将軍とミス・ペニーベイカーのほうに向きを変えた。「将軍、ようこそおいでくださいました」

　プリシラとジョンは数歩離れて、話をしながらそれとなくビアンカを見張っていた。

「ぼくが現れたことで、公爵夫人はお悩みらしい」ジョンが言った。

「どうやらビアンカは、あなたを拉致《らち》したオリバーの企《たくら》みをまったく知らなかったのではないらしいわね」

「ただ知っていたというだけなのか、それとも、夫人もぼくを排除しようとしたのか」

「さあ、どうなんでしょう。あなたのお顔は知らなかったみたいね。あなたが話すのを聞いてから、態度がおかしくなったのよ。アメリカ人とわかったのが理由のようだけど」

「外国人嫌いだというだけで、アメリカ人と見ればごろつきを雇って襲わせるなんてことをするかな？」

「それは考えにくいわね。とにかくどんな行動をとるか、見ていましょう」

　二人は壁際に移って、大きな椰子《やし》の鉢植えの陰に陣どり、枝葉ごしに公爵夫人を注視していた。公爵夫人は将軍とミス・ペニーベイカーに挨拶をすませると、あちらこちらを見まわしている。視線を泳がせたあげくに捜していたものが見つかったのか、さっさとそちらの方向に向かった。プリシラとジョンも適当な距離を開けてあとをつける。彼女が歩を止めたのは、ベンジャミン・オリバーのかたわらだった。ビアンカは、オリバーと話していた女性に一瞬そっけない笑みを見せただけで、いきなりオリバーの袖《そで》をひっぱった。会話の相手の女性にオリバーは申し訳なさそうに会釈して、ビアンカのあとにしたがった。

二人はまっすぐプリシラとジョンのほうに歩いてきた。プリシラたちは急いで向きを変え、近くにあった雪花石膏《せっこう》の像に見とれているふりをした。

「いったいなんの用なんだ?」背後を二人が通るとき、ベンジャミンのいらいらした声が聞こえた。公爵夫人の返事は大理石の床に響く靴音でかき消され、よく聞きとれなかった。

オリバーとビアンカが通り過ぎてから、プリシラたちも尾行を悟られないようにぶらぶらと同じ方向に歩き出した。ビアンカもオリバーも振り返ろうともしない。にらみ合っていて、周囲がまったく目に入らないようだった。

ビアンカはオリバーを連れて、わきの扉から宴会場を出た。プリシラとジョンも間を置いて、その扉をすりぬけた。相手は廊下の途中まで進んでいる。それから左に曲がって、並んだ部屋の一つに入っていった。足音を忍ばせてプリシラたちもその部屋に近づいた。ドアがきっちり閉まっているので、室内の声は聞きとりにくい。女がきんきん声を出しているのだけはわかった。プリシラはついてくるようにジョンに合図して、通り過ぎたばかりの手前の部屋に入った。その部屋には横の壁にもドアがあった。

「隣の部屋とドアでつながっているのよ」プリシラが耳打ちした。二人は廊下側のドアを静かに閉めて、隣室に通じるドアに耳を近づけた。ドアのぐるりの隙間《すきま》から、よりはっきりと音がもれてくる。

「……よくもそんな間抜けなことができたものね」ビアンカの金切り声が聞こえた。

「どなってばかりいないで、なぜ腹を立ててるのか説明してもらえませんかね？」男が言い返す。「海かもめみたいな声だ」

「わたくしをけなしてごまかそうとしたってむだよ。あなたがしくじったせいで何もかも台なしになってしまったじゃない」

「それ、どういう意味かな？」

「あの小生意気なプリシラ・ハミルトンと一緒に来ていた男を見たでしょう？」

「いや」オリバーの声に警戒の色がまじる。「誰のことだ？」

「誰だか知りません。会ったことも、噂《うわさ》を聞いたこともない人よ。問題は、その男がアメリカ人だということ。で、二、三日前に襲われて貴重品を取られたと言ってたわ」

「まさか、あり得ない！」オリバーが何かを叩《たた》く音が聞こえた。「ちくしょうめ！　あいつら、今度はつかまえるとあれほど言ってたのに」

「今度？　今度って、どういうこと？　今度じゃないときがあったわけね？」

「前には逃げられた。だけどやつらが必ず連れもどすからと約束したんだ。金もやったし、脅したりすかしたり、できる限りのことはした」

「どうしてそういうことをわたくしに言わないの？　わたくしに知らせる必要がないとでも思ってるんじゃないでしょうね？　たまたま会った赤の他人から聞かされるとは……」

怒りのあまり、ビアンカは言葉をつまらせている。

「わかった、わかった。落ちついてくれよ。なんとかうまくやるから」

「それに、あの男はどうして生きているの？　殺すように言ったでしょう！　殺すこともできないあなたの手下は、どうしようもないばかなんじゃないの。あ、そりゃそうよね。あなた自身がどうしようもない大ばかなんですもの！」

「しかし、必ずしも殺す必要はないと思ったんだ。アメリカに帰ったほうがいいと自分から悟るんじゃないかという気もして」

「いくじなし！　人殺しもできないほど――誰かを雇ってやらせることもできないほど、あなたは腰抜けなの？」

「自分の首をはねられるわけじゃないから、そんなことが言えるんだよ。あの二人はあんたの顔も知らない。あいつらが警察に白状するとしても、やられるのはこのおれだ。口ばかり偉そうに言えるのも、おれが汚れ仕事を引き受けてやってるからじゃないか――」オリバーはぶつくさ文句を言っている。

高慢な口調でビアンカがさえぎった。「公爵夫人ともあろうものが、ごろつきを集めたりできますか。だいたいこんな簡単なこともできないんじゃ、あなたはいったいなんの役に立てるというの？」

「やるよ。今晩すぐにやる。パーティを出るところを見はからってつかまえてやろう」

「ほかの人たちと一緒なのに、どうやってつかまえるつもり？　馬車ごとかっさらうとでもいうの？」ビアンカは皮肉たっぷりにあざけった。部屋の反対側に歩いていったらしく、いくつか言葉が聞きとれなかった。が、すぐもどってきて、はっきり言った。「それに、人違いじゃないの」

どぎもを抜かれたオリバーの声は、しばらく聞こえなかった。プリシラとジョンもびっくりして顔を見合わせる。

「なんだって？」オリバーはようやくかすれ声を出した。

「あの人じゃないってこと。リンデンではあり得ないわ。さっきのアメリカ人は、リンデンにしては若すぎるもの。そんなことにも頭がまわらないの？　あの男がランリーの息子であるはずがないでしょうに」

「アレックもランリーの息子だから。あのウルフって男よりもアレックは若いし。あの男が弁護士事務所に来たんだ。それを書記が知らせてくれたから、おれは事務所に行った。あの男出てきたのは、確かにあの男だった。書記もそう言ってた」

「だったら、書記もあなたに負けずおとらずのとんまなのよ。でなかったら、嘘《うそ》をついてあなたからお金を取りあげたんでしょう。リンデンはこの屋敷を出ていったときにはもう成人していたのよ。それが三十年も前なんだから、今は五十にはなってるはず。そういうことをあなたには全部話してあるでしょう。わたくしがランリーに会う前の出来事よ。腹違いの兄とはいっても、リンデンはアレックの父親みたいな年齢だわ。それをあなたは、あんな若い人を新しい公爵だと勘違いするなんて！」

プリシラとジョンは目を丸くして、ふたたび顔を見合わせた。

ドアの向こう側ではまた長い沈黙が続き、やがて衣《きぬ》ずれと平手打ちの音が聞こえた。

「さわらないでよ！　リンデンがいつ、どこに現れるか、気が気じゃないというのに。あなたのせいでわたくしの生活はめちゃめちゃになってしまった。色男ぶってみせれば許されるとでも思ってるの？　あなたみたいな人はもう出ていって！」

ビアンカの靴音が響き渡り、続いて廊下側のドアがばたんと閉まった。隣からは、ガラスを叩き割る音が何度も何度も聞こえた。そのうちくたびれたのか、割るものもなくなったのか、オリバーものすごい勢いで部屋を出ていった。

プリシラはぐったり壁によりかかった。足から力が抜けて、立っていられなくなりそうだった。「なんということでしょう！　あなたが行方不明の跡継ぎに間違われたとは！　公爵だと勘違いされて襲われたとは！」

ジョンの耳にはプリシラの言葉がほとんど入ってこなかった。自分にとって最も重要なことで頭がいっぱいだった。「間違いだったのか。まったくの偶然だったんだ。オリバーはぼくを知らなかったんだ。ぼくが何者であるか、依然として謎《なぞ》のままだ」

落胆しているジョンに、プリシラは手をさしのべた。「ジョン、そうだったわね。ごめんなさい、気がつかなくて……あんなに期待していたのに」

「そうなんだ。今度こそわかるかと、わくわくしていたんだ」ジョンはプリシラを抱きよせて、うなじに顔をうずめた。「自分の身元さえわかれば、どんなにか安心できると思っていたのに」

「そうよね、よくわかるわ」プリシラはジョンの背中をさすって慰めようとした。胸中を察して心が痛む一方で、ジョンと抱き合える喜びに浸っていた。いとしい人との触れ合いに飢えて、こんなにも人は切なくなるものか。この二日間は苦しかった。「今度はがっかりしたけれど、必ずそのうちわかるわ。信じてるの。きっとあなたは思い出すわ」

「いつになることやら」ジョンの声音はいくらか落ちついてきた。プリシラにいたわられて、苦悩がやわらいだようだった。

「あまり気にしないで信じていれば、必ず記憶がもどると思うわ」

二人は互いの背に腕をまわしたまま、しばらく向き合っていた。やがてジョンの腕に力がこもるのを、プリシラは感じた。

「うむ、きみはとてもいい匂《にお》いがする」

「ありがとう」プリシラは首をかしげて、ジョンにほほえみかけた。

ふっくらした唇がかすかに濡《ぬ》れている。そこに目を当てているうちに、ジョンの動悸《どうき》は高まった。「今夜はいちだんときれいだ。きみが二階から下りてきたとき、息が止まりそうになった」

「ほんと?」

「きみにキスしたくてたまらなかった。それも、ずうっと、休みなく」無意識にジョンは顔を近づけていた。

「だったら、してくだされればいいのに」

「できない」

「できるわ」プリシラの目がいたずらっぽく光った。「いいこと。わたしが教えてあげる」

プリシラは爪先立ちになって、唇を突き出した。

ジョンがかがんで、二つの唇が重なった。熱い息吹が頬にかかる。次の瞬間には、ジョンはぐいと顔を離した。

「いや」ジョンの息づかいは荒かった。「いけない。だめだ」

プリシラは失望して、かかとを床に下ろした。「ジョン、どうかしたの? この二日間、わたしを避けていたのはなぜ? このあいだの夜は……」

ジョンは顔をそむける。「ぼくがいけなかったんだ。あそこまでいくべきじゃなかった。

半分眠っていて、考えもせず、したいことをしてしまった。ぼくの責任だ」

「あなただけじゃなく、わたしも一緒にしたことなのよ」

「しかし、ぼくがもっと自分を抑えていれば、あんなことにはならなかった。きみはまだ若くて経験もない。それをいいことに、ぼくは欲望に身を任せてしまった」

「いいえ、わたしが自分から進んで捧《ささ》げたの」

「それを受けとったぼくが悪い」

プリシラは尋ねた。「あなたは後悔してるの？」

「いや、後悔なんかしてない！　あのときもそう言ったじゃないか。あんなにすばらしかったことは初めてだ」ジョンは歯を食いしばるようにして続けた。「だけど、もう二度としてはならない。自分がどういう男か、妻がいるのか、それがわかるまでは絶対にくり返してはいけないんだ。だからプリシラ、ぼくを誘惑しないでくれ」

プリシラは不満だった。同時に、嬉しくもあった。ジョンは世間のしきたりゆえに自制しなければならないと言っているのではない。わたしのことを大切に思っているからこそ、けじめをきちんとつけたいのだ。「それであなたはわたしに口もきいてくれず、目を合わせようともしなかったの？」

ジョンはうなずいた。「決意はしても難しくてね。どうしていいか、何を言ったらいいのかわからなかった。きみのそばにいながら手を触れることもできないのは辛《つら》いものだ。

それに、きみを見るぼくの目つきでみんなに見破られそうな気がした」

プリシラの頬に赤みがさした。「だったら、あなたはわたしが嫌いになったのではないのね。牧師さんの奥さまがおっしゃってたわ。いったん男の人に許したら、もうかまってもらえないものだと。もしかしたらあなたも、あんなことをしたあとにはもうわたしに興味がなくなったのかもしれないと思っていたの」

「何を言うんだ！」ジョンはプリシラをぎゅっと抱きしめた。髪や顔や首筋に口づけの雨を降らせる。「そんな考え方はよすんだ。ぼくは今でもきみが欲しくてたまらない。きみが好きだし、尊敬してるし、ぼくは――」

プリシラはキスでジョンの口をふさいだ。ジョンは低くうめいて、キスを返す。二人はしばらくのあいだ唇を離せなかった。

やがてようやく抱擁をほどき、プリシラは髪やドレスを直した。「わたしたち、会場にもどらなくては」声がふるえをおびている。「わたしがいないのに気がついたら、ミス・ペニーベイカーが捜しに来るかもしれないわ」

「今晩は違うんじゃないかな」ジョンはプリシラに腕をさしのべた。「ご自分のロマンスで忙しくて、そんな暇がないと思うよ」

二人はミス・ペニーベイカーの噂をしながら、宴会場にもどった。舞踏が始まっていて、二人もさっそく踊った。

そのあとでプリシラは人々のあいだをぬって歩き、話したり知人にジョンを紹介したりした。チャルコーム夫人も来ていた。青みがかった灰色のサテンのドレス姿のアン・チャルコームは、控えめながらやはり美しい。そこにミスター・ラザフォードも加わって話していると、階段のあたりが何やら騒がしくなった。人々がひそひそささやき合っている。プリシラとジョンも音のするほうに視線を向けた。客の群れがひとりでに二手に分かれた。大股でゆっくりと中年の男性が歩いてくるのが見えた。濃い金髪に白いものがまじってはいるが眉目《びもく》秀麗で、肩幅が広く、長身の男性だった。意志の強そうなおとがいといい、高い頬骨といい、自信と迫力に満ちている。プリシラも初めて見る人だ。けれども、どことなく見覚えがあるような感じもする。

どうしてそんな感じを抱くのか考える暇もなく、かたわらのアンがはっと息をのむのが聞こえた。びっくりしてプリシラはアンを見た。アンの顔から血の気が引いていく。その目は到着したばかりの男性に釘《くぎ》づけで、口を半ば開け、扇子を握りしめている。「まさか！　信じられない！」

「あの方はどなた――」プリシラはききかけた。ちょうどそのとき、ランリー家の老執事オークスワースが新しい客の後ろからよたよたやってきた。

老執事は困ったような表情を浮かべつつ、にこにこしていた。「奥さま」執事は声をふるわせて呼びかける。ビアンカは振り向き、執事のややぞんざいな口調をとがめるように眉をひそめた。長身の男性がビアンカの目にとまった。

「オークスワース？」ビアンカは尊大な調子で老執事をうながした。

オークスワースは立ちどまり、誇らしげに胸をそらして取り次いだ。「ランリー公爵がおいでになりました」

人々のあいだから驚きの声があがった。ビアンカはなすすべもなく、まじまじと長身の男を見つめたまま立ちすくんでいる。長年にわたって行方がわからなくなっていたランリー公爵家の跡継ぎが帰ってきた？

男は礼儀正しく頭を下げて、ビアンカに話しかけた。「お目にかかれて嬉しく存じます。こういう形でまいりましたことが、あまりご迷惑でないとよろしいのですが」

ビアンカは吐息をもらし、白目をむいて気を失った。

すぐ近くにいた客たちがビアンカをかかえあげて、そばのソファに運んだ。新公爵は背筋を伸ばし、気絶した公爵夫人が連れ去られるのを眺めていた。それから周囲を見まわし、心もち前へ出ていたジョンに目をとめた。ジョンは食い入るように新公爵を見つめている。

「ああ、ブライアン、そこにいたのか。おまえのことが心配になりはじめていたところだった」

ジョンはさらに一歩進み出て、落ちついた声で言った。「やあ、お父さん」

15

お父さん？

ジョン・ウルフがなんのためらいもなく広間を大股で横切っていくのを、プリシラは呆《ぼう》然《ぜん》と見ていた。ランリー公爵はジョンの肩に腕をまわし、お互いに背中を叩《たた》き合って笑いながら話をしている。ジョンは自分がどこの誰であるかわかっている――すなわち、ランリー公爵の息子なのだ。

プリシラの胸に怒りがこみあげてきた。ジョンは前から自分の身元がわかっていたのだ。でなければ、公爵の呼びかけにとまどいもせずただちに応《こた》えられるはずがない。わたしに嘘《うそ》をついていたのだ。だまされていたのだ。なんにも知らずに、ジョンの身元を突きとめようと懸命になっていたわたし。そういえばジョンは、長年にわたって行方がわからないランリー家の長男について何気なく尋ねた。そのたびに地元で知られている噂《うわさ》をジョンに伝えてきた。ジョンがその人の息子であるとは夢にも思わずに。ばかな女だとジョンは陰で笑っていたに違いない。

恥ずかしいやら腹が立つやら、はらわたが煮えくり返る思いだった。なぜジョンが記憶を失っているふりをしたのかはわからない。父親が到着する前にこの土地や人々について偵察するためにやってきたのか。それとも、襲われてから自分の身分を明かすのが不安になったのか。それなら納得できなくもない。だが、少なくともわたしには打ち明けてくれてもよかったのに！　ほかの人ならいざ知らず、わたしは信頼されていると思っていた。それなのに、まるで赤の他人のように扱われたとは。プリシラは屈辱感に打ちのめされた。

かたわらにいたミスター・ラザフォードも、ものも言わず、まるで夢遊病者のようにふらふらと公爵のほうへ歩いていく。

「セバスチャン！」ランリー公爵はミスター・ラザフォードに声をかけた。「きみか？　さ、こっちに来てくれ」

プリシラは、説明抜きでアンにいきなり言った。「わたし、帰ります」そのとき初めて、アンの顔が紙のように白いのに気がついた。「アン、だいじょうぶ？」

アンは首を振って、プリシラに視線を向けた。蒼白《そうはく》な顔に目ばかりが大きく見える。

「夢にも思わなかったわ……三十年にもなるんですもの。ずっと前に亡くなったとばかり思って……」

「みんなそう思ってたでしょう」三十年ぶりにもどってきた公爵を見たアンの動揺ぶりはただ事ではない。プリシラには理解しがたかった。けれども、自分のことで頭がいっぱいで、アンの気持を推しはかる余裕はなかった。「ごめんなさい。わたし、ここを出たいの」

「でも、なぜ？　どこに行くの？」

「うちに帰るんです」プリシラの表情は厳しい。今にもジョンがやってきて、笑いながら、〝悪かったね。理由があってしたことだから許してくれ〟などと言うのではないか。そんなことはとても我慢できなかった。「ここにはいたくないから」

すごい勢いでプリシラは出口に向かった。アンが小走りに追いかけてくる。「待って！」

プリシラは振り向いた。さっきと違ってアンは顔を赤らめ、目つきが妙に熱っぽい。

「わたくしも帰るわ。うちの馬車であなたを送らせてちょうだい」

プリシラはほっとした。ここには将軍の古風な大型馬車で来たけれど、自分がみじめだからという理由でほかの人たちまで早くパーティを引きあげさせるわけにはいかないと思っていたからだ。「ありがとう、アン。先に帰ると父にだけは言ってくるわね」

あちらこちら捜して、ようやく一階にいるフローリアンを見つけた。父は飲み物のテーブルのテーブル掛けに何やらしきりに書きつけながら、ハイタワー医師と議論していた。

「しかし、レジナルド、この方程式は間違っとる。ここはまず――」

「お父さまったら！　テーブル掛けがこんなになっちゃって……」真っ白だったテーブル掛けの惨憺《さんたん》たるありさまを見おろして、プリシラは絶句した。

「ん？　ああ、おまえか。どうじゃ、楽しんでるかね？」

ハイタワー医師は困った顔でテーブル掛けに目を落とした。「おやおや、気がつかなかった」

「紙がなかったから」フローリアンはけろっとしている。「どうも書きにくいと思った。それにしても、紙くらい置いておけないものかね？」

プリシラは笑いそうになるのをこらえた。「普通、舞踏会では紙なんかないものなの」

「しかし、洗えば消えるだろう」ハイタワー医師が取りなした。

「お父さま、わたし、もう帰ります。チャルコーム夫人がうちまで送ってくださるの」

「帰る？」フローリアンの顔はぱっと明るくなった。「いいとも！　わしもレジナルドも一緒に帰るとしよう。さっきの続きを書斎で話そう。そのほうがずっと簡単だ」

フローリアンはさっさと立ちあがった。娘がダンスパーティからこんなに早く引きあげることに、なんの疑問も感じていないようだった。だが、ハイタワー医師は案じ顔になる。

「しかし、プリシラ、せっかくの舞踏会なのに、もう帰るのかい？」

フローリアンは即座に退けた。「何がせっかくの舞踏会だ。こんな退屈なものはありゃせん。そもそも我々はなんで出かけてきたのかね」

「若い娘さんはこういう会が好きなものなんだよ。おしゃれをして踊ったりなんだり、みんな楽しんでるじゃないか」

「そりゃそうだ。若い娘御だけじゃない」フローリアンは苦々しげに言った。「ミス・ペニーベイカーまで今晩はちゃらちゃらしておるよ」

プリシラは父をたしなめた。「お父さま、それはひどいわ。ミス・ペニーベイカーはちゃらちゃらなんかしていないわ。ダンスをしてるだけじゃありませんか。将軍とお似合いじゃない」

「年を取りすぎているよ、二人とも」

「ダンスをするのに年を取りすぎてるなんてことはないわ。お父さまだって、たまには踊ってごらんになればいいのに。そうすれば、ミス・ペニーベイカーも将軍とばかり踊らなくてすむでしょう」

「わしがダンスだと？　ばかばかしい。それに、ミス・ペニーベイカーがあの老いぼれ軍人と踊ろうがなんだろうが、なぜわしが気にしなければならんのだ？」

プリシラは肩をすくめた。「そんなこと、わたしがわかるはずはないわ。だいたい小言を言ってたのは、お父さまじゃありませんか」

フローリアンはしかめっ面で娘を見すえたあげく、歩き出した。「こんなところにいつまでも立ってないで、チャルコーム夫人の馬車で帰ろう」

外に出てみると、チャルコーム夫人が乗ってきたのは二頭立ての軽馬車で、亡夫が生前乗りまわしていた大型の四輪馬車ではないことがわかった。

「ごめんなさい、狭くて」せいぜい二、三人しか座れない車内に巨漢のハイタワー医師を含めた四人が乗りこまなければならないのを弁明するように、アン・チャルコームは顔を赤らめて言った。「ヘンリーの馬がもう宅にはいないものですから」

彼女が金銭的に困っているのは周知の事実だった。であっても、きまりの悪さの度合いが減るものではない。夫の死後、莫大《ばくだい》な借金を払うために、アンは費用のかかる馬や猟犬、チャルコーム家に伝わる最上の美術品を売らなければならなかった。揃《そろ》いでもないこの二頭の馬にしても、買い手もつかないような老馬でなければ、とっくに売りに出されていたに違いない。馬に詳しくないプリシラさえそう思った。

「気になさるな。わしがこの踏み段に立つことにするから」フローリアンは朗らかに答えて、金属製の小さな踏み段に立ち、馬車の右側の支柱につかまった。「こうすれば、先生の体重とのバランスがとれてうまく走れるだろう」

荷馬車に便乗させてもらう生徒みたいなフローリアンをわきに乗せて、老いた馬に引かれたみすぼらしい馬車は出発した。徒歩で行くのと大した差はない速度だったが、誰も気にかけるふうはなかった。アンとプリシラはそれぞれのもの思いに沈み、フローリアンとハイタワー医師は先ほどの方程式の議論を続けた。

エバーミア・コテージまでの道のりの半ばまで進んだとき、医師とフローリアンは紙と鉛筆を手にするまで議論を延期することに決めた。しばらくのあいだ、車内は静まり返った。ハイタワー医師はアンからプリシラへと視線を移し、もう一度アンに目をもどしてから、フローリアンを見あげた。フローリアンは黙って首を横に振る。もともと子どもたちの、とりわけ娘の気分を察することには慣れていない父親だ。

「それにしても、リンデンが突然現れたのには驚かされたな？」医師は話の接ぎ穂を探った。

手綱を握ったアンが手に力をこめたので、馬はぴたと止まってしまった。無神経なことおっしゃって、と責めるようにプリシラが医師を一瞥《いちべつ》した。

ハイタワー医師は両方の眉をつりあげる。「あ、失礼」

「失礼？　何がかね？」フローリアンがずれた反応をした。「リンデン侯爵が帰ってきたことか？　いや、今はランリー公爵だった」

「お父さまたちはどうしてそのことを知ってるの？　階下《した》にいらしたのに」

「リンデンが入ってきたときに見たんだ――オークスワースが気がついて、大声で知らせる前にだ。少ししてから、彼だとわかったよ。いなくなったときは、丈の高いやせた若者だった。すっかり肉づきがよくなって、日焼けしとった。アメリカの日ざしのせいだろう。あの娘を本当に殺したのかな。そんなことをする青年とは、とうてい見えなかったが」

「もちろん殺してなんかいません」のどがつまったような声でアンが言った。

語気の激しさに、三人ともびっくりしてアンを見つめた。アンは頬を染めた。「そんな人ではなかったわ。女性を殺すなんてするはずもないし、ましてあういうたぐいの女の人を追いかけたりはしないと思います」

「しかし、まあ、そういうことは上品なご婦人に言うような話題でもなし」ハイタワー医師は自分も顔を赤らめて口ごもった。

「そりゃそうだ」フローリアンも同調した。といって、上品な婦人に言っていいことと悪いことの区別に、フローリアン自身はさしたる関心も抱いていなかった。「しかし、リンデンはまじめな若者だったと思う。そりゃあ、学生時代は多少の羽目ははずしたかもしれんが、女の首を絞めるのとはまるっきり違う。わしもチャルコーム夫人の意見に賛成だな」

突然、プリシラが言った。「ジョン・ウルフは公爵の息子さんだったの」

「誰？　ああ！　ウルフか、うちにいたあの男か」フローリアンはうなずいている。「ふーむ、なるほど。そう言われれば、納得せんでもない。体格がそっくりじゃ。父親が若かったときよりはたくましいが。肌色も黒いが、アメリカの太陽のなせるわざだろう」

「ジョン・ウルフだって？」ハイタワー医師は首をかしげた。「あの記憶喪失の青年か？　どうしてあの青年がランリーの息子だとわかったのかね？」

「あの人は名前も身元も覚えていないと主張していたの」

「プリシラ、〝主張していた〟とはどういう意味だね？　記憶を失ったふりをしていたと思うのかね？」

「だって、突然過去を思い出したんですもの。公爵が入っていらしたとたんに、お父さんと呼びかけたのよ。なんのためらいもなく、迷ったふうもなく。まっすぐ公爵のほうに歩いていったの」わたしから離れて。

フローリアンは理解を示してうなずいた。「自分の身元を隠していたのは賢明だったかもしれん。身分のために襲われたということもあり得る。わしやおまえを信用できるかどうか、確信が持てなかったんだろう。だから、用心して誰にも言わなかったんじゃなかろうか」

「だとしたら、ずいぶんずるがしこいわね」

「プリシラ、そう意地悪く取るものではない。あの男にはそれなりの理由があったんだろう。悪いやつじゃない」

プリシラとしては、父の考え方を受け入れられなかった。わたしは身も心もジョンに捧《ささ》げたのだ。どこの誰かも、名前すら思い出せず結婚しているかもわからない人に。身分や肩書きではなく、純粋にジョンその人を愛していたのだ。

その人が今は侯爵だという！　無名のアメリカ人でも冒険家でもなくて、貴族だったとは。地位がないことなど意にも介さなかったけれど、その逆は厄介だ。結婚なんてできそうもない相手なのだ。なにしろ公爵になる人だから、その身分につり合う女性を妻として選ばなければならない。一瞬にしてジョンはわたしを追い越して、手の届かないところに行ってしまった。

そのことをジョンは知っていたのだ、とプリシラは思った。この家にやってきたときは、たぶん本当に記憶を失っていたのかもしれない。だがそれは一時的なもので、どこかで記憶がもどったのではないか。アレックや公爵夫人の話、ランリー公爵の長男が失踪《しっそう》したいきさつなどに並々ならぬ関心を示したのも、これでうなずける。今夜の舞踏会に父親が劇的な登場を果たしてから、初めて自分の身元を明かすつもりだったのではないか。

そして時機を待つあいだ、名前も地位もないふりをして、退屈しのぎに田舎娘を誘惑することにしたのかもしれない。それを思うと、憤りで身がふるえる。ジョンがランリー家の跡継ぎだと知っていたら、もっと慎重になっていただろう。なぜならば、前途にまるで見込みのない恋になってしまうからだ。報われないとわかっていたら、つのる気持を必死で抑えていたに違いない。わたしの体を手に入れるための策略だったとしたら、ジョンはなんという利己的で薄情な人なのだろう。

この二、三日、ジョンはわたしに触れようともしなかった。わたしのほうは今か今かと待っていたのに。積極的なのはわたしで、それに抵抗しようとしていたのがジョンだった。以前はこうではなかった。最初のころは、それこそ熱烈にわたしを求めていた。けれども、ある時点から変わった。おそらく、自分の生まれや育ちを思い出したときからではないかと思う。ゆくゆくは公爵になる人間が、家柄がよいとはいえ貧乏学者の娘などとこれ以上関《かか》わってはいけないと考えたに違いない。一夜をともにしたことを後悔し出したのも当然だ。ミス・ペニーベイカーが未婚の娘の評判が悪くなると嘆いたときは、結婚を強制されるのではないかと内心びくびくしていたのかもしれない。誰が強制なんてするものですか！　たとえ愛していても、わたしはジョンとは結婚しない。まして地位やお金のための結婚は絶対に！

馬車がエバーミア・コテージに着くやいなや、プリシラは急いで家に入り、階段を駆けのぼって自分の部屋に飛びこんだ。苦悩で胸が張り裂けそうだった。ようやく一人になれた。ベッドに身を投げ、苦い涙が流れるに任せた。

ブライアン・エイルズワースは、一歩下がって父親を見た。みぞおちに一発食らったような衝撃だった。父親を目にした瞬間、記憶がいっきょにもどったのだ。激しく振りまわされたあとにも似て、めまいとかすかな吐き気をおぼえる。自分が何者かを突然思い出した奇妙な感覚に加えて、父親もまるで別人になったように思われるのだった。

父親が話しかけた。「今までどこにいたんだね？　エルバートンの宿に着いてきいてみても、誰もおまえを見た者はいないという。いったいどういうわけかと、心配しはじめたところだった。ロンドンにはおまえのほうが先に着いたのはわかっている。あのまじめ一方の弁護士から、わたしの言いつけどおりおまえが事務所に来たことは聞いた。エルバートンの宿屋やそのほかの必要な情報をおまえに教えたと弁護士は言っていた」

「ぼくは遅れてしまったので……」ブライアンはあたりを見まわした。「プリシラ？　プリシラはどこに行ったんだろう？　さっきまでここにいたのに」

「誰が？」

息子は嬉《うれ》しそうに笑った。「女性です。プリシラ・ハミルトンというんです。きっとお父さんの義理の娘になる人です」

ランリー公爵は口をあんぐり開けた。「冗談だろう。それとも、本気かね？　やっと好きな女を見つけたということかな。それで遅れたというわけか？」

「いや、そうでもないんですが。全部あとで説明します」ブライアンは眉間《みけん》にしわをよせた。「ほかにもいろいろ話があるんです。でもその前に、プリシラを見つけなくては。自分の身元について彼女に話さなければならないんです」

「なんだって？」ランリー公爵はけげんな目で問い返したが、すでに息子は目の前から遠ざかっていた。

ブライアンはたっぷり十五分もかけてあちこち捜しまわったあげくに、プリシラとチャルコーム夫人が階段を下りていくのを見たという人に出会った。新しい公爵が到着した直後のことだという。階下に下りてみても、二人の女性の姿はどこにも見えなかった。しまいには外に出て、従僕に尋ねてみた。ミス・ハミルトンと彼女の父上、チャルコーム夫人、ハイタワー先生の四人はすでに帰られたという話だった。

「いったいどうして……？」ブライアンは狐《きつね》につままれたような顔でつぶやいた。どうしてプリシラは突然帰ってしまったのだろう？　あんなに驚くべきことがあったあとだというのに。

かすかな不安を胸に、ブライアンはしばらくのあいだ闇《やみ》に向かって立ちつくしていた。なぜプリシラがいなくなったのか、見当もつかなかった。追いかけていって問いただしたかった。だが、お父上とチャルコーム夫人が一緒だというなら心配する必要はあるまい。まずは、謎《なぞ》の解明をしなければならない。

ブライアンは舞踏会場にもどり、父親を捜した。ランリー新公爵は大勢の人々に取りかこまれているので、わけなく見つかった。父が親しげに話しているミスター・ラザフォードが、若き日の父のためにアリバイを証言した友人だったとは驚きだ。それにしても、殺人の容疑をかけられて失踪した若者と自分の父親とがなかなか結びつかない。

ランリー公爵を取り巻く人々よりも背の高いブライアンは、一同の頭ごしに父の視線を捕らえた。部屋を出よう、という身ぶりをしてみせる。了解というふうにランリー公爵は笑みを返し、客をかきわけながら歩き出した。だが、挨拶《あいさつ》する人が入れ替わり立ち替わり近よってくるので、父は一歩進むごとに立ちどまらなければならなかった。ブライアンは扉のわきでじりじりしながら待った。

ようやくそばにやってきた父は、ブライアンのひじをつかんで言った。「行こう。みんなにつかまらずにすむ場所があるから」

ランリーはブライアンを連れて廊下に出た。ここは先ほどプリシラと一緒に通ったところだ。公爵夫人とオリバーの話を立ち聞きした部屋の前を通り過ぎ、階段を下りて大きな部屋に入った。廊下のほの暗い明かりに照らされた室内には、中央に大型の机がすえてあり、壁にそって本棚が並んでいる。書斎だとブライアンは思った。奥の窓は厚いカーテンで覆われていた。

ランリーが机のランプをともすと、金色の光が部屋を満たした。彼はゆっくりと視線を巡らせ、かすれた声でつぶやいた。「まったく変わっていない。父は昔からのしきたりを重んじる人で、母が食堂を改装したときは一カ月も不機嫌だったのを覚えている」

それから、腕組みをして自分を見すえている息子のほうに向き直った。

「おまえは何かわたしに話したいことがあるようだね」

「ええ、ききたいことがあるんです。まず、お父さんはいつから公爵とやらになったんですか？」ブライアンは皮肉っぽく尋ねた。

「父が死んだときからだ。もう一年くらい前かな」彼の父親は、暖炉のわきの背もたれのある大きな椅子に近づき、息子にも向かい側の椅子に座るよう合図した。

ブライアンはしぶしぶ腰を下ろした。「だったら、本当にランリー公爵なんですね？」

「もちろん。わたしがみんなをだましているとでも思っていたのかね？」

「いや、どう考えたらいいかもさっぱりわからないんです。どうして今まで話してくれなかったんです？　ディーリアは知ってるんですか？」

「父が死んだと聞いたとき、ディーリアにはすぐ話したよ。当時、おまえはたしかマラヤにいたはずだ」

「ええ、ぼくはマラヤで、ロンドンの弁護士事務所に行け、というお父さんからの電報を受けとったんです。で、ロンドンに行ってみると、このエルバートンでお父さんを待つようにということ以外には何一つ話してもらえませんでした」

「おまえには、知りもしない弁護士じゃなくて、わたしからじかに話すべき事柄だと思ったからだ」

「なぜもっと前に説明してくれなかったんですか？」

「なぜと言われても困るんだが」彼は肩をすくめて、息子に語りはじめた。「最初にイギリスを離れたときは父に猛烈に腹を立てていたし……失意のどん底だったから、この家や親族、爵位とはいっさい縁を切りたかった。それですべてを捨てて、まったく新しい人生を始めることにした。爵位を利用するのはいやだったし、いずれにしろ、アメリカで爵位は大して役には立たない。ニューヨークに着いたときの気持は勝手が違って、なんとも不思議だった。生まれて初めて一人になり、庇護《ひご》してくれる父親も家の後ろ楯《だて》もない。わたしには取りたてて言うほどの技能がないし、どうやったら自立できるのか見当もつかなかった。身のまわりの世話をしてくれる召し使いすらいない。不安でいっぱいではあったけれど、自由で解放された感じもあった。おまえのお母さんと結婚して、おまえとディーリアが生まれた。古くさいイギリスの家柄の話をしても、家族にとっては煩わしいだけだろうと思った。貴族の家に生まれたわたしは、うちを飛び出すまで、将来を自由に選ぶことはできなかった。しかし、子どもたちにはアメリカ人として自分の好きなように生きてほしいというのが、わたしの考えだった。暮らしも安定したし、エイルズワースという名字だけで十分だ。爵位などはいらない。そう思った。そういう話は、おまえのお母さんにもしたことはない。お母さんは、経歴とは関係なくわたしという個人を受け入れてくれた。だから、イギリスにもどって公爵の位を継ぐつもりはまったくなかった」

彼はいったん口をつぐんで身を乗り出し、ひざにひじをつき、あごを手のひらにのせた。しばらく床に目を落としてから話を続けた。

「ところが、お母さんが死んだあと二、三年前から、この家のことが気になり出した。父や、あとに残してきた人たちを、あれこれ思い出すようになった。それで、ロンドンの弁護士に依頼して調べさせた。弁護士の報告によると、父はまだ健在で、再婚した妻とのあいだに子どもが一人いるという。それならもう爵位だの資産だのについて考えるのはやめて、その腹違いの弟に継がせようと心に決めた。その決意にもかかわらず、依然として屋敷や父や……自分にかけられた疑惑が頭を離れない。父やわたしを知っている連中にどう思われようと気にしなければいい。そう自分に言い聞かせながらも、もやもやした気持が晴れなかった」

ランリーは窓のカーテンを見つめた。カーテンでふさがれていても、外の景色が見えているようなまなざしだった。

「我ながら奇妙なことに、このランリー邸が懐かしくてたまらなくなった。おまえのお母さんがいなくなったニューヨークは、もはや自分のすみかとは感じられなくなっていた。帰りたい、父と和解したいと思った。そこへ弁護士から、父が死んだという連絡がきたんだ。故郷にもどるのをためらっていた自分はなんと愚かだったのか。もう父と仲直りすることもできなくなってしまった。しかし少なくとも、ここにもどってきて自分の汚名をそそぐことはできる。そうすれば、いくらかは父にそむいたことへの償いになるのではないか。それに、長い年月、おまえとディーリアの生まれながらの権利を否定してきたのは間違いだったことに気がついた。当然の権利としておまえはゆくゆくはランリー公爵になれるのに、その事実も教えずに勝手に決めてきたわたしのやり方は不当だった。そこでわたしは弁護士を通じて父の代理人と連絡を取り、ここで落ち合おうとおまえに手紙を書いたというわけだ」

ブライアンは長いこと父親を見つめたあげく、困惑のていで首を振った。「ぼくはにわかには信じがたいけれど、ディーリアはなんて言ってました？　ディーリアも来てるんですか？」

「いや、来ていない。あの子は笑って言ってたよ。公爵令嬢だなんて、友達にねたまれるだろうと。ディーリアにとっては、アメリカが自分のふるさとなんだ。ここに来るよりも、ロバートや赤ん坊たちと一緒のほうが楽しいというわけだ」

「ぼくのふるさともアメリカです」

「そうかな？　ここ十年ほどは、世界中がおまえのふるさとかと思っていたが」

ブライアンは父に微笑を返した。「まあ、そう言えなくもないですが。ただ、ぼくがイギリス紳士じゃないことは確かだ」

「わかっている。わたしも今ではイギリス紳士とは言えない。しかし、人は自分の生まれを選べないんだよ。少しずつ受け入れていくしかない」

しばらくの沈黙ののちに、ブライアンは静かに言った。「三十年前にリンデン侯爵は、若い娘を殺したと疑いをかけられてイギリスを離れたという話を聞きました」父親の目をまっすぐ見て、単刀直入に尋ねる。「それは事実ですか、お父さんがローズ・チャイルズを殺したというのは？」

16

ランリーは厳しい面もちで息子を見返した。「そんなことをわたしにきかなければならないのか？」

「ぼくもお父さんが人を殺すとは信じられません。まして、そういう……関係だった女性を殺害したなんて。しかしぼくが知っているのはデイモン・エイルズワースであって、リンデン侯爵ではない。若いときは別人みたいだったんですか？」

「いや、今もまったく変わっていない。うちを飛び出したのは、父と激しくやり合ったからだ。わたしがローズ殺しの犯人だと、父は思いこんでいた。それが我慢できなかったんだ。わたしはローズ・チャイルズという女を殺してもいなければ、関係を持ったこともない。実際の話、よく知りもしない女なんだ」

「事件があった夜、ラザフォードと一緒だったんですか？　トランプ遊びをしていたとか」

「いや、違う。アリバイがないために窮地におちいったわたしを救うために、ラザフォードが自分から進んでそう言ったんだ」

「どうしてアリバイがなかったんですか？」

「その晩、馬で出かけたのを馬丁に見られていた。わたしにとって不利な証拠の一つだ。事件の夜は家にいなかったのに、どこにいたのか、誰と一緒だったのかも言えなかった」

「一人だった？　で、それを証明してくれる人もいない？」

「一人ではなかった。そこがまずい点なんだ」

「よくわからないな。誰と一緒だったんですか？　その人たちはなぜ証言してくれなかったんだろう」

「それについては言えない。ある人の名誉に関《かか》わることだから」

ブライアンは眉をひそめた。「自分の潔白を証明したい。だが、どこにいたかは言えない。それじゃどうやって汚名をそそぐことができるんです？」

「方法はまだ考えついていないが、なんとかして疑惑を晴らしたいと思っている。ただ、誰と一緒だったかは明らかにするわけにはいかない」

「お父さん！　ぼくにも打ち明けてくれないんですか？」

「ある女性に関わることで、その人を傷つけたくないからだ」

「女の人と会ってたのか。ローズではないんですね？」

「もちろんローズじゃない。知らないも同然だったと言っただろう。ローズは小間使いだった。しかしわたしが惚《ほ》れた女性はずっと美しくて、はるかに……」ランリーは間を置いて続けた。「ブライアン、その人は結婚していたんだ。若者のわたしは、人妻を心底から愛してしまったんだ。あの夜に一緒だったと明かしたら、その人の名誉を傷つけるばかりか、夫が何をするかわからない。どんなことがあっても、それだけはできなかった。彼女は警察に証言したいと言ったが、わたしがそうさせなかったんだ」

「夫のある女性と不倫したんですか。誰なんです、その相手は？」

ランリーは眉をつりあげた。「わたしがその人の名前を言うとでも思ってるのか？　いや、おまえにだって打ち明けられない」

「よっぽど好きだったんですね」

「ああ」深いため息とともに父は言った。「誰よりも何よりもその人を愛していた」

ブライアンはじっと身じろぎせず、父の語ったさらなる秘密を受け入れようとした。

「お父さんという人が全然わかっていなかったような気がする」

「ほんの若造だったころの話は、自分の子どもたちにはあまり言わないものだ。子どもには関係のない話だからね」

「お母さんと結婚したときも、その人を愛していたんですか？」

「ああ、あえて否定はしない。会えなくなってからもずっと愛していた。おまえのお母さんは実にいい人だった。わたしがお母さんを大切に思っていなかったというふうには考えないでくれ。おまえのお母さんのことも愛していた。しかし……あの人に対する愛とは違う」

「そのことをお母さんは知っていたんですか？」

「いや、わたしからは話さなかった。でも、見当はついていたんじゃないかと思う。お母さんは賢い人だったから。過去の女性についてはいっさいきこうとしなかったし、知りたくないと言っていた。結婚してから裏切ったことは一度もないのを、お母さんはわかっていたんだ」

「心の中は別として」

ランリーはため息をついた。「そういう見方もあるだろうね。しかし、おまえのお母さんは満足していた。幸せだった。わたしが精いっぱいの愛情を注いでいることがわかっていたからだ。前の女性を思って恋々と暮らしていたわけではない。お母さんとその人を比較したりはしなかった。よき夫、よき父親になるよう最善の努力をしたつもりだ」

父に思いもかけなかった告白をされて、ブライアンの動揺は大きかった。

「ブライアン、おまえのお母さんが好きで選んだ人生なんだよ。わたしも、お母さんと同じく幸福だった」

「本当に愛している人と一緒でなくても？」

「絶対に一緒になれない人だった。彼女は夫のもとを去ることはできなかっただろう。だからといって、わたしは残りの人生を嘆き悲しんで過ごすべきだろうか？」

ブライアンは敷物の模様に目を当てたまま、首を振った。「いや、そういうわけじゃないけど。でも、ただ一人の愛する人から離れられるものだろうかと思って。その人なしで生きていけるのだろうか？」知らず知らずプリシラが胸に浮かんでいた。プリシラに二度と会えないとなったら、自分の人生はどんなに空《むな》しいものになるだろうか。

「離れるしかなかったんだ。おまえにはわかるまい。また、わかるような立場になってほしくない。どうあっても手に入れられない女性を愛するとはどういうものか。言いようのない絶望的な気分だ。どれほど愛していようと、何をしようと、その人はいつになってもよその男の妻なんだ。愛する気持がいくら強くても、そこにはどうしても怒りや恨みが入りこんでくる。一人でベッドに横になって夫のそばにいるその人のことを思いうかべると、彼女に触れたくて全身がうずく一方で、なぜ結婚しているんだと無性に腹が立ってくる。彼女と一緒にいる時間の一刻一刻を血であがなっているように感じた。至福のときが、苦痛で満たされてもいた」

ブライアンは父が痛ましくなった。「すみません、非難がましいことを言って。でも、そんなつもりはなかったんです。弁明を求めるなんて気持は、ぼくにはありません」

「いや、そう言いたくなるのは当然なんだ。わたしがおまえだったら、同じことをきいただろう。実際の話、イギリスを出港した船の中でもアメリカに渡ってからも、なぜ彼女を置いて出てきてしまったのかと、自分を何度も責めただろう。わたしはなんという愚か者だったのか。どれほど辛《つら》くても、どれほど嫉妬《しっと》にさいなまれようとも、不信の目を向ける父親といやいやながら暮らそうとも、警察に追われようとも、あの人を抱けたらどんなことだって我慢できたじゃないか。そう思うと、悔しくて悔しくてたまらなかった」ランリーは短く乾いた笑い声をもらした。「もしも何千キロも離れていなかったら、最初の年が文無し同然でなかったら、彼女のもとに飛んで帰っていただろう」

「それができなくて、ぼくとディーリアにとってはよかったんですね」

「わたしにとっても、よかったのかもしれない。あんなふうに人を愛してしまうと、まるで生き地獄だ。男の自尊心も名誉も力もむしばんでしまう。だからといって、彼女が悪い女だというわけではない。そんなふうには考えないでくれ。この上なく優しくて、心のきれいな人だった。ただ、彼女にはおよそふさわしくない人でなしと結婚していたというだけだ。とはいえ、我々がしたことは間違っている。それは自分たちにもわかっていて、人生に暗い影を落としていた。ああいう関係を続けていたら、わたしの魂は汚れていっただろう」

ブライアンはしばらく黙って考えこんでから、静かにきいた。「ここにもどってきたからには、その人にもう一度会うつもりですか?」

息子の問いに対して、ランリーは間を置いて答えた。「会おうと思っている。まだ生きているか、ここに住んでいるかもわからないが」それだけ言うと、立ちあがって本棚の前に行き、本の背表紙にじっと目を当てた。「おまえがさっき将来の妻という女性を捜しに行ったあとで、彼女がいないかとあたりを見まわしてみた。どこにもその姿は見あたらなかった。わたしに話しかけに来た人たちの群れの中にもいなかった。早々に彼女の消息をきくのは目立ちすぎると思ってやめたが、必ず探り出すつもりだ。もし健在でここに暮らしていることがわかったら、その後の長い年月をどうやって生きてきたか、彼女に尋ねに行きたい」ランリーは息子のほうに向き直った。その目は、ブライアンが見たこともないような寂しさと憂いをおびていた。「そのあとのことはまだわからない。しかしとにかく、会うだけは会いたい」

重い沈黙が続いたあと、ランリー公爵はようやく口調を変えた。

「昔の話はもうこのくらいにしよう。おまえにいったい何があったのか、聞かせてくれ。それと、結婚したいという女性のことも」

ブライアンはにこっとする。「並はずれた人なんです」

「美人かい?」

「ええ、大変な。でも、普通の意味での美人じゃないかもしれない。目が海みたいな灰色で、こっちの魂まで見とおすようなまなざしなんです。初めてあの人に会ったとき、ぼくは意識を失いかけていた。扉が開いて、彼女は光を背に立っていた。天使じゃないかと思いました。次に顔を合わせたときには、頭をぶちぬかれそうになった」

「ぶちぬかれそうにね」ブライアンの父親は両方の眉をつりあげた。

「いや、ぼくがのどを絞めあげていたので、彼女は自分の身を守らなければならなかったわけだけど」

「なるほど。それなら納得できる」

父親の目が笑っているので、ブライアンもにやりとした。「頭のおかしなやつがしゃべっているみたいだと思ってるんでしょう。でも、仕方ないんです。どっちも、ぼくが何者であるかわからなかったんだから」

「その娘さんがおまえのことを知らなかったのは当然にしても、おまえが自分自身についてわからなかったというのはどういうわけだ？」

「ぼくはごろつきに頭を殴られて、かどわかされたんです。そこでプリシラに出会ったというわけです」

「彼女は、おまえをかどわかしたごろつきの一味だったというのか？」

「まさか、そんなことあり得ません。プリシラはそういう人じゃない。ぼくがなんとか逃げ出したところで、彼女に会ったんです」

「そうだろうとも。わたしとしたことが、鈍いな」

「プリシラみたいにいらいらさせられる人には会ったことがない。頑固で、強情っぱりで、人の言うことを絶対に聞こうとしないんだから」

「おまえのことだから、それでその娘さんと結婚することにしたんだろうな」

「いや、このあいだプリシラが拉致《らち》されたときに、結婚したいと思ったんです。つまり、彼女なしに生きていくのはどんなに絶望的か気がついて」

「彼女が拉致された？　かどわかされたのは、おまえだと思っていたが」

「最初はぼくだったんです。だけど、やつらがぼくをおびき出すために彼女を狙《ねら》った」

「このところのおまえの人生は波瀾万丈《はらんばんじょう》だな」

「まさにそのとおりです。どうしてこんな目に遭わなきゃならないのか、見当もつきませんでした。ようやく今は、前よりはわかってきた」

「そりゃよかった、せめておまえくらいはわかってないと。おまえの話は、わたしにはちんぷんかんぷんだ。頭を殴られたのが原因で、思ったより混乱してたんじゃないかな」

「じゃ、最初から順序だてて話します。ぼくはお父さんの電報を受けとってすぐ、イギリスに向けて発《た》ったんですよ。具合よく、次の日に出帆するイギリスの船を見つけたものだから。ただし乗客はいなくて、ぼくは乗組員として乗せてもらったんです。これがいちばん速かった。ロンドンに到着するなり、弁護士事務所に行きました。そこでエルバートンの宿屋でお父さんを待つように指示され、道順も教わって、このすぐ近くまで来たとき、二人の男に馬を止められたんです。強盗かと思いました。馬から降りてみると、二人組は金を要求もせず、いきなりぼくの頭を殴った。意識を取りもどしたときは、みすぼらしい小屋で真っ裸になって倒れていたんです。しかも記憶を失って、自分の名前さえ思い出せなかった」

「ブライアン……なんということだ」父は仰天していた。

「ええ。少々奇妙な話でしょう?」

「少々どころじゃないだろう」

「結局その小屋から脱出したんです。プリシラに出会ったのは、そのときでした。プリシラのお父さんの家に助けを求めて、追ってきた二人組からかくまってもらったんです。ぼくは高い熱を出していたんですが、プリシラが介抱してくれたおかげで元気になれました」

「その娘さんには大変世話になったんだね。わたしもお礼を言わなくては」

ブライアンはうなずく。「ただ、病気が治ってからも記憶がもどらなかったんです。自分がどこの誰なのかを思い出そうとして、このところ必死でした」

ランリー公爵は表情を引きしめた。「その悪党たちをつかまえよう」

「それは、もう片づけました。二人組は監獄にいます。やつらの黒幕も突きとめました。ランリー公爵未亡人です」

「あのちゃらちゃらした女か? わたしが入っていったときに失神した女」

「そうです。本物の跡継ぎがもどってきたので、泡食ったんでしょう」ブライアンは今日プリシラと突きとめた、公爵を亡き者にしようとする陰謀と、人間違いで自分が襲われたという事実を説明した。

「そういうことだったのか」ランリーは首を振って言った。「どうやら我々親子の身内は凶悪犯らしいな」

「ビアンカはお父さんと血がつながっているわけじゃないでしょう。彼女の息子は悪いやつじゃない。母親とその愛人が企《たくら》んだもので、アレックは何も知らないはずです」

「化け物屋敷みたいな家に転がりこんでしまったわけだ」

「ここにとどまるつもりですか？」

ランリーは肩をすくめた。「さあてね。なんとも奇妙な気分だよ。長いこといなかったとは思えないくらい何もかも昔と同じに見えるのに、そのあいだにはいろいろあったんだね。これからどうするか、我ながら決めかねる。わたし自身はこの家に住みたい。おまえにもそうしてほしいと思う。おまえもこの土地に親しんで、いつか継ぐことになる公爵という地位にともなう責任について知ってもらいたいというのが、わたしの気持だ」

ブライアンの顔には当惑の色が浮かんでいる。「公爵になるなんて夢にも思ったことがないから――今も伯爵だかなんだからしいけど」

「侯爵だよ」

「あ、侯爵か。ともかくぼくにはそぐわない気がする。だけど、ここにとどまるつもりです。お父さんが望んでいることだし、それに……」

「そのお嬢さんのために、だね？」

「ええ、そうです」ブライアンは眉間《みけん》にしわをよせた。「どうしてプリシラが帰ってしまったのか、どうしてもわからない」

「わたしが入ってきて騒然となったのがいやになったのではないか？」

「プリシラがですか？　お父さんは彼女を知らないから。ぼくは当然後ろにプリシラがいて、あれこれ質問攻めにされるものと思っていた。お父さんのことを、あの人は誰かとか、どうして急に記憶がもどったのかとか。好奇心旺盛《おうせい》だから」

「そのお嬢さんにぜひ会ってみたいものだ」

「ええ、会ってください。会えば、なぜぼくが結婚したいかわかるはずです。自分でもびっくりしているんですよ。記憶をなくして頭がおかしくなっているときに、なんでこんなにぼくにぴったりの人に巡り合えたのか。ぼくと一緒に世界中を旅してまわれる女性は、プリシラ以外に考えられない」

「するとおまえは、そのお嬢さんを遠いところまであっちこっちひっぱりまわそうというのか？」

「もちろんです。彼女をうちに残していくわけにはいかない。それに、プリシラも大いに面白がりますよ」

「おおかたの女性は子どもと一緒に家庭にいるのを好むのではないかな」

「プリシラにも、そういうときが来るかもしれません。そのときは二人で家に落ちつけばいい。だけどシンガポールについて話したときの、彼女の目の輝きといったらなかった。お父さんに見せたかったな。世界のはるか遠い異境に文明をもたらしたイギリス人の書いた旅行記を全部読んでるんだ。だからたぶん子どもができてからは、ちびたちも一緒に連れていくことになるだろうと思う」

「ほう。そんな考え方をする女性というのは、並はずれた人に違いない」

ブライアンは、にこにこしてうなずく。「まさにそうなんです」それから、ふっと笑顔がかげった。「お父さん……ぼくが居残るわけはほかにもあるんです」

「それは何かね？」

「汚名をそそぐためにお父さんの手助けをしたい」

ブライアンの父親はほほえんだ。「おまえがそう言うんじゃないかと思ってた」

「しかし、事件の夜にお父さんが会っていた女の人の名は明かさないとしたら、どうやって無実を証明するつもりなんですか？」

「ローズ殺しの真犯人を突きとめられれば証明になるだろう」

「警察も突きとめられなかったというのに、どうやって？」

「わたしがこの国をあとにしてからは、警察はあきらめたんだよ。セバスチャンがわたしのアリバイを証言したし、容疑者にされていたわたしがいなくなったんだからね。それでも警察はわたしが犯人だと思いこんでいるものだから、それ以上は調べようとしなかったんだ。捜査を打ち切ったというわけさ。だが、わたしは警察が知らないことを一つだけ知っている。つまり、わたしはローズを殺していないという事実だ。だから、証拠について警察よりは先入観のない見方ができるんだよ」

「ということは？」

「いいかね、犯人に関してわかっていることは三つある。ローズが友達にしゃべっているのは、金持ちで上流階級の紳士だということ。本人が実際にそうだったのか、あるいは、そのふりをしていたのかもしれない。住まいはレディズ・ウッズからさほど遠くないところだろう。あそこでローズとしばしば密会していたようだからね。それと、我が家の金庫に接近できる立場にいた。さて、この地域で上流階級の紳士といえば、誰だ？　わたしと父、チャルコーム卿《きょう》、それに、わたしのいとこのイーブシャムくらいか」

「イーブシャム？　会ったことないけど」

「会う価値のある男じゃないさ。昔から卑怯《ひきょう》なやつだった。チャルコームについては、どんなにうぶな娘でも結婚を申しこまれたなどと友達に自慢したりはするまい。なぜなら、すでに奥さんがいたんだからね。父は男やもめではあったけれど……まさか自分がローズを殺しておいて、わたしを疑い、なじるなんて芝居ができるとはとうてい考えられない。それに、父にしろ、チャルコーム卿にしろ、どう見ても若い紳士とは言いがたい。そうなると、イーブシャムが怪しいと思わざるを得ないのだ。イーブシャムは父の弟の息子で、わたしと年が近いものだから、父は我々のことを兄弟みたいだと言っていた」

ランリーは片方の眉をつりあげて続けた。

「兄弟といっても、カインとアベル兄弟だがね。イーブシャムとはどうしてもそりが合わなかった。あいつはいつもわたしのものをくすねていたし、何かと悪さをしてはわたしに罪をかぶせていた。とにかく、この家にはしょっちゅう来ていたから、ローズに目をつけて誘惑したかもしれない。この屋敷に泊まっていないときでも、森でローズと会うことは可能だった。彼の家は遠くないし、ランリー邸よりもレディズ・ウッズのほうが近かった。もともとイーブシャムは大の女好きで、しかも、下層階級の女を追いかけていた。息子が手をつけるのを恐れて、彼の母親は四十以下の召し使いはすべて暇を出してしまったよ。自分の妹たちの家庭教師までくどこうとしたほどだ。そんなイーブシャムのことだから、ローズをものにするためならどんなことでも言っただろう」

「相当な悪党みたいだ」

「みたいじゃなくて、実際そうだった」

「だったら、もう一つの点についてはどう？　この屋敷の金庫にたやすく近づけた？」

「ああ。大学の休みにはよくここに来ていたから、ルビーを盗み出すのは簡単だっただろう。父は金庫を毎日開けて見てはいなかったし。ダイヤル錠の数字の組み合わせもすぐわかったに違いない。父はその組み合わせがいつまでも覚えられなくて、紙にメモしたものを鍵《かぎ》もかけていない引き出しにしまっておいた。みんなが知っていたことだ。ばかげているが、高をくくっていたんだよ。父の言い分はこうだ。心配しなければならないのは外から侵入する泥棒だけで、そういう連中はわざわざ机の引き出しを開けてメモを見たりはしないだろうだってさ」

「それじゃまず、お父さんの幼なじみのいとこ氏に関する証拠を探し出さなければならないですね」

「果たして、はっきりした証拠を見つけられるかどうか」

「うむ……」

「まあ、時間はたっぷりあるから」

「いや」ブライアンは立ちあがった。「ぼくには時間があまりない。もうすぐ結婚するつもりだと言ったでしょう。そんなときに、お父さんが人殺しの濡《ぬ》れ衣《ぎぬ》を着せられたままではたまらない」

「それはそうだ。では、我々二人でなんとか早く解決しなければならんな」

父親の微笑に息子も笑顔で応《こた》えると、顔の色こそ違え、父子《おやこ》は驚くほどそっくりだった。

「ええ、がんばりましょう」ブライアンはドアに向かって歩き出した。

「で、これからどうするつもりだね？　どこに行くんだ？」

「お父さんは昔の友達と旧交を温めたいんじゃないかと思って――それと、新しい家族とも。ぼくはプリシラを捜しに行って、いったいどうなってるのかきくつもりです」


アンは手綱を年老いた馬丁に渡した。馬丁は干し草の束に腰を下ろし、馬小屋の壁によりかかってうたた寝しながら、ひたすら女主人の帰りを待っていた。スカートの裾《すそ》を持ちあげてアンは庭を横切り、台所の戸口へ急いだ。家の中は暗く、古風な大型の暖炉に埋めた火だけが室内をほんのり照らしている。壁のそこここに取りつけられた燭台《しよくだい》にはろうそくが燃えていたが、節約に慣れたアンはろうそく消しで次々に消していった。

寝ずに待っている召し使いは誰もいない。専属の召し使いは、よりよい勤め先を求めて、とっくに去っていた。手の届かないところのボタンをはめたりするときだけ、メイドに手助けしてもらっている。今夜は、顔を合わせざるを得ない召し使いがいないのが、かえってありがたかった。ハミルトン父娘《おやこ》と医師を乗せた帰りの馬車では、平静を装うのにそれはそれは苦労した。血の気が失《う》せて心ここにあらずといった様子を感づかれたり、怪しまれたりしていないとよいが。

寝室に入ってドアを閉めるや、ふるえがきた。この古い館《やかた》の内部は夏ですら冷え冷えとしているけれど、今のふるえはそのせいではない。神経の高ぶりを人前で抑えていた緊張がほどけたからだった。

あの人がもどってきた！　思いもかけぬことだった。頭が空っぽになるほどの衝撃だった。長い年月ののちに、どうしてもどってきたのだろう？　もうとっくに亡くなったと思ったと言ったのは、本心だった。あの人は、ここには決して帰ってこない。二度と会えないのだ。自分に言い聞かせつづけているうちに、月日が過ぎるにつれ、そう思いこむようになった。それなのに……あの人が現れるなんて。眉目《びもく》秀麗な若者だったときの面影そのままにほほえみ、それでいて、まるっきり変わったようにも見えた。ばかなビアンカは卒倒してしまったけれど、あの場では気を失わないようにするだけで精いっぱいだった。

アンは手袋を脱いで鏡台に置き、手早くドレスのボタンをはずし出した。彼、わたくしを見たかしら？　見たとしても、わたくしだと気がついただろうか？　鏡をのぞきこんで、金髪にまじった白髪や、目尻と口元のしわを眺める。三十年もたったのだ。それが顔に出ていないはずはない。イギリス一の美女だと、あの人は言ってくれた。けれども、あのころの若さはとうに失せている。

ドレスの前がはだけて、シュミーズが見えた。ひとりでに手が胸に行って、そっとふくらみをかすめた。かつてこの二つの乳白色のふくらみがどんなに弾力があってみずみずしく、イブニングドレスの胸元からはみ出しそうになったことか。両手で乳房を覆い、アンは目をつぶった。あの人は大切そうにここを愛撫《あいぶ》しながら、なんと美しいとつぶやいたものだった。

まぶたを閉じた目から涙があふれ出してくる。アンはじれったげに涙を振り払った。わたくしは愚かな女！　あの人はわたくしに会いに来たのではないのに。もどってきたのは、爵位を継ぐために違いない。わたくしと愛し合っていた短いあいだのことなど、覚えてすらいないかもしれない。息子さんがいるのだから、むろん結婚したのだろう。プリシラの家の台所であの青年に初めて会ったとき、言いようのない動揺をおぼえたのもこれで納得がいく。ほんの一瞬だったが、デイモンかと思った。それくらいそっくりに見えたのだ。別人であるのに気づき、デイモンだと思うなんて頭がどうかしていると我ながら呆《あき》れた。

とはいえ、体つきや姿勢、頭のもたげ方、あごの形が実にデイモンに似ていた。しゃくりあげつつ、アンはドレスやペチコート、下着類を脱ぎ捨てていった。いつもだったら衣服をもっと丁寧に扱うのに、今宵《こよい》はそんな気分になれなかった。とにかく早くベッドに入って眠りに身を任せ、何もかも忘れてしまいたい。その一心だった。だが、寝間着に着替えて横になり、ふるえを止めるために上掛けにしっかりくるまってからも、眠りはやってこなかった。

そのうえ、何もかも忘却の彼方《かなた》に押しやるどころか、思うことといったらデイモンのことばかりだった。三十年という年月がたっているのに、あの人の美男ぶりは変わらず、しかも風格が備わってきた。鬢《びん》の白ささえ魅力になっている。

池のほとりのあずまやで、胸をどきどきさせながらあの人を待っていたときのことを思い出す。デイモンは東のほうから来るのがわかっていたので、いつも西側に座っていたものだ。やがて、馬上のあの人が見えてくる。馬と一体になったようなその姿が野原を横切ってきて、林の中の人目につかないところに馬をつなぐ。それから、走り出さんばかりの急ぎ足で、わたくしのいる白いあずまやにやってくる。そんなデイモンを見ているだけで、わたくしの胸は、愛、抑えがたい欲求、罪の意識、恐れでいっぱいになる。

そして、夫が早く帰宅するのではないかという不安にいつもさいなまれていた。最後の夜もそうだった。あの週はチャルコームが狐《きつね》狩りに出かけていたので、あの人とは何度も会うことができた。会うだけではなく、二人とも一晩中いっしょに寝たいと思った。あの夜、わたくしは大胆にも自分で玄関をこっそり開け、デイモンを家に導き入れ、二階の寝室にいざなった。今にも召し使いに見つかるのではないか？ 心臓が口から飛び出しそうになりながらも、激情を塞《せ》きとめることができなかった。乗馬で固くなった彼の大きな手を握りしめ、筋肉質の長身にぴったり寄り添って、わたくしは暗い階段をそっと上った。走ってきたデイモンのはずんだ息づかいや、匂《にお》い、体温を感じながら……。

アンは切なげにため息をついて寝返りをうち、枕《まくら》に顔をうずめた。どうしてこんなにも自分を苦しめなくてはならないの？ 眠れぬままにデイモンとの最後の夜の一刻一刻、言葉、しぐさ、愛撫のすべてを、くり返しくり返し回想した夜は数えきれない。

その夜もいつもと同じように、二人は狂おしくまじわった。若かった二人の激情は、野火のごとく、止めどもなく燃えさかった。デイモンと肌を合わせると、欠落していた部分がもどってきて、そのときだけは完全な自分になる。そんなふうに感じられた。

ようやく情火が静まったあとで、二人は一夜をずっと一緒に過ごせるという束《つか》の間《ま》の幸福に浸りながら、たわいなくも将来についてささやいたり、声を忍ばせて笑ったりした。やがて抱擁が始まり、ふたたび二人は愛し合った。今度はゆっくりと時間をかけて、心ゆくまで堪能《たんのう》した。前にもあとにも、あんな至福のときを味わった経験がない。

東の空が白みはじめる直前に、デイモンはチャルコーム邸をあとにした。次に会ったときにはデイモンは殺人の濡れ衣を着せられ、父親にも潔白を信じてもらえないことに憤激していた。かけおちして新しい人生をともに始めよう。デイモンは懸命に説得しようとした。けれどもわたくしは罪悪感や不安感が先にたって、デイモンについていく勇気がなかった。怒りと失意で顔面を蒼白《そうはく》にして、デイモンは去っていった。そして、結婚して子どもをもうけ、彼の言っていた新しい人生を生きてきたようだ。残されたわたくしは夫のかんしゃくに耐え、たびたび浮気されては自分自身の後ろめたさがいくらか軽くなり、主婦としての務めを黙々と果たし、余暇には刺繍《ししゅう》をして、少しずつ命がすり減っていくのに甘んじてきた。

あらためてアンは想像を巡らした。あのときデイモンとかけおちしていたらどうなっただろう？　幸せな家庭や愛のたまものである子どもたちに恵まれる様子を、数えきれないほど思い描いた。同時に、良心の呵責《かしゃく》や苦い後悔に絶えず苦しめられたあげくデイモンといさかいになるさまも、何度となく頭に浮かんだものだった。けれども今夜、三十年ぶりに再会してみると、そういうみじめな想像は杞憂《きゆう》だったと思う。きっとジョンのような息子を産んで、その成長を日々喜び合い、一家仲良く暮らしていたに違いない。だが現実には、その幸福な年月をデイモンはほかの女性と分かち合ってきた。それにひきかえ、わたくしの人生は空っぽ。索漠とした空しい月日だった。

アンの目に涙があふれ、頬をつたいおちた。機会があったのに、それをつかもうとしなかったのだ。二度とその機会はやってこない。デイモンには妻がいる。もはやわたくしに目を向けるはずはない。端麗で威厳のあるランリー公爵に比べて、このわたくしはといえば……放蕩《ほうとう》者の夫に若さも美貌《びぼう》も消耗しつくされた女の抜け殻にすぎない。アンは独り寝のベッドに身を横たえ、悔恨と喪失の日々を振り返って、ただむせび泣くのだった。

17

翌日の午前中、プリシラが居間でつくろいものに専念しているふりをしていると、エバーミア・コテージの扉をどんどん叩《たた》く音がした。ジョンに違いない。いや、ジョンではなくて、ブライアンだった。リンデン侯爵だ。あの人は昨夜も訪ねてきた。自分の名前を呼びながらブライアンがノックしつづけるのを、プリシラはベッドに横になって聞いていたけれど、かたくなに扉を開けに行こうとはしなかった。ミス・ペニーベイカーはまだ舞踏会からもどっていなかったし、父は裏庭の実験室で研究に没頭している最中で、ノックの音が耳に入るはずはなかった。

簡単にあきらめる人ではないから、きっとまたやってくるだろう。朝起きたときからプリシラはそれを懸念していた。泣きはらした目をごまかすために冷たい湿布を当てながら、落ちついて対応しなければ、と自分に言い聞かせていた。そのくせ、顔を合わせたくないと思う一方で、面と向かって不誠実さをなじりたくもあった。会えばいきなり泣き出してしまって何も言えなくなるのではないかと不安だった。そして今、ブライアンは玄関に来ている。プリシラは身動きできなかった。

ミス・ペニーベイカーが扉を開けに行った。「まあ、どなたかと思えば、リンデン侯爵でいらっしゃいましたか。ようこそおいでくださいました！」元家庭教師の声音は改まった調子ながら、はずんでいる。「ゆうべは本当にびっくりしてしまいましたよ。公爵がいきなり舞踏会に入っていらして、おまけにあなたのお父上だとわかったときは、にわかには信じられませんでしたわ。だって、そうでしょう。侯爵をここにお泊めしたなんて、夢にも思わなかったんですもの」

昨夜からミス・ペニーベイカーは興奮状態にあって手がつけられない。プリシラにとっては大いに迷惑だとは露知らぬ彼女は、朝からずっとそのことばかりしゃべりつづけていた。ランリー公爵が現れたときや、先代の公爵夫人が卒倒した様子を、まるで小説のようだったと何度もくり返した。それより何より、ジョン・ウルフと名づけた素性もわからない居候が、実は、ランリー公爵のご子息だったとは！　ミス・ペニーベイカーはまさに有頂天で、プリシラの応答のそっけなさにもまったく気がつかないようだった。フローリアンがミス・ペニーベイカーに原稿の筆記を頼んだときは、プリシラは心底ほっとした。

表から低い男の声が聞こえてくる。ミス・ペニーベイカーは嬉々《きき》として答えた。「どうぞ、どうぞ、侯爵。居間で針仕事をしているところですの。わたくしがご案内いたしますわ」

居間のありかを知らないわけじゃなし。二週間近くもここに暮らしていたじゃない。プリシラは苦々しい思いで聞いていた。いっそ逃げ出してしまおうか。といっても、廊下に面した出口しかないし。これから出れば、ブライアンとミス・ペニーベイカーと鉢合わせしてしまう。窓から抜け出すことも考えた。だが、窓を開けて体を乗り出すころには、二人が部屋に入ってくるだろう。すると、上半身は窓の外、下半身は窓の内側というぶざまな格好をさらすことになる。

仕方がない。プリシラは両手を組み、できるだけ無表情を装って身がまえた。そこへ、ミス・ペニーベイカーがブライアンをともなって入ってきた。「プリシラ、お客さまよ。どなただとお思い？」プリシラが見えないわけでもないのに、はしゃいだ声でわざわざつけ加える。「リンデン侯爵ですよ」

「ブライアンというんです」元ジョン・ウルフが照れたような笑顔で、ミス・ペニーベイカーに言った。「その侯爵だなんだというのはやめてくださいませんか。ただブライアンと呼んでほしいな」

「なんと奥ゆかしくていらっしゃるんでしょう」

ミス・ペニーベイカーは上機嫌でプリシラを目でうながした。こんなすてきな新侯爵に早くご挨拶《あいさつ》なさいな、とでもいうように。ブライアンも、プリシラに期待のこもったまなざしを向ける。プリシラは言葉が思いつかず、ただ突っ立ってブライアンを見返していた。

ようやく様子が変なことに気づいたミス・ペニーベイカーは、眉間《みけん》にしわをよせて首をかしげた。

「ミス・ペニーベイカー、どうかなさいました?」プリシラはこわばった口調で元家庭教師にきいた。

人がいいミス・ペニーベイカーはプリシラをじっと見つめ、それから困ったようにブライアンを見あげた。「勘弁してやってくださいましね、候――いえ、ブライアン。プリシラはゆうべから動転してますのよ。みんなそうですけど、びっくりすることばかりで」

ブライアンの顔に、おおらかな笑みが広がった。「びっくりしていることでは、ぼくもまったく同じなんです。ところでミス・P、ほんのしばらくのあいだ、プリシラと話したいんですが……二人きりで」

「もちろん、候――いえ、その……どうぞ、ご遠慮なく」ミス・ペニーベイカーは口に手を当て、声を忍ばせて笑った。

プリシラは呆《あき》れて元家庭教師をにらむ。たとえ数分でも男性と二人きりでいるなんてとんでもないと、口うるさくくり返していたのはどこのどなただったかしら? たまたまプリシラがブライアンと部屋で二人きりになったりすると、なぜか必ずミス・ペニーベイカーが顔をのぞかせたものだったのに。

プリシラは思わず声をあげた。「ミス・P! わたしの評判はどうなるの?」

「ほんのしばらくだったら、噂《うわさ》されることもないでしょう。それに、なんといったって、リンデン侯爵なんですからね」ミス・ペニーベイカーは、まるで共犯者か何かのように、こそこそと部屋を出ていった。

「ミス・ペニーベイカーをすっかり降参させてしまったようね」プリシラは皮肉を言った。

「それは、ぼくの新しい爵位とやらのせいじゃないかな」ブライアンは当惑顔でプリシラを見た。「きみのことは怒らせてしまったようだが」

「わたしを怒らせたですって、侯爵？　どうしてそんなことをおっしゃるんですか？」プリシラの語調はよそよそしい。

ブライアンの口のへりに苦笑が浮かんだ。「きみまでブライアンではなく、侯爵という呼び方をするから」

「お名前で呼ぶほど、あなたを存じあげておりませんもの」

「プリシラ！　いったいどうしたんだ？　きみとぼくとのこれまでの間柄でも、名前で呼ぶほどぼくを知らないというのか？」ブライアンはじれったそうに片手をさし出してプリシラに近よった。

「ブライアンというお名前の方は知りません」

「ジョンという名前だったときのぼくをよく知ってるじゃないか」

「知っていると思っていました」プリシラは、つけ加えずにはいられなかった。「でも、わたしの勘違いだったようです」

「プリシラ！　なんでそんなことを言うんだ？　なぜぼくに腹を立てている？　ぼくが何をしたというのか？」

「何をしたのかですって？」プリシラは唖然《あぜん》とした。「二週間ものあいだ嘘《うそ》をついていて、よくもそんなふうにきけるものね。自分の名前も住所も何もかも覚えていないと言ってわたしの同情を引き、しまいにはわたしの――」

「プリシラ！　きみは、ぼくが自分の身元を覚えているのに記憶を失ったふりをしたと思っているのか？」

「そのとおりよ。誰だってそう思うでしょう。舞踏会に公爵が現れたとたんに、あなたは進み出て、〝お父さん〟と呼びかけた。考えこんだり、記憶をまさぐるような表情も見せなかったわ。ランリー公爵の登場とともに、あなたはお芝居をやめて自分の素性を明かすことにしたんでしょう。そのときまでなぜ隠していなければならなかったのか。それはわからないわ。たぶん、そのほうが安全だという理由なのかもしれない。でも、せめてわたしにだけでも話してくださってもよかったじゃない。そんなにわたしが信用できなかったの？　みじめでたまらないわ。何も思い出せないというあなたの言葉をうのみにするなんて、わたしみたいな田舎娘だけなんでしょうね。なんとかして自分の身元を探りたい、どうして二人組に襲われたのか突きとめたい。ばかなわたしはそれを真に受けて一生懸命だった。なんのためにそんなことまでしなければならなかったの？」

「プリシラ！　ちょっと待って――」

プリシラは憤りに任せて、かまわず続けた。「オリバーがあなたを襲わせたのも当然よね。公爵ではないにしても、ゆくゆくは跡継ぎになる人ですもの。わたしとしたことが、どうして気がつかなかったのかしら。エイルズワース家の弁護士事務所を訪ねてからエルバートンにやってきたアメリカ人だというのに。公爵夫人におとらず間抜けなわたし。年の若いあなたが公爵であるはずはないと思いこむなんて。だけど、公爵にはアメリカ生まれのお子さんがいるかもしれないというところまでは、頭がまわらなかったわ。ありもしない謎《なぞ》をとくことに夢中になって、空想にふけったりして――」

「そうじゃないんだ！」

「心の中であなたはわたしを笑っていたことでしょう。あなたの身元など問題ではない。泥棒だろうが、結婚していようが、下層の生まれだろうが、いっさいかまわない。そんなことを言っていたわたしがさぞおかしかったでしょうね。なにしろご自分は侯爵さまですもの！　実は貴族だとわたしが知ったとき、問題じゃないと言っていたはずの爵位に目がくらむとでも思ってらした？　あなたの足元にひれ伏さんばかりになって、愛人にしていただいたことを感謝するのではないかと思ってた？　いいえ、とんでもない！　感謝するどころか恥ずかしくて、利用された屈辱感でいっぱいだわ。こんな手を使いたいなら、うちじゃなくてほかの家に行ってくだされば よかったんだわ！」

口をはさもうとしてもプリシラにさえぎられたブライアンは、顔色が青くなったり赤くなったりして今にも爆発しそうだった。それでもプリシラが話し終わってからしばらくのあいだはすぐには口を開かず、じっとこらえていた。

ようやくこわばった声が出てきた。「プリシラ……座って」

「いいえ、座りません！　わたしは立っていたほうが――」

「座ってと言ってるんだ！」ブライアンはどなった。

プリシラは目を丸くして腰を下ろした。

「ぼくは立ちっぱなしで、きみに一方的に罵倒《ばとう》されていた。今度はぼくに話をさせてもいいだろう」

挑戦的なプリシラの顔つきではあったが、言葉は返ってこなかった。

「ぼくは嘘なんか一度もついていない。あの小屋で目を覚ましたときから、記憶が本当に消えてしまったんだ。ゆうべ父が舞踏会に現れるまでは、自分が何者かまったく思い出せなかった。それなのに、父を見たとたんにぱっと記憶がもどってきた。そのことに自分でも気がついていないくらい突然だった。無意識にぼくは父のほうに歩き出し、口からひとりでにお父さんという言葉が出ていた。きみだけじゃなく、ぼく自身も驚いていた。これはぼくの父親だと思ったら、何もかも思い出した。自分の名前も出身地も。ニューヨーク市の生まれで、職業は——うちは海運会社をやっている。シンガポールや広東《カントン》その他に行ったのも、その仕事のためだった。ぼくは世界中をまわって、外国の貿易商と取り引きをしている。アデリアという妹がいて、みんなにディーリアと呼ばれている。母は二年前に死んだ。そう、こんなふうに記憶が全部もどってきたんだ。まるで、一時的に取り出されていた脳の一部がもどされたみたいに」ブライアンはいったん口をつぐんでから、一語一語に力をこめて言った。「誓って言うが、父が会場にやってきたときに突然すべてを思い出したんだ。嘘でもなんでもない」

プリシラはまじまじとブライアンを見つめた。この人の言うことを信じたい。確固とした声音にも、意志の強そうな口元にも、輝くまなざしにも、誠実さが表れているのは認める。だがどういうわけか、それを否定したい気持が心のどこかにあった。「そんなにも突然、何もかも思い出せるものなのかしら？　どうして記憶が急にもどったの？」

「それは、ぼくにもわからない。記憶がなくなったのも突然だった。父でなくても、よく知っている誰かに会っていれば、もっと早く思い出せたかもしれない。だけど、親しい人や環境からあまりにも遠く離れていたからね。エルバートンとかランリー公爵という名前もそれまで聞いたこともなかったんだ」

「えっ、本当？」プリシラはびっくりした。

ブライアンは大きく首をたてに振る。「本当だとも。たとえ記憶がもどっていたとしても、父が公爵だとは知らなかった。ぼくの名前はブライアン・エイルズワースという。イギリスにいたときは侯爵だったとは、父は一度も家族にしゃべらなかったよ。侯爵のなんたるかも知らないくらいだ」

「まさか、冗談でしょう」

「いや、冗談なんかじゃない。父はイギリスや、ここでの生活について口にしたことはないんだ。いつアメリカに渡ったのかさえ、きかれてもぼくはよく答えられない。どうして移住したのか、父に尋ねようと思ったこともないんだよ。成功を求めてアメリカに来たものと、勝手に思いこんでいたんだろう。果たして母も知っていたかどうか」ブライアンの顔を微笑がよぎった。「母の親族が父のことを成金だと言って見くだしていたけれど、父は腹の中で笑っていただろうな。ニューヨークがニュー・アムステルダムだったころにさかのぼる由緒あるバン・デル・ベック家の一族であることが自慢の連中で、母と知り合ったときの父は無一文の若造だったから、海運業で成功したのも母の縁故のおかげだと言いたがった。母が怒ると父は笑って、家名なんかどうでもいいことだ、気にするなと言っていた」

「なんだか、あまりに……あまりにも……」押さえれば混乱がおさまると思っているかのように、プリシラは両手を頭に持っていった。

「あまりに突拍子もない？　うん、そのとおりだ。ぼくの身にもなってみてくれよ。自分の名前も忘れてしまい、やっと思い出したら、今度はそれまでの自分とは違う変な位がくっついているんだから」

「おまけに、わたしには嘘つきと責められるし」

「だったら、ぼくのこと信じてくれる？　きみに嘘なんかついていないのがわかった？」

プリシラはため息とともにうなずき、椅子に深々と背中を沈めた。「信じるわ。だって、そんなとっぴな話が創《つく》れるとは思えないんですもの」

「よかった、信じてくれて！　とっぴさに救われたんだ」ブライアンは満面に笑みを浮かべて近づき、プリシラの手を取ろうとした。

あわててプリシラは身をかわす。「待って。ジョン、いえ、ブライアン、だめよ」

「何がだめ？　キス？　どうして？　侯爵はそういうことしないものなのか？」

「ええ。あ、いえ、もちろんするわよ。でも、わたしたちはいけないの。あなたとわたしとのあいだには大変な開きがあるから」

「きみは何を言ってるんだ？　開きがあるとすれば、きみが自分で作っているだけじゃないか」ブライアンの笑顔がしかめっ面に変わった。「何もかも解決したというのに。ぼくの身元もわかったし、爵位とやらのおかげで、イギリス人からも少しは敬意を払われそうだし。きみを襲った二人組は牢屋《ろうや》にぶちこまれて、当分出てこないだろう。あの二人は我らがオリバーについても白状しているようだ。オリバー本人は逃げ出したらしい。我々に対するビアンカの仕業も父は知っている。未解決の問題といえば、三十年前の殺人事件の真相を突きとめて、父の潔白を証明することだけだ。しかし、だからといって、それがきみとぼくの仲を邪魔するとは思えないが」ブライアンは一息置いて、静かにきいた。「それとも、そのためにきみはぼくを拒むというのか？　ぼくがあの父の息子だから？　きみは、父が犯人だと思ってるのか？」

「いいえ。でも、正直言って、お父さまが犯人かどうかはわからないの。ただ、あなたのお父さままであるからには、人殺しをするとは考えられないけれど」

「それなら、例の評判というやつかい？　殺人の嫌疑をかけられている男の息子なんかと親しくするのはいやだというのか？」

「いいえ、まさか！　ジョン、いえ、ブライアン、あなたはわたしがそんな人間だと思ってるの？　あなたはお父さまではない。それに、たとえお父さまがそんなことをしたとしても、あなたが悪いんじゃないわ」

「だったら、なんだ？　なぜぼくと結婚できないんだ？」

「あなたと結婚？」プリシラは仰天した顔できき返す。

「ああ。それ以外に何を話していたと思う？」

「そ、そんなこと、考えもしなくて。でも、結婚してほしいと、いつあなたに言われたのかしら」

「はっきり言ったわけじゃないけど。こういうことは得意じゃなくて――初めてだし」ブライアンは咳払《せきばら》いして、口調を改めた。「ミス・ハミルトン、ぼくと結婚していただけませんか？　それとも、お父上にお願いするのが正式だろうか？　そうしてほしい？」

「いえ、もちろん、そうしてほしいなんて思ってないわ。それよりも、あんまり急なお話で、準備ができてないの」

「準備なんかいらない。演説を頼んでるんじゃないんだよ。ただ、イエスとさえ言ってくれれば」

「それは言えないの！」プリシラは声を高くした。「だめなのよ。結婚できないの」

「どうして？」ブライアンは眉をひそめた。「おい、プリシラ、思わせぶりはきみらしくないぞ」

「思わせぶりなんかじゃない！　本気よ。あなたとは結婚できないの。あなたは侯爵なのよ。やがてランリー公爵になる人なの」

「だから？」

「だから、その地位に合った結婚をしなくてはいけないの。お金も地位もないそのへんの女を妻にするわけにはいかないのよ。公爵にふさわしい女性と結婚しなくては」

「そんなの、ばかばかしいじゃないか。ぼくは自分が選んだ相手としか結婚しない。きみは身分や地位なんか関係ないと言ってたのに」

「それは、あなたには地位がないと思っていたときの話じゃない。今はまるっきり違うわ。あなたは侯爵なのよ」

「侯爵、侯爵って、いいかげんにしてくれないか？　それを聞くと、ぼくはまるで疫病持ちか何かみたいな気にさせられる。ご立派な爵位を持っていようがいまいが、ぼくはぼくだ」

「あなたはわかってないのよ。爵位には重大な責任がつきものなの。親族と家名と土地に対する責任。そして、現在までの代々の公爵すべてに対しての責任よ」

「それと、我々の結婚とどういう関係があるんだい？」

「公爵夫人に適した女性を選ばなければならないということよ」

「ぼくが知っているどの女性よりも、きみがふさわしい。聡明《そうめい》で、美しく、心が広くて、勇気があり……」

「わたしが言ってるのは性格のことじゃないの。身分よ、問題は。うちも家柄は悪くないんだけど、貴族ではないの。家系のあちこちにナイト爵や准男爵も一人いるけど、伯爵や子爵、公爵はいないわ」

ブライアンは肩をすくめた。「ぼくは全然気にしない」

「だから言ったでしょう。自分がよければいいというわけにはいかないのよ。名前にともなう義務があるの」

「名前なんかくそ食らえだ。名前がきみと結婚するんじゃない。結婚するのはぼくなんだよ」

「わたしは誰とも結婚しないわ。ブライアン、よく考えて。わたしがお金持ちで地位もある家の娘ならまだましだけど、うちは貧乏なのよ」

「相手が金持ちだという理由で結婚するのは、あんまり品がいいことだとは思えないが」

「品がいいとか悪いとか言っていられないのよ。現実だから。ときにはそういうこともしなければならないでしょう……伝統ある家を救うためには」

「なんだって？」

「ランリー邸のこと。このままいくと崩壊してしまうわ。きちんと修理するためのお金がエイルズワース家にはないの。東側の棟を維持できなくて何年も前に閉鎖してしまったのは、地元ではよく知られたことよ。とにかく莫大《ばくだい》な費用がかかるの。土地をもっと活用して小作人を増やせば地代も入ってくるでしょうけれど、十分じゃないのよ。わたしが家に対する責任と言ったのはそういう意味。公爵の位を継ぐ立場の人は、何よりもまずそのことを考えなくてはならないの」

「それだったら、ぼくは考えなくてもいいと思う。改修のための金なら父が出せるよ」

「どういうこと？」

「父は地代を当てにしてもどってきたわけではない。うちは海運会社を経営していると言ったろう。ランリー邸の修理や改築にいる金くらいはあるから、ぼくは財産めあての結婚はする必要がない。それと、家柄なんかのために相手を選ぶつもりもない。ぼくはきみと結婚することに決めているんだ」

プリシラは息をのんだ。ブライアンの首にかじりついて、イエスと言ってしまいたかった。こうまで理をつくして話してもなおブライアンが結婚の意志を変えようとしないなら、身分の差も人の噂もわたしの責任ではない。けれども、男の名前で冒険物語をひそかに書いているという事実になると、話は別だ。しかも、ブライアンはそのことを知らない。もしもわたしが侯爵夫人になって社交界の話題になったときには、必ずその秘密がもれてスキャンダルになるに違いない。誇り高いエイルズワース家の人々が恥をかくことになり、その原因となるのはこのわたしなのだ。

「やっぱりできないわ。だって……その、つまり……わたしと結婚すると、ひどいスキャンダルになりかねないんですもの」

「それはまたどうして？」

「つまりね、あなたと結婚して上流社会の仲間入りをすると、みんなにわたしの過去をあれこれ詮索《せんさく》されると思うの。エイルズワース家の跡継ぎをつかまえた田舎娘はいったい何者だと、ゴシップ好きな人たちがかぎまわってスキャンダルになりそうなことをほじくり出すでしょう」

「で、きみは過去に何かそういうことをしてるの?」ブライアンの目が笑っている。「舞踏会で同じ男と何度も何度も踊ったとか? それとも、礼状を早く出さなかったとか?」

「笑い事じゃないわ!」身を切られる思いでプロポーズを断ったのはブライアンのためなのに、この人はよくもわたしをからかったりできるものだわ。「スキャンダルと言えることを以前にわたしはしているの。それが世間に知れたら、あなたのご家族が恥をかくことになるのよ」

「人殺しの重要な容疑者になるよりも悪いことかい? うちの家族はすでにスキャンダルをかかえているじゃないか」

「そういう種類のことじゃないけど、事態はもっと悪くなるでしょう。スキャンダルをかかえていても、一つだけならまだしも、どこの馬の骨かもわからない女と結婚となれば、また一つスキャンダルが増える。そのうえわたしのしたことがばれたら、もう大騒ぎになるわ。わたし、あなたのご家族を巻き添えにしたくないの」

「冗談ではないんだね?」ようやくブライアンも真剣な目つきになってきた。「スキャンダルになるようなことを、きみは実際にしたの? 社交界から追放されるようなことを?」

「ええ。社交界の人たちのほとんどはスキャンダルと見なすと思うの。ひどい噂を立てられるに決まってるわ」

「いったいなんなんだ、それは？　きみが重大な過ちを犯すとは信じられないけれど」

プリシラは苦悩のまなざしをブライアンに向けた。秘密を打ち明けたら、ブライアンは嫌悪感を示すだろうか？　プロポーズを断られてよかったと、ほっとするかしら？　わたしのことを女らしくないと感じて、去っていくだろうか？　小説を書いていることを話そうと思ったことは何度かある。特にブライアンが自分の素性がわからなくて悩んでいたときには、こちらの秘密も告白すれば慰めになるかと思ったりもした。だがどういう反応が返ってくるかが心配で、そのたびに思いとどまった。ブライアンはイギリスの旧弊なしきたりや考え方を軽蔑《けいべつ》していることからしても、進歩的な思想の持ち主のようにも思われる。アメリカ人だからかもしれない。そうかといって、ブライアンが女性の権利の支持者であるとは限らないではないか。女が小説――それも、冒険小説などを書いていると知ってショックを受けないという保証はない。父の知識人の友達でさえ、男の活動分野に入りこもうとする女のことを悪しざまに非難しているのを耳にしたことがある。敬愛する牧師さまにすら、本を書いていると話したことは一度もない。それというのも、従来から男の仕事だったことに挑戦しようとする女は神の思し召《おぼめ》しからはずれていると、悲しげに牧師さまが話しているのを聞いてしまったからだ。

プリシラはささやいた。「ブライアン、そのことはきかないで」

ブライアンの好奇心はますますそそられた。そんなに恥ずかしいことをプリシラがするとは、どうしても信じられない。「人殺しでもしたの？」

「ブライアン、ふざけないで！」

眉間にしわをよせて、ブライアンは考えこんだ。「だったら、きみは結婚していたんだ。で、離婚した」

「ブライアン！」

「じゃ、不倫した」

「違うわ！　わたしが不倫なんかすると思ってるの？」

「いや、もちろん思ってない。ただ、何をしたのかと一生懸命考えてるだけ」

「もう考えるのはやめて。わたしが結婚していたり、不倫したりするはずはないじゃない」プリシラはむっとした声を出す。

「うん」プリシラとの抱擁を思い起こして、ブライアンはにんまりした。「それはそうだ」

「にやにやするのはよして。これ以上きかれても、わたしは答えません。何もおっしゃらないで、帰って」

「なぜぼくと結婚できないか、納得できる理由を教えてくれない限り帰らない」

「それは言えないのよ。ブライアン、お願い。わたしのことを信じて。結婚は無理なの。あなたのお父さまにおききになって。公爵の結婚相手にはどういう人がふさわしいか答えてくださるわ」

「父からは、きみの考えてるような答えは返ってこないと思うよ。なにしろ父は爵位なんかない女と結婚したんだもの」

「どうしてわたしの言うことを聞き入れてくださらないの？」プリシラの目が涙でいっぱいになった。

ブライアンはプリシラの両手を握った。プリシラは手を引きぬこうとしたが、ブライアンははなさなかった。「わからない？　ぼくとしては、そう簡単に追い払われるわけにはいかないんだよ。妻になってほしいというぼくの願いよりも、ぼくを遠ざけたいというきみの気持のほうが強いことがわかれば、ぼくは引きさがるしかないが」

「お断りしたのよ。どうしても認められないの？」

ブライアンはかぶりを振った。プリシラの右手と左手を順に唇へ持っていって、そっとキスした。「ぼくが頑固なのはわかってるだろう」

手の甲をかすめるブライアンの唇の感触に、プリシラの胸はふるえた。この唇がわたしの全身を優しく味わったのだ。もう二度とこの人にキスされることも、愛撫《あいぶ》されることもない。このほほえみを見ることも、この声を聞くこともなしに、一生を終えなくてはならない。プロポーズを承諾しますという言葉をのみこむために、プリシラは下唇をかんだ。

「そのうちにイエスと言わせてみせるよ。ぼくは何度も何度も申しこむからね」

プリシラが首を横に振るのを無視して、ブライアンは続けた。

「今は帰るけれど、必ずまた来るよ。望みの返事をもらうまではあきらめない」

ブライアンは部屋を出ていった。

その足音を聞きながら、プリシラは立ちつくしていた。玄関の扉が閉まる音が聞こえた。

プリシラはくずれるように椅子に座り、さめざめと泣いた。

18

ランリー公爵はつかつかと食堂に入ってきて、すでに席についている先代の未亡人と息子のアレックに挨拶《あいさつ》した。「やあ、おはよう」

「おはようございます、公爵」アレックは椅子からぱっと立った。昨夜の舞踏会に突然現れた異母兄の堂々とした振る舞いには感服した。どこから見ても公爵らしい。自分が爵位の重責をになわずにすんで、実は内心ほっとしていた。異母兄の帰還によって継承権は第三位になった。ジョン、いや、ブライアンが結婚して息子が生まれれば、順位はさらに下がる。それにつれて自由の度合いが増し、母に公爵としての責任がどうのこうのと言われて拘束される恐れがなくなった。そうなれば、憧《あこが》れの軍隊に入れるのではないか。

「おはよう、アレック。わたしと朝食をつき合うことにしてくれてありがとう」

「わたくしどもに選択の余地があったでしょうか?」未亡人はいやみを言った。彼女は早起きに慣れていない。朝食をともにしたいという公爵の伝言を小間使いが伝えなければ、今ごろはまだぐっすり眠っていたのに。言葉づかいは丁寧でも、つまりは命令だった。

「うむ……選択の余地は誰にでもありますよ」デイモンはテーブルの上座に座った。銀器を並べた食器棚のわきに立っていた従僕がさっと進み出て、公爵のカップにコーヒーを注いだ。

「公爵、何をお取りしましょうか？」従僕が尋ねた。

デイモンは手を振って、離れるように合図した。「自分で取るよ。給仕の必要はないと思うから、もう厨房《ちゅうぼう》に下がってよろしい」

ビアンカは不服そうに眉をつりあげた。自分で皿に料理を取ったりするのは嫌いなのだ。だがさすがに、口に出しては言えなかった。公爵が銀器からあれこれと料理を皿によそってもどってくるのを、母子《おやこ》は黙って眺めていた。

コーヒーを一口すすって、公爵が感想をもらした。「最上とは言いがたいな。これは変えさせなければ」それから、やおらテーブルを見まわす。「なるほど、今朝は客人の姿が見えないようだ」

ビアンカは唇をかんだ。ベンジャミン・オリバーは、昨夜デイモンが到着して間もなく、屋敷を出ていった。卒倒したビアンカが寝室にかつぎこまれたとき、ベンジャミンは自分の荷物をまとめていた。公爵を襲うために雇った二人組が警察につかまったと、あの卑劣漢は告げた。沈みかけた船を鼠《ねずみ》はいちはやく見捨てるということわざがあるが、ベンジャミンはそういう男なのだ。アレックが公爵になる見込みはなくなった今、未亡人にはもはや金も権力もない。寡婦としてのごくわずかな財産しかないので、生活は全面的に新公爵に頼るしかない。二人組がベンジャミンに指示されてやったと警察でばらしたとしても、影響力のない自分にはどうすることもできないだろう。二人組との悪事の交渉は、すべてベンジャミンにやらせたのだけは賢明だったと思う。陰で指図した自分まで突きとめられることはあるまい。

向かいに座っているアレックが嬉《うれ》しそうに答えた。「ええ、やつは逃げていきましたよ。ほんとによかった」

「あの客人がいなくなって、公爵夫人は寂しいことでしょう」

「別に。わたくしには関係ない人です」ビアンカは肩をすくめ、コーヒーに口をつけた。

「それならよしと」公爵は朝食の皿に目を落とした。ビアンカは食べるでもなくトーストをいじり、アレックは神妙に待っている。「ああ……イギリスの朝飯にまさるものはない」

デイモンは皿を押しやって二杯目のコーヒーを飲み、ビアンカからアレック、そしてふたたびビアンカに視線を移した。時計の音がかちかち響き、緊張が高まる。

「さて、アレック」デイモンはようやく口を開いた。「きみと親しくなるのを楽しみにしているよ。正直言って、三十年もたってから弟がいるのを知るというのも妙な気分だが。それも、わたしよりもむしろ息子に近い年齢の弟だとはね。きみにとっても、変わった体験なんじゃないかな」

「そのとおりです、公爵」

「おいおい、そう堅苦しいのはやめよう。兄弟じゃないか。デイモンと呼んでほしい」

「ありがとう……デイモン」

「そうそう。ところで、息子から聞いたところでは、きみは軍隊に入りたいんだって？」

アレックの目がぱっと明るくなった。「ええ！　何よりもそうしたいんです」

「望みどおりにすればいいじゃないか。次男の進路として軍隊はこれまでも高く評価されている。わたしは反対しないよ」

「いいえ、だめです！　わたくしは許しません」ビアンカが声をあげた。

デイモンは彼女に目を向けた。空色のまなざしが冷え冷えとしている。「今の家長はわたしだと思うが」

「アレックはわたくしの息子です！　軍隊に入るなんて、そんなことさせるわけにはいきません」

「アレックはもう子どもじゃない。あと二、三週間で二十一歳になる息子に、あなたが指図することはできないでしょう。もちろん、アレック自身があなたと暮らしたいと言うなら話は別だ。しかし、寡婦の住まいである〈ダウアー・ハウス〉は若者には退屈なんじゃないかと思うが。ヨークシャーといえば、かなりへんぴなところだし。未亡人にはよくても――」

「〈ダウアー・ハウス〉ですって！」ビアンカは愕然《がくぜん》として叫んだ。息子の入隊どころか、自分のこれからが重大問題だ。

「ええ、そう。公爵夫人は夫亡きあと〈ダウアー・ハウス〉にひっこむのがしきたりじゃないですか」一息置いて、デイモンはつけ加える。「わたしは再婚するかもしれないし、でなくとも、息子が結婚するつもりでいるから当然でしょう」

「プリシラ？」アレックが口をはさむ。「プリシラと結婚するんですね？」

ビアンカはとげとげしい声を出した。「アレック、黙ってなさい！ハミルトンのばか娘が結婚しようがしまいが、どうでもいいじゃない。それよりも、この男はわたくしをここから追い出そうとしてるのよ！なんとかしたらどうなの？」

アレックはもじもじしている。「お母さん、それは……ぼくはなんともできないと思うけど。ここはお兄さんの家なんだから」

「自分の息子に八つ当たりするのはよしたほうがいい。アレックの言うとおりだ。彼にはどうにもできない。あなたも同様だ。〈ダウアー・ハウス〉を住まいにしなければならない理由があるのをお忘れのようだな。ここよりもずっと小さい家だから、あなたの収入につり合っているじゃないか」

ビアンカは絶句した。この男はわたくしの財源も断つつもりなのか。「まさかわたくしに……あのはした金だけで暮らせと……」

「それがあなたの相続分だろう」

「あんなの無きに等しいのに。財産はほとんどそっちのものじゃない」

「だが、それもあまり残っていないようだ。弁護士が見せてくれた帳簿によれば、とりわけここ数年のあなたの金の使いぶりが著しい。それはともかく〈ダウアー・ハウス〉での生活ならあなたの相続分で十分だと思う。年に数週間くらいバースに滞在も可能だ」

「バース！　おばあさんばっかりのあんなところ、わたくしは行くもんですか！」ビアンカは吐き捨てるように言った。

「年に二、三週間ならロンドンに家を借りることもできるかもしれない」

ビアンカは金切り声を出した。「わたくしは行きませんよ！」

「といっても、ここに置いてやることはできない」

ビアンカとアレックは口もきけずに公爵を見つめるばかりだった。公爵の未亡人は〈ダウアー・ハウス〉に隠遁《いんとん》するのが昔からの習慣だとはいえ、過去二代にわたってそこに暮らした未亡人はいない。本人たちがランリー邸に残ることを望み、爵位を継いだ息子たちも母親を無理に転居させようとはしなかったからだ。

「あんたの仕打ちをみんなにしゃべってやるから！　権力を笠《かさ》に着てわたくしを追い出したいんなら、そうすればいいわ。その代わり、あんたがいかに冷酷な人でなしか、誰一人知らないものはないようにしてやりますからね！」

デイモンはビアンカを冷たく見すえていた。「そういうことをする前に、まずじっと胸に手を当てて考えたほうがいい。黙っていたほうが身のためなんじゃないですか」

「なんのことだか、さっぱりわかりませんけど」

「わからない？　じゃあ、説明してあげよう。わたしとしては、アレックの耳に入れずにすめばと思っていたんだが。あなたがわたしの息子に対してしたことも、わたしにしようとしたことも、家族のために口外しないことに決めていた。ブライアンの話だと、アレックはあなたの企《たくら》みに関《かか》わっていないそうだから、彼にいやな思いはさせたくなかった」

アレックが驚いてきいた。「企み？　お母さん、どういうことなんです？」

ビアンカは息子の質問には答えず、デイモンに言い返した。「はったりはよしてほしいわね！」

「はったりだと？　わたしが何も知らないと思ってるのか？　黙っているとでも思ってるのか？　あなたが一度でもわたしや家族について妙なことを言いふらそうものなら、ただちにおおやけにするつもりだ。友達にしゃべりたいなら、しゃべるがいい。わたしのせいでランリー邸に住めなくなったと。代わりに、わたしを亡き者にするために殺し屋を雇ったのはあなただと、その人たちに教えてやるから。そればかりではなく、息子が襲われて監禁されたことも」

「お母さん！」アレックが顔色を変えて、母親を見つめた。

ビアンカは立ちあがった。「そんなこと証明できないでしょう！　彼らとは会ってもいないし、わたくしの名前も知らないくらいだから」

「あなたの男が何もかも知っている。彼がつかまらないと思ってるのか？　監獄にぶちこまれるというときに、あなたの指図で二人組を雇ったことを白状しないとは考えられない。口を開く前に、よく考えたまえ。ヨークシャーの〈ダウアー・ハウス〉に追放されるならまだしも、監獄行きもあり得る。少なくとも、社交界には出入りできなくなるだろう」

ビアンカは棒立ちになって、公爵をにらんだ。なんとかして言い負かしてやれないかとでもいうように、口をぱくぱくさせている。顔面蒼白《そうはく》になったアレックは立って、テーブルごしに母を見すえた。

「お母さん、今の話は本当？　デイモンとブライアンに危害を加えさせたというのは。はっきり答えてもらいたい」

ビアンカは憤怒《ふんぬ》の形相になった。「あなたはどう思うのよ？　相続が横取りされるのを黙って見ていろというの？　これを手に入れるために、それこそ大変な苦労をしたというのに。あの老人と二十年も一緒に暮らすのが楽なことだとでも思ってるんじゃないでしょうね？　結婚してから二、三年もしたら、あの人は死んでくれると思っていたら、なんと長々と生きてたじゃない！　しわだらけのあの手でさわられるのを我慢するのは容易じゃなかった。そのうえ、キスだのなんだのと――ううっ、いやだ！　それもこれもみんな、あなたのためを思ってしたことじゃない。爵位も財産も土地もあなたが継げるように。だって、当然の権利だもの。邪魔されてたまるものですか！」

「アレック……」若い異母弟の顔には衝撃の激しさがありありと出ていた。デイモンはたまりかねて近づこうとした。

「いえ、だいじょうぶです」アレックは兄を手で制してから、母親に向かって言った。「そういうことをしてほしいかどうか、お母さんは一度でもぼくにきこうと思ったことがあるんですか？　どれもこれも、ぼくのためにしたことじゃない。みんな自分のためにやったんだ。お母さんがあの老人とやらと結婚したのは、ぼくが生まれる前の話じゃないか。ぼくのためにいやいや我慢したんでもなんでもない。金と地位が欲しかったからというだけだ。ぼくはランリー公爵になりたいと思ったことはいっぺんもない。ギッドと一緒に軍隊に入りたかったのに、あなたが跡を継ぐのを強制したんじゃないか。跡継ぎとしての責任感がないと言われつづけて、ぼくはいつも母親にそむくようで気がとがめてた。あなたが憎んでいるあの老人というのは、ぼくのお父さんなんだ。殺そうとしたのは、ぼくの兄と甥《おい》なんだ。そんなひどいことを、ぼくのためにやったと言うのか？　ぼくはこんなことにはいっさい関わりたくない。あなたとも、もう関わりを持ちたくない」

ビアンカは罵《ののし》りのような悲鳴をもらして身をひるがえし、部屋から飛び出していった。その後ろ姿をアレックは苦痛の面もちで見送った。デイモンが近よって、肩に手をのせる。

「こんな形で知らせることになって、きみには悪かった」

アレックは異母兄に青い目を向けた。「どうしてあんなことができたんだろう？　ぼくの……母親だというのに……」

「ああ、わかるよ。母子である事実は変わらないからね。だけど時間がたてば、きみの気持の中でなんとか折り合いをつけられるようになるかもしれない」

「そんなこと絶対にできない！　だいたい母があのろくでなしのオリバーと同居しているだけでも頭にきていたのに。あいつだけじゃなく、母のことも憎んだときがあったんです。でも今度のことは、それとは比べものにならないくらい悪い。こともあろうに母が人殺しまでできるとは！　それも、相手は家族だなんて！」

「自分と我が子に対する脅威としか考えられなかったんだ。雌のライオンが子どもを守るところを見たことあるかい？」

「母はぼくを守ろうとしたんじゃない。少しでも守る気があったのなら、オリバーなんかよせつけないでしょう。自分の財産と地位しか頭になかったんだ。お兄さんの言ってたとおりです。ただ……自分の母親の正体がわかって、なんともやりきれない」

適切な慰めの言葉が見つからずに、デイモンは異母弟の肩を軽く叩《たた》くしかなかった。こんなとき、娘がいてくれると助かるのだが。この種のことは女性のほうが得意なようだ。

「なあ、アレック、久しぶりに見る故郷なので、馬でまわってみようと思ってるんだ。一緒に来ないか?』」

アレックは力なくほほえんだ。「ありがとう、気をつかってくれて。だけど今は一人になりたいんです」もう一度笑みを浮かべてみせて、彼は部屋を出ていった。

アレックには同情を感じていたけれど、誘いを断られたのはよかった。午前中にアン・チャルコームを訪ねるつもりでいたからだ。昨夜の舞踏会で姿が見えなかったので、デイモンは思いきって屋敷へ行ってみようと心に決めていた。いや、イギリス行きの船に乗る前から決めていたことだった。

見覚えのある小道をたどっていくと、まざまざと記憶がよみがえった。三十年もたっているのに、ほとんど変わっていない。切り倒された大木。灌木《かんぼく》の生け垣。新しいフェンス。十八歳の若者にもどって愛する女性に会いに行くような気分だった。嬉しくてわくわくする一方で、不安に胸が締めつけられたのをよく覚えている。

デイモンは、チャルコーム邸を見おろせる小高い丘に立った。周囲の牧草地に侵食されて、庭が小さくなったようにも見える。右手に道路と、玄関に通じる車まわし。左手には、あいびきの場所だった小さな池とあずまやが見えた。衝動にかられて、馬首をあずまやの方角へ向けた。近づくにつれ、装飾をほどこした木の建物のペンキが長いこと塗り直されていないことに気づいた。かつては真っ白だったのが薄汚れた灰色になっている。さらに近くに来ると、羽目板が何枚か破れているのが目にとまった。その向こうの池さえ、よどんで汚く見える。

一抹の懸念をおぼえて、デイモンは目をそらした。正直に言えば、長い年月がたっていても帰ってきた理由のひとつがアンに会うことだった。だがこの周囲の光景のように、忘れることのできなかった恋もまた、時の経過とともに色あせているのではあるまいか？かつて愛した人とは似ても似つかぬアンになっているかもしれない。灼熱《しゃくねつ》の恋情だと思いこんでいたものは、実は、束の間《つかま》の情事にすぎなかったのではないか？

一瞬、もどろうかと思った。けれどデイモンは馬を進め、庭のへりをまわって、玉石を敷いた車まわしに入った。馬を降りるときに、奇妙な感覚に捕らわれた。ここから入ってきたのは、アンと恋に落ちる前の一度か二度しかない。あたりを見まわしながら、いまだに後ろめたいような気分になった。

馬丁が走り出てくる気配もないので、自分で馬をつなぎ、石段を上った。ノックすると、間もなく扉を開けたのは、アンその人だった。召し使いか従僕が開けるものと思っていたので、デイモンは驚きのあまり声も出せずに立っていた。

アンは年を取った。が、美しい年の取り方だ。白髪まじりの赤みがかった金色の髪をきちんと結いあげている。目尻と口元から小さな笑いじわが広がり、肌の張りはむろん若いときとは違う。しかし体つきはいまだにほっそりと優美で、すんだ琥珀《こはく》色のまなざしは昔のままに輝いていた。

デイモンは胸がいっぱいになり、ごくりと唾《つば》をのみこんだ。アンのほうがむしろ落ちついていた。「デイモン、またお目にかかれるかしらと思っていました」一歩下がって続ける。「お入りになりません？」

デイモンはうなずき、天井の高い古風な玄関に入った。通されたのは、ずっと奥の居間だった。

「ごめんなさい。ヘンリーが亡くなってからは、応接間を締めきりにしておりまして。近ごろは正式にお客さまをお迎えすることもないものですから」アンは恥ずかしそうにほほえんだ。

「わたしは正式の客ではないと思うが」デイモンののどがようやくゆるみ、声が出てきた。

アンは椅子に腰を下ろし、デイモンにも座るようにしぐさで示す。昨夜一晩中、デイモンが訪ねてくるはずはない、と自分に言い聞かせつつも、この再会の場面を心の中で予行練習していた。やはりデイモンは来てくれた。長身で端整なところは昔と変わりない。

気づかれないように、アンはさりげなくデイモンに目を走らせた。肩幅が広く、空色のまなざしは鋭い。細身でしなやかだったあの若者の面影はほとんど残っていなかった。目の前にいるのは、独力で世を渡ってきた大人の男。それでいて十九歳のデイモンにもこういう強さ、知性、貫禄《かんろく》がうちに秘められていたことが、今の彼からうかがえる。心の優しさはどうだろう？　そしてデイモンの目には、自分がどう映るだろうか？　色つやが失《う》せてしなびた老女だと思われるのではないかしら。

アンは先まわりして言った。「三十年ですもの。人は変わりますよね」

「わたしも変わったと思う？」

「それはそう。どういうふうにときかれても、答えられないけれど。はっきり言えるのは、あなたは公爵であること」

デイモンは肩をすくめる。「侯爵だったときよりも、貴族らしくないよ。アメリカに三十年もいれば、紳士気どりなんかしていられなくなる」

「あなたが紳士気どりしてらしたことなんかないわ」

「そう？　しばしば尊大に振る舞っていたような気がするけど」

どんなところが尊大だったか、アンは覚えている。首のかしげ方や胸の張り方、閃光《せんこう》のように浮かべる微笑。「社会的な地位を意識してらしただけよ」

「過信していたんだと思う。逆境を乗りきろうとがんばっているときは、そんなもの役に立たないとわかったんだ」

「あの……イギリスを離れてから大変でしたの？　アメリカでの生活とか、お仕事とか……」

「仕事はそれほど苦労しなかった。きつい肉体労働にはすぐ慣れたよ。若くて体力があれば、貴族でもたやすくできることがあるのがわかった。頭脳労働のほうは多少の勉強が必要だったが、そのうちになんとかなった」

ふと話がとぎれ、アンはうつむいた。「あなたの息子さんにお会いしたわ」

「ブライアンはしっかりした子だ。そう、もう子どもじゃないが。二十八になるんだ」

「初めてお会いしたとき、一瞬、あなたかと思ったの。すぐ気のせいだと思い直したけれど」

「娘もいる。ディーリアというんだ。夫と子ども二人とニューヨークで暮らしている」

「だったら、あなたはお祖父《じい》さまなのね」

デイモンは低く笑った。「うん、そうらしい。すごくやんちゃな孫どもなんだ。あの子たちを見ると、わたしも年を取ったなと思うよ」

「ずいぶんお若くて結婚なさったのね」

「いつもせかせか急いでいたから」

「ええ、覚えてるわ」さっきよりも長い沈黙がやってきた。けれどもきかずにいられなくて、アンは目を合わせずに口早に尋ねた。「で、奥さまは？　ご一緒にいらしたの？」

「いや。二年前に死んだ」

「そうでしたの。ご愁傷さまです」だからどうということもないと自分を叱《しか》りつつも、アンは胸のつかえが下りるのを感じた。

デイモンは淡々と話した。「家内は気だてのよい女だった。しかし、あなたとは違う」

アンは、デイモンに向けた視線をすぐさまはずした。瞬時にこみあげた喜びを目にあらわにしてはいけない。「でも、同じだとは初めから思ってらっしゃらなかったんでしょう」

「ああ。幸い、家内との結婚では期待していなかった。ああいう恋ができるのは、たった一回だ……それも、運がよければ」

「デイモン……」アンは声をつまらせた。「あんなことになって、本当にごめんなさい」

「わたしがイギリスを離れて、ニューヨークに行ったこと？」

「ええ。わたくしのせいなの。わたくしがいなければ、ずっとあなたはおうちにいたでしょう。お父さまに疑われることもなくて。あのときわたくしの家にいたことを話すべきだったのよ。わたくしを警察に行かせてくだされば、あなたがこんなにも苦労なさらないですんだのに」

「たとえ証拠がなくても、父には信じてもらいたかったんだ」デイモンはじっとしていられなくなって立ちあがり、室内を行ったり来たりした。「父とうまくいかなかったのは、あなたのせいじゃない。あなたに会う前からしっくりいってなかった。ずっと水と油みたいな親子だったんだよ。ブライアンができて初めて、父と息子というのはそういうものだとわかった。とにかく、人殺しの嫌疑をかけられたのは誰のせいでもない。偶然の巡り合わせとしか言いようがないんだ」

「でもわたくしたちがああなったのは、わたくしの責任よ」

「いや」デイモンはアンのほうを向いて、じっと見つめた。「責任というなら、わたしもまったく同じだ」

「わたくしのほうが年上だったから」

デイモンはかすかにほほえんだ。「たった一つじゃないか」

「もっと分別するべきだったの。結婚していたんですもの。自分を抑えて……」

「抑えられたと本心で思うのか？　それでわたしが引きさがると？　初めて会ったとき、あなたがあまりにもひっそりと美しくて、わたしはこの人だと思った。この人しかいないと心に決めたんだ」

「デイモン……」見えない力に引きよせられたように、アンはゆっくり立ちあがった。

「わたくしもそうだった」

その日のデイモンの姿がアンの目に浮かんだ。鹿毛《かげ》にまたがったデイモンは若さそのものだった。汗でシャツが胸に張りつき、髪も濡《ぬ》れていた。彼は馬を駆っている途中で会ったチャルコーム卿《きょう》に誘われて、家によったのだった。アンは庭でテーブルに飾る花を摘んでいた。馬上の男たちを迎えたアンは、自分がどんな様子であったか意識していなかった。そよ風になぶられた髪と珍しい色合いの目に日光が当たり、どちらもきらきら光っていた。胸に抱いた色とりどりの花が乳白色の肌をきわだたせ、春向きの薄いドレスが風にはためいて体の曲線をあらわにしていた。

デイモンは急いでアンに近づき、その手を取った。かつてなじんだ激しい思いがこみあげてくる。過去がもどってきたようでもあり、遠い遠い昔の別世界の一こまのようにも思われた。「どうしてあのとき来てくれなかった？　なぜここに残った？　すべてを忘れてわたしと一緒に新しい人生を始めようとしなかった理由は何？」

握られたままのアンの手がふるえる。デイモンに触れられただけで、生けるしかばねがよみがえったような感じがする。涙がこぼれそうになった。「わからない」アンは泣きながら言った。「わたくしがばかだったの。あなたがいなくなってから、どれほど自分を責めたことか。臆病《おくびょう》だったのよ。わたくしたちがしたこと、夫を裏切ったことへの罪の意識から逃れられなくて。どんなにひどい人でも、両親に逆らいきれなくて結婚した相手であっても、夫は夫ですもの。不義の罪を犯した自分が恐ろしく悪い女に思えてたまらなかったわ。あなたがあの娘さんを殺したとお父さまに疑われたことを聞いたとき、わたくしは動転してしまったの。結婚の誓いもかまわず、何もかも捨てて新しくやり直す勇気がわたくしにはなかった」

涙が頬をつたった。「許して、デイモン。自分だけでなく、あなたの人生までもめちゃめちゃにしてしまった。悔やんでも悔やみきれないわ」

アンの頬を流れる涙をデイモンは手でぬぐった。「そんなに自分を責めないでくれ。あなたはわたしの人生をめちゃめちゃになんかしていない。それに、勇気があったからわたしは家を出たんじゃない。ここに残って人の妻であるあなたを見ているのに耐えられなかったからだ。どうしてもあなたをあきらめることはできなかった。あなたがついてこないとわかったとき、この苦痛から逃れるにはできるだけ遠くへ行くしかないと思った。世間では殺人の容疑のために逃げたと思われているが、そんなことではまったくなかった。父とやり合ったからというのとも、実は違う。だって、父とは年中けんかしていたからね。本当の理由は、あなたが欲しいのに絶対にかなえられない夢だと知っていたからだ。そのことにだけは立ち向かうことができなかった」

デイモンはアンの頬、あご、額の輪郭を指でなぞった。

「我々は自分にできる精いっぱいのことはやったんだよ。いいかい、ナン、むだな後悔をするのはよそう」

アンの表情は泣き笑いになった。「わたくしをナンと呼ぶのはあなた以外にはいないわ」

デイモンはアンの両手を唇に持っていき、優しくキスした。「もう一度やり直すわけにはいかないだろうか? あなたとわたしにもようやく機会が巡ってきたと思わないか?」

「さあ、どうでしょう。わたくしたち、年を取りすぎてやしないかしら」

デイモンはかがんで、そっと唇を重ねた。ためらいがちにアンはデイモンの肩に腕をまわす。口づけが深まり、二人は時を忘れた。

19

ブライアンは約束を守る人だった。求婚を断られてからの二週間は、あらゆる機会を捕らえてプリシラをくどきつづけた。拒絶が決定的なものだとは思っていないふうだった。花束やお菓子を持って家に訪ねてくる。プリシラが出席する集まりに現れないことはほとんどない。教会にまでやってくる。そして必ずプリシラの隣に座り、あからさまに気を引こうとする。公爵からアレックの誕生日を祝う晩餐《ばんさん》への招待状が来たときには、プリシラは欠席しようかと本気で考えた。きっとブライアンがつきっきりで離れず、決意をぐらつかされそうになるだろう。ミス・ペニーベイカーは、プリシラが行かなければ自分も出席しづらいと言い出した。二十一歳の誕生日を迎えるアレックにも悪いと思う。軍隊に入るという最大の望みがかなえられるというのに、近ごろのアレックは以前ほど元気がない。公爵がもどってきてからわずか二日後にビアンカがランリー邸を出ていったことと関係があるのではないか、とプリシラはにらんでいる。けれども、そのことに関してアレックが一言も口にしないので、プリシラも遠慮してきかないでいた。

ペニーとアレックをがっかりさせないためには晩餐会に行くしかない。それがプリシラの結論だった。前もってアレックが言っていたように、小人数の集まりだった。アレックの新しい家族とハミルトン家の一行に加えて、チャルコーム夫人、ミスター・ラザフォード、ほかに数人の客が招かれていた。ブライアンはうやうやしくプリシラの手を押しいただき、甲に軽く唇を当てた。プリシラは肌がうずくのを隠すのに苦労した。食事の席が隣り合わせになるようにブライアンは調整していて、その気配りたるやプリシラもついほだされそうになった。

何かの拍子にふと目をやると、アンと公爵がいやに親しげに顔を寄せ合ってひそひそと話をしている。プリシラは驚いた。アンがランリー公爵と知り合いだということさえ知らなかった。アンは一度たりとも公爵を話題にしたことはない。ランリー公爵がもどってきてから、ほんの二、三週間にしかならないのに！　もっともわたし自身、公爵の息子と恋に落ちるのにいくらもかからなかったけれど。それにしても、なんとなく妙な具合だわ。食事のあいだ中、プリシラはそれとなく二人を観察しつづけた。公爵とアンはそれぞれの反対側の席の人々とも会話を交わしはしても、おおかたはお互いに視線をもどしてほほえみ合っている。そのさまはまるで恋人同士だった。

食事が終わってブライアンの注意がそれた隙《すき》にプリシラは席を抜け出し、一階に下りて無人の部屋を見つけた。窓の下の大きな長椅子に座ると、外から姿が見えなくなる。にもかかわらず、二十分もしないうちにブライアンがのぞきに来て見つかってしまった。

「やあ、どこに行ってしまったのかと思ってた」ブライアンは上機嫌でそばに来た。

「やめてくださらない？」

「やめてって、何を？」ブライアンはわざとらしくあたりを見まわしてみせる。

「わかってるくせに。わたしにつきまとうことよ。どこに行ってもあなたが顔を出して、わたしにばかり話しかける。見とがめられて、みんなにあれこれ言われてるわよ」

ブライアンは頓着《とんちゃく》せず、隣に腰を下ろした。「そう？　世間は噂《うわさ》好きだからね」

「それというのも、あなたが露骨にわたしにべたべたするからよ」

「結婚したいと思ってる女性にそうするのはもっともなんじゃないのか」

「ブライアンったら……何度言ったらわかるの？　あなたと結婚はできませんと断ったじゃない」

「そんなに何度もじゃない。このごろは結婚してくださいとは言ってないよ。気がつかなかった？　きみに迷惑がられてるんじゃないかと思ったから」

「今もそうだけど」

「それで、プロポーズはよしたんだ。その代わり、友達になれない？　きみとただ楽しくつき合うというわけにはいかないだろうか？」

プリシラは慎重にブライアンの顔を眺めた。この人とただの友達づき合いができるだろうか？　それに、求婚攻勢をやめたというのは本当か？

「そう、友達にはなれるかもしれないけれど、どういうおつき合いをするの？」

「普通の友達づき合いさ。きみをくどきおとそうと努力したけれど、どうやら失敗だった。ぼくがいくらひきつけようとしても、きみは無関心。非情なんだなあ。花も全然効果なし」

思わずプリシラは笑みをもらした。ブライアンに無関心でいられるはずはないのに。

「そうそう、わたしは非情な女よ」

「そんなきみに捧《ささ》げるには、花よりもいいものがある。なんだと思う？　謎《なぞ》ときさ」

「え、なんの謎とき？」ブライアンの父親のことが頭に浮かんだ。「ああ、ローズ殺しね」

「そのローズという娘さんを、父のいとこのイーブシャムが本当に殺したのかどうか。ぼくと父とで、突きとめる方法をいろいろ考えたんだ」

「それで？」

「今までのところ、大した成果は上がっていない。父が警察の人間に話をしてみた。三十年もたってるんだから、もちろん同じ刑事じゃない。事件も迷宮入りになっている。頼みこんでようやく昔の関連資料を見せてもらった。しかし、それもあまり役に立たなかった。残っているごくわずかな物証はことごとく父に不利なんだ」

「どうしてお父さまはイーブシャムが犯人だと思われるの？」

ブライアンは父の推理について説明した。プリシラはときおりうなずきながら耳を傾ける。唐突にブライアンが話をやめて言った。「きみ、信じていないね？」

「え、何を？」

「ぼくの父はやっていないってこと」

「いいえ、わたしにはよくわからないというだけよ。だって生まれる前のことで事件についてよく知らないし、判断の材料といっても噂だけですもの。世間の人々はお父さまだと思いこんでるみたい」

「父がそんなことできるはずはない」

「ええ、わたしも人殺しなどできる方ではないと思うわ」

「そうだよ。あり得ない。厳しいときもあるけれど、根は優しいんだ。名うての飲んだくれで仕事がまったくできない従業員の首を切らなくてはならなくなったときも、その男が七人もの子持ちだというので父は実に辛《つら》そうだった」

「でも、どんなによい人間でも魔がさして人を殺すことはあるでしょう」

「父は、そんなことないと思う」

「それは、あなたのお父さまだからよ。愛する親についてそう思う気持はわかるわ。わたしだって、うちの父がそういうことをするなんて考えられないもの」

ブライアンはつい吹き出した。あのフローリアンが化学の実験を忘れて殺人に走るなど、想像しただけでおかしい。

「わかってるわよ、例としてまずいのは。だけどわたしは、あなたのお父さまだからという理由で潔白を信じるわ。あなたとそんなに違うとも思えないんですもの。まさかあなたが人を殺すとは絶対に考えられない。まして、その女性があなたの子どもを宿していたとしたらなおさら」

「ああ、そうか。それじゃますますひどい。愛人だった女を殺し、そのうえ自分と彼女とのあいだにできた子まで殺すとは。そうじゃないことを祈るよ」

「その娘さんとは結婚できないのがわかっているのに脈があるように見せかけて、かわいそうにその気にさせるなんていうことも、あなたならとうていできないでしょう?」

ブライアンは疑わしげにプリシラを見た。「それ、自分のことを言おうとしてるの?」

プリシラは肩をすくめる。

「我々とは全然違うと思うが、まあいいや。そう、ぼくだったら不可能とわかっていながら相手に希望を持たせようとはしない。だけど、ぼくらの場合は何も障害はないはずなのに。必ずうまくいくよ。そう思わない?」

「こんなこと話題にしなければよかったわ」立ちあがりかけたプリシラの手首をブライアンがつかんで、ふたたび座らせた。

「プリシラ、いったい何が妨げになっているんだ? きみが頑固だという以外には、結婚

いじゃないか。きみにとってよほど大事らしい評判とやらを考慮に入れても、我々は結婚すべきなんだ。なんといってもあの晩、森で一夜をともにしたんだからね」

　プリシラは色をなしてきいた。「それであなたはわたしを追いかけまわしてるの？　わたしの評判に傷がついたから、責任を取るために結婚しなければならないと思って？」プリシラの胸は痛んだ。こんなにもブライアンが好きなのに、拒まなければならない。そんなわたしの心を知りもしないで、この人はただ義務感から求婚していたとは。

　ブライアンの口元がゆがんだ。「もちろん、それだけじゃない。だけどきみにとっては、重要なのはそのことだけのようだから。きみは、実質よりも体面ばかり気にかけている」

　さすがにプリシラはひるんだ。「違うわ！」

「違う？　それならなぜためらっている？」

「あなたはわかってないの……」

「それはそうだろう。何も話してくれなければ、わかりようがないじゃないか」

「話せないの。それを知ったら、あなたはわたしを嫌いになるんじゃないかと思って」プリシラはブライアンの表情を探った。いっそ打ち明けて楽になりたい。そんなこと問題じゃないよと言ってもらいたい。けれど、もし問題だったとしたら？　ブライアンは、これまで一度も愛という言葉を口にしたことはない。機嫌を取ったり高圧的に迫ったりして求い。

婚はしても、〝愛している〟とはっきり言ってはいない。二人でいるときのそぶりから、求めているのは明らかだった。けれども、それは本物の愛とは違う。欲望は長続きはしない。

ブライアンはじりじりして、勢いよく立った。「だから、それはいったいなんだときいているんだよ。ぼくが心変わりするほどの秘密とはなんなのか。きみのお祖父《じい》さんが狂ってしまって、どこかの屋根裏に閉じこめてあるとかいうこと？」

「おかしなこと言わないで」

「だったら、ひょっとしてきみとぼくはどこかで血がつながっていたとか？」

「ブライアン……」

「女権拡張の論文を書いた。それとも、婦人参政権運動のパレードをして逮捕された？」

「ばかげてるわ」

「そもそもこんなことを言い合ってること自体、ばかばかしいじゃないか」

プリシラが応酬しようとしたちょうどそのとき、銃声が聞こえた。

二人は、一瞬、身をすくめた。ブライアンが部屋を飛び出した。プリシラもあとに続く。中央階段に行こうとするブライアンの腕をプリシラがつかんで叫んだ。「いいえ、こっちがいいわ！」

二人は廊下を左に折れた。使用人用の急な階段を上ると、裏の廊下に出られる。人の声のするほうへ二人は全力で走った。声の主は一人で、猛《たけ》り狂っている。プリシラの聞き違いでなければ、かなり酔っているようだった。二人は足音を忍ばせて角を曲がり、青の間に近づいた。食事が終わってから、ほとんどの客は青の間に集まっている。ブライアンとプリシラは、磁器製の彫像が飾ってある大きなマホガニーの飾り棚の陰に隠れた。

応接間の観音開きの扉が開いていて、そのすぐ内側にむさくるしい身なりの男が立っていた。男は足元をふらつかせながら、大型の拳銃《けんじゅう》を振りまわしている。顔色が青ざめた客たちが部屋の奥に立ちつくして、男の動きに視線を集中させている。暖炉の前には、公爵とミスター・ラザフォード、チャルコーム夫人がいた。男の標的はランリー公爵だったので、残りの人々は少し離れていた。暖炉のわきの中国製の壺《つぼ》が粉々に割れているさまは、男の狙《ねら》いが正確ではないことを物語っていた。

ブライアンは目でプリシラに問いかける。プリシラは耳元に口をよせ、「ローズのお兄さんよ」と教えた。

男がわめいた。「あんたにとっちゃ、知ったことじゃねえってんだろうが。金があって偉いさんだからずらかれたってだけさ。うちのローズにあれだけのことをしといて、おかどめ――おどが――おとがめもなく、のうのうともどってきやがった。うちのローズが何をしたってんだ。なあんも悪いことはしてねえ。ただ、あんたみたいなのに惚《ほ》れちまっただけなのに」

「いいか、チャイルズ、ローズと恋に落ちたのは絶対にわたしではない。わたしはなんの関係もないんだよ。ローズが何か話していたとしても、それはわたしではない」

「なーるほど。このあたりにゃ、紳士さまがたくさんいるからな。その中の一人だっていうわけか」男は皮肉った。

「あるいは、紳士と称して妹さんに近づいたのかもしれない」

ローズの兄は鼻を鳴らした。「ふん、あんたに間違いねえよ。おれがちゃーんとけりをつけてやらあ。うちのローズは三十年も墓の下で泣いてるんだ。あいつの代わりにおれが懲らしめてやる」

セバスチャン・ラザフォードが説得し出した。「それはやめたほうがいい。こんなことをしても困るのはきみなんだよ。よく考えてくれ。貴族を射殺して逮捕されたら、お母さんや農場はどうなると思う？　刑だって軽くすみやしないだろう」

「わかってるさ。おれらみたいなのは牢屋《ろうや》にぶちこまれておしまいよ。いつも得すんのは、そっちの偉いさんだけってことさ」

「そうそう、そこだよ。損するのはきみなんだ」

男はどなった。「おれは楽になりてえんだよ！　こうでもしなきゃ、腹の虫がおさまらねえじゃねえか」

二人が話しているあいだ、ブライアンはかがんでプリシラに耳打ちした。「ぼくが合図したら、彫像を床に落として割ってくれ。割ったらすばやく飾り棚の陰に隠れるんだよ」どっしりした大型の飾り棚には、さまざまな種類の彫像や壺などが並んでいる。

プリシラはこっくりしてみせた。ブライアンは音もたてずに扉の内側に移動して、男の背後に忍びよった。いちはやく息子を目で捕らえたランリー公爵は、すぐさま視線をローズの兄にもどした。

チャイルズは拳銃を持った手にもう一方の手を添えて、狙いを定めようとしている。公爵は動じる色も見せない。

「チャイルズ、少なくともほかの人たちは危険な目に遭わせないでくれ。罪もない人間を殺したくはないだろう。わたしだけ残して、この人たちを外に出してほしい」

「で、あんたとおれとのあいだを歩かせようってんだろう？　そうはいかねえよ、殿さま。おれだってそれほどばかじゃねえんだ」

「それなら、ミスター・ラザフォードとチャルコーム夫人にわたしのそばから離れてもらうが、いいな？」

「いいだろう」チャイルズはあごをしゃくった。「奥さん、あっちへ行きな。ラザフォードのだんなも。あんたらが死ぬこともあるまい。今晩はおれの腕もちっと鈍ってるし」

ラザフォードが言い返した。「どうやらそのようだな。わたしはここから動かないが、チャルコーム夫人だけは――」

「お待ちください」夫人がきっぱりした声でさえぎり、前へ進み出た。「ミスター・チャイルズ、あなたにこんなことをさせるわけにはいきません。強行すれば、重大な間違いをすることになりますよ」

ランリー公爵が声をかけた。「アン！ 何もしゃべってはいけない」

「いいえ、デイモン。自分の面目を保つというだけのために、この人があなたを殺すのをただ黙って見ていることはできません」拳銃をかまえた男からいっときも目を離さずに、夫人は落ちついて話した。「ミスター・チャイルズ、あなたはわたくしが正直な女だと思いますか？」

チャイルズはまごついて答えた。「そりゃ、そのとおりで……みんな知ってることだ。奥さんみたいにいい人はいないと」

「ありがとう。でしたら、ランリー公爵はあなたの妹さんを殺していないことを事実として知っているとわたくしが申しあげたら、信じますね？」

チャイルズは顔をしかめた。「どうして奥さんが知ってるんですかね？ あそこにいたわけじゃねえのに」

「ええ、あなたの妹さんが殺された現場にいたわけではありません。でも、わたくしは公爵と一緒にいたのです。わたくしの家で、夕方から次の日の朝までずっと一緒におりました」

驚きのあまり、プリシラは口をぽかんと開けた。その拍子に、前もって飾り棚から取って手に持っていた彫像を落としてしまった。

突如として磁器の割れる音が響き渡り、その場の全員が仰天した。ぎょっとして振り返ったはずみで、チャイルズの手から拳銃がぽろりと落ちた。轟音《ごうおん》とともに弾が飛び出し、プリシラのそばの飾り棚に当たる。耳をすませてアンの告白を聞いていたブライアンは、舌打ちをして前に躍り出ると、チャイルズをつかまえて腕をねじあげた。

「何やってるんだ！　まだ合図してないのに」ブライアンはプリシラにどなった。

我に返ったプリシラは、しょげた顔つきでブライアンに目をやる。それから進み出て、床の拳銃を拾った。「合図は必要なかったみたいね」

人々がいっせいにがやがやと話し出し、デイモンはアンをしっかり抱きしめた。


「大したお嬢さんだね、ブライアン」

客の大半が帰ってから、公爵が息子に言った。アレックは、将軍とともにローズの兄を警察に引き渡しに行っていて不在だった。ランリー公爵父子《おやこ》、アン、ラザフォード、プリシラの五人だけが小さい応接間に移っていた。

公爵はブランデーのグラスをプリシラのほうにかかげて敬意を示し、ブライアンの耳元でつぶやいた。「さすがはおまえが選んだ花嫁候補だ」

花嫁候補だなんて。断っているのに、ブライアンたらお父さまにそんなことを言うなんて。プリシラはむっとはしたものの、極度の緊張やら安堵《あんど》やらでぼうっとなっていたので何も言わなかった。

デイモンは、かたわらに立っていたアンを抱きよせた。「わたしとしては、いきなり発表してみんなを驚かせようと思っていたが、この人に先を越されてしまった。チャルコーム夫人はわたしの妻になることを承諾してくれました」

「アン！ わたしもとっても嬉《うれ》しいわ。今夜のあなたは特にすてき」プリシラは年上の友達を抱擁して、我がことのように喜んだ。ブライアンとラザフォードは、公爵に祝福の言葉を述べている。

嬉しいという言葉に嘘《うそ》はない。けれどもプリシラは、ミスター・ラザフォードの胸中を案じずにはいられなかった。チャルコーム夫人に並々ならぬ好意をよせているのを知っていたからだ。痛手に違いない。だがミスター・ラザフォードの表情からは、動揺の片鱗《へんりん》もうかがえなかった。

プリシラの賛辞そのままに、アンはまばゆいばかりの笑顔で応《こた》えた。「ありがとう。夢がかなったの――あきらめていたのだけれど」

デイモンは厳しい口調で話を続けた。「だからなおさら、ローズ・チャイルズ事件の真相を突きとめてわたしの潔白を証明したいんだ。アンには全国に向けて告白なんかさせたくない。ブライアンの結婚についても、そんなことはしたくないだろう」

「あのう、お言葉ですが、ブライアンは別に――」言いかけたプリシラを横からさえぎって、ブライアンが話し出した。「お父さん、例の件についてプリシラと話し合ったんですよ。ねえ、プリシラ？　イーブシャムが本当にやったかどうかを証明するには、どうしたらいいか」

「イーブシャムだと？」ラザフォードが驚きの声をあげた。「あのおしゃべりのめかし屋がローズを殺した？　きみはそう思ってるのか？」

デイモンは答えた。「怪しい人物がそれほどいるわけじゃなし、ほかに考えようがないじゃないか。イーブシャムならいかにも、結婚をほのめかして世間知らずの娘をたぶらかしそうだ」

「うん、卑劣な男ではある。しかし、イーブシャムにそんな大それたことができるかな」

ブライアンがラザフォードに尋ねた。「そのイーブシャムという人をご存じなんですか？」

「もちろん。同じ学校に行った仲だから。そういえば、あの事件のときも学校の休みでイーブシャムはここに来ていたな？」

「ああ」デイモンはうなずく。「だから、やろうと思えばできたんだ」

「しかし、なぜまだ真犯人を突きとめなくちゃならないんだい？　アンがさっき、あの晩のきみの居場所を明かしたんだから……」

「今夜ここに集まった人たちがこのことをよそにもらさないでくれることを、わたしは期待しているよ。みんな我々の友人で、いい人たちだから、噂の種にしたりはしないと思う」

「でも、口外してもいいと皆さんに話したほうが――」アンが言い出した。

「世間に言いふらされてもいいというのか？　わたしは反対だ。自分の名誉回復のためにあなたの評判が泥まみれになってもいいなどとは、とうてい思えない。やはり噂になるのは防がなければ。たとえおおやけになったとしても、あなたはわたしを愛しているから嘘をついたと言う連中が出てくるだろう。我々が結婚すれば、妻にすることとひきかえにあなたに嘘の証言をさせたと言われるのじゃないか。だから、わたしへの疑惑を晴らす唯一の方法は、真犯人を見つけることだと思う」デイモンはため息をついた。「それに、今晩やってきたあの気の毒な男にしても、事件の真相が解明されれば少しは気が晴れるだろう」

「あなたを殺そうとした人よ！」

「ああ。しかし、酒を飲んで逆上していたんだ。彼は妹をかわいがっていたようだから、犯人がまんまと逃げたと思って悔しくてたまらなかったんだろう。ふびんなローズのためにも、真犯人を暴いてやりたいと思わないか？」

アンはため息をついた。「ええ、そうね。でも、あなたが危険な目に遭わなければいいけど」

「もしも、イーブシャムの持ち物の中から例のルビーが出てきたとしたら？」ずっと考えていたことをプリシラは口に出した。

ラザフォードの顔に驚きの色が浮かんだ。「まだルビーをイーブシャムが持っていると思うのかね？　とっくに処分したんじゃないかな」

ランリー公爵は強くかぶりを振った。「いや、処分はしてないと思う。時代物の有名な宝飾品だから、売るのは難しいだろう。売りやすいように宝石だけはずして小さく切断することも考えられるが、それでは値段がとんでもなく下がってしまう。売るにしても、たぶんイーブシャムはほとぼりが冷めるまで待ってから、ネックレスとして売ることにするんじゃないだろうか。あるいは、持っていようと思ったかもしれない。当時は、わたしが殺人罪で死刑になれば、自分が公爵の跡継ぎになると思っていただろうから。どの代のランリー公爵でも家宝は売らない。エイルズワース家の人間なら、イーブシャムでさえ売るのはためらうだろう。きっとそのまま持ってると思う」

アンが言った。「イーブシャムはきれいなものが好きなのよ」

「いとこをよく知ってるの？」

デイモンの質問に、アンは首を横に振って答える。「よくというわけじゃないわ。この何年かは、ほとんどお会いしていないし。ただ、あの方、亡くなった主人と親しかったの。二人とも……好みが似ていて、夫が生きていたときはときどきおいでになったわ。うちの屋敷にある古いタペストリーや、姑《しゅうとめ》のものだった装飾品をほめていらした。たしか、ヘンリーが他界してから、黒と白の大理石でできたチェスのセットをあの方にお譲りしたはずだわ」

「ルビーのネックレスを持っていたら、イーブシャムが犯人だという証拠になるでしょう?」プリシラは話題を元にもどした。

デイモンが相槌《あいづち》をうつ。「その疑いが濃厚だね。問題は、持っているかどうかをどうやって確かめるかだ」

「家捜しをするしかないと思うの」

アンはあっけにとられている。「真夜中に忍びこんで? プリシラ、それは犯罪よ!」

「わかってるわ。でも、殺人ほど悪くないでしょう。それに、真夜中じゃなくて、宵のうちにすればいいじゃない。召し使いは務めが終わって、自分たちの部屋にひっこんでる時間だから。ご主人のイーブシャムは不在で、お夕食の支度をする必要もないし」

「どうしてそう断定できるのかな、ミス・ハミルトン?」けげんな顔つきの父親とミスター・ラザフォードを横目で見て、ブライアンはおかしそうにきいた。

「どうしてって、こちらのお宅のお夕食に招待されるからよ」

「なるほど」デイモンが口の中でつぶやいた。

「そうなんです。口実は親睦《しんぼく》でも仲直りでもなんでもよろしいですから、イーブシャムをお食事に招いてください。イーブシャムとしては、招待に応じずにはいられないでしょう。公爵がどんなふうにおなりになったか、アメリカでどういう生活をしてらしたか、興味があるんじゃないでしょうか。こちらにイーブシャムが来ているあいだに、ブライアンとわたしはこっそり家に入って捜してみようと思うんです。公爵はイーブシャムをできるだけ引きとめて、時間が遅くなったからとか言って泊まっていくように勧めてくだされば、なお助かります」

ブライアンはすぐさま賛成した。「いい考えだと思うな。お父さん、いちばん早く招待できるのはいつですか?」

デイモンは驚きを隠せぬ様子で息子を見た。「そう……招待状を出して、向こうが承諾さえすれば……例えば、次の土曜日はどうだろう? そのへんなら、返事をもらうのに十分な時間もあるし。しかしブライアン、おまえはまさか、人の家に侵入するなどという危ないことをやるのに、ミス・ハミルトンを同行するつもりじゃあるまいね?」

「あ、それは」ブライアンは困惑気味の表情を浮かべた。実を言うと、プリシラと一緒にイーブシャムの家に忍びこむのを楽しみにしていたからだ。そればかりではなく、自分は言うにおよばず、プリシラの身の危険などということは考えてもいなかった。「ミス・ハミルトンは普通のお嬢さん方とは違うんです。一緒に行けば手助けになります。足手まといじゃなくて。それに……たとえぼくが止めたとしても、この人が言うことを聞くとは思えません」

プリシラは我が意を得たりという顔をした。「ブライアンの言うとおりですわ。イーブシャムの家まではわたしが道案内いたしますし、ルビーのネックレスの絵も見たことがあるので確認できます。ブライアンはどんな品物か見当もつかないでしょうから」

「アレックと一緒に行けばいい」普通ならこれで決まりになるはずの、公爵の口調だった。けれども、プリシラは負けていない。「アレックはまだ若くて衝動的ですから、面倒なことになるかもしれません。それに、入隊が明日なんです」

デイモンは眉をひそめて、しばし黙っていた。「そうだったね。わたしが行くのが理にかなっているわけだ。ブライアンもあなたも危険にさらすことはできないから」

「でしたら、どなたがあなたのいとこをお招きするんですか？　ブライアンが主人役を務めて、公爵がお顔も見せないのはおかしいでしょう」

デイモンはむっとした。「ならば、招待はよせばいい。夜にでもわたしがイーブシャムの家に入って、捜すことにしよう」

「いいえ、それはだめ！」アンがデイモンの腕をつかんだ。「あなたがいらっしゃるほうがずっと危険よ。プリシラとブライアンなら、きっとうまくやってくれると思うの。今日の午後、あなたは、ブライアンがくぐりぬけてきた冒険の数々を話してくださったばかりじゃありませんか」

「それにしても、女性に危ないことをさせるというのは……どうも気が進まない」

「わたしも同じ意見だ」ミスター・ラザフォードが口を添えた。「この計画は危険すぎる」

「ぼくがプリシラを守ります」ブライアンが勢いこんで言った。

デイモンはため息をついた。「やむを得ない。その計画を実行しよう。今夜のうちにイーブシャムに手紙を書くことにする。で、セバスチャン、土曜の食事にはきみも参加してほしい。ビリヤードをやったり、昔の思い出を話し合ったりして、できるだけ長くイーブシャムを引きとめておこう。そのあいだにブライアンとミス・ハミルトンが証拠を捜す。いいね？」

「わかりました」ブライアンは上機嫌でプリシラにほほえみかけた。

計画は順調に進んだ。公爵が出した招待状に対して、イーブシャムから快諾の返事がすぐ返ってきた。土曜の晩、イーブシャムが到着する前に、ブライアンはプリシラのための馬も連れてランリー邸を出発し、エバーミア・コテージに向かった。イーブシャムの家には公爵の馬車で行くよりも、馬を走らせたほうがいいという結論に達していた。馬で行けば、ランリー邸に出かけるイーブシャムと道ですれ違ったとしても、会ったことのないブライアンが誰かわかるはずはないし、少し知っているという程度でしかないプリシラにも気づかないだろう。

馬に乗り慣れていないプリシラは、母の古い乗馬服をひっぱり出して身につけた。我ながら、よく似合っていると思う。あとは約束どおり、ブライアンがおとなしい雌馬を連れてきてくれることを祈るばかりだった。

目的地まで時間は長く感じられたが、道中つつがなく到着した。二人はイーブシャムの家を通り過ぎて、すぐ先の林に入った。木々のあいだをぬって進み、地面が家の高さと同じになったあたりに馬をつなぎ、歩いて林のへりまでもどった。二人にとって都合がいいことに、家の向こう側には見とおしのきく野原が広がっているが、こちら側は庭先にまで木が密集して生えていた。

あたりはまだ薄暮なので、二人は林を出る手前のところに腰を下ろして暗くなるのを待った。プリシラは、はやる気持を抑えるのに苦労した。ブライアンを見やると、同じようにわくわくしているのが目つきから伝わってきた。冒険よりもすばらしいこと。それは、愛する人と一緒に冒険に乗り出すことだ。

ブライアンと結婚したら、こんな暮らしになるのだろうか？　父親が経営する海運会社の仕事のために世界中を旅したとブライアンは話していた。妻になったとしたら、ブライアンの仕事の手助けをしたり、ずっと憧《あこが》れていながら訪れる機会もないものとあきらめていたさまざまな異国をこの目で見ることができるのかしら？

ベッドのみならず冒険まで分かち合うというブライアンとの人生に思いをはせると、求婚を拒むことによる犠牲は大きすぎるような気がしてきた。文筆さえ続けなければ、二冊の本しか出していないエリオット・プルーエットという作家が未来のランリー公爵夫人と同一人物だとは、誰にも知られることはないだろう。とはいえ、創作を断念しなければならないのは、考えるだけでも辛い。それに、夫の知らない秘密をかかえての結婚生活とはどういうものになるだろうか？

ブライアンの手が腕に触れた。もの思いにふけっていたプリシラはびくっとする。闇《やみ》に包まれ黒っぽく見える家のほうをさして、ブライアンはささやいた。「そろそろ行こう」

プリシラは黙ってうなずき、ブライアンのあとに続いて林を出た。二人は庭の砂利道を通りぬけて、家の横手に出た。明かりがもれている窓はほとんどない。ブライアンが一つ一つ確かめてみたが、全部錠が下りていた。家の正面をまわって反対側に行ってみると、一箇所、鍵《かぎ》のかかっていないガラス戸があった。ブライアンが取っ手をまわして中に入り、ついてくるようにプリシラに合図した。

ガラス戸の内側は外よりさらに暗く、二人は目が慣れるまでじっと立っていた。やがて、部屋の反対側の扉の下部がほの明るくなっているのが見えてきた。広い部屋の床は石造りで、二人のまわりには黒っぽいかたまりがいっぱいある。それが植物であることにプリシラは気がついた。どうやらここは温室らしい。

植物のあいだを手探りで用心深く扉のほうへ進んだ。プリシラが扉を少し開けてみる。薄暗い廊下は無人のようだ。プリシラは扉を広く開けて首を突き出し、あたりを見まわした。そこは廊下の中ほどで、奥の突きあたりに狭い階段が見えた。召し使い用の通路だろう。反対の方角へ行くと、建物の正面の部分に出られそうだ。家の奥は召し使いにでくわす恐れがある。召し使いたちは、主人が外出していて日中の仕事が終わった時刻には厨《ちゅう》房《ぼう》か家政婦の部屋に集まることが多いから、正面玄関側には誰もいないのではないか。

プリシラはそっと温室を抜け出し、木の床に足音が響かないよう注意しながら建物の正面のほうへ歩き出した。心臓が口から飛び出しそうにどきどきしていた。まわれ右をして逃げ出したいのをやっとこらえられたのは、すぐ後ろにブライアンがいるからだった。臆《おく》病《びょう》な女だと思われたくない。その一心だった。

二人は玄関側にある大きな階段を上り、こわごわ二階へ行った。寝室は二階にある。前もって話し合っていたとおり、まずイーブシャムの寝室を捜すことにした。何か隠すとしたら、人は普通寝室を思いつくのではないか。

二階のいくつかのドアを開けてのぞき、その中で比較的大きくて生活の気配のある部屋を見つけた。入って部屋の鍵をかけると、プリシラはいくらかほっとした。そのときになって初めて、ひざががくがくしているのに気がついた。ブライアンがプリシラの腰に手をまわして支え、髪にキスした。「最悪のところは突破した」

どうしてわたしがこんなにおびえているのがわかったのかしら？　二人はろうそくに火をつけ、そのおぼろな明かりで室内の捜索を始めた。引き出しを開けて、きちんとたたまれた衣類を乱さないように気をつけつつ、何か隠されていないか調べる。それらしい箱を二つ、プリシラが見つけた。けれども、一方の箱にはダイヤモンドの飾りピン、もう一方には何枚かの名刺が入っているだけだった。もしかしたら、イーブシャムは堂々とルビーのネックレスを宝石箱にしまっているかもしれない。脚つきの箪笥《たんす》の上の宝石箱を開けてみたが、タイピンやカフスボタンのたぐいしか出てこなかった。ベッドの下や、壁にかかった額の後ろも調べた。プリシラが引き出しを一つ残らず開けて見ているあいだ、ブライアンは付属の小さな化粧室に取りかかった。壁を軽く叩《たた》いて、うつろな音がする箇所がないかも確かめた。

「何してるの？　壁を叩くのはやめて。聞こえたらどうするの？」

「父の話だと、子どものころイーブシャムが、うちには秘密の隠れ場所があると自慢していたのを覚えているそうだ。それが本当なら、宝石もそこに隠してあるんじゃないかって」

「だったら、子ども部屋かしら？」

「うちの中のどこなのかをイーブシャムが言ったかどうかは、父も覚えていないんだ。ただ、カトリックが禁じられていた時代の司祭の隠れ部屋みたいに、人間が入れるほどの大きさらしい。そういう場所は家のいたるところにあるんじゃないかと、父が言っていた」

二階のほかの部屋をざっと見てから、二人は三階の子ども部屋に行ってみた。小間使いの部屋もその階にあるので、音にはとりわけ注意しなくてはならない。足音を忍ばせ、声をひそめて捜索したが、がらんとした子ども部屋でそれらしいものを見つけることはできなかった。

二人は急いで一階に下りた。時間切れに近いというのに、成果がまるでない。くじけそうになりながらも、居間と応接間の壁を手早く当たってみてから書斎に入り、ろうそくの火をともした。一方の壁には本棚があり、読んだ形跡もない本がずらりと並んでいる。別の壁際にすえられた対の大きな戸棚にはガラスの扉がついていて、すべて鍵がかかっていた。戸棚には、ガラスのミニアチュアや小さな壺、東洋の彫刻など、美しい小物類が飾ってあり、プリシラは大いに興味をそそられた。けれどもそれらの品々はガラス越しにはっきり見えていて、ルビーはどこにもない。やむなく戸棚を離れて、机を調べることにする。ここにも収穫はなかった。引き出しには鍵さえかかっていなかった。

「ちょっと」

ブライアンの低い声がして、プリシラは振り向いた。「何?」

「壁のこの部分、聞いてごらん」ブライアンは暖炉の両側の壁に張られた鏡板を順に叩いてみせた。片側の壁の音が奇妙だった。「中が空洞なんじゃないかな」

プリシラは急いでブライアンのそばに行った。「お父さまが言ってらした秘密の隠れ場所？」

「かもしれない」ブライアンは壁に手をはわせている。「隙間も何もない。どうやって入るんだろう？」

「マントルピースを探してみたら？　渦巻きや球みたいな模様の彫刻がしてあるじゃない。そういうところに仕掛けが隠されているものなのよ」

「隠し扉に詳しいじゃない」

「本で読んだだけ」

「なあんだ、本の話か」ブライアンは顔をしかめた。

そのとき、ブライアンが触れたこぶのような形の彫り物が動いた。それをひねると、暖炉のわきの壁の鏡板がするすると開いた。

20

思わずプリシラは声をあげそうになり、あわててのみこんだ。壁の一部が音もなく戸袋におさまって、その奥に洞穴のような空間ができている。

「本当にあったんだ！」ブライアンは感に堪えない声でささやき、ろうそくをかかげて中を照らした。

隠れ場所といっても衣装戸棚ほどの大きさで、期待感はたちまちしぼんだ。高さは部屋と同じだが、幅も奥行きも人が一人やっと入れる程度の寸法だ。ブライアンはろうそくを動かして、天井から床まで見渡した。内部は空っぽで何もない。

「秘密の部屋というほどじゃないわね」プリシラはがっかりして言った。

「この中のどこかに隠れ場所があるのかもしれない」ブライアンが壁や床を探ってみても、そんなからくりは見つけることができなかった。「こんな狭苦しいところに隠れていなければならなかった司祭に同情するよ」

ブライアンは壁の奥から出てきて、マントルピースの彫刻に隠されたつまみをひねった。

壁板の戸が閉まって元どおりになった。ますます落胆しながらも、二人は書斎をさらに捜索した。床下に金庫が隠されていないかと、東洋の敷物の端もめくってみた。部屋中くまなく捜したあとで二人は書斎の入り口の錠を開け、扉に耳を近づけて外の様子をうかがった。ブライアンが取っ手をまわし、数センチばかり扉を開けた。

突然、玄関のドアノッカーを打ちおろす音が聞こえた。プリシラは飛びあがりそうになって、口に手を持っていく。ブライアンも全身をこわばらせ、わずかな隙間《すきま》だけ残して扉を手前に引いた。

大理石の床に控えめな従僕の足音が響き、玄関の扉が開く音が聞こえてきた。

「おかえりなさいまし。こんなに早くおもどりとは存じませんで」

「ああ、そうだろう。だが、早く帰ることにしたんだよ」

イーブシャム！　プリシラは目を見ひらいてブライアンを見あげた。ブライアンはすぐ扉を閉め、プリシラの手を取ってマントルピースに急いだ。もどかしげに彫刻の仕掛けを押そうとする。早くも足音と人声が近づいてきた。

間違った模様をブライアンが押して、秘密の戸が開かなかったらどうしよう？　プリシラは焦った。ありがたいことに、壁に仕込まれた戸は難なく開いた。ブライアンにうながされても、プリシラは一瞬ためらった。「狭すぎるわ！」

ものも言わずにブライアンは中へ入り、プリシラを乱暴にひっぱりこんだ。壁板の戸は開いたままだ。話し声はもう書斎の扉の外側まで来ていた。あわてふためいてプリシラは壁の裏に目を走らせる。開いた戸のわきに小さなボタンがあるのをやっと見つけ、それを押すと戸が閉まった。

中があまりに狭くて、プリシラはブライアンの体と閉まった壁とにぎゅっとはさまれた格好になっていた。この直立した棺《ひつぎ》のような空間では、まともに息をすることもできない。

かちっと音がして書斎の扉が開き、聞き覚えのある声がいやに大きく耳に入ってきた。

「しかしきみは、まさか美術品を書斎にしまってはいないだろう。応接間に飾るのが普通じゃないかね」

ランリー公爵だわ！　プリシラは振り向いてブライアンを見た。どうしてこんなところに、しかもイーブシャムと一緒にやってきたのだろう？

ブライアンは眉をつりあげ、肩をすくめてみせる。外ではイーブシャムが猫なで声で答えている。「え、応接間？　みんなに見せるためか？　いやいや、とんでもない。ぼくはここに置いておいて、自分だけで眺めてるのさ」

「自分だけ眺めて何が楽しいんだ？」あれはミスター・ラザフォードの声のようだ。

「ところで、どうしてそんな大声を出すんだね？」イーブシャムが気にさわった調子で言った。

「ぼくがか？」ラザフォードがきき返した。

「ああ。きみたち二人とも」

「それは失敬した」デイモンの声だ。「船の上で話すのに慣れているからかな。外海では大きな声を出さないと聞こえないんだよ」

プリシラは笑いをかみ殺した。公爵とミスター・ラザフォードは、わたしたちに警告しようとしているに違いない。同じ部屋にいるとまでは予想していないかもしれないが、どこを探っていても聞こえるようにわざと高い声で話しているのだ。

書斎では、プリシラたちが先ほどのぞきこんだ飾り棚をイーブシャムが開ける音がしている。ラザフォードとデイモンは二人して、ミニアチュアの工芸品をほめそやしはじめた。

公爵たちの意図は、イーブシャムをできるだけ長くこの部屋に引きとめておくことにあるようだ。ブライアンとプリシラが書斎にいないからには、声を聞いて別の部屋から逃げ出そうとしているものと考えて時間をかせぐ作戦らしい。プリシラはため息をこらえて、前の壁によりかかった。

極度の神経の緊張が少しゆるんだせいか、プリシラはブライアンとの密着の度合いが気になりはじめた。背中にぴったりくっついている男の体温が衣服ごしに伝わってくる。見あげると、秘密の戸のぐるりのわずかな隙間からもれてくる光の中で、ブライアンが見つめ返してくるのがわかった。頬に血が上るのをおぼえ、暗がりでよかったと思った。沈黙のうすぐに視線をそらしたが時すでに遅く、愛欲の目覚めは止めようもなかった。

ちに時々刻々と高まっていく。壁の向こう側では、三人の男たちがまだしゃべりつづけていた。いつになったら話をやめるのかとプリシラはじりじりした。

ブライアンが髪にさわった。プリシラは声をもらしそうになるのをやっと抑える。ブライアンとの接触を断ってからまだ二、三週間にしかならないのに、とてつもなく長い期間だったように思われた。うなじに巻きあげた髪から、ブライアンがピンを一本一本抜きとり出した。プリシラはぞくっとして、口を引き結んだ。髪に指をさしこまれるのがなんとも快い感じで、ひざから力が抜けそうだった。だめ、というように怖い顔をしてみせたものの、正直に言えば、いたるところをブライアンにさわってもらいたかった。

ブライアンはにやっとした。何もかもわかっているんだぞ、とでも言いたそうな、いたずらっぽい笑い方だった。この狭さでは、ブライアンの手を避けようとしても無理だ。プリシラとしては、にらむしかなかった。それにはかまわずブライアンはピンをはずし終え、豊かな髪が肩に波うつに任せた。さらに、髪の束に指をさし入れてすいてくる。なすすべもなく、プリシラは額を壁に押しつけた。

ブライアンの手が顔に伸びてきて、盲人のように指で眉や頬をまさぐった。人さし指がゆっくりと口にかかったときには、それを上下の唇ではさみたいのを我慢するだけで精いっぱいだった。指はあごを経て、乗馬服の襟の下まで下りてきた。

プリシラは目を閉じた。息づかいが速くなる。上着の前身ごろに並んだたくさんのボタンを、ブライアンがはずしはじめた。プリシラはぱっとまぶたを上げて振り向き、やめてという目つきをしてみせる。ブライアンは知らぬ顔をしてボタンから手を離そうとしない。イーブシャムたちに聞こえる恐れがあるので、声を出すわけにはいかなかった。ブライアンの手がシュミーズの下に滑りこんだ。ここまでくると、止める気力は残っていなかった。胸のふくらみの一つは完全にブライアンの手のひらにおさまっている。プリシラは身をふるわせた。もう一方の手が伸びてきて、反対側を覆った。

ブライアンは両の乳首をもてあそびながら、かがんで首筋に鼻を押しつけた。プリシラは首を傾けて、うなじをブライアンに任せる。ブライアンの人さし指と親指にもまれたりなでられたりして、乳首は硬く突き出した。隠れ場所にひそんでいるところをいつ見つかるかもしれないというのに、ブライアンは手を動かすのをいっこうにやめようとしない。ようやく胸から離れたブライアンの手は、今度はスカートのホックにかかった。器用にホックをはずした手はペチコートや下ばきにもぐりこみ、素肌までたどりついた。官能に酔ってもうろうとしていたプリシラは、はっとしてブライアンを見あげた。ブライアンが熱っぽいまなざしで応《こた》える。プリシラの体はとろけそうだった。こんなところでまさか……。

ブライアンはスカートの端をずりあげて、腿の内側にまで手を滑りこませた。プリシラはぶるっとふるえた。激しい欲情が突きあげてきた。指が腿のあいだを分け入ってくると、声が出ないように手で口をしっかりふさぐしかなかった。愛撫《あいぶ》につれて、プリシラの息は荒くなる。ブライアンは手を後ろへまわし、引きしまった臀部《でんぶ》をぎゅっと握った。そこから指先で、奥へ通じる柔らかい部分を探りあてる。

ひじを壁に押しつけて体を支えなくてはならないほど、プリシラは燃えさかっていた。下腹部の熱いうずきに全神経が集中して、うめき声をもらさずに呼吸をするのがやっとだった。指を奥深くさしこむ一方で、ブライアンがもう片方の手で乳房をもみしだく。うなじに口づけしながら、優しく指を出し入れした。

さらにブライアンは、硬くなった自分の体にプリシラの腰を押しつけて行ったり来たりさせる。プリシラはきつく口を閉じて、ひたすらこらえていた。

ブライアンの指はついに、腿の合わせ目の小さな快楽の突起に行きついた。濡《ぬ》れた中心を何度も何度もそっとなでる。プリシラは無意識に腰をくねらせていた。もっと高く、もっと速く、頂まで連れていって。ブライアンのひじのあたりに顔をうずめ、プリシラは声に出さずに請うていた。

それに応えて、ブライアンは指の動きをいっそう激しくしていく。喜びの波がどんどん高くなってついに極みに達し、プリシラは全身をけいれんさせて砕け散った。至福の叫びを抑えるためには、血が出るほど唇をかみしめなければならなかった。

しばらくは忘我の海にただよったままだった。知覚を取りもどしたときは、壁にすがりついて肩で息をしていた。やがてようやく、壁の向こうの物音がいつの間にか消えているのに気がついた。ブリシラは、ブライアンを見あげた。

「出ていったようだ」ブライアンの顔は紅潮して、目があやしく光っている。臀部に当たる部分がずきずきしているのを、プリシラは感じた。

しばらく耳をすましても何も聞こえないので、ブライアンはボタンを押して戸を開けた。やはり室内には誰もいない。転がるようにしてプリシラは狭い隠れ場所から出た。脚ががくがくしている。ブライアンもあとに続き、マントルピースのつまみをひねって戸を閉めた。

いきなりブライアンがプリシラを自分のほうに向かせて抱きよせ、唇を重ねてきた。長いキスが続いた。陶酔の余韻でけだるくなっていた体の奥から、ふたたび炎が燃えあがるのを感じる。

「イーブシャムは？」

「もどってこないよ」ブライアンは、唇をプリシラののどから乗馬服の襟元へずらした。「それに、もどってこようが、こなかろうが、もうかまいやしない」

ブライアンは、プリシラの臀部に両手を当てて体を持ちあげた。スカートと自分の衣類をまさぐっていたと思うと、彼はもうプリシラの中に入っていた。びっくりして声をあげながらもプリシラは両脚をブライアンの腰に巻きつけて、さらに深く入るように身をくねらせた。ブライアンはうめき声をもらして顔をプリシラの首に押しつけ、腰を前後に動かした。

荒い息を吐きながらブライアンはそのままの姿勢で移動し、壁にプリシラの体をもたせかけた。プリシラは壁に向かって頭をのけぞらせ、ブライアンの髪を握りしめた。この瞬間、部屋に人が何人入ってきても、気づきもしないだろう。

スカートをしっかりつかんだブライアンは、唇を首筋に押しつけたまま声を抑え、プリシラの内部にどっと注ぎこんだ。プリシラはいっそうきつく脚を絡みつかせた。

ブライアンの呼吸がしだいに静まっていく。プリシラがブライアンの首筋にさわると、汗で湿っていた。

「ぼく、まだ生きてるかな？」ブライアンがつぶやく。

プリシラは低く笑った。「ええ。でも、これ以上ここにいると、二人とも危ないかもしれない」

「だけど、もう動けないよ」

と言いながらも、ブライアンは後ろへ下がり、プリシラの体をずらして床に下ろした。

その乱れた髪や身なり、はれた唇、もの憂げな顔つきを見ているうちに、たった今したことをまたくり返したくなった。あわただしく、けれども激しく愛し合った痕跡《こんせき》が、いかにもなまめかしかった。

「プリシラ、どうしてもぼくと結婚してほしい。きみなしには一日も生きていけないと思う」

せっぱつまったブライアンの言い方に、身じまいをしていたプリシラは驚いて顔を上げた。求婚のための飾った文句よりも、今の言葉には打たれた。ブライアンの魂の叫びのような響きが心を捕らえたのだ。しばらくは口がきけなかった。

ブライアンは身なりを直している。何か言う瞬間は過ぎてしまった。プリシラは手早くボタンをはめ終え、ペチコートとスカートのしわを伸ばして、うわべだけでもととのえた。髪は直しようもなかった。ピンが隠し戸の奥の床に散らばってしまって、それを拾う時間もない。

侵入の証拠になるようなものを残してはいないか。室内を見まわして確かめてから、二人は書斎の扉を開けた。廊下に人の気配はない。家中が静まり返っていた。頭上のどこかから、扉が閉まる音が聞こえてきた。イーブシャムの寝室だといいが、とプリシラは思った。寝室にいるとすれば、このあたりにいきなり姿を現して驚かされることもないだろう。

ブライアンは玄関の扉に目をやった。大きな錠が下りている。あれをまわしたりしたら、その音で気づかれるかもしれない。それに、広い玄関ではさっと隠れるところもないし。

二人は書斎にもどって窓際に行った。ブライアンが厚いカーテンをかきわけて外を見ると、地面から窓までは大した高さではない。幅も高さもある大きい窓で、錠も一つしかついていなかった。試しに錠をいじってみる。簡単にはずれた。窓もたやすく上げることができた。これなら、外に出てから閉められるだろう。もちろん錠をかけ直すことは不可能だが、誰も気がつかないか、あるいは気づいたとしても、それがブライアンとプリシラの仕業だとはわかるはずがない。

ブライアンはまずプリシラが出るのを助けて、それから自分が地面に下り、窓を引きおろした。暗い庭を通りぬける最中は、二人とも家のほうを振り向かなかった。万一誰かに気づかれて、顔を見られたりしたらまずい。庭と林のあいだの小さな空き地を横切るときは、全速力で走った。林の中に入ってから初めて二人は立ちどまり、振り返って家を見た。イーブシャムの寝室の窓以外は、来たときと同じく黒々としていた。イーブシャムの寝室のカーテンは閉まっているらしく、長方形の窓の明かりもぼうっとしか見えなかった。イーブシャムも従僕も、二人が逃げるのを目撃するとは考えられない。

ブライアンはプリシラを抱きあげた。父親の潔白を証明する証拠を見つけることはできなかったけれど、心は喜びではずんでいた。プリシラは気持を言葉ではなく体ではっきり告げてくれた。そうとしか思えない。

プリシラを地面に下ろして、ブライアンは言った。「ぼくと結婚してくれ。あれこれじらすのはやめて、ぼくの妻になってほしい」

「さっき言ってらしたこと、本当なの？」プリシラは真剣な面もちできいた。

「さっき言ったこと？　きみなしには生きていけないことかい？　本当に決まってるじゃないか」

「あなたは、結婚とか、わたしの評判とか、わたしが欲しいとかおっしゃるけれど、愛という言葉はあなたの口から聞いたことがないわ」

ブライアンはけげんそうにプリシラを見た。「愛だって？　きみを愛しているかときいてるの？」

プリシラはこっくりする。「義務感で結婚してもらいたくはないし、あなたのお荷物になったり、後悔されたりするのはいやなの」

「後悔なんて絶対にするものか」ブライアンはプリシラの手を握った。「プリシラ、愛している。ずっと前から愛していた。さもなければ、結婚を申しこむはずはないだろう。義務感なんかでプロポーズしたんじゃない。一生きみをお荷物だと思ったりはしない。わかってくれないか？　ぼくが公爵になろうが、きみの家が貴族じゃなかろうが、どうでもいいことなんだ。過去に何かひどいことをしたときみは言うが、それでもちっともかまわない。そうそう、きみのお父さんがしょっちゅう実験室を吹き飛ばしても、ぼくはまったく気にしないよ！　きみを愛してる。ぼくの妻になってほしい。プリシラ、結婚しませんか？」

「はい、結婚します！」プリシラはブライアンの首にかじりついて泣き出した。「ああ、ブライアン、こんなにもあなたを愛してるのに、プロポーズを断るのがどんなに辛《つら》かったか。わたしもずっと愛してたの。いつからかっていうと、初めてあなたに会ったときからだと思うわ」

「それならどうしてためらっていた？」

「不安だったから……」プリシラは口ごもって、顔をそむけた。今こそ小説を書いていることを打ち明ける絶好の機会だ。スキャンダルになる恐れがあることを知ってもらったほうがいい。それでも結婚を決意できるほどわたしを愛しているかどうかは、ブライアン自身が決めることだ。

「何が？」

いざとなるとやはり、勇気が出なかった。「自分でもはっきりとは言えないけれど。どんな結婚相手を選ぶべきか、あなたはわかっていないのではないかとか、何年もたってから悔やむのではないかとか……」

「ぼくは決して悔やまない。ここではっきり約束する」ブライアンはプリシラを抱きよせて、唇にキスした。「さ、馬に乗って。早くここから離れよう」

プリシラは黙ってうなずいた。追及されずにすんで、ほっとする。二人は林を抜けて、道路に出てから馬を早足で駆けさせた。数分後に角を曲がったところで、馬上の二人の男が待っているのに気がついた。

公爵とミスター・ラザフォードだった。プリシラは手綱を引いて、馬の歩調をゆるめた。

「お父さん！」ブライアンが声をあげた。

「ブライアン！　ミス・ハミルトン、よかった！　きみたちを待っていたほうがいいのか、それとも、もう帰ったあとなのか、迷っていたんだ」

「我々はあの書斎にいたんですよ。お父さんたちがイーブシャムとしゃべっているあいだ」

「なんだって？」

「いったいあの書斎のどこに？」ラザフォードが驚いている。

「お父さんが話していた秘密の部屋があったんです。部屋といっても、納戸みたいなものだけど。それが書斎にあるのをたまたま見つけていたからよかった。さもなければ、お父さんたちと鉢合わせするところだった」

ランリー公爵はうなった。「そうだったのか。どこにいるのか見当もつかなくて、わざとばかみたいに大きい声を出していたんだ」

「わかってます。よく聞こえました。それにしてもなんであそこに？　イーブシャムを引きとめておくのがお父さんの役割だったはずなのに、わざわざ家に連れだって来るなんて。しかも、あんなに早く」

ラザフォードが非難の目を公爵に向けた。「デイモンが、よりによってイーブシャムのくだらない骨董《こっとう》の話を始めたからいけないんだ」

「しかし、あの男と話すことがなくなってしまったんだから仕方ない。食事が終わったころには話題もつきてしまってね。イーブシャムはビリヤードもやらないし。何かしゃべらせないと早く引きあげられてしまうと焦っていたら、彼は小物を集めているというアンの話を思い出したんだ」そこでデイモンは友達をにらんだ。「それよりもきみが、収集品をいつかぜひ見せてもらいたいなんて言ったほうが悪いよ」

「だって、やつがまさかすぐに見せたいと言うとは、思いもよらなかったからしょうがないだろう?」ラザフォードが言い返す。

二人は顔を見合わせて笑い出した。「やれやれ」デイモンがため息をついた。「まるで年寄りみたいに、道すがらのつまらないことなんかをぼそぼそ話しながらここまで馬で来るのは、実にばかげていた」

笑い声がはじけ、四人はエルバートンに向けて馬を走らせた。道中、結局ルビーのネックレスは見つからなかったことをブライアンが報告した。

ラザフォードが顔をくもらせて言った。「イーブシャムはとっくに処分してしまったんじゃないか。そうに違いない。だから、こんなことをしてもむだだよ」

「じゃあ、これからどうしたらいいんだろう?」ブライアンがつぶやく。

プリシラは即座に答えた。「チャイルズ家の人たちにききましょう」

三人の男はいっせいにプリシラを見た。「しかしあの家では、わたしがやったと思いこんでいる」公爵が言った。

「ええ、それはそうですけど。でも、チャイルズさんと話して、妹さんが言ったことを正確にきき出せればと思うんです。お兄さんの解釈じゃなくて、ご本人の言葉をそのまま話してもらえたら、交際相手がどういう人間だったのか、手がかりになるかもしれないでしょう。ローズの話の中に、お兄さんやお母さんにはなんの意味もないことでも、公爵やミスター・ラザフォードが聞けば何か気がつくことがあるかもしれません」

デイモンはしばらく黙っていたが、やがて口を開いた。「なるほど、そうかもしれない。アレックから聞いたのだが、このあいだの晩警察に行く途中でチャイルズは、証拠がある、あとになってからローズの部屋で見つけた、とくり返しわめいていたそうだ。安物の装身具か何かをローズが恋人からもらっていたらしい。恋人とは、チャイルズによればわたしのことだが」

「なんだって？」ラザフォードが身を乗り出した。「そんなこと、きみは話してなかったじゃないか」

「度忘れしていたんだ。さっきミス・ハミルトンの話を聞いているうちに思い出した。それにしても今ごろになって、真犯人の手がかりになるようなものがローズの持ち物から出てくるとは、驚くべきことだ。そう思わないか？」

意外な話を聞いて、三人ともすぐには口を開かなかった。しばしの沈黙を破ったのは、ブライアンだった。「その証拠になる品物をローズにやったのはお父さんだと、チャイルズは信じているわけですね？　しかし、なぜ今まで黙っていたんでしょう？」

「それは、わたしにもわからない。あの夜の次の朝、アレックが話してくれたことしか知らないから。たぶんわたしがいなくなってから見つけたんじゃないかな。そのことを言ったところで役に立たないと、チャイルズが思ったのかもしれない」

ブライアンは熱心に言った。「それならなおさら、ミスター・チャイルズと話をしてみるべきだ。彼はまだ監獄にいるんだろうか？」

「ああ。酔って暴れた罪で、二、三週間は出られないだろう。ほかのことについては、わたしはあえて主張しなかった」

「殺されかけたのに、お父さんはあの男をかばうんですか？」

「今までさんざんな目に遭ってきたのに、そのうえ監獄にいつまでもぶちこまれていたら哀れだろう。そう思わないか？」

「呆《あき》れてものも言えないという顔つきのブライアンに代わって、プリシラが答えた。「公爵は大変寛大で、心の優しい方だと思います。ミスター・チャイルズも今度は協力してくれるのではないでしょうか。望みが出てきましたね」

デイモンも同意した。「やってみる価値はあるね。正直言って、それがうまくいかなかったら、わたしとしてもちょっとした暗礁に乗りあげる感じだ。あとは、イーブシャムの首でも絞めて白状させるくらいしかないかな」

ラザフォードが大きな声を出した。「今夜あの男に何時間もつき合わされた身としては、絞めるほうは任せてくれと言いたいよ」

一行は闇《やみ》の中を走りつづけ、チャルコーム夫人のところに泊まることになっているプリシラを屋敷の前で降ろした。父親とミスター・ラザフォードの前ではブライアンとしても行儀よくせざるを得ず、プリシラの手にキスをしただけだった。

「結婚式の日どりを早く決めなくては」まなざしに万感をこめてブライアンはささやいた。

プリシラはほほえみを返しはしたものの、早くも結婚を承諾してしまってよかったのかと気に病みはじめていた。今夜のうちに冒険物語を書いていることを話してしまえばよかったのだ。なんという臆病《おくびょう》者。これだけはどうしても打ち明けなければならない。それも、結婚することをブライアンがみんなに披露する前に。あらためて心に決めながらプリシラはチャルコーム邸の門を開けて中に入った。


翌朝、遅く起きたプリシラはアンと朝食をともにした。昨夜のことを詳しく聞きたがるアンに、プリシラは壁の隠れ場所のくだりは大幅に削って語った。証拠になるようなものは何も見つけられなかったので、ローズの兄のトム・チャイルズにさらにきいてみることになったと説明し、ローズの言う紳士の恋人が与えた品物があるという話もつけ加えた。

「えっ？　デイモンはそんなこと話してくれなかったわ」アンは顔をしかめた。「殿方っていやね！　女をすぐ子ども扱いするんだから。それがとても癇《かん》にさわることがあるじゃない」

ブライアンはもうわたしを子ども扱いしたりはしない。プリシラは内心いささか得意になった。昨夜の冒険にだって、わたしも一緒に行くのが当たり前という顔をしていた。

朝食後にプリシラは前の日に持ってきておいた衣服に着替え、アンとしばらくおしゃべりをしてから自宅に向かった。エバーミア・コテージの前まで来ると、ホワイティング牧師の一頭立ての軽馬車が停《と》まっているのが見えた。どうして牧師さまがいらしてるのだろう？　こぢんまりした居間には、牧師と父、それに、ミス・ペニーベイカーが座っていた。ミス・ペニーベイカーの頬は薔薇《ばら》色に染まり、目がきらきらしている。プリシラは、こんなにきれいな元家庭教師を見たことがなかった。あの舞踏会の夜ですら、これほどではなかった。父もいつもと様子が違う。初めはどこが違うのかわからなかった。それから、父の額の包帯が目に入った。

プリシラは声をあげた。「お父さま！　どうしたの？　また爆発？　本当に気をつけて実験しないとだめじゃありませんか」

「ん？　ああ、いや、違うんだ。で、チャルコーム夫人のところに泊まってどうだったね？」

「楽しかったわよ。でも、それよりもお父さまのその怪我《けが》について話して。実験じゃなければ、いったいなんなの？」

「これはじゃな、実はその——うむ、牧師さんからわけを聞いてくれ。わしはちょっと仕事があるんでね。イザベル？」フローリアンはミス・ペニーベイカーに手をさし出して、にっこりした。父のこんな笑顔を見るのは、プリシラにとって初めてのことだった。

「お父さま？」頭に怪我をした結果、外だけでなく中身まで損なわれてしまったのだろうか？　妙にへらへら笑っているし、なぜミス・ペニーベイカーを〝イザベル〟などと呼んだのだろう？　ミス・ペニーベイカーの名前がイザベルであることは知っているけれど、父がその名を使って呼んだ人は一人もいない。いくら長年この家にいる元家庭教師でも、そんな呼び方をするのは馴《な》れ馴れしすぎるのではないか。

「ええ、フローリアン」ミス・ペニーベイカーは満面に笑みをたたえて立ちあがり、ミスター・ハミルトンの手を取った。「でも、フローリアン、プリシラにあのことをお話ししたほうがよろしいのではありませんこと？」

「あのことって？」プリシラは、知らない家に迷いこんだような変な気分になった。みんな見かけは前と同じなのに、振る舞いがおかしい。

「うむ、そうだな……」フローリアンはもじもじし、ミス・ペニーベイカーは口に手を当てはにかんだような笑い声を出す。「ミス・ペニーベイカーがわしの妻になることを承諾してくださったんじゃ」

プリシラは口をあんぐり開けた。

「少々急な話で驚いたかね。しかしまあ、驚くこともあるまい。いずれはこうなったろう」

「でも、どうして……いつ……？」

フローリアンは手を振った。「細かいことは牧師さんが話してくれるだろう。イザベルとわしはこれから仕事をしなくてはならんのだ」

婚約者となったミス・ペニーベイカーと頭を寄せ合って話をしながら、フローリアンは居間を出ていった。プリシラはあっけにとられて父を見送り、それからぱっと牧師のほうを向いた。

「いったいどうなってるんですか？　何があったのかしら。昨日わたしが出かけるときは、いつもと変わったところはなかったのに」

「いや、ゆうべみんなでここに集まっていたんだよ。ミス・ペニーベイカー、ハイタワー先生、将軍とわたしというつもの顔ぶれで。フローリアンはお茶を持ってきてくれたり、将軍とフローリアンの書類を探したりしていた。アメリカのミスター・エジソンの話をしているときだった。どうしてそうなったのかはよくわからないんだが、将軍が何かミス・ペニーベイカーに言ったことで、きみのお父さんが感情を害したんだ」

「どうして？」

「そこが今一つはっきりしないんだよ。わたしの覚えている限りでは、つまらんことだったと思う。たしか、将軍が何か実験をしていて、それをミス・ペニーベイカーに見せたいとかいう話だった。そうしたらフローリアンが、いやらしいことを言うなと怒り出したんだ。もちろん、将軍はそんなことは言ってないと否定して、きみのお父さんのことを意地の悪いひねくれ者だと決めつけた。それからはどんどん悪くなる一方で、ミス・ペニーベイカーは二人のあいだをうろうろ行ったり来たりしては、ささいなことでけんかをしないで、と一生懸命やめさせようとしたんだよ。だが、どっちも聞く耳を持たなかった。しまいには将軍が、こうなったらミス・ペニーベイカーに結婚を申しこむと宣言した。それを聞いたあのご婦人は仰天して気が遠くなり、ソファにぶっ倒れてしまった。腹を立てたフローリアンは椅子から飛びあがって、将軍の鼻に一発食らわした。将軍は将軍で、ハンカチで鼻血を押さえながら大声で罵《ののし》り、フローリアンに殴りかかろうとして、部屋中追いかけまわした。フローリアンは足のせ台につまずいて転び、椅子の脚に頭をぶつけてしまったんだ。それで額に怪我したんだよ。

そのころにはミス・ペニーベイカーも意識を取りもどし、きみのお父さんが額から血を流してよろよろ起きあがろうとしているのを見て、今度は将軍に猛然と食ってかかったんだ。傲慢《ごうまん》だの、けんかっぱやいだの、なんだかんだとね。きみのお父さんに襲いかかるとはなんたることだと言っていたが、あれはちと不当だったんじゃないかと、わたしも思う。とにかく、ミス・ペニーベイカーはフローリアンを助け起こし、額に自分のハンカチを当てて、だいじょうぶかと心配そうにきいた。そこでやっと、あのご婦人がきみのお父さんに惚《ほ》れているのに、将軍もフローリアン自身も気がついたんだよ。お父さんはミス・ペニーベイカーにプロポーズして、承諾の返事をもらい、将軍はぷりぷりして帰っていったというわけさ」

「へーえ、信じられないわ」プリシラはただ驚くばかりだった。「ミス・ペニーベイカーはお父さまが好きなんじゃないかとは思っていたけれど、お父さまのほうでは眼中にないという感じだったのに」

「どうやらミス・ペニーベイカーのことをフローリアンはやっと発見したんだろう」

プリシラはくすくすと笑い、牧師もほほえみを返した。

「ところで、きみとあの青年とはどうしているんだね？」

「わたしたちは、ランリー公爵がローズ・チャイルズ殺しの犯人ではないことを証明しようとしてがんばってるんですけど、なかなかうまくいかないの。なにしろ、ずっと昔の事件ですもの。ミスター・チャイルズに当時のことをいろいろきいてみようということになってるんです」

「公爵がきいても、トムは答えたがらないんじゃないかな」

「ええ。でも、真犯人を突きとめる手がかりになるような、何か新しい証拠が出てきたらしいの」

「わたしも、あの夜のことをあれこれ考えてみたんだよ。最初はみんなと同じように、公爵――当時のリンデン侯爵が怪しいのではと思っていた。逃げたので、ますます疑われたんだよ。しかし今になってみると、事件の夜にリンデンはどこか別の場所にいたと、きみは信じているようだし……」

「それは本当なんです。わたしが全面的に信頼している人が言ったことですから。事件の夜にリンデンは……その人と一緒だったのよ。レディズ・ウッズにいるはずはありません」

「わたしが疑問に思っているのは、リンデンと一緒にいたと証言したミスター・ラザフォードはどこにいたかということなんだよ」

プリシラはきょとんとして、牧師を見つめた。「え？　それ、どういうことですか？」

「だって、ラザフォードは自分と一緒だったと言っていたけれど、実際はそうではなかった。きみの話だと、リンデンは……その誰か別の人間と一緒にいたという。リンデンがラザフォードと一緒ではなかったとすれば、一緒にいたのは誰だったのか？　それと、どこにいたのか？」

プリシラは目をぱちぱちさせた。「なるほど、わかりました。リンデンのアリバイは自分のアリバイでもあるわけだから、リンデンが別の人と一緒にいたとしたら、ミスター・ラザフォードのアリバイはなくなる。そういうことですね？」

牧師はうなずく。

「でも、牧師さま、まさかミスター・ラザフォードが犯人だと疑っていらっしゃるんじゃないですよね？」

「いや、犯人が誰かは、神と本人のみぞ知るだ。しかし、きみの話を聞いた今では、これまで真実だと思いこんできたことがすべて疑わしくなってくる。一つは、若き日のミスター・ラザフォードが友達をかばったという事実だ。そうすることによって、実は自分自身の罪を隠蔽《いんぺい》しようとしたのではないか？　ミスター・ラザフォードなら、若い紳士という言い方に当てはまるだろう。うぶな召し使いの娘の目には、金持ちと見えたかもしれない。事件当時、彼はランリー邸に泊まっていたから、相手が誰かはわからなくても、リンデンがその人物に会いに行ったことは知っていた可能性がある。それに、リンデンのアリバイを証明してやれば、リンデンのほうでも同じことをしてくれるものと踏んだのではないか？　たとえリンデンがラザフォードの行く先を知らなくても、だ」

プリシラは感心して目をみはった。「ホワイティング牧師さまがそんな高度な推理をする方だとは、ついぞ思いませんでしたわ！」

「実のところ、わたしも思っていなかった」部屋の戸口で男の声がした。

プリシラと牧師は、びくっとして振り向いた。そこには、セバスチャン・ラザフォードが帽子を手に立っていた。

21

プリシラは真っ赤になった。ミスター・ラザフォードがローズ殺しの犯人ではないかと憶測していたところを、本人に立ち聞きされてしまったようだ。

「おやおや」牧師が間が悪そうにつぶやいた。

「まったく、おやおやですな」

狼狽《ろうばい》しながらも、プリシラは謝った。「あんな話をお耳に入れたくはなかったのですが、申し訳ありません」

「そりゃ、聞かれたくなかったでしょう」

「あんまりお怒りにならないで。わたしたちは、あらゆる可能性を探ろうとしただけですから」

「いや、怒ってはいませんよ、ミス・ハミルトン。残念なだけで」ラザフォードは、やや後ろにひっこめていた手を持ちあげた。その手にはピストルが握られていて、銃口がまっすぐプリシラを向いている。

「ああ、これは、なんと、これは、なんと」小柄な牧師は同じ言葉をくり返している。

プリシラの頭から爪先まで冷たいものが走った。「わたしには信じられませんでした。牧師さまのお話を聞いたあとでもそれは違うと思っていたので、あなたが入ってこられたときにも、立ち聞きされた恥ずかしさしか感じていませんでした」

「そんなに好意的に考えてくれてありがとう。しかし残念ながら、デイモンやブライアンはそうはいかないだろう。きみと牧師の話を聞くまでもなく、結果がどうなるかは見当がついていたよ。きみたちがこそこそかぎまわったり、イーブシャムについて調べたり、ローズの家族に話をしたりすれば、わたしの秘密がばれるのは時間の問題だとわかっていた。ゆうべはイーブシャムを早く家に連れて帰ってきみらを脅かそうとしたが、思いとどまるどころか、ローズの家族に話をするという！　ローズの家には、何やらデイモンが話していた手がかりになるようなものがあるらしい。こうなったからには、きみと牧師がさっきの話をみんなにしゃべる前に行動しようと考えたというわけさ」

プリシラは尋ねた。「どうなさるおつもり？　わたしたちの口を封じるために、そのピストルで撃ち殺すんですか？　そんなことをしたら、あなたに嫌疑がかかりますよ。真っ昼間なんですから、あなたがここに馬で来たり出ていったりするところを誰かに目撃されるに違いないわ」

「言われなくてもわかっている。しかし、きみを殺すつもりはない。そうせざるを得ない場合は別だが。もともとそういうことは苦手なんでね。最初のときも、成功したとは言いがたい」

「さあ、どうでしょうか。あなたのことをお友達だと思っていた人に疑いがかかるように仕向けて、まんまと成功したじゃありませんか」プリシラの口調は辛辣《しんらつ》だった。

「わたしがわざとそうしたと思ってるのか？　それは違う。あの夜デイモンがどこにいるかも、毎晩のように家をあけている理由も知らなかった。ただ、デイモンがいないほうが、ローズと遊ぶには都合がよかった。事件の夜にどこに行っていたのかデイモンが証言できないとは、思いつきもしなかった。とにかく、あれこれ考えなかったのは事実だ。ローズのことも殺すつもりはなかったんだ。ただ、ああなってしまったというだけだ」

「今もそうするというわけですか？　ただ、殺人事件が起こってしまっただけだと？」

ずけずけ皮肉を言うプリシラを案じて、牧師がつぶやいた。「プリシラ、逆らわないほうがいいよ」

ラザフォードの表情は険しくなった。「そう、逆らわないほうがいい。血を見るのが嫌いなわたしでも、かっとなるかもしれないぞ」ラザフォードはつかつかと近づいてくる。

「女に対しては威勢がよろしいこと——ピストルを突きつけているときはね」

ラザフォードが口元をゆがめた。プリシラは一瞬、彼の許容限度を超えたのではと身がまえた。毒舌がどういう反応を引き出すか、プリシラには見きわめられなかった。ラザフォードは無理をして自分を抑えたようだった。「プリシラ、こっちに来るんだ」抑揚のない声だ。

ひ弱な体格の牧師がプリシラの前に出た。「いや、よしなさい。プリシラを連れていくことは、このわたしが許さない」

「ほう、牧師さんにわたしが止められるんですか？」ラザフォードは、白髪の牧師をばかにしたように眺める。

「止めるつもりだ。なんの罪もないこのお嬢さんを連れていって殺したりしてはいけない。わたしに息のあるうちは、そんなことをさせないよ」

ラザフォードはため息をついた。「わたしだって、牧師さんを痛めつけたくはない。だから、よけいな口出しはやめてくれ。ミス・ハミルトンを殺すどころか、怪我《けが》もさせるつもりはない。どんなに生意気な娘でもだ。彼女はわたしの大事な財産なんだ。自由を手に入れるためにエイルズワース家と取り引きするときの貴重な切り札だ」

「なんですって？」

「さっき言っただろう、きみたちが真相を突きとめるのは時間の問題だと。わたしはここにいられなくなるが、といって、イギリスを出る金もない。それをデイモンに融通してもらおうってわけさ。その代わり、彼の息子が愛する女の命は助けてやる。デイモンは取り引きに応じると思う」

「本気でそんなことを考えているの？　三十年前には自分の罪をかぶせて家や国まで捨てなければならなくさせたランリー公爵に、今度は自分が裁きから逃れるためにお金まで出させようなんて」

「デイモンがやったんじゃないことを証明できるなら、安いものじゃないか。これだけでも金をくれと言えば、くれるかもしれない。だけどやつは根に持つほうだからそれはやめて、もっとのっぴきならない動機を与えてやろうと思う。せがれの幸せとかね」

ラザフォードはさらに近づいた。牧師が悲壮な面もちでこぶしをかまえるさまは滑稽《こっけい》であるにもかかわらず、胸にじんときた。プリシラは牧師の腕に手をかけた。

「牧師さま、わたしのために危害を加えられるようなことはやめてください。わたしはこの人の言うことを信じます。殺すつもりはなくて、自分が逃げるためにわたしを利用するだけでしょう」

「さすがにお利口さんだね、ミス・ハミルトンは」

「それに、牧師さまはここにいらして、父にことの成り行きを説明してくださらなければ」

牧師は、うんうんとうなずいた。「きみに何が起こったか、わたしがこの目でしかと見ている。ラザフォード、あんたがプリシラをつかまえていることを、村中に知らせてやるぞ。もしもプリシラに危害を加えたら、絶対に逃げられないからな」

悔しそうに牧師がわきへどき、プリシラはラザフォードのそばに行った。ラザフォードはプリシラのひじをつかんで、ピストルを背中に押しつけた。「よろしい、ミス・ハミルトン。出かけようじゃないか」

牧師の軽馬車を使うことになった。ラザフォードは自分の馬を馬車の後部につなぎ、狭い座席にプリシラと並んで座った。プリシラが手綱を取り、その腰からラザフォードはピストルを離さず、知り合いとすれ違うときは背中のほうに隠した。

家にいたときのある時点から、プリシラの恐怖心は消えていた。ランリー公爵と望みどおりの取り引きをするためには、わたしを殺すわけにはいかないはずだ。とはいえ、絶対にこの男を逃がしてやるものか。ローズを誘惑して妊娠させ、そのうえ殺してしまうとは！　思っただけで、はらわたが煮えくり返る。それればかりではない。友達であるデイモンの人生まで変えさせてしまった。わざとデイモンが疑われるように企《たくら》んだのではないと、いくら弁明しようとも、長い年月にわたってデイモンが根拠のない嫌疑をかけられつづけたのは事実である。デイモンのアリバイを提供したのは、自分自身のアリバイにするためであり、しかもその証言によってデイモンの疑いがいささかも晴れたわけではなかった。それなのに卑劣にもラザフォードは、三十年ものあいだ、よき隣人を装ってぬくぬくと暮らしてきたのだ。誰も彼もがだまされていた。この男は腹の中でせせら笑っていたことだろう。人殺しをした男とは夢にも思わずに好意をよせていたわたしも含め、みんないかに愚かであったことか！ それにひきかえデイモンは、愛する人から引き離され、祖国を追放されたも同然に見知らぬ土地で生きなければならなかった。

プリシラは激しい怒りをぐっとこらえた。感情に任せて思考力を鈍らせてはならない。隙《すき》を見てラザフォードから逃れるためには、冷静でいなくては。良心のかけらもないこんな卑劣漢の思いどおりになんてなってやるものか。

ほどなく馬車はランリー邸の門に着いた。馬丁が走ってきて、馬の手綱を受けとった。プリシラは馬車を降りて、玄関のほうに歩いた。ラザフォードが後ろからひそかにピストルを向けてついてくる。扉を開けた従僕はなんの疑いも抱かずに、ふだん使っている応接間に二人を通した。数分後にランリー公爵が入ってきて、快活な声をかけた。「やあ、セバスチャン！ プリシラ！ よく来てくれた」

公爵は、二人の様子がおかしいのにすぐ気がついた。いったいどういうことなのか？ プリシラに向けた視線が、腰のあたりに押しあてられたピストルを捕らえた。公爵の顔つきは、ほんの数秒間で急に年を取ったように見えた。

「そうか、やはりきみだったのか」呆然《ぼうぜん》とした面もちで公爵は首を振った。「ブライアンが怪しいとは言っていたが、わたしには信じられなかった」

プリシラはびっくりした。「ブライアンは知ってたんですか？」

「いや、知っていたわけではなく、疑っていただけだが。息子だけはこの土地の生まれじゃなくて外の人間だから、セバスチャンについての先入観がなかった。何か不審に感じたらしく、いろいろ問いただしてきた。わたしとしても無視できない事柄だったので、ずっと考えてはいたんだ。そんなところにセバスチャン、きみはイーブシャムの家にわたしをひっぱっていった。そのときのやり方が少々ぎごちなかった。わたしはますますいぶかしく思った。それで昨日、ローズが恋人からもらったらしい品物が出てきたという作り話をしてみたんだよ」

「なんだと?」ラザフォードの顔色が変わった。「じゃ、そんな品物はないのか?」

「あるかないかは知らない。あの場の思いつきだから。きみがどういう反応をするか、どんな行動に出るか、見てみたかった。しかしまさか、ミス・ハミルトンをピストルで脅したりするとは思わなかった」デイモンは深いため息をついた。「それにしても、どうしてこんなことをしなければならないのか? きみはわたしの友達だと信じこんでいたのに」

「友達だったことは間違いない。デイモン、それは信じてくれ。故意にきみを傷つけようとしたことはない。あんなふうになるとは思っていなかったんだ。初めはただ……ローズとつき合ってただけだ。ローズはすぐになびくし、男に色目を使っていた。世間ではうぶな娘だということになっているが、とんでもない。したたかな女だよ。わたしも最初は、こっちの弱みにつけこむような女だとは思わなかった。妊娠してると言われたときは仰天したよ。こうなったからには結婚するのが当然という顔をしていた。誰が小間使いと結婚できるか！　金が欲しくてそう言うんだろうと思ったが、こっちにそんな余裕はない。わたしにいつも金がなかったことは、きみも知ってのとおりだ。オックスフォードの学費を払うのがやっとだった。手持ちの金をやろうとしたけれど、ローズに鼻で笑われた。それで、きみのうちの書斎の金庫から宝石を盗むことにしたんだ。きみのお父さんが金庫を開けるのを見ていたし、数字のメモをどこにしまっているかも知っていた。いとも簡単だったよ。最初に目についたものを取っただけで、それが有名なネックレスだとはちっとも知らなかった。宝石については無知だから、そんなに値打ちのあるものだということもわからなかった。わたしが間違っていたことは認める。だが、悪意であれを盗んだとは思わないでくれ」

ランリー公爵は唖然《あぜん》として言った。「きみは人を殺したんだ！　悪意で盗むも盗まないもないだろう」

「殺すつもりはなかったんだ！　何度でも言うよ――そんなひどいことをするつもりじゃなかったんだ。宝石をやって、ローズに黙って身を引いてもらおうと思っただけだ。それなのにあの晩ネックレスをやろうとしたら、ローズは異常に興奮して泣き出した。結婚してくれなければ、きみのお父さんやみんなに言いつけてやるとわめいた。もみ合ったりしているうちに、ネックレスが壊れた。ローズは止めどもなく結婚するべきだとくり返し、それから……どうしてあんなことになったのかわからない。黙らせたい一心で、ローズののどに手をかけ、体を揺すった。次に気がついたときは、わたしは立っていて、彼女は地べたに倒れていた。死んでいた。そんなつもりじゃなかったのに」

「人ののどを絞めれば、そういうことになるんですよ」表情も変えずに、プリシラが言った。

ラザフォードはピストルでプリシラを小突いた。「黙っていなさい。きみなんかにとやかく言われたくない」それからランリー公爵に向き直り、哀れっぽく持ちかけた。「なあ、デイモン、きみが疑われるとは夢にも思っていなかったんだよ。あのばか娘が家族に紳士とつき合っていると話してたのも知らなかった。それに、ルビーのネックレスがきみの家のものだと簡単に突きとめられるとも思っていなかった。何もかも……成り行きでそうなっただけなんだ」

「きみの考え方では、そうなるらしいな」

公爵の皮肉が通じないのか、ラザフォードは勢いよくうなずいている。「そうなんだよ！　どうしてかわからないが。きみが容疑者にされそうになったとき、わたしはあの晩きみと一緒にいたと進んで証言した。だから、きみは逮捕されなかったんだ」

「で、まことに都合よく、きみのアリバイにもなったというわけだ。事実とは違っていてもわたしが異議をはさめないのをちゃんと承知していて、それにつけこんだんだ」ランリーの声音は自嘲《じちょう》的だった。「あれほど完全にだまされていたとは、我ながら呆《あき》れるよ。友人としてああいう行動をしてくれたんだと、心底信じていた。きみの偽りの証言が実は自分の犯罪を隠蔽《いんぺい》するためだったとは、まさに夢にも思わなかった」

ラザフォードは言い張った。「あれは、きみのためを思ってしたことだ。きみがどう考えようと勝手だが、友人だと思っていたから嘘《うそ》を言っただけだ。誰もわたしを疑っていなかったから、別にあんな証言をわざわざしなくてもよかったんだが」

「しかし、あの晩わたしが会っていた女性がわたしのアリバイを証明していたとしたら、どうなったと思う？　わたしの疑いは晴れて、警察はあらためて犯人捜しに乗り出していただろう。ローズが言っていた紳士というのに当てはまるのは、このへんで何人いるというんだ？　イーブシャム、チャルコーム卿《きょう》、そして、きみぐらいしかいないだろうに」

「きみのためにしたことだと言っただろう！　どうしてきみはそんな色眼鏡でわたしを見るんだ？」

「それはたぶん、今まできみをまったく反対の色眼鏡で見ていたからだろう。わかったよ、セバスチャン、きみがわたしを故意に傷つけようとしたんじゃないことは。しかし、それにしてもこれはいったいどういうつもりなんだね？　また別の娘さんを殺せば大目に見てもらえるとでも思ってるのか？」

「いや、彼女を殺すつもりはない——そうするしかないようにきみが仕向けない限り」

「わたしにどうしろと言うんだ？」

「わたしが金に困ってるのは知ってるだろう。今までもずっとそうだった。きみのお父さんからもらった家があるので少しは楽になったが、それでも蓄えはまったくない。なのに、ここから出ていかなくてはならない。きみと同じようにアメリカか、オーストラリアにでも行こうと思う。そのためには金がいる。船賃や、向こうでの生活を始める資金が」

「働けばいいじゃない」プリシラは腹にすえかねて皮肉った。その結果、またしても小突かれる。

「よし、わかった、セバスチャン。金をやろう。書斎に行こう。金はあそこに置いてあるから」

公爵は部屋を出た。そのあとからプリシラを先にたたせて、ラザフォードが続く。ピストルをプリシラのわき腹に押しつけたまま、落ちつきなくあたりをうかがいながら進んだ。プリシラもそれとなく周囲を眺めてみた。けれども、いつもと変わった様子は見られない。

「きみの息子はどこにいる？」ラザフォードがきいた。プリシラも気になっていたことだった。家にいれば出てきそうなものなのに、ブライアンはついに応接間に姿を見せなかった。ひょっとして、ラザフォードと公爵の話を聞いていたとしたら？　警察に通報するのでは？　いや、ブライアンなら、それよりも自力で片づけようとするのではないか。今にも、部屋から出てくるのを待ち伏せして、ラザフォードに飛びかかるつもりかもしれない。

どこからともなくブライアンが現れて……。

「ブライアンは馬で出かけてるんだ。どこに行ったのかは知らない」公爵の返事で、むざんにもプリシラの期待は打ち砕かれた。

ラザフォードはほっとしたふうだった。公爵は書斎の扉を開け、中へ入っていった。プリシラの父の取り散らかした書斎とは大違いで、重厚な広い部屋だった。一つの壁は床から天井まで書棚になっていて、革表紙に金文字の本がぎっしり並んでいる。高いところの本を取るための小さな車輪のついた梯子《はしご》が、軌道にそって動くようになっていた。正面には大きな観音開きの窓があり、窓の外はゆるやかな起伏のある青々とした芝生だった。

ランリー公爵は、ラザフォードとプリシラをしたがえて机の前に行き、真ん中の引き出しの鍵《かぎ》を開けた。引き出しから金属製の平たい小型の箱を取り出した。「ここにいくらか入っているが、どれくらいあるかな」そう言いながら紙幣を数えはじめた手をふと止め、窓を見た。「ちょっとむしむしするね」

公爵はさっさと窓のほうへ歩きかけた。

「何をしようというんだ?」ラザフォードがどなった。「そうたやすく逃げられると思ってるんじゃないだろうね?」

公爵はむっとして振り向いた。「もちろんそんなこと思ってやしない。ミス・ハミルトンを残して自分だけ逃げようとする男だと思ってるのか? 部屋の中がむすから、窓を開けて風を通そうというだけだ」

「その必要はない。こっちにもどってこい」

公爵は肩をすくめて、机のほうにもどってきた。プリシラはラザフォードに言った。

「窓を開けてもらってください。わたし、気が遠くなりそう」公爵がなぜ窓を開けたがったのかはわからない。ただ、唐突な感じがしないでもなかったので、何かもくろんでいるのかもしれないと思った。

ラザフォードは顔をしかめて、渋っている。

「おいおい、セバスチャン、そんなに疑ってるなら、きみも一緒に来たらいい。わたしは絶対に逃げないと約束する」

「そうか、じゃ、いいよ。だけど、金の勘定は早くしてくれ。時間がないんだ」

ラザフォードはプリシラもひったてて、窓際までついていった。公爵が窓を開けるのを、うさんくさそうに監視している。

「ああ、このほうがいい」公爵は外の空気を吸いこんで、プリシラを気づかった。「ミス・ハミルトン、気分はどう？」

プリシラも深呼吸をした。「おかげさまでずっとよくなりました」公爵の目が笑っているのを見ると、やはり何か考えがあって窓にこだわったのではないかと思えてくる。

公爵は机に向かって歩き出し、ラザフォードとプリシラもそちらへもどろうとした。向きを変える直前に、窓外の左手にある大きな灌木《かんぼく》をプリシラは目の端で捕らえた。不意にその木が動いたように見えた。一歩踏み出してから、動いたのは木の枝でしかも人間の手がかかっていたのだと気がついた。思わず立ちどまりそうになる。が、つまずいたふりをしてごまかした。

「ごめんなさい。ちょっとめまいがしたもので」

胸がどきどきしていた。あそこに誰かいるに違いない。窓から飛びこんで、ラザフォードのピストルを奪いとる機会をうかがっているのではないか。応接間の会話を立ち聞きした従僕かもしれない。だがプリシラは直感でブライアンだと思った。馬で出かけたというのは嘘で、家のどこかにいる彼がなんとか対処してくれるものと公爵は考えているのではないだろうか。

ラザフォードはいらいらした声を出した。「気をつけないと、はずみで引き金を引いてしまうじゃないか」

「ええ、そうでした。ごめんなさい」

ランリー公爵はもう一度、紙幣を数えはじめた。そして数えた紙幣を渡すと、ラザフォードは文句を言った。「これじゃ足りないな！　アメリカにたどりつくこともできないじゃないか」

「悪いけど、それしかないんだ。家に大金を置いておく習慣がないんでね。それ以上の金は銀行に行ってこなければならない」

「ちくしょう！　デイモン、わたしをからかってるのか？」

「からかってやしない！　本当にそれしかないんだよ。他人がアメリカに渡って新しい生活を始めるのに十分な額の金を家に置いておくなんて、誰がそんなむちゃなことをすると思う？」

「それなら、金庫を開けろ。金庫にも少しは入ってるだろう」

公爵は肩をすくめた。「そうしろと言うなら開けてもいいけど、金庫には宝石類や株や証券のたぐいしか入っていないよ」

「開けろと言ったら、開けろ」

「よかろう」公爵は机の横をまわって、壁の金庫に向かった。

ラザフォードがあとに続こうとしたとき、プリシラはがっくりと机によりかかった。ラザフォードを窓からあまり遠く離れさせてはならない。でも、もしもブライアンが窓から入ってくるとしたら、感づかれては台なしになる。そう思ったプリシラはラザフォードの腕にすがって、息もたえだえに訴えた。「待って、気持が悪いんです」

ラザフォードは舌打ちして、全身の重みをあずけてくるプリシラをひっぱり起こそうとした。「まったくしょうがない女だな！」ピストルをかまえていた手を持ちあげ、プリシラを支えるためにわきの下にまわそうとした。

そのとき、耳をつんざくようなわめき声が後ろから聞こえてきた。振り向く暇もないうちに、巨体がラザフォードの背中にどっと襲いかかった。ラザフォードはプリシラをかかえたまま前によろめき、机にぶつかった。背後からの音が聞こえたとたんに、プリシラは両方の手でピストルを持ったラザフォードの腕をしっかりつかんだ。そして机に倒れるときも、その手を離さなかった。息が切れてはあはあいいながらも、ラザフォードの腕にしがみついて離れなかった。

取っ組み合っている男たちの下敷きになってプリシラは何も見えず、ほとんど窒息しそうだった。悪罵《あくば》が飛びかい、ピストルの轟音《ごうおん》が響き渡った。部屋の向こうで何かが砕ける音がする。目の前で火花が飛び散り、今にも気を失うかと思った。突然、すぐ近くでひゅっという音をたてながら棒が振りおろされ、ラザフォードの腕を強打した。ラザフォードの口から動物の鳴き声のようなうめきがもれた。急に二人の体の重みがなくなったのでプリシラが顔を上げると、ブライアンがラザフォードを床から持ちあげて本棚に投げつけるところだった。

「お手やわらかに、ブライアン。わたしが腕を骨折させてしまったかもしれない」後ろから公爵の落ちついた声が聞こえた。

公爵は、机に倒れ伏したプリシラを片手で助け起こして座らせた。一方の手には、先がものをはさめるようになった長い棒が握られている。手の届かないところの本を取るための道具だ。ラザフォードのピストルは、持ち主の足の近くの床に転がっていた。

　ラザフォードのみぞおちをげんこつで殴ったばかりのブライアンは、こんな男の腕なんか折れたってかまうものかと、うなり声で言った。続けて、ラザフォードのあごにアッパーカットを見舞った。ラザフォードは白目をむいて、床に伸びてしまった。ブライアンはこぶしを開いたり閉じたりしながら、床の男を見おろしている。

「もうやめなさい。スポーツマンらしくない」公爵は息子をたしなめ、かがんでピストルを拾った。

　ブライアンは父を見やった。「お父さんは忘れたのかな？　ぼくはイギリス人じゃない」

「そりゃそうだ。しかし、かといって野蛮人でもないだろう」

　ブライアンは残念そうにため息をついた。「うん、まあ、お父さんの言うとおりだけど」

　ブライアンの視線は、机の上に座ったまま呼吸を静めようとしているプリシラに向けられた。次の瞬間にはもう机のそばにいてプリシラをかかえおろし、首筋に顔をうずめた。

「いやあ、ひやひやしたよ。やつの手元が狂って、いつ弾が飛び出すんじゃないかってね。そうでなくても、ぼくの最初の一発が成功しなかったら、あいつに撃つ暇を与えることになるし」

　プリシラはにっこりすると同時に涙があふれ出したのには、我ながらびっくりした。

「あなたの一発は最高だったわ」

「いや、きみのおかげでうまくいったんだ」ブライアンは話しながら、何度も何度も口づけをくり返した。「上手に持ちかけて窓を開けさせてくれたし、ピストルを持ったやつの手をつかんで離さなかったり。きみみたいな女性はめったにいない。ぼくの大切な大切な人だ」

プリシラは泣き笑いしつつ、キスを返した。

「もし、お待ちください！」廊下からランリー邸の執事の甲高い声が聞こえてきたかと思うと、フローリアン・ハミルトンが決闘用の大きなピストルを振りかざして駆けこんできた。

「なんたること！　わしの娘から手を離せ」

フローリアンに続いて、ミス・ペニーベイカーが決死の面もちで入ってきた。悪人の一人や二人これでやっつけてやると言わんばかりに、パラソルをしっかり握りしめている。そのあとから、心配で顔をひきつらせた牧師が武器は持たずに、よたよたついてきた。

「プリシラをはなせと言っておるんだ！」フローリアンは古ぼけたピストルをブライアンに突きつけた。

ブライアンはうめいた。「またあのピストルか！」

「いや、フローリアン、違う。プリシラをひっぱっていったのは、ミスター・ラザフォードだ。あの男はどこにいる？」牧師は室内をきょろきょろ見まわした。その目が、床に転がって腕をつかみ苦痛の声をもらしているラザフォードにとまる。「なんとまあ――すると、なんとかうまくいったんだね？」

「ええ、お父さま。ね？　もうだいじょうぶよ」プリシラはブライアンの腕から抜け出して、父のそばに行き、頬にキスをした。「でもとにかく、わたしを助けに来てくださってありがとう。とっても嬉《うれ》しいわ」

「なんといっても、おまえはわしの娘だから」フローリアンは決闘用ピストルを近くのテーブルに置いて、眼鏡ごしにラザフォードに目をこらした。「こりゃまた、どうかしたのかね？」

「ブライアンがあの人からわたしを救ってくれたの」

「そうか。なんと器用な若者だ」フローリアンは机のそばに行って、ブライアンの手を握った。「でかしたでかした、きみがいてくれてよかった」

「ありがとう。喜んでくださって、ぼくも嬉しいです。というのも、ぼくはあなたのお嬢さんと結婚するつもりなので」

「ほう、娘ときみが？」フローリアンはいくらか驚きはしたものの、動じるふうもない。

「近ごろはやっておるようじゃな」

「え、なんのことでしょう？」

「結婚さ」

プリシラがブライアンに説明した。「お父さまとミス・ペニーベイカーも結婚すること
に決めたの」
「へえ、そうだったのか」
「きみの父上もだ。しかしまあ、よかった。息子たちがうちにいなくなって、プリシラも
少しばかり退屈しておったからな。わしの手伝いはイザベルがやってくれるし、万事めで
たしめでたしじゃ」フローリアンは満足げにうなずいている。
「ちょっと待って」プリシラはブライアンに言った。「わたし――わたしたちが結婚する
ことは、みんなに言わないで。まだ……」
「まだ？　まだ何？」
「まだあなたに話していないから。わたしの……秘密を。スキャンダルよ。そのことを承
知してもらってからでないと、あなたとの結婚はわたしの良心が許さないの」
「じゃ、話してくれよ」
「わたしは……エリオット・プルーエットなの」
ブライアンはきょとんとしている。「え、なんだって？」
「エリオット・プルーエットはわたしよ。ペンネームだけど」それでもブライアンがけげ
んな顔で黙っているので、プリシラはつけ加えた。「わたしは小説を書いているの」
「そう。それで……？」ブライアンはうながした。

「それでって？」

「スキャンダルだよ。何がスキャンダルなのか、話してくれるのかと思っていたけど」

「今言ったことよ。本を書いていること。本といっても、冒険物語なの」

「本当？」ブライアンは興味をそそられたようで、公爵に目をやった。「お父さん、聞いた？」

「ああ。少々変わっているね」

ブライアンはやっと思い出した。「ぼくが読んだ本は、きみが書いたものだったんだ。面白かったよ。だからきみはいつも冒険したがっていたんだね。本の材料になるもの」

「でも、あなたに会うまでは冒険に類する経験はしたことなかったのよ」

「一度も？」

「そう。どうやら冒険はあなたと一緒にやってきたみたい」

ブライアンはにやっとした。「初めてにしちゃ、上出来じゃないか」

「ブライアン……気にならないの？」

「いや、全然。どうして？」

「わたしが冒険物語を書いていることが知られたらスキャンダルになるわ。ランリー公爵夫人だったら、なおさら」

「それできみはぼくのプロポーズを断ったの？　本を書いているのがスキャンダルになる

と思って？」

プリシラはこっくりする。ブライアンは頭をのけぞらせて笑い出した。あまり笑いすぎて涙さえ浮かべている。

「ブライアン！　やめて。わたし、本気なのよ。この秘密が世間にもれたら、さんざん噂《うわさ》されたり悪口を言われるわ」

「ごめんごめん。だけどぼくは、妻が本を書いていることを関係ない連中になんと言われようと、ちっともかまわない。そんなことをぼくが気に病むとでも思ってるの？」

「ええ……まあ」

「プリシラ、いつになったらぼくを信じてくれるんだい？　ぼくはイギリス人、特に貴族なんかどうでもいいんだ。ぼくの噂をしたければ、毎日でもすればいい。どうぞご自由に、だ。どっちみちここにはほとんどいないんだから、耳に入ってもこない。いや、ここにいるときだって全然気にならない。きみの悪口を言う連中については、ぼくが黙らせてやるから安心していてほしい」

プリシラはあわてて言った。「ブライアン、あなたまさか、あのインディアンの殺し方の話をしてみんなをふるえあがらせようというんじゃないんでしょうね？」

「いや、別の手を使うよ」ブライアンはプリシラの両手を取って引きよせた。「ばかな子だね。きみが本を書いていたことをぼくが悩んだりすると、本気で思ってたの？」

「でも、そういう男の人は大勢いるわ」

「ぼくは大勢の男じゃない。ぼくはきみの作品が気に入ってた。それに、まさにぴったりじゃないか」

「ぴったり？　何に？」

「我々の生活に。これから海上にいることが多くなるから、船の上でのたっぷりある時間を利用してきみは本を書けばいい。行きたいと言っていた異国をじかに見て、そこを舞台にした物語が書けるじゃないか」

プリシラは胸がわくわくしてきた。「夢じゃないと言って」

「夢なんかじゃない。正真正銘の現実だ」

「ああ、ブライアン、愛してるわ。とってもとっても」

「ぼくもきみをとても愛している」

プリシラは恋人にいたずらっぽい笑みを向けた。「今度わたしが学んだことはなんだかわかる？」

「なあに？」

「いつなんどき玄関口にすてきな何かが現れるか、わかりはしないということ」

ブライアンはにっこりして、じきに妻になる人にキスをした。

訳者あとがき

この物語の時代は、今から百年ちょっと昔。ところは、英国南部のドーセット州。そしてヒロイン、プリシラ・ハミルトンは、フェミニストのはしりのような女性だ。当時の良家の子女像とはおよそかけはなれたお嬢さまだった。女だという理由でおとなしくしていなければならないことに断固逆らい、冒険好きで、頑固で、伝法で、へらず口をきき、言い出したら聞かない。そのくせ涙もろく、情に厚い。

しかしそれより何より、この時代の人物としてプリシラが異例であったのは、仕事を持っていたことと、結婚相手を自分で決めたこと。この二点だった。

読者の中には最近こういうニュースを新聞で読まれた方もおられると思う。

今の英国女王であるエリザベス二世の末っ子、エドワード王子の妻、ソフィー妃はPR会社を経営するばりばりのキャリア・ウーマンだった。だったというわけは、大衆紙ニューズ・オブ・ザ・ワールドの記者による〝おとり取材〟の席で隠し撮りされた発言が問題になって、最近、会社経営をやめさせられたからである。多額の国費(もとは、国民の税金）を支給されている王室の一員として、二年前にエドワード王子と結婚してからも事業を続けるにあたり、「王族という立場を利用しない」と約束したにもかかわらず、それに反する事実の告白や政治についての発言をしたというのがその理由だった。

これがプリシラの時代の英国上流社会であったらどうだろう。当時の風潮としては、中流から上の階級の女性がソフィー妃のように職業を持っていることは考えられなかった。女は財力のある親や夫に依存して生きるしか道はなかったからである。しかも、できるだけ条件のよい夫を選ぶのも、主として親だった。英国の歴史家トレヴェリアンが述べているような「愛情とは関《かか》わりなしに、赤児のうちに親が取り決めた結婚をいやがると、その娘は親にぶたれたり部屋を引きずりまわされたりした」という十五世紀ほどではないにしても、十七世紀ごろになってもなお、女が自分で結婚相手を選ぶのは難しかった。そして、親が決めた相手と結婚してからも、女は服従を強いられる。なにしろイギリスの慣習法では、したがわない妻を鞭《むち》で叩《たた》いたりして罰する権利を夫は与えられていたのだから。

一八七八年になってようやく婚姻訴訟法が成立し、虐待された妻は夫のもとから去ることができるようになった。その四年後には、妻の財産所有も認められている。トレヴェリアンは、十九世紀最後の三十年をイギリス女性解放の真の時期と呼んだ。

プリシラの場合はどうだったか。このような十九世紀末期の時代風潮に加えて、浮き世ばなれした学者の父親の気質も味方になり、夫になる人を自ら決める点については、なんの支障もなかった。

にもかかわらずプリシラは、愛する男性のプロポーズを承諾することができずに悩みぬく。その理由というのが、仕事をしていたことだった。彼女は男のペンネームでひそかに冒険物語を書いていた。小説家であることが世間に知られたらスキャンダルになって夫の評判を傷つけるから、結婚はできない。これほど現代風の女性であるプリシラですら、労働なんか下品な人間のすることだという、上流社会の通念に縛られていたのである。

女流作家がもはや珍しくはなくなり、小説教室の受講者の大半が女性であるという、現在の我が国の状況からは想像しにくいかもしれない。けれども、当時の現実はこうだった。プリシラは家の者以外には本を書いていることをひた隠しにしていた。英国文学史上のきわだった存在であるかのジェーン・オースティンも、誰かが部屋に入ってきそうな気配がするとあわてて原稿の上に吸い取り紙をのせて見えないようにしたという。プリシラはエリオット・プルーエットという男の名前をペンネームにしていたが、ジョージ・エリオットも、シャーロット・ブロンテも、男の名を隠れみのにした優れた女性作家だった。

同じく英国の女流作家として名高いヴァージニア・ウルフが憤りをもって、次のように書いているほどだ。「女性作家の物質的な困難だけでもひどかったのに、精神的な苦痛はなおひどかった……ものを書く？　お前なんかが書いて何になるんだ！　と、世間に嘲《ちょう》

笑《しょう》された」（『私だけの部屋』ヴァージニア・ウルフ著・西川正身、安藤一郎訳・新潮文庫）

ある春の夜に全裸の男がヒロインの家の扉を叩いて助けを求めるというただならぬ場面で始まるこの物語の背景に、こんな女性蔑視《べっし》、女性作家受難の歴史があったことの一端を記して、訳者のあとがきとする。

二〇〇二年一月

細郷妙子

訳者　細郷妙子
東京外国語大学英米科卒。外資系企業勤務ののち、ロンドンで宝石デザインを学ぶ。創刊当初よりハーレクイン社のシリーズロマンスを翻訳。主な訳書に、エリカ・スピンドラー『妄執』(MIRA BOOKS)、キャンディス・キャンプ『裸足の伯爵夫人』(MIRA文庫)がある。

令嬢とスキャンダル

2002年5月15日発行　第1刷

著　　者／キャンディス・キャンプ
訳　　者／細郷妙子（さいごう　たえこ）
発 行 人／溝口皆子
発 行 所／株式会社ハーレクイン
東京都千代田区内神田1-14-6
電話／03-3292-8091（営業）
03-3292-8457（読者サービス係）

印刷・製本／大日本印刷株式会社

装 幀 者／松岡尚武、坂本知恵子

ISBN4-596-91035-9

MIRA文庫

キャンディス・キャンプ
細郷妙子 訳

裸足の伯爵夫人

おてんばレディ、チャリティの婚約者は、妻殺しと噂されるデュア伯爵だった。19世紀のロンドンを舞台にしたロマンティック・サスペンス。

スーザン・ウィッグス
岡 聖子 訳

希望の灯

19世紀、妻を亡くし世捨人のように暮らす灯台守ジェシーは、嵐の翌朝浜で一人の女性を助けた。女は彼を救う天使なのか？ それとも…。

ノーラ・ロバーツ
飛田野裕子 訳

砂塵きらめく果て

一八七五年、父の消息を求めてアリゾナの砂漠を訪れたセーラ。しかしそこに父の姿はなく、ある孤独なガンマンとの出会いが待っていた。

ノーラ・ロバーツ
森 洋子 訳

ホット・アイス

宝をしめす手記を横取りし、車を奪って逃走するが、車の持ち主の女性に仲間に入れろと迫られた！ 宝石泥棒と令嬢のアドベンチャー・ロマンス。

エリカ・スピンドラー
青山陽子 訳

禁断の果実(上・下)

娼館を営む母を持つホープは、娘を異常なほど厳しく育てる。『レッド』、『妄執』のエリカ・スピンドラーが母娘三世代の愛の光と闇を描く。

エリカ・スピンドラー
小林令子 訳

レッド(上・下)

運命にもてあそばれながらも夢と真実の愛を追いつづける赤毛の少女を描いたドラマティックなエンターテイメント。待望の文庫化。